Beate Rothmaier

Atmen, bis die Flut kommt

Beate Rothmaier

ATMEN, BIS DIE FLUT KOMMT

ROMAN

Deutsche Verlags-Anstalt

Für Micha

Die um zu reisen sich auf das Wasser begeben,
sehen das Land und nicht ihr Gefährt sich bewegen.

MATHURIN RÉGNIER, SATIREN

Den Buckel mit birkenem Pinsel blau bemalen.

GEORG CHRISTOPH LICHTENBERG, SUDELBUCH

SPLASH PAGE

PANEL 1. Establishing Shot von schräg oben. Im Vordergrund sitzt Konrad am Zeichenbrett und beendet seine neue Graphic Novel. Der Raum ist dunkel bis auf den Lichtkegel der Fluorlampe, die an einem Schwenkarm den Zeichentisch beleuchtet. Im Zimmer verstreut liegen Skizzen, Comichefte, Papierstöße, auf der Zeichenplatte Stifte, Federhalter, Tuschen, Handfeger, Radiergummi, Reißschiene, Schere, Papiermesser. Im Hintergrund sehen wir schemenhaft über den Flur in Lios Zimmer; sie liegt in ihrem Bett und schläft.

LOGO: ATMEN, BIS DIE FLUT KOMMT

BILDÜBERSCHRIFT: ZÜRICH, APRIL 2011

FX: CHCH … CHCH …

PANEL 2. Im Nebenzimmer. Unter der Decke sind die Umrisse von Lios rundem Körper zu erkennen. Sie wälzt sich herum, spricht im Schlaf.

LIO: SCHLAF SO GERN.

FX: … SEUFZ …

LIO: IMMER

PANEL 3. In der dunklen Küche. Konrad vor dem geöffneten Kühlschrank, eine Bierflasche in der Hand, trinkt.

FX: GLCK … GLCK

PANEL 4. Auf dem Rückweg in sein Arbeitszimmer nimmt Konrad ein paar Besteckteile, eine Gummiente und einen mit Schnur umwickelten Stapel Ansichtskarten und packt alles in die einzige noch offene der Umzugskisten, die sich überall stapeln.

PANEL 5. Konrad, wieder am Zeichenbrett, macht letzte Verbesserungen. Speedlines, Schattierungen, Konturen. Nahaufnahme von Konrads Hand und Ausschnitt seiner Zeichnung: das Innere eines dunkelroten Volvo.

Ein Mann, ein Mädchen, es hält ein Seepferd im Arm. Sie fahren nach Norden. Scharfes Frühlingslicht, klar und sehr hell. Fest umrissen die Konturen der Gebäude, der hellgrünen Bäume, der Landschaften. Rundumblick unter einem blassblauen, an den Rändern ins Weiße verlaufenden Himmel, flache Wolkenstreifen darin. Der Wagen verlässt die Autobahn, noch fünfzig Kilometer bis Rekowo. Lio singt.

SCRIBBLING

1 An einem leuchtend blauen Novembermorgen beschließe ich, mein Kind wegzubringen.

Paule ist schon vor langer Zeit dazu bereit gewesen, hat es ja auch gemacht, bei mir aber dauerte es siebzehn Jahre bis zu der schockhaft gewonnenen Einsicht, dass es so nicht weiterging, dass ich nicht noch einmal würde von vorn beginnen können, dass das ganz sicher keinem Menschen zuzumuten war, bis ich diesen Entschluss fassen und wahr machen konnte. Nichts wird ihn mehr umstoßen. Sie oder ich. So einfach ist das.

»Muss ich nicht zur Schule?«, fragt sie, als ich sie wecke und ihr sage, wir würden eine Reise machen. Sie versteht nicht, schließlich sind keine Ferien.

»Das macht nichts. Du hast frei«, lüge ich und ziehe den Reißverschlussfeiserschluss am roten Rollkoffer zu. »Ich will mit dir ans Meer fahren. Sehen, wie es schneit.« Sie blickt mich an, als wäre nicht sie mein Kind, sondern ich das ihre, und starrt ein Weilchen vor sich hin. Dann geht sie ans Fenster um nachzusehen, ob es schneit. Der Himmel ist grellblau mit einem Stich ins Grüne, ein böiger Wind bläst Papierschnipsel und eine geblähte Tüte über den Asphalt.

»Kein Schnee.« Sie setzt sich wieder aufs Bett und bleibt mit rundem Rücken hocken.

»Eben. Darum fahren wir nach Norden. Ans Meer. Dort schneit es.« Kurze Sätze. Klare Sätze. Eindeutigkeit. Langsam steigt sie in ihre Kleider, zieht die Stiefel an, setzt sich die himbeerrote Mütze auf.

»Die Jacke, Lio. Nimm die warme. Die grüne Winterjacke.« Keine Frage, kein Widerstand.

Auf der Treppe schiebt sie ihre warme und so erstaunlich weiche Hand in meine. Sie steigt ins Auto, schnallt sich an und wartet still, bis ich das Gepäck verstaut und den Müll weggebracht habe.

Anfahren, abbremsen, runterschalten. Montagmorgen, zehn vor acht. Ich taste nach den Knöpfen des Radios, trommle mit den Fingern aufs Lenkrad. *Rexona hat die Glöckli a Fraue verteilt – so händs gmerkcht, wie viel sie sich beweget*. Der Verkehrsfunk meldet Staus und Stockungen bis ans Brüttiseller Kreuz.

Alles muss sich ändern, jetzt sofort. So schnell wie möglich auf die Autobahn, die uns wegführen wird, dahin, wo das Mädchen bleiben soll. Im Schneetreiben. Am Meer. Jedoch. Schon stecken wir im Berufsverkehr auf der Quaibrücke fest, links die Limmat, rechts der See und hinter mir das Mädchen, das sich jetzt aufrichtet mit zerdrücktem Haar und aus dem Seitenfenster aufs Wasser schaut, das zufriedene Gesicht glänzend vor Freude über diesen besonderen Morgen. Sie lächelt nicht. Sie vertraut mir.

Ich drehe das Radio aus und folge Lios Blick nach Süden. Auf der spiegelnden Fläche des Sees kleben zwei Schwäne und ein Fischerboot wie eine reglose Kinderbastelei vor den so nah gerückten Bergen. Jeder Zacken, jedes Eisfeld, jeder Grat ausgestanzt aus einem weißlich blauen Himmel, als wollten sie von unseren ungeübten

Städterhänden betastet werden, als wollten sie sich einprägen in Haut und Körperoberflächen. Über der Alpenkette reißen blasse Schlieren von einer Wolkenhaube, driften in die Höhe, während die Welt stillsteht, kein Hauch die glänzende Wasserfläche kräuselt. Scharfes Licht schneidet die Augäpfel. Das Föhnfenster steht offen.

Anhaltendes Hupen, der Montagmorgenschleichverkehr setzt sich wieder in Bewegung, ich lasse die Kupplung kommen und den Wagen bis zum nächsten Rotlicht rollen. Wind schüttelt die leer gefegten Platanen am Seeufer, riffelt das Wasser zu kleinen schnellen Wellen, färbt es zinngrau, dann tintenschwarz, setzt ihm hastige Schaumkronen auf, während der Himmel sich verdunkelt, als wollte es wieder Nacht werden. Ausnahmezustand. Der wilde Föhn, der zahme Föhn, der Dimmerföhn. Meteorologischer Sonderfall, denke ich. Trüb der Norden, grell der Süden, gläserne Luft und Windstille, bevor die Böen lostoben, der Föhn zusammenbricht, der Regen einsetzt. Ausnahmezustand, der nur kurze Zeit bestehen kann, bevor eine Änderung eintritt, unweigerlich, bevor eine Rückkehr zur Normalität passiert oder, das will ich mir nicht eingestehen, die Ausnahmesituation ihrerseits zur Normalität gerinnt und, gefährlich jetzt, der Sturmwind des Wandels Bäume knickt, Dächer abdeckt, Funken aus den Öfen bläst und eine Feuersbrunst entfacht. Wilder Föhnwind heult, wimmert, wirbelt dürres Herbstlaub, lässt eine Staubsäule über der Straße stehen, schlägt Fensterläden. Das Ungebärdige des Abnormen. Noch bevor das Föhnfenster sich schließt und der Blick sich wieder verengt auf die Gesteinsbrocken der Häuserzeilen, die Geröllhalden in den Gesichtern der Passanten, trete ich aufs Pedal, lasse die alte Karre vorwärtsspringen, um zwei Wagenlängen weiter vorn mit abgewürgtem Motor wieder zu stehen. Rote Ampel. Grauer Alltag. Keine gute Idee, die Reise an einem Montagmorgen zu beginnen.

Ich stelle mir vor: Dessau, Berlin, Stettin. Das Kind stiefmuttergleich in den Urwald einer Großstadt stellen, unter einem gemurmelten Vorwand weggehen und, unauffällig zunächst, dann hastig das Weite suchen. Oder aber, es weggeben, aussetzen in der Natur wie ein Tier, eine nicht lebensfähige Kreatur. Und zurückschlüpfen in ein ganz normales Leben. Vakuum im Hirn, Schwärze, Gedankenstille. Da kommt nichts mehr. Mein Denken wird, wenn nicht angehalten, so doch überwältigt von der Aussicht auf eine dumpfe, dumme, alltägliche, eintönige Existenz, ein mittleres Leben, das nichts mehr braucht oder fragt, das einfach ist. So ein kleines unscheinbares Leben scheint mir jetzt gerade recht. Dem alten Lied aus Selbstbedauern und Wehleidigkeit ein Ende setzen und auch dem geheimen Adel des Auserwähltseins, diesem ›Das eben zeichnet die Besten aus‹.

Worauf es jetzt ankommt, ist Geschwindigkeit. In Bewegung bleiben, schnell und schneller fahren, endlich wieder rasche Entschlüsse fassen, sie ohne zu zögern umsetzen, zielstrebig sein, in unhinterfragtem, routiniertem, eiligem Tun, das jeder kennt, das alle verbindet, es sei denn, sie sind winzig noch oder schon uralt oder eben blöd wie wir. Stattdessen Staus und Stockungen und eine Hemdchenplastiktüte, die im Föhnwind kreiselt, rote Welle quer durch die

Stadt und die Ameisen des Zweifels, die schon jetzt durch mein Hirn eilen auf der Suche nach Lücken und Spalten in der Gewissheit meines plötzlichen Entschlusses.

Ein glänzendes Band, diese Blechschlange, die sich über die Hochbrücke wälzt, über die sich verschränkenden und wieder lösenden Stahlstränge der vom Steckengewirr der Strom- und Signalmasten begleiteten Geleise. In der Autoschlange das Mädchen und ich im Stillstand, während unter uns die S-Bahnen und Fernzüge in den Hauptbahnhof zischen oder aus ihm herausstoßen. Wir schieben uns im Kriechgang von der Brücke und den Hang hinauf, der Autobahn zu. Drängelei und ungeduldige Spurwechsel, sobald sich in der stockenden Kolonne Lücken öffnen, raumverdrängendes Fahrgebaren schwarzer Panzerlimousinen. Weiße Lichteraugen der entgegenkommenden Fahrzeuge, ein festgefahrener Blechwurm, auch sie. Die Fenster der rußgeschwärzten Fassaden halten die Rollladenlider halb geschlossen. Selbst in der Zähflüssigkeit dieses Montagmorgens wirkt mit Ungeduld die Welt des Geschwinden, Flinken, Wuseligen, der ich nicht mehr angehöre. Wegen ihr. Wegen Lio. Ohne dass ich es bemerkt hätte, war ich zusammen mit dem Kind aus dem Effizienzstreben der Eilwelt herausgefallen, und als ich es bemerkt hatte, ließ es mich zunächst ungerührt. Maßstäbe, die für einen selbst nicht mehr gelten, berücksichtigt man nicht mehr, nimmt sie nicht einmal mehr wahr. Es kommt vom Kind, hab ich mir zuerst gedacht, diese Nichtzugehörigkeit. Besonders für einen Vater, der das Muttersein probiert und sich tastend darin einrichtet. Einrichten muss. Es ist ja nichts mehr gegangen wie bislang, nichts hat sich in mein bestehendes Leben eingefügt. Nichts hat sich mit zärtlichem Griff ineinander verschränkt, nichts hat ohne Weiteres geklappt, vor allem nicht die alltäglichen Routinen, zu denen doch jedes Zusammenleben gravitiert. Vom Wickeltisch bis zum Gang in den Supermarkt, von den durchwachten Nächten, den vielen Stunden des Umhergehens mit dem schreienden Bündel auf dem Arm, von den erbrochenen Milchpfützen und gelb verkackten Windeln, dem süßen Geruch am verschorften Flaumhaarschädel, von der Keule der ungebetenen Ratschläge aus der rot-weiß geringelten Welt der Hochleistungsmütter fehlte nichts – und nichts hatte mit einem Leben zu tun, wie ich es bis dahin gekannt hatte. Wie wir beide, Paule und ich, es bis dahin gekannt hatten. Paule hat sich in den wenigen Wochen, die sie noch bei uns war, unentwegt daran gerieben und gestoßen, sie hat sich verweigert und ist schließlich gegangen. Einfach so.

Der vor mir bremst, zieht los, schert aus, fädelt sich vor mir wieder ein, bremst mich aus, ich zerdrücke hässliche Worte zwischen Zunge und Zähnen, »Was hast du gesagt?«, fragt es augenblicklich von der Rückbank.

»Nichts«, sage ich und sehe sie im Rückspiegel lächeln. Himmelherrschaft, fahren will ich. Und lächle ebenfalls. Schlote blasen Rauchschwaden verbrannten Abfalls in den Morgen, die Spange des Autobahnzubringers auf Stelzen biegt sich über die Fahrbahn, windet sich um sich selbst und verliert sich unter uns. Hupen. Zwei Frauen mit sehr weißen Zähnen dichtauf. Sie fuchteln. Die Autobahn verbreitert sich auf vier Spuren, wir nehmen Fahrt auf, eine

Absperrung drängt uns wieder zusammen und zwingt uns zurück ins Schritttempo. Lio lehnt an der Scheibe mit offenem Mund. Die Frauen schieben sich in Zeitlupe vorbei, in weiß geränderter Fingernagel zeigt auf uns, sie reden was, lachen. Baumaschinen mit Greifarmen bearbeiten den Bewuchs des Mittelstreifens, wühlen im Laub niedriger Hecken, Geruch von geschnittenem Grünzeug und Diesel. Endlich sind wir auch daran vorbei, und alles beginnt zu wuseln. Ich setze den Blinker, wechsle ganz nach links und trete das Gaspedal durch. Blank poliert die Landschaft vor mir, knarrendes Schnarchen hinter mir. Ich stelle mir mein Leben ohne das Mädchen vor. Dass ich einzeln sein würde, dass ich in der Menge verschwinden würde. Ein vages Bild der Unscheinbarkeit. Ich werde den Fuß nicht mehr vom Gas nehmen, bis ich das Meer riechen kann.

2 Als Paule aus Paris zurückkam, hatte sie das Kind nicht mehr bei sich. Ich saß am Zeichenbrett und hörte, wie die Wohnungstür ging, wie sie den Schlüssel ablegte, in ihrem Zimmer verschwand und die Tür hinter sich schloss. Nach einer Weile fiel mir die Stille auf, und da dachte ich, dass es am Kind liege, dass es schlafe, vielleicht. Erst als ich Stunden später zu ihr ging, bemerkte ich, dass Paule allein war. Dass das Kind weg war.

Sie lag auf dem Bett und starrte an die Decke.

»Wo ist die Kleine?«, fragte ich. »Was hast du mit dem Kind gemacht?« Paule gab keine Antwort, und ich sah mich im Zimmer um, als könnte ich es in einer Ecke oder unter dem Schrank finden. Unser Kind war weg, und ich hatte das Gefühl, ich müsste angstvoll oder besorgt sein, doch was ich empfand, war lediglich ein dumpfes Ziehen unter dem Brustbein, das man auch Erleichterung hätte nennen können.

Es war ein kühler Maiabend, vor dem Fenster regnete es, und unten auf der Straße ging die rosa Wolke mit wiegenden Hüften auf und ab. Sie trug wie jeden Abend ihre Arbeitskleidung, eine pinkfarbene Jacke aus Kunstfaserpelz, Absatzstiefel aus Lackleder und Netzstrumpfhosen. Über die Schultern rieselte das blonde Haar ihrer Perücke. Als sich ihr silbergrauer Regenschirm zum dritten Mal unter den Platanen am Ende ihres Laufstegs verlor, setzte ich mich zu Paule aufs Bett und nahm ihre Hand, die den Druck nicht erwiderte. Es war still zwischen uns. Die Straßenlampe warf orangefarbene Lichtstreifen auf den Boden.

»Sag schon, wo ist das Kind?« Verwundert hörte ich den drohenden Unterton in meiner Stimme. Paule lag stumm wie eine Steinfigur auf einem Sarkophag, selbst ihre Atemzüge waren nicht zu hören, und in der Stille ihrer ungesagten Erleichterung konnte ich am kaum zu vernehmenden Klicken der Wimpernkränze hören, wie sich ihre Lider öffneten und schlossen. Plötzlich kam die Angst. Vom Steißbein ausgehend, stieg sie wie ein Wasserpegel, überspülte die Eingeweide, erreichte die Lungenflügel, füllte den Brustraum, zwängte sich durch den engen Trichter der Kehle und presste mir das Gehirn zusammen. Ich packte Paule und rüttelte ihren mageren Körper.

»So rede schon, sprich mit mir. Was ist passiert? Was hast du getan?«

Es klopfte hinter meinen Augen. Paule sah mich nicht an. Sie starrte an die Decke, und ein dünnes Lächeln kräuselte sich in einem Mundwinkel, das war alles.

Wütend sprang ich hoch, riss das Fenster auf und beugte mich hinaus in den Regen. Im Haus gegenüber gingen hinter den Scheiben Menschen umher, gestikulierten und sprachen miteinander oder mit der Birkenfeige, während sie sie wässerten. Von meinen Fensterausblicken kannte ich sie alle, doch auf der Straße grüßten wir einander nicht. Zwischen den Platanen glänzte der nasse Asphalt. Die rosa Wolke stieg aus dem Auto eines Freiers und stöckelte wankend über den Gehsteig.

Lio war erst vier Wochen alt, als Paule mit ihr nach Paris fuhr, angeblich um Freunde zu besuchen: Du kennst sie nicht. Angeblich um Abstand zu bekommen: Ich muss mal raus hier. Sie steckte das Baby ins Tragetuch und wandte mir den Rücken zu, damit ich die Bänder verknotete. Mach mal. Jetzt, eine Woche später, war sie zurück. Lag allein im dunklen Zimmer und sprach nicht.

Ich rannte hinaus und durchwühlte ihre Handtasche auf der Suche nach ihrem Kalender. Notiz- und Einkaufszettel flogen mir entgegen, während ich durch das zerfledderte Adressverzeichnis blätterte auf der Suche nach irgendwelchen Leuten in Paris. Drei Telefonnummern rief ich an. Unter der ersten Nummer meldete sich eine Männerstimme, die angab, Paule nicht zu kennen, bei der nächsten meldete sich ein Club oder Restaurant, der dritte Anruf klingelte ins Leere, bis ich den Hörer schließlich wieder auflegte. Bei dieser Nummer stand eine Adresse. Immerhin. Der wiegende Schritt von Pink Cloud versetzte mich in eine Lähmung, aus der ich mich gewaltsam reißen musste, um in den Mantel zu schlüpfen, die wichtigsten Dinge einzustecken, Skizzenblock, Stifte, Paules Adressbuch, Kreditkarte, und mich auf den Weg zum Bahnhof zu machen.

Als ich mich von Paule verabschiedete, lag sie noch immer wie eine Tote auf dem Bett und starrte an das Stuckoval der Zimmerdecke, aus dem drei lose Lampendrähte hingen. Blau, braun, grün-gelb gestreift. Rasch zog ich die Tür hinter mir zu und verließ das Haus.

Der Nachtzug nach Paris fuhr erst kurz vor Mitternacht. So setzte ich mich ins Bahnhofsbuffet, aß ein blutiges Steak und bestellte einen halben Liter Dôle dazu. Das erste Glas leerte ich auf einen Zug, schenkte nach, trank noch einmal aus und spürte, wie sich die Glaswollschicht einer dämmrigen Benommenheit auf meine Panik legte. Ich bestellte mehr Wein, kaute das Fleisch, zog irgendwann den Skizzenblock raus, kritzelte ein paar Nasen und versank in Gleichgültigkeit. Der Kellner hatte Schichtwechsel, Viertel vor zwölf, ich bezahlte und stürzte zum Zug. Im überheizten Waggon hüllte ich mich in meinen Mantel und schlief kurz darauf ein. Mehrmals schreckte ich hoch, als der Zug mit kreischenden Bremsen, sei es an einem Bahnhof, sei es auf offener Strecke, hielt, sich danach zögernd wieder in Bewegung setzte und rasch Fahrt aufnahm. In das Dunkel der Nacht waren ein paar Lichter und grell erleuchtete Bahnsteige gestreut. Der rasende Schub des TGV rieb am stehenden Schwarz der Nacht, Funkenflug vor dem Fenster, zähes Rinnen, schließlich Stillstand der Zeit. Die Spiegelung meines betrunkenen Gesichts im Fenster, dann wieder schwarz.

Frühmorgens trank ich einen hastigen Kaffee in der Gare de l'Est und eilte durch den Sturzregen, den Mantel über dem Kopf, auf ein Taxi zu, an dessen Steuer ein hünenhafter schwarzer Mann saß. Schnell und ohne nachzudenken, begann ich mit dem Fahrer zu sprechen und hielt ihm Paules Adressbuch hin. Er nickte und fuhr los. Ganz Paris glänzte vom Regen. Das Taxi manövrierte durch den Morgenverkehr, passierte den Bogen von La Défense und bog schließlich in eine baumbestandene Vorstadtstraße ein. Ummauerte Villengrundstücke reihten sich lückenlos aneinander. Wir hielten in einer Straße, die wie ausgestorben dalag. Es hatte aufgehört zu regnen, ein modriger Friedhofsgeruch hing in der Luft, und zaghaft meldeten sich die Vögel wieder. Ich sah dem Taxi nach, wie es kleiner wurde, blinkte, abbog und verschwand. Vor mir eine efeubewachsene Mauer, ein eisernes Gartentor mit Rosenbogen und, hinter Bäumen versteckt, ein schiefergedecktes mehrstöckiges Haus, das trotz seiner Erker und Türmchen düster und abweisend wirkte. Dunkle Baumkronen, leises Rauschen, Vogelgezwitscher.

Ich gab mir einen Ruck und öffnete das Tor. Geräuschlos schwang es auf und gab den Blick in den Garten frei, wo unter einer Trauerweide ein Fischweiher glitzerte.

Mir schien, ein Mädchen läge bäuchlings auf den sonnenheißen Uferplatten, die schwarzen Pinselzöpfe sind ihm von den Schultern und ins Wasser gerutscht. Das zitternde Spiegelbild seines Gesichts verzerrt sich zur Fratze, wird von einem Goldfisch durchkreuzt, darunter schlingen in der Tiefe die Seerosen ihre schmierigen Stängel umeinander. Wie Konfetti rieseln Weidenblättchen durch die Thujaluft aufs Wasser und treiben in den Spiegelungen der Wolkenbänder.

»Qui êtes-vous?« Eine hohe, gepresste Stimme. Auf der Freitreppe vor der Villa stand eine Frau mit gewaltigen Brüsten. Die Hände hatte sie in den Taschen ihrer Schürze geballt. Aus den Resten meines Schulfranzösisch klaubte ich zusammen, dass ich gekommen sei, um das Kind abzuholen. Afin de l'emmener. Ein Säugling, un nourrisson, würde vermisst, ich würde ihn wieder zu seiner Mutter bringen, und sei gekommen, um ihn abzuholen. Außer ihr sei keiner da, die Herrschaften verreist, ich solle verschwinden, war die barsche Antwort. Die Haushälterin ging zurück ins Haus und warf die Eichentür hinter sich ins Schloss. Kurz darauf sah ich sie am Fenster stehen und mich beobachten. Ich ging ein paar Schritte zurück, anstatt jedoch das Grundstück zu verlassen, kauerte ich mich hinter einen Buxbaum und beobachtete nun meinerseits die weiße Schürze, bis sie verschwand. Dann huschte ich zurück und schlich um das Gebäude auf der Suche nach einer unverschlossenen Hintertür oder einem gekippten Kellerfenster. Wer waren die Leute, die hier wohnten? Am Türschild standen nur die Initialen J. B., woher kannte Paule sie und warum überließ sie ihnen das Kind, das sie zuerst nicht, dann unbedingt doch hatte haben wollen? In den anderthalb Jahren, die ich Paule kannte, hatte ich wenig mehr über sie erfahren, als dass sie in den Bergen aufgewachsen war, wo ihre Mutter, zu der sie keinen Kontakt mehr hatte, immer noch lebte. Zu beschäftigt waren wir gewesen mit unseren allnächtlichen Flucht- und Verfolgungsspielen, als dass wir über etwas anderes als uns beide geredet hätten, über das Abenteuer unserer Liebe, die Unstillbarkeit unseres Verlangens. Im Ineinanderstürzen, im Aufruhr der Gegenwart, hatten wir Vergangenheit und Zukunft ausgelöscht.

Türen und Fenster waren fest verschlossen, so sprang ich entschlossen die Freitreppe hinauf und klingelte. Nichts regte sich. Wieder und wieder klingelte ich und nahm zuletzt den Finger nicht mehr vom Knopf, ließ es schrillen, bis sich endlich schlurfende Schritte näherten, ein Schlüssel gedreht wurde und sich die Tür einen Spalt öffnete. Ich warf mich dagegen und stürmte ins Haus. Die Tür prallte gegen die Frau, die taumelte rückwärts, griff hinter sich und sank auf einen Polsterstuhl. Sie schrie und hielt sich die blutende Nase. Ich fand ein Taschentuch und streckte es ihr hin, doch sie wich zurück und schrie weiter. Da legte ich es ihr auf die rot betropfte Schürze und rannte ins Dunkel des Hauses hinein, wo ich das Kind vermutete.

Eine Treppe nach der anderen, mehrere Stufen auf einmal nehmend, sehr leise, auf dickflorigen Läufern, in üppig ausstaffierte Zimmer. Streifenmustertapeten, pastellfarbene Bettwäsche, Möbel aus nussbraunem Holz. Pantone 4635 C. Penibel aufgeräumt, ohne einen einzigen persönlichen Gegenstand, ohne einen Hinweis auf die Leute, die hier wohnten. Swarovskinippes, perlenbestickte Kissen und eine alabasterbleiche Orchidee im Porzellanübertopf. Kein Geräusch, kein Mensch, kein Hinweis auf Leben. Ein überheiztes Badezimmer, dunkle Fliesen, goldverchromte Armaturen, Schalen mit Blütenblättern, doch kein Geruch. Kataloge von Einrichtungshäusern sehen so aus. Noch ein Schlafzimmer, das in ein schlauchartiges Ankleidezimmer mit meterlangen Schrankwänden mündet, wieder eine Tür ins nächste Schlafzimmer und so fort. Keine Möglichkeit, auf den Flur zurück zu gelangen, um eine Treppe nach unten zu finden. Stattdessen Streublumendekor, Biedermeiermöbel mit gestreiften Bezügen, bodenlange Schabracken an allen Fenstern, und immer blicke ich auf den Garten hinaus und immer auf Trauerweide und Goldfischteich. Am Ende eine Kammer mit Decken und Kissen in Plastikhüllen, mit Überwürfen,

Matratzenschonern, Heizdecken und noch eine Tür. Ein leerer Raum, in dem einzig ein Seidengobelin hängt, auf dem die Szene einer Treibjagd zu sehen ist. Hunde stellen einen Hirsch. Mit verdrehten Augen wirft der Zwölfender Kopf und Geweih nach hinten. Hinter schweren Samtvorhängen sehe ich in den Garten, sehe den Teich, die Weide, doch jetzt eilt da eine gebückte Gestalt über den Kiesweg, ein Bündel im Arm. Lio! Das Fenster lässt sich nicht öffnen, ich schlage mit der flachen Hand an die Scheibe, das stoffgedämpfte Zimmer schluckt meine Verzweiflung, kein Laut scheint die Frau zu erreichen. Ich sehe sie hinter einer Wegbiegung verschwinden. Zimmer für Zimmer, Kammer für Kammer renne ich zurück, renne im Kreis, haste von Raum zu Raum, gelange endlich in einen teppichbelegten Korridor, an dessen Ende eine Treppe nach oben führt, die ich in großen Sprüngen nehme, um in einen weiteren Gang zu kommen, von dem Zimmer abgehen, Büroräume jetzt, und leise rieselt Kaufhausmusik aus unsichtbaren Lautsprechern herab. Ich drücke Klinke um Klinke, doch alle Räume sind verschlossen, komme um eine Ecke in einen anderen Gang und so fort, bis ich am Ende Tageslicht sehe. Ich renne ans Fenster und sehe, dass ich mich nicht wie vermutet im dritten Stock, sondern in der Beletage befinde, und trete, da ein Ausgang nicht zu finden ist, kurzerhand das Fenster ein, schlage mit dem Ärmel über der Faust die Scherben weg und springe hinaus.

Der Kiesweg führte mich hinter Thujahecken, über ein verwildertes Nachbargrundstück, mündete in einen tunnelartig überwucherten Hohlweg, wand sich wie eine Schlange ins dunkle Grün und endete vor der angemoderten Tür eines Geräteschuppens. Faulender Kompostmoder. Ich klopfte, hämmerte gegen die verschlossene Tür, rüttelte an der Klinke, bis sie herausbrach, trat gegen das faulige Holz, das jedoch nicht nachgab, umkreiste die Hütte, versuchte, durch das staubverschmierte Fenster zu sehen, war drauf und dran, noch eine Scheibe einzuschlagen, als ich die Klappe entdeckte. Ich öffnete sie und kroch hinein. Schwer atmend beschirmte ich die Augen mit der Hand, als könnten sie sich so schneller an die Dunkelheit gewöhnen. Es war feucht und kühl in dem Raum.

Vor einer Truhe oder einem Überseekoffer zeichnete sich der massige Umriss der Frau ab. Sie hatte sich mit dem Rücken zu mir über die Kiste gebeugt. Doch als sie sich jetzt erschrocken aufrichtete, sah ich, dass ihre Hände leer waren. Auf ihrer Oberlippe klebte noch ein Schnurrbart aus getrocknetem Blut. Ich drängte sie beiseite und sah am Boden der Kiste mein Kind liegen. Es lag mit gestreckten Armen und Beinen, herabgezogenen Mundwinkeln, und seine Lider waren zu dicken Spalten zusammengedrückt. Atmete sie nicht? Als ich sie hochheben wollte, schob sich die Dicke dazwischen. Ich roch ihren säuerlichen Putzfrauengeruch.

»Geben Sie mir das Kind. Ich bin sein Vater.« Zum ersten Mal sagte ich es. Sein Vater. Son père. Es klang bizarr. Nach Katholizismus, Rohrstock und dem Rauschen von Ulmenlaub über verwitterten Grabplatten. Die Frau reagierte nicht, sondern versuchte, an das Kind heranzukommen. Ich drängte sie ab, indem ich sie bei den Schultern packte und sie zwang mich anzusehen. Dann wiederholte ich meine Worte, begann zu erklären, spürte mein Unbehagen, versuchte andere Formulierungen, verhaspelte mich. Paule, meine Frau – wieder so ein Fremdheitsgefühl – hätte weg … das Kind müsse zum Arzt, extra aus der Schweiz angereist, Nachtzug, TGV, als täte das was zur Sache. Die Frau versuchte, sich mir zu entwinden, wir rangen, während ich immer weiter redete, deutsch jetzt, da mir das Französisch ausgegangen war, und ich den Eindruck hatte, sie könnte mich ohnehin nicht verstehen, wollte es gar nicht, begann ich sie, die sich losgerissen hatte, zu beschimpfen, stieß sie von der Truhe weg, erreichte Lio, fasste eine ihrer kleinen Fäuste, die eiskalt war, hob sie aus dem Durcheinander aus Windeln, Tuben, Schoppenflaschen und Tüchern. Das Kind bewegte sich nicht, es hatte die Augen fest zusammengedrückt.

Die Frau begann mit gellender Stimme um Hilfe zu schreien. Ich weiß nicht, warum ich nicht einfach mit dem Kind weggegangen bin. Stattdessen legte ich es zurück in die Kiste und hielt der Frau den Mund zu.

»Ich bin der Vater.« Als müsste sie es bestätigen, bevor ich mit Lio gehen konnte. »Je suis son père«, und stöhnte wild auf, sie hatte mich in die Hand gebissen. Ich packte sie am Genick und schüttelte sie, um sie zur Besinnung zu bringen oder um sie besinnungslos zu machen, da warf die Dicke mit aller Kraft den Kopf herum, gerade als ich meinen Griff bereits wieder gelockert hatte, sie befreite sich, prallte in der zu heftigen Bewegung zur Seite, schlug mit der Schläfe an einen Balken des Verschlags und taumelte. Ihr schlaffer Körper sank zusammen und rutschte zu Boden. Lio greinte leise.

Ich fasste der Frau in die Halsgrube und bettete sie, als ich den Puls fühlte, auf die Seite. Meine Hand war nass. Die Frau blutete aus dem Ohr. Ich faltete eine Stoffwindel zu einer flachen Kompresse und legte sie der Bewusstlosen unter den Kopf. Ohne einen weiteren Gedanken hüllte ich das Kind in eine funkenschlagende Kunstfaserdecke, presste sie und ein blank geliebtes Häschen an meine Brust und kroch aus dem Verschlag. Ich lief und lief die Hecke entlang, bis ich einen Durchschlupf fand und dahinter eine Holztür in der Mauer, durch die ich auf die Straße hinausgelangte.

Ampeln, Autos, Passanten. Ich stand an einer belebten Durchgangsstraße und winkte ein Taxi heran. Erleichtert sank ich auf den Rücksitz und bat den Fahrer, mich an die Gare de l'Est zu bringen. Als sich unsere Blicke im Rückspiegel trafen, erkannte ich ihn. Übernächtigte Augen mit entzündeten Lidrändern, das bräunlich verfärbte Weiß. Er war so groß, dass sein Schädel fast das Dach des Wagens berührte. Ich sah seine Wangenmuskeln spielen und lächelte ebenfalls. Behutsam legte ich Lio neben mich auf den Sitz, schlug die knisternde Kunstfaserdecke auseinander und betrachtete sie genau. Sie schien dünner als bei Paules Abreise vor zehn Tagen, schwächer und war ausgekühlt, ansonsten unversehrt. Ihr schwarzer Haarschopf war verklebt, der schmuddelige Strampelanzug roch nach saurer Milch und Erbrochenem. Noch immer hatte sie die Augen geschlossen, machte jedoch mit den Armen ein paar fahrige Bewegungen. Ich wickelte sie wieder in die Decke, schlug meinen Mantel darüber und wies den Fahrer an, uns zu einem Kaufhaus zu bringen. Unsere

Blicke begegneten sich wieder, etwas schimmerte in seinen Augen, und da ich es weder Mitgefühl noch Solidarität noch Spott oder Ironie nennen konnte, sah ich aus dem Fenster in den Regentag. Noch spürte ich, wie mein Kopf ins Polster sank, dann nichts mehr.

Leises Ticken, schneller als eine Uhr. Das Taxi stand vor einem Einkaufszentrum, und der Taxameter zählte meinen Schlaf. Vor mir, stumm wie ein Berg, der schwarze Mann. Lio schlief in meinem Arm. Vorsichtig fischte ich das Portemonnaie aus dem Mantel und gab dem Fahrer, als wollte ich mich loskaufen von seiner Mitwisserschaft, den doppelten Betrag.

Da war dieselbe Musik wie in den Korridoren der Villa. Auf der Rolltreppe in den siebten Stock leuchtete, glitzerte, duftete und dudelte es wie schwirrende Insekten um meinen Kopf. Vor den übervollen Regalen mit Babyzubehör wurde ich augenblicklich von beflissenen Verkäuferinnen gestellt, auf deren rot und orange gemusterten Uniformen der Schriftzug des Kaufhauses prangte. Sie reichten das Kind herum, flöteten mehrstimmig und versorgten mich mit Windeln, Feuchttüchern, Strampelanzug, Babyhäubchen, Rassel, Schnuller, Kapuzenjäckchen, Fläschchen, Milchpulver, Kram und Zeug, von dem ich bislang nichts geahnt hatte. Vor der Damentoilette, auf deren Tür das Piktogramm eines Babys mit halb umgeschlagener Windel prangte, wartete ich, bis ich sie leer vermutete, und trat ein. Ich zog dem Kind die neuen Sachen an und schmiss das dreckige Zeug bis auf das Häschen, das noch aus Paules Kinderzeit stammte, in den Mülleimer. Auf dem Weg in die Cafeteria achtete ich darauf, nicht wieder in das Jagdrevier des kleinen Verkäuferinnenschwarms zu geraten, setzte mich an einen der vielen leeren Tische und bestellte heißes Wasser und ein Bier. Ich schüttelte das Fläschchen mit dem Pulver, bis sich eine dickliche Milch gebildet hatte, doch als ich sie Lio gab, weinte sie, und dicke Tropfen rollten aus ihren Augenwinkeln. Ich wiegte sie an meiner Schulter und brummte ein wenig, doch sie weinte weiter, schluchzte laut, mir lief der Schweiß über den Rücken. Als ich den Kellner sah, bestellte ich stilles Wasser, mit dem ich die Milch verdünnte, bis sie abgekühlt war.

Lio trank ächzend, dann schmatzend. Ich grub Zigaretten und Feuerzeug aus der Tasche, klaubte mit den Zähnen eine Kippe aus der Packung, zündete sie an und rauchte. Lio trank. Und schlief.

Als wir in Genf umstiegen, öffnete sie zum ersten Mal die Augen. Sie waren von einem unbestimmten bleifarbenen Grau, mein Blick fiel in ihren, bis er auf einen Widerstand traf. Splitternd brach etwas: Flockensturm in der Schneekugel meines Herzens, winzige Scherben darin.

Mit dem Kind unter dem Mantel tappte ich spätabends durchs Treppenhaus. Kindergeschrei bei Alice im Parterre, auf der Fußmatte vor unserer Wohnung ein Zettel von Frau Niederlin, mit der Aufforderung, die Wäsche im Trockenkeller abzuhängen, dann der ploppende Laut, als im Treppenhaus das Licht erlosch. Auch in der Wohnung war es dunkel, nur am Anrufbeantworter leuchtete es rot, und die Stimme der Automatenfrau meldete: Keine … neue … Nachricht. Schnell ging ich in Schuhen und Mantel durch die verwaisten Räume. Das Kind ans Herz gepresst, spürte ich einen Druck aufsteigen, eine Verhärtung in der Kehle und dass in meiner Brust etwas auslief. Dann die Gewissheit der Leere. Paule war weg.

Später hockte ich neben dem Korbwagen mit dem schlafenden Kind und horchte in die nächtliche Wohnung. Gefühl, es werde etwas Unkontrollierbares geschehen, Gefühl, an einer Schwelle zu stehen, hinter der das Nichts war. Gefühl, in ein Vakuum gesogen zu werden. Ich ging in die Küche und öffnete ein Bier. Nach der dritten Flasche schob ich den Korbwagen neben mein Bett, zog mich im Dunkeln aus und sackte in einen traumlosen Schlaf. Gegen vier brabbelte mich das Kind wach. Wie elektrisiert sprang ich aus dem Bett, lief durch alle Zimmer und fand sie leer. Nachdem das Kind sein Fläschchen getrunken hatte, schliefen wir beide wieder ein. Paule würde zurückkommen. Morgen Vormittag. Unbekümmert und ein wenig fahrig würde sie reinkommen, mit einer Tüte Croissants in der Hand und der Zeitung unter dem Arm.

3 Ein dünnes Stück Karton, blaugrünweiß bedruckt, fällt ins Dunkel eines Blechkastens, stößt auf weiße Papiere und große Umschläge, hellbraun wie die Haut junger Mädchen nach den Sommerferien. Bütten, gefaltet und in flüsternd Seidiges gesteckt, Getipptes hinter nüchternen Adressfenstern, auf das anderes, mit bunten Marken Beklebtes folgt und die Karte zudeckt. Sie wartet, mit all den aufgeweichten, dann getrockneten, mit Leim verpressten Holzfasern, in der Finsternis des Briefkastens, bis sich am Abend ein kleiner Wagen mit stotterndem Motor über die Landstraße windet, auf den Kasten zu. Das Motorengeräusch erstirbt, leises Knacken der erkaltenden Kühlerhaube, jetzt schlägt eine Tür, Schritte nähern sich, ein Klingen, als der Vierkantschlüssel eingesteckt wird, dann ein Klacken und Schieben, der Blechboden klappt nach unten, und alles stürzt vom Dunkel des Kastens in das Dunkel des Sacks, der jetzt gerüttelt, gelöst und geschlossen wird. Der Sack fliegt in den lauen Dunst aus Benzinabgasen und kaltem Zigarettenrauch, der Anlasser spuckt zweimal, bevor der Wagen weiterfährt. Die Karte Blaugrünweiß ist auf den Weg gebracht.

LIEBE LIO. HIER LEBE ICH NUN. DAS ESSEN SCHMECKT MIR NICHT, DOCH DIE FREMDE SPRACHE LERNE ICH SCHNELL. GLÜCKWUNSCH ZUM GEBURTSTAG. P

Wie einen Wasserkopf lädt das P seine Buchtung weit nach hinten aus. Das Blaugrünweiß rüttelt sich weiter in die Tiefe des Sacks, wo es in stickiger Enge liegt, bis das Auto bremst und ruckend wieder beschleunigt, sodass es noch ein wenig tiefer sinkt. Und liegen bleibt.

Polterndes Holpern, eine Plastikwanne setzt sich in Bewegung und in ihr Blaugrünweiß und all die andere Post. Hände greifen danach und knallen das schwarz gefärbte Metall eines Stempels in eine der Ecken, es folgt der Flug in einen Rupfensack, der jetzt geworfen und gefahren wird. Kalte Frühlingsluft dringt durch das grobe Sackgewebe, er plumpst in eine Ecke, andre fallen auf ihn drauf. Pfeif- und Rangiergeräusche, das rumpelnde Schließen einer Schiebetür, das grelle Klingen des Metallriegels, ruckend setzt sich der Waggon in Bewegung. Blaugrünweiß liegt tief im Inneren, wird tausend Kilometer weit befördert.

4 Jukebox, Tischfußball, Discokugel und ein einarmiger Bandit. Nach über einem Jahr in Zürich fragte Max mich, ob wir noch eins ziehen gehen sollten nach der Arbeit. Wir begannen in der Kneipe neben der Redaktion und soffen uns durch den Chreis Cheib, das frühere Arbeiterviertel, bis wir in einer Spelunke auf der Langstraße landeten. Drei Hells Angels in Lederkluft forderten uns heraus, und nach dem dritten Bier stimmten wir einer Partie Tischfußball zu. Ein ums andere Mal verloren wir, ein ums andere Mal mussten wir den Rockern Bier ausgeben, wobei wir uns abwechselten, bis wir beide blank waren und Max sich auf die Suche nach einem Geldautomaten machte, während ich in der Spelunke auf ihn wartete. Da stand auf einmal sie in der Tür und blickte um sich, als suchte sie jemanden. Ihre schwarzen Zöpfe glänzten wie abgerollte Lakritzschnecken und waren ebenso dünn. Sie trug ein eng anliegendes schwarzes T-Shirt mit einem Loch am Ärmel und einen kurzen weißen Rock, durch dessen Stoff das Etikett mit der Waschanleitung schimmerte, direkt über dem Hintern. Dazu schwarze Stoffschuhe mit dicken Gummisohlen. Sie stellte sich an die Bar und bestellte ein Bier.

Rugeli, Kübel, Becher. Woran man eine Arbeiterkneipe erkennen könne, fragte Max mich, nachdem er zurückgekommen war. Weitere Biergläser neben der überall erhältlichen Stange, erklärte er, ohne eine Antwort abzuwarten, und daran, dass auch aus Flaschen getrunken würde. Um ihn zum Schweigen zu bringen, ging ich zur Jukebox und suchte lange, bevor ich mich entschied. Als ich zurückkam, stand sie an unserem Tisch und fragte, wozu die ganze Gläserwirtschaft, wenn man auch aus der Flasche trinken könne, das sei sowieso die einzig bodenständige Art, sein Bier zu trinken, und, mit einem schnellen Blick auf mich, die basisdemokratische Variante sozusagen. Sie lachte mit einem großen Mund, in dem zu viele Zähne steckten, hob die Flasche und prostete uns zu. *The devil made me do it, do it, do it.* Dann klemmte sie sich neben Max auf die Bank, schlang ihren dünnen Arm um seinen Hals und flüsterte etwas in sein Ohr. *The devil made me trip and fall.* Eine Welle überrollte mich, und ich wusste, dass ich sie haben wollte. Begierde, Eifersucht, Konkurrenz, der Wunsch, endlich dazuzugehören – es war eine Mischung aus allem. Ich hatte nie Probleme mit Freundschaften gehabt, doch hier fühlte ich mich ständig, als hätte ich einen Ausschlag im Gesicht. Mein Grafikdesignstudium langweilte mich. Ich wollte Comics zeichnen, doch dafür gab es keine Ausbildung. So hatte ich mich in die Werbegrafik verirrt und war mit allem unzufrieden, bis auf meinen Job bei der Postille, einem alternativen Wochenblatt, für das ich Karikaturen zeichnete und dessen einziger Redakteur Max war. Daneben gab es Heini, den Gründer und Inhaber des Blatts, sowie Frau Rüdisüli, die sich stundenweise um die Buchhaltung kümmerte. Paule, so hieß das Mädchen, hatte vor meiner Zeit den Server in der Redaktion eingerichtet, bis sie sich einen Job suchen musste, der Geld abwarf, um ihr Informatikstudium an der ETH zu finanzieren.

»Wanderst du?«, fragte sie und sah mich zum ersten Mal offen an. Ich betrachtete den Boden meines leeren Glases und nickte vage. Wie das rein technisch zu bewerkstelligen sei, Sex in einem Biwak in der Eiger-Nordwand zu haben, fragte sie. Was möglich wäre, was nicht. Bewegungen, Handgriffe, Stellungen. Pearl Jam jetzt. *Knockin' on Heaven's Door*. Max und Paule fachsimpelten über das Bergsteigen. Ausrüstung, Gipfel, Touren. Ich winkte einer Kellnerin mit schwarz bemalten Augen und einem unordentlichen blonden Gesteck auf dem Kopf.

»Kletterst du?«, fragte Paule weiter und freute sich über meine Verlegenheit. Ich schüttelte den Kopf. Sie legte mir ihre Hand auf den Schenkel, die warm war und erstaunlich groß.

An diesem heißen Juniabend hatte die Achterbahnfahrt begonnen. Noch ging es schleppend bergauf, doch bald würden wir den Kipppunkt erreicht haben und das Gefährt nach einem Augenblick der Schwebe in ohrenrauschender Fahrt hinunter mehr fallen als fahren, wobei wir einander verloren und mir nicht nur Paule, sondern nach und nach mein ganzes Leben entglitt, zersprengt wurde, und ich alles aufgab, mich der Sturzfahrt ins Nichts überließ. Damals dachte ich noch, dass wir alles in der Hand hätten, doch heute weiß ich, dass ich die Möglichkeit, etwas zu halten und zu gestalten, im Grunde nie gehabt habe. Dass keiner sie hatte. Auch Paule nicht.

Sie gefiel mir nicht besonders. Aber als sie später am Fußballtisch neben mir stand und mit fliegenden Händen die Griffe drehte, roch ich sie zum ersten Mal, und wusste, dass ich mit ihr schlafen wollte, dass wir uns lieben würden und dass ich nicht mehr loskommen würde von ihr. Sie spielte mit viel Körpereinsatz und wenig Effekt, sodass wir weiterhin verloren und den Motorradfahrern Bier ausgeben mussten. Wieder ging uns das Geld aus, und so beschlossen wir zu gehen. Die Kneipe war voller Leute, und im Gedränge ließ Paule ihre Hand über meine Hüfte abwärts gleiten und auf dem Hintern liegen. Bis wir auf der Straße standen, hatte sie ihn gründlich betastet.

Rotes und rosa Blinken in den Schaufenstern, Frauen in überhohen Stiefeln, gehetzte Junkies und wachsame Dealer, die, ihren Sugar-Coki-Sugar-Coki-Sermon murmelnd, scheinbar zielstrebig die Straße hinuntereilten, bevor sie in bläulich ausgeleuchteten Hofeinfahrten einen hastigen Verkauf abwickelten. Eintöniges Stampfen der House Music aus offenen Autos, Männer einzeln und in Gruppen drängten sich an uns vorbei, taxierten Paule, bevor sie in der nächsten Bar oder im nächsten Sexclub verschwanden. Paule streckte mir zum Abschied die Hand hin und lachte wieder mit den vielen Zähnen. Ihre weit auseinanderstehenden grauen Augen schlossen sich, schön nach allgemeiner Auffassung war sie nicht, nicht einmal nach meiner, und doch zitterten mir die Knie und ich war froh, dass wir noch nicht beim dreimaligen Wangenküssen, dem Ritterschlag der Zugehörigkeit, angelangt waren, dass ich ihren Geruch nicht noch einmal einatmen musste.

Sie schwang sich auf ihr Rennrad, dass der weiße Rock hochflog und der schwarze Spickel ihres Höschens zu sehen war. Tief über den Lenker gebeugt, schlängelte sie sich zwischen den Autos der Freier hindurch. Ich sah die festen Muskeln ihrer Waden sich bewegen.

»Doch ja, ich wandre gern«, rief ich ihr nach, und ohne sich noch einmal umzudrehen, hob sie die Faust mit hochgerecktem Daumen. Ein Augenblick der Verlorenheit, bevor Max mich in die Seite puffte, »was jetzt?«, und wir beschlossen, Geld zu ziehen und noch was zu trinken, der Zweiunddreißiger am Limmatplatz fuhr eh nicht mehr.

Am darauffolgenden Montag in der Redaktion begegneten Max und ich uns, als wäre nichts geschehen, keiner von uns erwähnte Paule, und so sah ich sie nicht wieder. Manchmal dachte ich an sie, genau genommen ziemlich oft, und dann geriet ich in einen unruhigen Zustand aus Euphorie und Panik, ein Gehetztsein, das ich für Geilheit hielt, es war aber Verliebtheit, auf jeden Fall extrem aufreibend. Auch deshalb fragte ich Max nicht weiter nach ihr, sondern beschränkte mich aufs Sachliche, auf die Arbeit an der nächsten Ausgabe der Postille. Die Verkaufszahlen waren eingebrochen, die Abonnements weggeschmolzen. Die Rüdisüli schreckte uns mit der Nachricht auf, dass der Hauptsponsor, eine Limonadenfirma in der Westschweiz, das Budget um zwei Drittel gekürzt hatte und prognostizierte dem Blatt eine düstere Zukunft, es sei denn, wir fänden einen Aufmacher, der uns rettete und neue Sponsoren bringen würde. Erst vor wenigen Monaten war die offene Drogenszene auf dem Platzspitz vom Statthalter in einem autokratischen Akt geschlossen worden, und die Szene hatte sich in die Nähe der Redaktion auf den stillgelegten Bahnhof Letten verlagert, wo ich abends die Kleindealer mit ihren Einkaufswagen am Limmatufer entlangrennen sah auf der Flucht vor der Polizei. Süchtige standen herum und verkauften sich für den nächsten Schuss, andere stocherten sich mit heruntergelassenen Hosen, auf dem Boden liegend oder im Gras kauernd, mit der Spritze in den Leisten oder der Halsgrube herum. Das Thema war durch. Fürs Erste. So beschäftigten wir uns mit der abflauenden Europabegeisterung, die später in einem Desaster für Politik und Wirtschaft enden sollte, als das Stimmvolk den Beitritt zum EWR mit hauchdünner Mehrheit ablehnte. Katerstimmung im Land. Die Schweizerische Volkspartei sollte in kurzer Zeit zur stärksten politischen Kraft werden, und sie brachte die Stimmberechtigten dazu, nicht nur die Teilnahme an den Blauhelmaktionen der UNO abzulehnen, sondern immer wieder auch für die Verschärfung der Asyl- und Ausländergesetze bis hin zum Verbot neuer Minarette zu stimmen. Plakate tauchten auf, die Messerstecher aus dem Kosovo zeigten und zu Krallen gekrümmte Hände, die gierig in eine Kiste voller Schweizer Pässe griffen, schreiende Schreckgestalten, die vor dem Schengenraum warnten, weiße Schafe, die ein schwarzes mit Huftritten aus der Schweiz beförderten.

Um dem schleichenden Gefühl des Eingeschlossenseins zu entkommen, um Paule aus dem Kopf zu kriegen, arbeitete ich am Skript für meinen neuen Comic und fuhr nach Brüssel, um ein paar Leute zu treffen, die ich im Januar beim Comicsalon in Angoulême kennengelernt hatte. Als ich nach ein paar Wochen in die Schweiz zurückkam, war Max stinksauer, weil er und Heini das Sommerheft allein hatten fertigstellen müssen. Ich ließ mich nicht stressen, erschien weiterhin jeden zweiten Tag in der Redaktion, jobbte beim Fliegenden Harrass, einem Getränkelieferanten, als Fahrer und vertiefte mich in das, was ich für das größte Menschheitsproblem der Zeit hielt: den Kern. Genauer die Manipulationen am Atomkern und am Zellkern.

Spaltung und Sequenzierung als folgenschwerste Eingriffe in naturgegebene Strukturen. Spaltung des Atomkerns, massenhafte Bombentests, unkontrollierte Sprengungen, Kriegseinsatz – keine Generation vor oder nach uns war unter einem radioaktiven Fallout dieses Ausmaßes aufgewachsen. Bikiniatoll, wo war das schon. Tatsächlich waren wir als Kleinkinder einer Strahlenbelastung ausgesetzt gewesen, die den windverblasenen Fallout aus Tschernobyl um ein Vielfaches überstieg. Bevor ich mit dem Zeichnen anfing, war ich berufsmäßiger Antiatomkraftdemonstrant gewesen und von Wackersdorf nach Gorleben, von Whyl nach Grundremmingen getourt.

Max fand mich hysterisch, sagte jedoch nichts, sondern schnurrte auf diese fast unsichtbare Weise in sich zusammen, verschrumpelte ein wenig, so als hätte ihm jemand den Saft abgelassen; dann blickte er im Zimmer umher und begann von etwas anderem zu reden.

Im Herbst mobilisierten wir unsere letzten Reserven, um das Heft zur EWR-Abstimmung noch zu produzieren. Als es ausgeliefert und die Abstimmung verloren war, berieten wir die Lage und beschlossen, die Postille fürs Erste einzustellen. Mir war das recht, denn nun hatte ich Zeit für das Sequenzierungsthema und für meinen zweiten Comic.

»Sag mal, ödet dich das nicht an? Diese endlose Benjamin-Rezeption in den USA und hier erst noch in einem Märchensong, mit verschwommenem Blick getextet, getrübt von einem Kulturimperialismus« – sie sagte tatsächlich Kulturimperialismus –, »der sich ohne Hemmungen verbreitet, die Welt überschwemmt mit Musik, die du wohl bedeutsam findest, die aber für nichts weiter steht als plumpes Herrenmenschengebaren, das allein auf der skrupellosen Ausbeutung der kulturellen Leistungen ethnischer Minderheiten beruht, und ich meine damit keineswegs die Minderheiten in Europa, das Argument des Eurozentrismus sticht bei mir nicht, das mal vorweg, kurzum die musikalischen Traditionen anderer Völker weltweit auszugsweise und mainstreamtauglich zu plündern, die Rosinen zu picken sozusagen, Paul Simon hat ja schon vor fünf Jahren vorgemacht, wie damit viel Geld verdient werden kann, und erst noch unter dem Vorwand der Entwicklungshilfe, hast *Graceland* bestimmt auch im Regal stehen, wie kannst du das nur unterstützen, den Zeitgeist, der in den USA generiert wird und damit das System und mit ihm die imperiale Vormachtstellung erhält? Und dies unter dem Label des Independent!«

Paules großer Mund öffnete und schloss sich. Sie presste die geschwungenen Lippen zusammen, öffnete sie wieder und sagte verächtlich: »Hansel und Gretel. In einer Bar in Berlin!« Sie schnaubte, und ihre Augen glitzerten. Ich wollte augenblicklich mit ihr ins Bett. Stattdessen stand ich im Plattenladen in einer Schlange vor der Kasse und drehte eine CD von Laurie Anderson in den Händen, die auf einmal glühend heiß geworden war. Paule hatte sich vorgedrängelt und stand jetzt dicht neben mir. Sie trug eine Norwegermütze mit zwei Bommeln, die, während sie redete, zusammen mit den Zöpfen im Vierklang auf ihren Brüsten baumelten. Ich riss meinen Blick los und schaute nach vorne, wo sie Probleme mit dem Kartenleser hatten.

»Mir gefällt die Musik einfach«, sagte ich lahm. Dann nichts mehr. Auch bei ihrer Karte machte der Apparat Schwierigkeiten, ich nutzte die Gelegenheit und entkam in den kühlen Herbstabend.

Selbstbeschimpfungen, meine Geistesgegenwart und Schlagfertigkeit betreffend, trieben mich voran. Nach einigen Straßen hörte ich schnelle Schritte hinter mir.

»Warte«, rief sie und blieb keuchend stehen. »Ich hab noch was vergessen.« Sie packte mich am Ärmel und wollte lostexten, doch ich kam ihr zuvor.

»Wie Musik und Sprache verwoben sind. Das Krächzen der Geige, der Gesang, das Heulen und Jaulen, Kreischen und Zittern. Das ist doch neu und außerdem sehr weiblich. Eine Performance wie die von Laurie Anderson ist doch an sich schon subversiv, zumindest ist sie es wert, ohne Schere im Kopf angehört zu werden. Außerdem ist die musikalische Verarbeitung von Theorie in meinen Augen eine künstlerische Transformation, deren Anlass doch hier nur einen Teilaspekt aufgreift. Im Kunstwerk – und wir sprechen hier von einem zweieinhalbminütigen Popsong – kulminiert eine Theorie in einer einzigen, zugegeben verkürzten Aussage, das ist halt die Quintessenz, und bietet wieder Anlass zu Interpretation, andere Künstler beziehen sich darauf und so fort. Das ist für mich ein legitimes Kunstverfahren, im Falle von Laurie Anderson aber von

Imperialismus zu reden ist einfach lächerlich. Schau dir nur mal die Verkaufszahlen an.«

Paule öffnete den Mund, um etwas zu erwidern, ich ließ sie einfach stehen und ging weiter. Yes. Insgeheim. Und noch einmal umgedreht, sehr schnell.

»Im Biwak, was? In der Eiger-Nordwand?« Ich lachte.

»Warte«, rief sie und kam mir nach. »Gehen wir zusammen«, schlug sie vor, und ich willigte ein. Zusammen sein, miteinander gehen. Wie albern. Paule aber meinte nur den Augenblick, wie es für sie immer nur den Augenblick, die Gegenwart, diesen einzigen jetzt stattfindenden Moment gab. Sie wollte nichts weiter, als mich ein Stück begleiten, während sie unentwegt auf mich einredete, ich irgendwann nur noch »Biwak« sagte und sie endlich verstummte. Wir fuhren schweigend in einem Bus an den Stadtrand, wo sie in einem heruntergekommenen Mehrfamilienhaus ein WG-Zimmer bewohnte. Sie nahm den Faden wieder auf, zog den dicken Pulli aus, stellte Musik an, kochte Tee, gleichzeitig das alles und mit einer Leichtigkeit, die mich schwindlig machte, denn ich war ausschließlich damit beschäftigt, die zwei Filme, die in meinem Kopf liefen, zu synchronisieren. Die Biwaksache: Mutmaßungen über Paules Wesen, ihren Körper, das lief ruckartig, sprunghaft und mit Tempowechseln; die Diskussionen: Paules abstruse Ansichten zum Comic als Erzähl- und Kunstgattung, wobei sie alles durcheinanderwarf, Superheldencomic, Underground, Graphic Novel. Spiegelman, klar, dabei hatte sie vom Underground-Comic keine Ahnung, hatte nie was von Tijuana Bibles gehört, jenen kleinen Achtseiterpornos, die in Bars, Spielhallen, Tankstellen unter der Theke verkauft wurden, ich gabs auf und freute mich, denn wir redeten jetzt über Sex, kamen der Sache näher. Wir blieben in fast allen Punkten uneins, und um uns nicht zu streiten, schliefen wir miteinander, wollten es sofort noch einmal, und als Paule endlich schlief, verließ ich sie im Morgengrauen, lief durch leere Straßen, in denen die Kehmaschinen wüteten, nach Hause und schlüsselte nach über zwei Stunden Fußmarsch mit zitternden Fingern an der Tür herum. Im dunklen Zimmer verkrochen schlief ich bis zum Nachmittag.

Ich saß in der Pyjamahose auf dem Balkon und genoss Kaffee trinkend die Oktobersonne, als es klingelte. Unten lehnte Paule, auf dem Fahrrad sitzend, an einem Baum und winkte mit der behandschuhten Rechten, ich solle herunterkommen. Wir verließen die Stadt und fuhren in den Wald, wo wir uns auf das Polster aus Tannennadeln legten. Paule war von der schnellen Fahrt verschwitzt und still, als hätte sie sich leer geredet. Als die Vögel zu lärmen begannen, küssten wir uns. Sie schob meinen Pullover nach oben, zog mir das Hemd aus der Hose und senkte den Kopf. Die Pinsel ihrer Zöpfe kitzelten meinen Bauch, ihre Zunge glitt über mich hin, und ihr Mund machte Saugbewegungen, als wollte sie mich aufschlürfen. Etwas löste sich auf in mir und über mir, vor einem dunklen Nachthimmel schwankten die Wipfel der Tannen im Wind.

5 Draußen dämmerte der Morgen, Lio schnarchte wie ein Clochard, während ich wach lag und auf Paule wartete, die nicht kam. Keine Croissants, keine Zeitung, keine Normalität. Eine Woche verging, in der ich mich durch das Zusammensein mit Lio improvisierte, die zweite Woche verging, Routinen stellten sich ein und eine Ahnung von Unfreiheit. In den folgenden Wochen verschwanden Paules Sachen bis auf ein paar nutzlose Gegenstände nach und nach aus der Wohnung. Irgendwann packte ich den Rest in eine Kiste und räumte alles in den Keller. Für später, für Lio. Ich lebte mit dem Kind in einem Provisorium, einem Übergang vom Ungewissen ins Unbekannte. Morgen, sagte ich mir jeden Tag, morgen fange ich an sie zu suchen. Doch stattdessen tat ich, was ich immer tat. Ich zeichnete. Ich scribbelte, malte, tuschte und kolorierte. Ich entwickelte Figuren, probierte mit Perspektive, Szenenwahl und Bildausschnitt herum, teilte die Seiten ein, legte die Panelgröße fest und fertigte ein grobes Layout an. Dann musste ich mich mit der Story befassen und zwang mich dazu, das Script in der Marvelmethode auszuarbeiten, um einen Überblick über den Handlungsverlauf zu bekommen. Ich schrieb nicht gern Worte auf, doch ohne den Entwurf fiel ich durch den von Lios Bedürfnissen so kurz getakteten Tagesverlauf immer wieder aus der Geschichte heraus und musste mich mühsam wieder rein-

kabeln. Viertelstunde für Viertelstunde kriegte ich vieles erledigt, und ein Haufen Papier sammelte sich an. Dazwischen maunzte Lio mich zurück in die Realität, ich gab ihr die Flasche, wickelte sie, trug und wiegte sie, bis sie wieder eingeschlafen war, und klemmte mich wieder ans Zeichenbrett. Tag und Nacht verflossen zu einem langsamen, ruhigen Zeitstrom, ich passte meinen Rhythmus an den von Lio an, arbeitete in der Nacht, schlief, wenn sie schlief, am Tag, und gewann ein wenig Freiheit. Morgens gegen fünf, wenn die Amseln zu singen begannen, ließ ich den Stift sinken, löschte das Licht und kroch ins Bett. Noch eine oder zwei Stunden würden mir bleiben, bevor der Hunger das Kind wieder weckte. Ich sah ins Dämmerlicht und schlief augenblicklich ein.

Paule hatte das Kind nicht gewollt. Sie hatte es von Anfang an loswerden wollen, das war mir jetzt klar. Kurz nachdem wir aus der Türkei zurückgekommen waren, hatten ihre Zweifel begonnen. Mehrmals hatte sie halb im Scherz eine Bemerkung gemacht. Meinst du, es bleibt? Muss ich es wirklich bekommen? Bestimmt ist es beschädigt, was dann? Manchmal hatte ich widersprochen, manchmal war ich darüber hinweggegangen oder hatte versucht ihr Mut zu machen. Beruhigen konnte ich sie nicht, und so unterzog sie das Kind allen verfügbaren Diagnoseverfahren der Pränataldiagnostik. So wollte sie die Kontrolle behalten und sicher sein, dass das Kind ihren Leistungserwartungen entsprechen würde. Der Angst vor ihrem eigenen Versagen bei der Geburt begegnete sie, indem sie sich ein umfangreiches geburtshilfliches Wissen aneignete, ja sogar einen geplanten Kaiserschnitt erwog. Alles sollte perfekt sein.

Nun, da ich allein war, hatte ich begonnen, die Schwangerschaft, die Geburt und auch, wann und wie wir das Kind gemacht hatten, immer und immer wieder zu durchdenken, auf der Suche nach Anzeichen, die Paules Furcht bestätigten. Aber immer gelangte ich dahin, dass sie halt unbegabt sei zum Muttersein, dass es an ihr läge, nur an ihr.

Kurze Zeit später kam der Sommer mit Wucht, und wenn der Himmel hoch über der Stadt stand, wenn in den Straßen das Sommertreiben stampfte, legte ich Lio in eine klapprige alte Karre, stieß sie von mir weg und vor mir her, sie rollte über den Gehweg, und ich lief mit flatterndem Hemd hinterher. Lebensgier waberte in Schlieren über dem weichen Asphalt. Im Botanischen Garten stellte ich Lio unter die Hemlocktanne in den Schatten, bedeckte den Wagen mit einem Gazetuch und legte mich ins Gras. Quietschende Trambahnen, das Brummen der geschäftigen Stadt, lupfige Musik weit entfernt. Immer war irgendwo ein Straßen- oder Stadtteilfest, wo ich einen grünen Luftballon kaufte und an den Wagen band. Ich setzte mich zu wildfremden Menschen an einen Biertisch, aß Mah-Mee mit vielen Nudeln und trank sauren Weißwein. Leichthin, mit langen Pausen und diesem beiläufigen, unaufgeregten Maß innerer Beteiligung, das der Situation angemessen war, gelang es mir, mit den Leuten zu reden, und auch, ihr Schrumpfen zu übersehen, wenn sie mich sprechen hörten. Ich simulierte Normalität und wanderte beschwingt und angeheitert durch die staubigen Straßen nach Hause, spätnachts, wenn keine Straßenbahn mehr fuhr. Zu Hause stellte ich Lio im Korbwagen neben mein Bett, lauschte in die Nacht und atmete sehr langsam ein. Und aus. Eine Autotür schlug zu, das Rinnsal eines Saxofonsolos tröpfelte aus dem Jazzclub nebenan, ein pfeifender Radfahrer, gefolgt von einem verfrühten Vogelschlag. Lios gurgelnder Schlaf. Erste Regentropfen fielen. Atmen, bis die Flut kommt.

BLUESIE

Blust. Ein Frühsommertag und ein Blütenblätterstaubüberschwang mit Lust auf alles, was kommt. Das Postauto folgte den engen Kurven der Landstraße bergauf, rasch wechselten die Sonnen- und Schattenpassagen, beim Eintritt in kurze Waldstücke, beim Austritt in die sanfte Mattenlandschaft, in deren Mulden, auf deren Höckern einzelne Gehöfte saßen. Buchenlaubschatten, Sonnenflecken. Wir kamen durch ein lang gezogenes Stück lichten Waldes, mit uns im Bus fuhren noch ein einzelnes Schulkind und ein älteres Ehepaar, das sich laut unterhielt. Wir beide schwiegen. Und im gleichmäßigen Brummen des Motors, der Wärme um mich her, baute sich eine träge Spannung auf, die mich einhüllte und die Gedanken wie Honig durch die Gehirnwindungen tropfen ließ.

Von Anfang an kam sie und ging. Kam und ging. Klingelte an einem ganz normalen Dienstag, sehr früh am Morgen, polterte die vier Stockwerke herauf und stand vor mir in Wanderstiefeln und mit einem erbsengrünen Edelweißtüchlein auf dem Kopf, unter dem die schwarzen Zöpfe herausfielen.

»Komm mit in die Berge. Wandern«, sagte sie und setzte ihren Rucksack ab.

»Keine Zeit, ich muss arbeiten«, sagte ich. Die Deadline für den Auftrag, an dem ich arbeitete, war bereits seit zehn Tagen verstrichen, doch der Kunde, eine Weberei im Tösstal, die Stoffe für Autositze herstellte, hatte mir eine Frist gewährt, die an dem Abend endete. Ein Augenblick der Unschlüssigkeit, schon hatte sich Paule an mir vorbeigedrängt, wir streiften uns und standen jetzt sehr nah beieinander. Bei Tageslicht. Und ich in Boxershorts mit ungeputzten Zähnen. Sie hatte auf dem Nasenrücken untereinander zwei dunkle Punkte, Leberfleckchen wie ein Maoritattoo. Sie roch nach Zigarettenrauch und kühlem Wind und sehr schwach nach etwas Drittem. Zitrone oder Grapefruit. Ich wich zurück und murmelte: »Heute nicht, ich bin noch nicht fertig und muss morgen früh präsentieren.« Sie sah sich um, machte keine Anstalten zu gehen. »Willst du Kaffee?«, frage ich, und wünschte, sie würde ablehnen.

»Danke gern«, antwortete sie und stapfte, während ich mir die Jeans anzog und im Bad einen Schluck Mundwasser durch die Zähne zog, in der Wohnung herum, betrachtete meine Skizzen auf dem Zeichentisch, betastete die Wurzelstücke, die ich an die Wände genagelt hatte, griff nach der Computermaus und begann sofort herumzuklicken. Ich beobachtete sie durch den Türspalt. Wie eine Katze, dachte ich, beschnuppert alles, als gehörte es ihr. Ich war auf dem Weg in die Küche, als ich hörte, wie sie sich setzte. Unruhig kehrte ich um und sah, wie sie sich ins Innere meines Rechners vertiefte, in den Systemeinstellungen herumklickte, die Harddisk mit den Programmen und Anwendungen öffnete, die Festplatteninformationen aufrief und alle möglichen Rechenoperationen in Gang setzte. Sie lehnte sich zurück und sah zu, wie die Balken sich langsam zu füllen begannen, während Befehlszeilen und Systeminformationen rasend schnell wechselten.

»Wo bleibt der Kaffee?«, fragte sie frech, als sie mich bemerkte. Ich hätte sie am liebsten rausgeschmissen. Stattdessen zog ich sie auf dem Stuhl von Bildschirm und Tisch weg.

»Mach das wieder rückgängig!«

Sie sah mich erstaunt an.

»Aber ich wollte doch nur ...«

»Hab ich dich um etwas gebeten?«

»Ist ja gut, ich dachte, du freust dich, wenn ich dir ...«

»Ist mir gleich, bring es einfach wieder in Ordnung!«

Ich rollte sie zurück vor den Schreibtisch und blieb hinter ihr stehen, während sie mit flinken Fingern die Rechenoperationen stoppte, Programmcodes eingab, einige Einstellungen änderte, die Fenster mit ein paar Tastenkombinationen schloss und meine Grafik wieder auf den Bildschirm rief. Sie schien unverändert, und ich atmete auf.

»Was für ein Unfug!«, sagte sie zwischen den Zähnen, und dann, während der Mac speicherte, herunterfuhr und neu startete, schlang sie die Arme um meinen Hals, zog mich an den Hüften zu sich, presste sich an mich und küsste mich.

Mit schwummrigem Kopf lief ich in die Küche, wo ich endlich den Kaffee aufsetzte, den wir nicht trinken sollten, der in seinem Metallkocher brodelte, einkochte und als schwarzer Film festbrannte, während wir miteinander schliefen.

Danach sprang sie fröhlich in ihre Kleider und ging wandern, ich aber rannte in der Wohnung herum. Erregt und zugleich glücklich suchte ich etwas, das ich kaputt hauen könnte, nahm die Kaffeetasse und warf sie an die Wand, von der sie mit einem dumpfen Federn abprallte und unversehrt auf dem Boden landete. Wütend warf ich sie aus dem Fenster, sie zerknallte unten auf der Straße. Paule war nicht mehr zu sehen. Während ich meine Arbeit in Windeseile erledigte, musste ich immer wieder an sie denken. Dann stellte ich mir eine liegende Acht vor, auf der ich die Gedanken kreisen ließ wie auf einer Carrerabahn. Der Mac arbeitete schnell und leise. Mir schien, als würde er die Änderungen an den Dateien rascher verarbeiten und die Text-Bild-Verknüpfungen mit weniger Rechenaufwand schneller und geschmeidiger speichern als bisher. Eiger-Nordwand. Das Telefon klingelte, ich ließ ich es läuten, holte mir ein Bier aus dem Kühlschrank und arbeitete weiter. Am späten Abend war ich fertig, hatte die Daten gezogen, die Proofs für die Druckerei auf CD gebrannt, einen Umschlag und die Präsentationsmappe vorbereitet. Anderntags präsentierte ich meine Arbeit, man akzeptierte ohne jeden Änderungswunsch, was selten, was äußerst selten war, in Hochstimmung fuhr ich an den Stadtrand zu Paule, sie öffnete im Nachthemd.

»Komm mit mir in die Berge.«

Sie war in wenigen Minuten bereit, und wir machten uns auf den Weg.

Es war der erste heiße Tag des Jahres, alle waren zu warm angezogen. Alle außer Paule in ihrem kurzen weiten Rock. Mir lief der Schweiß zwischen den Schulterblättern hinab.

Sie saß aufrecht neben mir, breitbeinig, beide Füße fest auf dem Boden, und sah aus dem Fenster des Postautos. Ihre Schenkel vibrierten. Draußen huschte der lichtgrüne Wald vorbei mit hell verschleierten Baumkronen, dicke Kissen aus Gras lagen zwischen den schlanken Stämmen, in flackernden Sonnenflecken flirrte der Wiesengräserflaum. Ich drückte den roten Knopf, um auszusteigen. Paule folgte mir im letzten Augenblick und sprang mit einem Satz aus dem Bus, der sofort weiterfuhr und hinter einer Biegung verschwand.

»Lass uns da hineingehen«, sagte sie in die Stille und dann:

»Keiner weiß, wo wir sind.«

Der Waldweg war von einer blässlichen Schicht Blütenstaub bedeckt, bei jedem Schritt stob er auf, stäubte und setzte sich auf uns ab. In die Falten der Wanderschuhe, auf die Socken und Kleider. Er rieselte auf Haare und Wimpern, kroch in die Ritzen der Haut. Schnurgerade zog sich der Pfad dahin, wir rannten ein Stück, drehten uns rasch um und sahen helle Staubwolken wirbeln. Gelbliche Schlieren auf Rock und Hose. Kein Laut, auch die Vögel waren jetzt verstummt.

»Keiner weiß, wo wir sind«, murmelte ich, »komm«, und zog sie an der Hand vom Weg ab und durch das Gestrüpp in den Wald hinein. Tief. Tiefer. Ich arbeitete mich schnell voran, hielt ihr die Zweige zur Seite, doch sie blieb immer weiter zurück, suchte einen eigenen Weg durch den mehligen Wald. Klar und ungetrübt lockte ein einzelner Vogelsang. Milchig hing der Staub in der Luft. Ich blieb stehen und sah mich um, Paule war verschwunden. Keiner weiß, wo ich bin, dachte ich und stellte mir vor, ich bliebe allein, Paule bliebe weg, und erinnerte mich, wie sie beim Umsteigen vom Zug ins Postauto auf einmal weggerannt war, ich allein im Bus saß, sie im letzten Augenblick außer Atem doch noch eingestiegen war und sich in einen entfernten Sitz hatte sinken lassen, als gehörten wir nicht zusammen. Wie ich mich neben sie gesetzt und wie es in ihrer Nähe gerochen hatte, nach Frühsommerschweiß und einem süßlich dumpfen Geruch, wie fauliges Wasser.

Der letzte Vogel war verstummt. Kein Zweig knisterte. Ich kam an den Rand einer Rodung und sah Paule, die mit hochgeschobenem Rock hinter einem Baum kauerte und Wasser ließ. Auf ihren Schienbeinen kreuz und quer dünne Kratzer, aus denen winzige Blutstropfen quollen. Ich setzte mich auf einen Baumstamm und beobachtete sie. Baumstümpfe ragten aus der wie eine Wunde brutal in den Wald gehauenen, von Gesträuch und Gestrüpp überwucherten Lichtung. Die Sonne brannte mir auf den Kopf. Paule stand auf mit dem Rockwulst auf den Hüften und ohne Slip. Sie kam zu mir herüber und setzte sich rittlings auf den bemoosten Baumstamm. Über die aufgesprungene Borke liefen Waldameisen in schneller Hast und verkrochen sich in dem langfädigen Polster. Paule drückte ihre Schnecken ins Moos. Die Klammerameisen suchten einen Weg über ihre nackten Beine. Fäden, Fetzchen, Sporen und Mooskapseln schoben sich in ihr Fleisch. Alles rutschte zwischen die Lippen und Falten, bewegte sich vorwärts, kroch in sie hinein, während aus den zerkratzten Beinen noch immer Blutströpfchen drangen. Die Sonne stach mir in Nacken und Rücken, mir schwindelte. Ich streckte die

Beine und schob die Hände in die Hosentaschen. Meine Finger bewegten sich wie von selbst. Paule fasste mich an der Schulter, ich machte eine Vierteldrehung, sie packte mein Hemd und riss es mit einem Ruck auf. Knackend sprangen die Knöpfe ab, seufzend riss der Stoff. Ein graurosa Pulsieren darunter, als hätte sie auch mein blutgefülltes Herz geöffnet. Ich war so weit und nahm die Hände aus der ausgebeulten Hose. Ein ovales Karamellbonbon, das ich aus seinem knisternden Goldpapier wickelte und ihr mit dem Daumen tief zwischen die Lippen drückte. Ins feuchte Innere. Sie sog, lutschte, schmatzte und zog mich an sich. Ihre klebrigen Lippen auf meinem Mund. Das samtige Ding rutschte in meinen Gaumen, wo es zu schmelzen begann, bis ich es mit geschwollener Zunge wieder zurückdrückte, dann nach ihm zuckte, leckte und stieß. Paule bog sich weit nach hinten, mein irrer Blick verfing sich in ihrer Beingabel. Keiner weiß, wo wir sind.

Am Rand der Lichtung legten wir uns in eine weiche Kuhle, der kurz zuvor das Wurzelwerk eines Baums entrissen worden war. Mittagsglut. Der Blütenstaub stob in Schwaden. Wir schwitzten im Schlaf weiter, und der gelbe Staub schwamm in Schlieren auf unserer nassen Haut. Klammern fraßen unsere Zehen, Mücken arbeiteten sich in die Haare und unter die Haut. In Augenrändern und Mundwinkeln würden sich die ersten Maden tummeln, wir träumten, dass wir im modrigen Waldboden versanken.

Hämmernde Kopfschmerzen beim Anstieg durch den Wald, dann ein besoffenes Auf und Ab einen Höhenweg entlang. Seen und Gipfel links, Seen und Gipfel rechts. Am

Ende der stundenlange Abstieg über Wiesen. Grünblaue Dämmerluft, Staksen durch hüfthohes Unkraut und um die Ecke eines harzschwitzenden Schuppens, der allein auf einer Wiese stand. Paule, die vor mir ging, schrie plötzlich auf und blieb versteinert stehen. Vor ihr lag, im bläulichen Abendlicht, lang hingestreckt mit ockergelben Zähnen im zerfressenen Gesicht, ein halb verwester Dachs vor prächtiger Bergkulisse. In meinem Schädel klopfte das Blut.

»Komm«, ich wollte weiter, zog sie an der Hand, sie aber kauerte nieder und stocherte mit einem dünnen Stock im Bauch des Tiers herum. »Komm, lass uns weitergehen«, wieder nahm ich ihre Hand, zog sie fort, rannte über die Weiden bis zu den blassrosa Apfelbäumen, die sich im Tal bauschten, sie kam mir nach, holte auf und stellte mir ein Bein, wir fielen beide, rollten, kugelten den Hang hinab bis an den Rand einer verschüchterten Straße, die sich durch die atemverschlagende Landschaft wand. Stunden gingen wir, durch die Dämmerung zuerst, dann durch die Nacht.

An einer kleinen Bahnstation zwischen wenigen Häusern, in denen kein Licht mehr brannte, warteten wir auf den letzten Zug kurz vor Mitternacht. Paule band sich meinen Pullover um die Hüften, setzte sich neben mich auf die Holzbank und rieb sich Spucke auf die Kratzer an den Beinen. Dann lehnte sie den Kopf an meine Schulter. Der kühle Nachtwind schlüpfte unter mein zerrissenes Hemd und streichelte meine Haut.

Ein Geräusch, eine Berührung oder ein Traum. Etwas schreckte mich auf. Vielleicht nur die tiefer werdende Stille, das grelle Bahnhofslicht oder die Kühle an meiner

Schulter da, wo Paule sich angelehnt hatte. Der Platz neben mir war leer. Paule war nirgendwo zu sehen. Einen Augenblick folgte ich benommen dem roten Sekundenzeiger der Bahnhofsuhr, wie er geschmeidig seine Runde drehte, auf der Zwölf verharrte und weiterlief, nachdem der Minutenzeiger vorgeschnellt war. Gleich würde unser Zug kommen. Ich umkreiste das Bahnhofsgebäude, sah in den Fahrradunterstand, die Toiletten und hinter parkende Autos. Nichts. Zurück am Bahnsteig, schaute ich in die Dunkelheit der verlassenen Bahnstrecke. Rote Lichter, schimmernde Schienenstränge und da, unten auf den Geleisen, im Übergang vom beleuchteten Teil in den Schatten der Nacht, lag sie im Schotterbett mit geschlossenen Augen, als schliefe sie.

Ich rannte zu ihr, zwang mich ruhig zu bleiben.

»Was tust du da? Der Zug kommt gleich!«

Langsam öffnete sie die Augen.

»Sieh mal, der Mond.«

Ich hielt nach dem Zug Ausschau, sah auf die Uhr, dann nach den Signalen, die rot leuchteten, dann grün. Ich horchte angestrengt. Gleich würde er kommen, unser Zug, der letzte, der in diesem gottverlassenen Bahnhof, in diesem toten Nest irgendwo am Ende des Sihltals fuhr.

»Wie eine Schale, eine kleine sicheldünne Schale, liegt er da. Dabei wird er auf Bildern immer stehend gezeigt, ist dir das schon mal aufgefallen? Eigentlich liegen tut er nicht. Er hängt da, so schief und zufällig wie ein abgeschnittener Fingernagel.« Sie sah fragend zu mir hoch.

Außer mir sprang ich auf die Geleise, zog sie an den Händen in eine sitzende Position, schlang die Arme unter ihren Achseln durch und zerrte sie auf den Bahnsteig. Mir schien, sie mache sich schwer, und als ich sie endlich oben hatte, blieb sie mit baumelnden Beinen sitzen. Ich zerrte sie noch ein Stück zurück und ließ sie, als der Zug um die Kurve dröhnte und polternd einfuhr, eine Handbreit hinter der Sicherheitslinie liegen. Etwas in mir war gerissen, und als der Fahrtwind uns erfasste, schlug ich sie mit der flachen Hand ins Gesicht, dass ihr der Kopf nach hinten flog. Sie sah mich verwundert an, dann lachte sie. Der breite Mund, die vielen Zähne, die weit auseinanderstehenden Augen, die sich jetzt mit Tränen füllten. Ich ließ sie sitzen und ging.

Weiter und weiter die triste Zufahrtsstraße hinunter, Bahngebäude, Schuppen, Lagerhallen, ein dunkles Bürogebäude. Irgendwann fuhr der Zug an mir vorbei, ich sah nicht hin, ich wollte nicht sehen, ob sie eingestiegen war, ich wollte sie überhaupt nicht mehr sehen. Ich ging schnell und mit Kraft, die Wut trieb mich voran. Mit jedem Schritt lief ich sie aus mir heraus, bis ich langsamer wurde, weil etwas anderes sich hineinmischte und mich nach einigen Kilometern innehalten ließ. Verwirrung und etwas, das ich für Müdigkeit hielt. Ich kam an ein allein stehendes Haus, ein ehemaliges Lagergebäude, in dessen Fenstern rote Lichter leuchteten. Eine Leuchtschrift blinkte in wechselnden Farben. Pr tty Love. Pr tty Love. Grellrosa zuerst, dann gelb, rot, orange, rosa, gelb, rot, orange. Eine ziehende Leere in mir, ich trat durch die Schwingtüren des Puffs, ging an die Bar und bestellte einen Whisky. Keine Ahnung, warum ich sagte, Scotch, doppelt und ohne Eis. Vermutlich, weil ich mir wie in einem Film vorkam und im Stress immer nur vorgestanzte Formeln von mir geben kann. Das fast nackte Mädchen hinter der Bar hatte keinen Scotch, und so musste ich Southern Comfort nehmen, von dem ich sofort Kopfschmerzen bekommen würde. Als ich den ersten Schluck trank, wusste ich, was es war. Traurigkeit.

Im Dunkel des Lokals saßen vereinzelte Gestalten und sahen einer Asiatin zu, die sich auf einer improvisierten Bühne an der Stange wand. Irgendwo schepperte eine streitsüchtige Männerstimme. Mein Schädel pulsierte in einem hämmernden Rhythmus, während Birkin-Gainsbourg aus den Boxen *Je t'aime* sangen. Ich bestellte einen Wodka und ein Aspirin und noch einen Wodka, nachdem ich die Medizin geschluckt hatte. Die Asiatin überließ die Stange einer Blondine mit sehr großen, sehr prallen Brüsten und näherte sich mit einem verschwommenen Lächeln. Ich bot ihr eine Zigarette an und bestellte Champagner für sie. Gehorsam legte sie die Hand auf meinen Schenkel und begann eine lallende Konversation. Die Schwingtüren bewegten sich, ich sah über die kleine Frau hinweg einen erbsengrünen Stofffetzen verschwinden, doch als ich draußen stand und nach Paule suchte, war da keiner, nur die weiße Mondsichel am Himmel, und über mir blinkte es rosa, gelb, rot, orange. Hinter mir schwangen die Türen, die Fistelstimme näherte sich, und weil der Clubbesitzer dachte, ich wolle mich aus dem Staub machen, oder weil sein Gegenüber kapituliert hatte und er einen anderen zum Streiten suchte, kam er mir nach. Ich drehte mich um und rannte gegen die Schwingtüren, vielleicht wurden sie auch in meine Richtung gestoßen. Ich hörte die blecherne Stimme mich einen »Saucheib und Hurensohn« nennen und dachte, wie im Film, B-Movie. Dann fiel ich um.

6 Dünne Zaunwände aus Drahtgeflecht huschen vorbei, rot-weiß-rote Absperrungen, dann ein Schlauch aus übermannshohen Bautafeln, durch den wir gestoßen und gepresst werden. Schnell geht der Verkehr auf zwei schmalen Bahnen dahin, vorn stößt mein Blick an einen dunklen Jaguar, Zigarrenform, Liechtensteiner Kennzeichen, im Rückspiegel an einen SUV.

Rasen durch die Baustelle meines Lebens, wie simpel, denke ich und versuche mich zu erinnern, wie es gewesen ist, als ich noch nicht im Schlauch des Vaterkindalltags steckte, als ich noch nicht geschoben und gestoßen wurde durch den Kanal, in dem so häufig nichts vorangeht, stattdessen sehr viel Druck herrscht auf die Schädelnähte. Eingedrückte Fontanelle, verschobene Kopfplatten und viel Atemlosigkeit. Raupenartiges Robben, Schieben, Sichwinden und vor mir die Kälte. Es hatte mit einer Implosion begonnen, dem Zusammenfallen von Paules kindgeblähtem Körper, auf dem das struppige Menschlein mit dem schwarzen Schopf jetzt lag, – bläulich und verschmiert, nass wie eine getunkte Katze –, das jappte, trank und schließlich schlief. Zu Hause legten wir es zwischen uns und feierten ein insgeheimes Fest. Paule mit traurigen Augen, ich erleichtert. Da wusste sie es schon, da hatte sie sich schon entschieden, ich aber fühlte mich stark wie nie und dachte noch lange nicht darüber nach, womit es begonnen hatte. Nicht mit der Implosion, sondern mit der kosmischen Strahlung, der dünnen Luft.

Wochen nach unserer Wanderung, ich hatte mit dem Auftrag für die Weberei gut verdient und unerwartet für meine erste Graphic Novel ein Werkstipendium erhalten, meldete sich Paule bei mir und entschuldigte sich. Sie sagte, sie sei verliebt und wolle mich wiedersehen. Ein Gefühl, als würde ich aus der Achterbahn steigen. Sofort war da wieder dieser Alarmzustand. Ich zögerte. Doch als sie am nächsten Tag wieder anrief und an jedem der darauffolgenden Tage, als sie nicht lockerließ und mich schließlich fragte, ob ich Lust hätte, mit ihr zu verreisen, sagte ich Ja.

Der Flug in zehntausend Metern Höhe, die kosmische Strahlung, die dünne Luft. Der Sauerstoffmangel, der Druckausgleich in der Kabine, der Gang durch die Höhle, die alte Frau auf ihrem Esel. Wieder und wieder durchdachte ich die Einzelheiten unserer damaligen Reise.

Gesteinsformationen im Bauch der Erde, Steinlappen, vielfach gefältelt, geformt aus Wasser und Kupfer und Eisen und Mangan. Furchenstrahlen, Augensonnen, der blühende Ginster, die weiße Kuppe des Ida vor dem Überblau des Alls, in das ich aus dem Flugzeugfenster blicke, das ich nicht sehe hier im Dunkel dieser Höhle, das Blau, das Ginstergelb, die klaren Tropfen am Stalaktiten, der den unter ihm Hochstrebenden berühren wird in Millionen Jahren, die Alte auf dem Esel, der vielfach gefältelte Blick unter dem schwarzen Kopftuch. Chérete! Kaffeestaub zwischen den Zähnen, die Zunge löst den Satz nicht im eierschalenhaften Porzellan, ein Finger stippt auf den Boden des Tässchens, aus dem die stechenden Augen lesen, was sein wird. Zukunft. Da hatten sie es schon getan, hatten sich zusammengetan, ein Halbes und ein Halbes, und sich verschraubt zighundertfach, zusammengeschlossen die Glieder zweier Ketten, noch merkte keiner was für lange Zeit.

Dans ce bassin où jouent des enfants aux yeux noirs – eine löchrige Straße, vierspurig die Nordküste entlang, an der sich die Bettenburgen für Pauschaltouristen türmten. Ein heißer Wind schüttelte die Oleanderbüsche auf dem Mittelstreifen, warf Blütenschwaden über unser Auto und den klebrig aufgeweichten Asphalt. Paule sang, den Ellenbogen ins Fenster gestützt, das flatternde Haar im Wind. Rosa und weiße Blüten stoben herein und setzten sich wie Schneeflocken in ihr dunkles Haar. Sie wollte das Labyrinth sehen, die springenden Delfine, das Ruinenfeld – *il y a un bel été, qui ne craint pas l'automne* –, über das wir stolperten in der Mittagsglut. Und Paule, die vom Weg abwich, über Seilabsperrungen stieg und hinter einer brüchigen Mauer lauerte, um mir an den Hals zu springen, zeckengleich, und zu saugen, dass mir das Wasser in die Augen schoss und ich sie an den kurzen Haaren packte, mit mir niederzog und voller Gier fast ganz überwältigt hätte, wenn das Schrillen der Trillerpfeife einer Aufseherin uns nicht zurückgetrieben hätte auf den rechten Pfad. So mussten wir warten, bis es Nacht war, bis wir wieder allein waren, und da muss es dann passiert sein. Da hatten wir im reibeisenharten Zirpen der Zikadenflügel das Kind gemacht. Wellenschaum bespritzte die Felsen.

Paule war ein brauner Fisch. Unter mir, dann auf mir zappelnd, schlängelnd ihr dunkler Körper. Raue Oberfläche, Hautwiderstand, die hellen Dreiecke des Bikinioberteils, in diesen wiederum dunkel, fast schwarz die Brustwarzen, bekleidet und gleichzeitig nackt, verhüllt und vollständig ausgezogen, ein Vexierspiel aus Blöße und Verschleierung: Das war Paule. Sie warf sich von mir, ich legte das Betttuch über sie, sie schob es weg, griff nach mir, ich tastete die hellen Brüste ab, wollte Stoff abreißen von ihr, fühlte die weiße, die dunkle kühle Haut, begriff sie nicht, begriff noch weniger von ihr, als ich begriffen hätte, wenn sie unter tausend Schleiern gesteckt hätte. Sie schlängelte und zuckte unter mir, sie bog den Kopf nach hinten, schlug mit den Füßen, ihr Auge drehte sich ins Weiß, ein Fisch mit weit geöffneten Kiemen, der springend starb. Ich sank in sie hinein und riss die Augen auf. Da, über uns das Bild der Höhle, Psiloritis. Steinlappen, Erdwucherungen, glitschiger Fels.

Haltlos trieben wir über die Insel, rasten auf Schotterpisten bis in den äußersten Zipfel einer steinigen Landzunge, wo wir in einer sichelrunden Kieselbucht drei Wochen blieben. Zwei Zelte, drei Sonnenschirme, ein paar übrig gebliebene Hippies, ein verfallenes Kloster, da und dort eine versprengte Ziege. Felswände umstellten die Bucht, kratzten am Blau des Himmels. Paule, brauner Fisch, schwamm nackt, schwamm weit hinaus, sprang spritzend in die Höhe, die Haarsträhnen wie Pinsel in der Stirn, den lachenden Mund weit offen. Ich wollte glauben, unbedingt, dass das die Liebe war. Ich wusste nichts, spürte nichts. Doch ein Jahr später, als sie weg war, begann ich jede Woche, jede Nacht dieses Sommers von der Zikadennacht an zu durchdenken – wie oft wir miteinander geschlafen hatten –, und es fiel mir kein einziges Mal dieser vielen Male mehr ein, nur diese eine Nacht, als Paule weiß-braun auf mir zappelte und unter mir schwamm. Der Rest unserer Liebesgeschichte war verschmolzen zu einer trägen Masse Erinnerung, aus der ein Eselsrücken ragte, und auf ihm eine Alte, unter dem Kopftuch ein Schrumpelgesicht. Mauersegler, Riesenwespen, gelbe Margeriten. Spitzenklöppeleien und die Windmühlen der Lassithi, lila Disteln, heiße Schwaden Salbeiluft, Orangenhaine, ziegelfarbene Erde und dann und wann ein räudiger Hund. Der Sommerrausch zersprengte die Liebe in farbige Splitter. Alles ging sehr schnell, ich dachte an die Schmerzmittel und anderen Präparate, die Paule in großen Mengen nahm, Alkohol und viele Zigaretten. Ich dachte an die Sicherheitskontrollen im Flughafen, den Fallout einer geheim gehaltenen Atombombenexplosion auf der Insel, die Strahlung in zehntausend Metern Höhe, die frühe Sonnenglut, den roten Staub, die minoischen Labyrinthe, die Alte auf dem Esel und ihren schwarzen Blick.

SEQUEL Dumpfes Rauschen, Gurgeln tief unten, unhörbar dem menschlichen Ohr: das Pumpen der Säfte, Lymphe, Liquor, Zellwasser, Blut – helles, zähes Klingen, schnelles, tief liegendes Klopfen, entferntes Pulsen auf mittlerer Frequenz. Schicksal angelegt in einer Kette aus vier Buchstaben; wir warten auf die zweite Kette, warten, bis unsere Blase schwillt, bis die monatlich sich wiederholenden Bewegungen sie wegspülen, in Wellenbewegungen über weißlichen Pelz, den Trichter, die Röhre hinab, Drift über nassen Flaum, jetzt warten wir auf die Begegnung, ein Zusammentreffen im schwarzroten Raum. Tausend Schlingungen der sich wiederholenden Säuren in nur dem Unwissenden beliebig scheinender Ordnung, dennoch einem Plan, unserem Plan, entsprechend, A und C und T und G in gieriger Erwartung jetzt, ein Gegenüber zu finden im nanometerkleinen Bläschen, das auf wedelnden Flaumhaaren vom Zeugungssaft in die Dunkelheit geflutet wird, eines von Millionen irrender Wesen, die huschen, ihn abtasten, in Fältelungen und Hautlappen vordringen, Peitschenwesen, abprallend, bis eines sich verbohrt, den Wedel abwirft, weiter vorstößt ins Gallert und wir auf die anderen treffen, einander finden, A sein T und G sein C, wo wir Leitern bilden in den krummen Chromosomenstäben, Stapelwechselwirkungen sich einstellen, CG stabiler, AT unverdrossen, und wir in Verknüpfungen,

Verschränkungen die Doppelhelix bauen. Die Strahlung in zehntausend Metern Höhe, der kretische Staub, Ruinenfelder und der vielfach gefältelte Blick auf den Grund einer winzigen Tasse, in die Schlieren des Kaffeesatzes, Reste des mehligen Pulvers, das zwischen Wangenhaut und Zähnen knirscht. Wir verknüpfen, verketten, verklammern und verschrauben, passen uns aneinander an, wenn eines nicht zum andern findet, versuchen wir hier und da etwas Neues in den Chromosomenstäben. Substanzen, Räusche, Rauschen in der Nacht, es liegt der silberfischartige Eindringling umschlossen von Gelee, in dickes Gallert gepackt, endlich haben wir uns alle verknüpft und dann: Stille. Der Kloß liegt da, er regt sich nicht, er teilt sich nicht. Für achtundzwanzig Stunden. Alles, alles, selbst die Flaumhärchen stehen still. Der Meerschaum leckt die Felsen. Das Meeresrauschen weckt die junge Frau. Ihr ist schlecht, sie kotzt. Wir liegen still. Wir warten.

7 Im Innen das Außen. Und immer bauen sie. In den großen Städten und entlang der Küsten. Bauen neu und um und aus. Stellen Bauzäune auf und höhlen die Häuser dahinter aus, reißen die Erdoberfläche auf mit Baggerlöffeln, Grabekrallen, Schaufelladern. Sie buddeln und graben, scharren und wühlen und saugen schlürfend Grundwasser ab. Schaltafeln stellen sie in die Gruben, bauen Holzwände in fußbreitem Abstand, stecken rostiges Baustahlgewebe dazwischen und füllen träg fließenden Beton ein. Gießen Fundamente und Mauern, schichten Stein auf Stein, die tragenden Wände zuerst. Mörtel zwischen die Ziegelsteine und von der Kante die überquellende Masse abstreifen und vor den nächsten Stein streichen, ihn einsetzen, den Mörtel abstreichen und den nächsten Stein setzen, sie prüfen mit der Wasserwaage und der harten, straff gespannten Schnur, sie reihen Stein an Stein. Braunrote Zähne im grauen Mörtelfleisch. Mauern, geschichtet oder gegossen zu immer neuen Ferienanlagen, Bürogebäuden, Wohnsiedlungen, Reihenhäusern, Garagen, Lagerhallen. Immer wird gebaut in den großen Städten: umgebaut und rückgebaut, und an den Küstenstreifen neu gebaut, die Häuser wie Streichholzschachteln in die kurvigen Rundungen der Küste gedrückt. Und Paule war es, die die Baustellen fand, denn sie konnte sie riechen über viele Hundert Meter hinweg, über Autobahnzubringer, Wurst-

buden, Tankstellen, Kläranlagen, Mohnfelder und Olivenhaine hinweg. Über all die Gerüche und Gestänke, die modrigen, fauligen, fettigen, die würzigen, blumigen und staubigen, hinweg konnte sie den kühlen Duft trocknenden Gemäuers riechen und schleppte mich dahin. Wir kletterten über stillgelegte Bahngeleise, denen das Gras kniehoch zwischen den rostigen Schienen wuchs, querten Ausfallstraßen und Werkhöfe, überkletterten Umfassungsmauern und Absperrgitter. Sie nahm mich in die Häuser mit, die roh sein mussten, unfertig und unbewohnt. Häuserschädel, die sie wittern konnte. Kamen wir an eine Baustelle, liefen wir am Bauzaun entlang, bis wir an einer nicht einsehbaren Stelle die Rucksäcke hinüberwarfen, die Schlafsäcke hinterher. Spitzbubenleiter. Sie stellte ihre Schnürstiefel in meine verschränkten Hände, sprang leichtfüßig hinüber und suchte ein Tor, einen Eingang, einen Durchschlupf für mich. Das Gehäuse, das sie für uns auswählte, musste in einem bestimmten Zustand des Unfertigen sein, die Wände unverputzt, der Dachstuhl aufgerichtet, das Dach gedeckt oder nicht, je nach Jahreszeit und Gegend, in der wir waren. Ein bestimmter Geruch, nicht modrig, sondern von frischem, feuchtem Staub, noch in den Räumen, selbst wenn mancherorts das Wasser in Pfützen auf dem Estrich stand, roch es kühl nach frisch verarbeitetem Zement. Leer mussten die Räume sein bis auf ein paar Bretter, auf denen die Schubkarren Schwellen und Absätze überwanden, bis auf ein paar verrostete Drähte, krumm geschlagene Nägel da und dort, ein vergessener Handschuh, ein zementbespritzter Eimer. Das Wichtigste aber und unabdingbar waren die Öffnungen.

Leer gähnende Fensterlöcher, klaffende Türrahmen in dem kahlen Hausschädel. Sie liebte den Zustand des Halbfertigen, des Nochnicht, das dem des Nichtmehr so nah ist. Sie liebte den Betongeruch, die Pfützen, den herumliegenden Bauschutt, das erregte sie. Wir suchten einen Raum, der sich gegen Westen öffnete, in dessen Fenster noch der Rest eines dreckigroten Sonnenuntergangs klebte. Der Abendwind strich über das Brachland der Baustelle, trug ein Rufen, ein Reifenquietschen, ein Lachen oder das Wellenschlagen, das Wispern der Ölbaumblätter oder das Kreischen der Zikaden an unser Ohr. Wir lagen in den Schlafsäcken, lauschten und atmeten in die Nacht. Sanft wehte der Wind über uns hin und rückte uns zueinander, so nah, dass wir den Reißverschluss öffnen und uns anfassen konnten. Im Innen das Außen. Ein Summen vor Glück. »Geh lieber ohne Bürde schlafen«, sagte sie und ließ die Hände huschen, »dann träumst du von morgen und dein Bett ist dir leicht.« Wir vereinten uns mit dem Wind, diesem Wind, der ein Jahr durcheilt in einer Nacht. Noch am Morgen ging er durch den Raum, öffnete mir die Sinne, und mit leisem Puffen fiel das biedere Zubehör der Wirklichkeit von mir ab.

Vom griechischen Festland trieben wir so durch die Türkei bis Südostanatolien, wo wir wegen der Kurdenaufstände nicht mehr weiterkamen. Wir wollten nach Syrien und auf dem Landweg nach Indien reisen, steckten jedoch fest und blieben ein paar Wochen in einem Dorf am Fuß des Nemrut Dağı, wo wir darauf hofften, dass die Lage sich bessern würde und wir weiterreisen könnten. Paule schnitt sich die Haare mit der Nagelschere millimeterkurz, band sich mit elastischen Binden die Brüste ab und rieb sich mit Kholstift Bartschatten ins Gesicht. Ich kaufte ihr weite Hosen und eine Weste, und so saßen wir mit den einheimischen Männern im Kahve, tranken süßen Tee und knackten Kürbiskerne. Sie genoss die Freiheit als Mann, saß breitbeinig auf ihrem Hocker und spielte mit mir Backgammon, während ich mich unruhig umsah und fürchtete, dass ihre Maskerade entlarvt würde.

»Du machst mich nervös«, sagte sie und schüttelte die Würfel in der hohlen Hand. »Wenn sie es merken, dann nur, weil du dich so auffällig verhältst.«

»Das war bis vor Kurzem Kriegsgebiet hier, ich habe Angst um dich.« Sie lachte und verschob gelassen ihre Steine. Wie beim Tischfußball spielte sie auch dieses Spiel mit viel Einsatz und verlor doch immer gegen mich. Vielleicht waren es die frischen Feigen, die wir körbeweise aßen, vielleicht das Wasser oder das lauwarme Essen, vielleicht war sie doch schwächer und zerbrechlicher, als sie sich eingestehen wollte, jedenfalls wurde sie sehr krank. Sie hatte Durchfall und erbrach sich und war innerhalb weniger Tage so geschwächt, dass sie eines Morgens nicht mehr aufstehen konnte. Ich wollte sie zu einem Arzt bringen, doch sie wehrte sich, verbrauchte die Kohletabletten aus der Reiseapotheke und sagte, es werde ihr bald schon wieder besser gehen. Ich besorgte Tee und versuchte, mit heißem Wasser und Brühwürfel eine Bouillon zuzubereiten, es half nichts. Als sie Fieber bekam und mir nichts mehr einfiel, rief ich meine Großmutter an, die mir klarmachte, dass ich Paule ins Krankenhaus oder die Reise abbrechen und sie zurückbringen musste. Sie schickte mir Geld und wollte, sobald wir in einer Großstadt wären, Flugtickets besorgen, ich sollte mich täglich melden und sagen, wie es um uns stand. Gegen Paules Willen bettete ich sie auf die Rückbank des alten Ford, den wir in Antalya gekauft hatten, und fuhr los. Alle paar Kilometer hielt ich an, öffnete den hinteren Wagenschlag, und Paule erbrach sich, ohne auszusteigen, in den Straßengraben. In fabrikneue Mineralwasserflaschen füllte ich Salz und Zucker und zwang sie, kleine Schlucke davon zu trinken.

»Weißt du«, sagte sie bei einem unserer Stopps und ließ erschöpft die Flasche sinken, »ich will nicht zurück, auf keinen Fall zurück. Ich will abhauen mit dir. Einfach weiterfahren und immer weiter. Weißt du. Ein neues Leben.« Sie versuchte zu lachen, schloss die Augen. Das feuchte Haar klebte an ihrem Kopf, ich konnte ihre Schädelform sehen, ihr knochiges Gesicht, in dem die Augen groß und dunkel leuchteten.

»Schschscht«, sagte ich, »nicht sprechen. Streng dich nicht an.«

Doch sie sah mich mit einem Blick an, der mich still werden ließ, denn auf einmal merkte ich, dass das keiner ihrer seltsamen Späße war, dass es ihr ernst war. Dass sie nicht zurück wollte nach Zürich, in die Schweiz, zu ihrem Studium und ihrem Leben dort.

»Mich neu erfinden«, sagte sie. »Ich will eine andere werden oder die, die ich wirklich bin. Verstehst du, die, als die ich gedacht bin.« Wieder schloss sie die Augen, ich hielt ihr die Flasche an die Lippen, und sie trank. »So oft komme ich mir wie eine Hülse vor. Ein leeres, ausgeleertes Etwas. Ein Vakuum hier«, sie deutete auf ihr Brustbein, das sich rasch hob und senkte. »Mit dir, Konrad, verstehst du? Mit dir, dachte ich, kann ich es schaffen. Weggehen. Woanders leben. Du und ich. Wir selbst sein. Du du und ich ich. Lass uns weiterfahren. Irgendwohin. Nur nicht zurück. Einfach nicht zurück.« Sie seufzte, und jetzt sah ich, dass sie weinte. Große Tränen rannen über ihre Schläfen und versickerten in ihrem Haar. »Bring mich dahin, wo wir die sein können, die wir sind, Konrad.« Sie sah mich mit ihrem dunklen Blick an, und in diesem Moment wusste ich, dass ich sie liebte. Dass ich überall mit ihr hingegangen wäre, sie überallhin begleitet, ja gebracht hätte. Dass ich ihr überallhin gefolgt und jeden Unfug mitgemacht hätte. Doch ich wusste auch, dass sie mich verachten würde dafür und dass ich mit ihr weiterfahren, sie in ein Krankenhaus oder nach Hause bringen musste.

Obgleich ich Tag und Nacht fuhr, brauchten wir fünf Tage bis Erzurum, wo wir in einem Hotel in der Nähe des Flughafens zwei Tage auf einen Flug nach Ankara warteten. Von dort wurde Paule, die inzwischen delirierte, mit einem Krankentransport in die Schweiz gebracht, hospitalisiert, untersucht und an den Tropf gehängt.

Paule erholte sich nur langsam, brauchte Wochen, bis sie wieder bei Kräften war. Bei einem meiner Besuche im Krankenhaus erfuhr ich beiläufig vom behandelnden Arzt, dass sie schwanger war. Sie selbst hatte es mir nicht gesagt, und auch von dem jungen Arzt hätte ich es nicht erfahren, hätte er sich nicht verplappert.

Nicht von mir, war mein erster Gedanke, das Kind kann nicht von mir sein, doch Paule war in der achten Woche, und es gab keinen Zweifel, dass es auf unserer Reise gezeugt worden war. In der Zikadennacht. Von mir. Es war meines. Obwohl: Sie war in der Piratenbucht lange bei den Freaks am Feuer gesessen, während ich schon schlief. Und morgens war der Platz neben mir oft leer. War sie überhaupt da gewesen in der Nacht? War sie mit dem Langen aus Detmold mitgegangen, der mit aufgesteckten Haaren und im schmuddelig weißen Gewand stundenlang am Kiesstrand stand und aufs Wasser sah, oder mit dem Jungen auf dem Surfboard? Mit dem schmächtigen Studenten, der nackt am Strand lag und Sloterdijk las? Ich ging zu ihr ins Krankenzimmer und fragte sie unumwunden. Warum sie mir nichts gesagt habe. Von wem das Kind sei. Sie antwortete, das sei ihr gleich, sie wolle es ohnehin nicht haben. Sie habe mit den Ärzten darüber gesprochen, es wegmachen zu lassen, es sei noch nicht zu spät, sie wisse im Übrigen nicht, wie es mit uns, ob es mit uns weitergehe, sie wolle allein sein, ich solle sie nicht mehr besuchen.

Damals hätte alles zu Ende sein können. Alles hätte eine andere Wendung nehmen, und mein Leben ganz anders verlaufen können.

8 Wir rasen in ein Nebelfeld, noch immer huschen Bretterzäune vorbei, die Lichter des Jaguar vor mir verblassen, leuchten grell wieder auf. Ich bremse, Lio fliegt in ihren Gurt, sie brummt, weil sie geweckt worden ist. Fünfzig Kilometer, erst 10:18 Uhr, und wir stecken schon zum dritten Mal an diesem Morgen fest. Noch eine halbe Stunde bis zur Grenze. Graue Nebelwolken lasten auf der Landschaft und der Wagenkolonne, die durch sie hindurchkriecht. Kleine Tropfen fallen. Das Föhnfenster hat sich geschlossen.

Lange saß ich auf einer Bank am Seeufer, sah den Linienschiffen zu, den roten Tretbooten und den Schwänen, die auf dem Wasser schaukelten. Ich lauschte den Gesprächen der Werktätigen, die ihre Lunchpakete aßen, scharrte mit dem Schuh im Kies, und da, ganz unvermittelt, überrollte mich die Freude, spülte meine Bedenken weg, gischtete bis in die letzten Winkel meiner Zweifel. Ein Kind, ein kleiner Mensch, ein Wesen, das ich gemacht hatte. Paule unter mir, ein brauner Fisch, der zappelte. Ich hatte mir das Kind nicht gewünscht, doch nun, da es da war und in Paule lebte und wuchs, wollte ich es. Ich wollte es kennenlernen. Wissen, wer das war. So ging ich unverdrossen jeden Tag in die Klinik und redete bei jedem meiner Besuche auf sie ein. Dass ich das Kind wolle, dass es auch meines sei, dass sie es nicht abtreiben könne ohne mein Einverständnis, dass ich ein Mitspracherecht habe und so fort. Ich redete und redete. Sagte alles, was mir einfiel, und in den Nächten allein zu Hause überlegte ich mir neue Argumente und dachte nach über Möglichkeiten, mein Leben neu einzurichten für das Kind. Für Paule und das Kind. Für uns drei. Die blumigen Zukunftsbilder, die ich entwarf, dienten auch meiner eigenen Beruhigung. Ich wollte nicht nur Paule überzeugen, sondern auch mich selbst. Mit meinen Monologen rang ich meine Zweifel nieder, die immer wieder hochploppten wie Korken, die unter Wasser gedrückt worden waren. Würde ich mich binden können, wenn nicht an Paule, so zumindest an das Kind; würde ich es versorgen, es ernähren können mit meiner Zeichnerei? Je mehr ich redete, umso verschlossener und abwehrender wurde Paule, umso begeisterter malte ich uns das Leben mit dem Kind aus. Wieder und wieder schickte sie mich weg, drehte sich zur Wand, wenn ich kam, zog sich die Decke über den Kopf, schwieg oder drohte oder schrie mich an. Wieder und wieder besuchte ich sie, redete auf sie ein, bekniete sie regelrecht.

Und dann, eines Tages im September, an einem kühlen, sonnigen Morgen mit Spinnwebfäden in der Luft, stieg ich ein paar Haltestellen früher aus der Straßenbahn, ging über den Markt und betrat mit frischer Luft im Gesicht und einem Arm voll braunrosa Astern kurz darauf das Krankenzimmer, wo sie im Bett saß und mich anlachte. Wegen der Blumen, dachte ich. Paules Wangen hatten sich gerundet, ein letzter Hauch Sonnenbräune lag noch auf ihnen, die kurzen Haare trug sie gescheitelt und straff nach hinten gekämmt. Sie hatte ein cremeweißes Nachthemd mit Spitzenärmeln an und lächelte freundlich.

»Komm zu mir.« Sie klopfte auf die Matratze neben sich und nahm meine Hand. »Es ist vorbei. Ich habe es wegmachen lassen«, sagte sie, und als ich die Blumen sinken ließ, das Kind sei weg, abgetrieben. Lauernd sah sie mich an. Ich legte die Blumen auf das Deckbett, als nähme ich Abschied von einer Leiche, stand auf und sah aus dem Fenster. Leere, ein Vakuum, schwarz und undurchdringlich, das jeden Funken Kraft aufsog, verschluckte und vernichtete. Kein Taschentuch in Jacke oder Hose. Wasser lief über mein Gesicht. Ich verrieb die Tränen mit den Handflächen, als wischte ich mir müde Gedanken weg, sie sollte mir nichts anmerken. Tat sie auch nicht, denn sie war viel zu sehr mit ihrer Freude und sich selbst beschäftigt. Ich nahm die Blumen, ging ins Bad und legte sie ins Waschbecken. Ich wusch mir die Augen aus und erschrak vor dem umränderten Blick, der Trostlosigkeit da im Spiegel. Grau die Haut, die Haare standen ungeordnet vom Kopf, das T-Shirt hatte Blutspritzer vom Rasieren und die Lederjacke einen speckigen Kragen. Ich warf mir mehr kaltes Wasser ins Gesicht, bis der Druck hinter den Augen ein wenig nachließ und die selbstzerstörerischen Gedanken von mir abperlten.

Mit Abschiedsworten im Kopf ging ich zu Paule zurück, die inzwischen von Ärzten und Schwestern umgeben war, und wartete, bis die Visite beendet war, bis alles besprochen war, Paules Blutwerte, die Genesung, der mögliche Entlassungstermin. Kein Wort von der Abtreibung.

»Es war auch mein Kind«, sagte ich, nachdem der Gesundheitstrupp das Krankenzimmer verlassen hatte und wir wieder allein waren. »Ich habe es gewollt.« Mit aller Kraft beherrschte ich das Zittern der Wut in meiner Stimme.

»Aber es ist mein Bauch«, sagte sie, und ich fühlte mich zurückversetzt in die Zeit der kämpferischen Frauenbewegung, wie ich sie bei den Müttern von Schulkameraden, bei manchen Kommilitoninnen, ja sogar bei den Freundinnen meiner Großmutter und bei dieser selbst erlebt hatte. Ihr Bauch, ihr Leben, ihre Mutterschaft, die sie annehmen oder verweigern konnten, ja mussten, in einer Zeit, als Abtreibung ein Verbrechen und Mutterschaft ein Mittel war, die Frau in Abhängigkeit zu halten. Aber heute. Für uns. Für mich galt das doch nicht. Anscheinend doch. Paule bestand darauf, was konnte ich dem entgegenhalten? Und dann: War ich sicher, dass es mein Kind war? Hatte ich unter diesen Umständen überhaupt ein Mitspracherecht, ein Recht mich einzumischen und Paule, nur weil ich das Kind wollte, an mich zu ketten und uns beide an das Kind?

»Dazu fällt mir nichts mehr ein. Ich dachte, das hätten wir hinter uns«, sagte ich.

»Lass mich allein, jetzt«, sagte sie.

»Genau das habe ich vor«, erwiderte ich und wandte mich zum Gehen. Sie sah mich mit einem Blick an, der voller Kälte war, Enttäuschung, ja Verachtung, wie mir schien. Was war nun wieder? Ich wurde nicht klug aus ihr. Damals nicht und später noch weniger. Grußlos ging ich und warf mich zu Hause in die Arbeit. Ich schottete mich ab, und wie immer, wenn ich nicht mehr weiterwusste, wenn an anderer Stelle gar nichts mehr ging, kam ich mit den Comics und Zeichnungen rasch voran.

Der Mann ohne Gesicht lebt in der Wüste von Nevada. An der Stelle, an der andere eine Nase, einen Mund, Wangen und einigermaßen symmetrisch angeordnete Züge haben, wuchern bei ihm Hautlappen und Ausstülpungen, deren größte von der rechten Stirnseite bis zum Kiefer reicht. Seine Eltern haben ihn nach der Geburt verlassen. Wenn der Mann ohne Gesicht sich den Schweiß abwischt, hebt er den Hautlappen an und lässt ihn anschließend zurückfallen. Es klatscht, als hätte er sich selbst eine Ohrfeige verpasst. Der kleine Mann, ich nannte ihn Gene, hatte nichts gelernt außer Rauchen und Klavierspielen. Als Kind begann er auf einem Keyboard zu üben, spielte Melodien aus dem Radio nach und bekam später ein Klavier, dann ein Stipendium an der Juilliard. Gene konnte nicht sehen, nicht riechen, nur mühsam essen. Wenn er auf die Straße ging, trug er immer einen kleinen Filzhut mit Schleier, hinter dem er sein Gesicht versteckte. Er weigerte sich öffentlich aufzutreten, sah seine Zukunft in einer Laufbahn als Studiomusiker, bis er sich eines Tages in eine ältere Studentin aus der Holzbläserklasse verliebte, die in irgendeiner abgründigen Weise eine erotisch zu nennende Beziehung zu ihrem Fagott hatte. Das wars. Ich beschloss, damit zu beginnen, wie Gene der Fagottspielerin zum ersten Mal begegnete, und hielt meine Überlegungen in einem Marvelscript fest, fertigte einige Skizzen des kleinen Mannes an. Mit Zigarette, mit Hütchen, das von

Hautlappen verlegte Gesicht, die kleinen Hände mit den zierlichen Fingern. Der mit vielen Kissen gepolsterte Klavierhocker, das alte Keyboard im Keller des Waisenhauses, in dem er aufwuchs.

Dann überwältigte mich die Traurigkeit über mein verlorenes Kind. Vier Tage und Nächte lag ich auf dem Bett und versuchte mich zu fassen; überzeugte mich von allem, was ein Leben ohne Kind an Vorteilen brachte. Freiheit, Unabhängigkeit, die Möglichkeit zu reisen oder wegzuziehen, auch wenn ich die Gelegenheit bisher nicht genutzt hatte. Vor allem aber konnte ich mir ein Leben ohne Paule vorstellen, ja es erfasste mich so etwas wie Erleichterung, ein loses Gefühl der Ungebundenheit und die Idee, noch jung zu sein, am Anfang zu stehen, noch einmal neu beginnen zu können. Ich beschloss, zuvor noch ein letztes Mal ins Krankenhaus zu gehen.

Unbeschwert, geradezu fröhlich, saß Paule im Weiß ihres Krankenbetts und begrüßte mich, als wäre nichts gewesen. Die Astern standen mit hängenden Köpfen in einer zu engen Vase. Paule lachte immerzu und schien sich darüber zu freuen, dass ich da war, was mich wütend machte bis an den Rand eines Gewaltakts. Ich sammelte meine Kräfte und riss mich zusammen, um ihr sagen zu können, dass ich zum letzten Mal gekommen sei, dass es aus sei mit uns, dass ich nach Belgien gehen würde oder zurück nach Deutschland. Dies sei die Trennung, ich wolle sie nicht wiedersehen, nie mehr wiedersehen. Stockend kam das heraus. In Satzbruchstücken, dabei war mir selten so ernst. Doch Paule lachte immer noch. Oder wieder.

»Aprilapril«, sagte sie und gluckste. Mit der bekannten Geste klopfte sie auf den Rand ihres Bettes zum Zeichen, dass ich mich setzen sollte, was ich nicht tat, doch trat ich einen Schritt näher.

»Wenn du letztes Mal nicht einfach davongelaufen wärest, hätte ich es dir da schon gesagt«, begann sie und schien vergessen zu haben, dass sie es gewesen war, die mich weggeschickt hatte.

Ich schwieg.

»Ich wollte dich nicht erschrecken«, fuhr sie fort, »es war nur ein blöder Witz. Mir war nicht klar, wie sehr dich das treffen würde«, sie zögerte, suchte nach Worten, sah auf die Bettdecke, strich sie mit den Händen glatt, als wollte sie Krümel oder Fussel wegwischen. »Doch, es war mir klar. Ich hatte sogar darauf gehofft«, gestand sie.

Ich machte eine Bewegung, um sie zu unterbrechen, doch sie winkte ab.

»Lass mich zu Ende sprechen, bitte. Ich wusste nicht, was ich von der Schwangerschaft halten sollte, konnte mir nicht vorstellen, Mutter zu sein, kann es genau genommen immer noch nicht, dachte, auch dir sei es nicht ernst.« Sie schwieg, ihre Hände wischten und wischten, als gehörten sie nicht zu ihr. »Ich dachte, du willst mich anbinden, damit ich dich nicht verlasse, damit wir für immer aneinander gefesselt sind.«

Gefesselt. Nichts lag mir ferner. Ich wollte das Kind. Ob ich auch Paule wollte, darüber war ich mir keineswegs im Klaren. Langsam begann mich die Sache anzustrengen, und ich versuchte mir vorzustellen, wie der kleine Mann ohne Gesicht die Fagottistin mit seinem Spiel verliebt machte, zuerst in die Musik, dann in sich.

Die Situation blieb undurchsichtig, Paule trieb mich vor sich her, ich fühlte mich wie ein Plastiksack im Wind und wollte nach Hause. Doch es kam noch ärger.

»Konrad, ich hab dir nicht die Wahrheit gesagt«, fuhr sie fort. »Es ist nämlich so … das Kind … ich habe es nicht wegmachen lassen. Es ist noch da, es geht ihm gut … mir auch … ich habe Angst.«

Sie öffnete die Schublade ihres Nachttischs und zog eine Folie von der Größe einer Postkarte hervor, die mit grauen Schlieren und Wolken bedruckt war. »Hier.«

Auf dem Ultraschallbild war ein Etwas von der Größe eines Seepferdchens zu erkennen. Es lag auf dem runden Rücken, und aus der Mitte der Bauchkrümmung schauten zwei Armstummel hervor. Unten aufgedruckt war das Datum (gestern), Uhrzeit (14:38) und Paules Name. Es gab keinen Zweifel. Das war unser Kind.

»Ja«, sagte sie jetzt, »ich will das Kind bekommen. Ja. Für dich.«

Mit dem Bild in der Hand rannte ich auf den Gang und weiter die Treppe hinab, ins Freie, dann zu Fuß quer durch die Stadt nach Hause, wo ich atemlos und glücklich ankam. Ich pinnte das Bild neben dem Zeichentisch an die Wand und stürzte mich in die Arbeit, fing mit Skizzen der Fagottspielerin an, das heißt, ich wollte es.

Am Rand meines Gesichtsfeldes, da wo die Welt sich auflöst und verschwindet, standen die grauweißen Wolken, und sobald ich den Blick aufs Zeichenbrett heftete, bauten sie sich auf, weiteten sich, flossen auseinander, verschwammen, von Schlieren durchzogen, ineinander, wurden größer und größer, breiteten sich über die Wand aus und wucherten in den Raum, über das Zeichenbrett, bedeckten die Skizzen, die Stifte und Utensilien, meine Hände, meine Finger, die den Bleistift hielten, füllten den Raum zwischen meinen Augen und dem Papier, füllten meine Augen, meinen Kopf unaufhaltsam und vollständig aus. Ich schloss die Augen. In mir waberte ein undurchdringlicher Haufen Grau, und mittendrin klopfte sehr schnell, pulste und zuckte das winzige Herz des Seepferdchens, das mein Kind war. Liebe. Ich liebte es und konnte jetzt nichts anderes mehr denken. Alles füllte sich mit diesem seltsamen watteartigen Grau, von dem ich wusste, dass es die Liebe zu meinem Kind war, eine Liebe, die sich nirgendwo anders anheften konnte als an ein paar weißlichen Schlieren und dem steten Pulsen des linsengroßen Herzens, das von jetzt an den Takt vorgab für mein Leben, für mein ganzes Sein. Die Unausweichlichkeit nahm mir den Atem. Ich sprang auf und lief in der Wohnung umher, haltlos vor Glück und mit der Gewissheit, dass nichts anderes mehr wichtig war. Darüber hinausdenken war nicht möglich. Keine Vorstellung, keine Idee, keine Fantasie, was jetzt kommen würde. Nur dieser einzige statische Augenblick des Glücks.

9 Dieser Augenblick des Glücks, die Ruhe darin, fiel mir ein, als ich gut ein Dreivierteljahr später eines Morgens – das Kind rief mit zirpender Stimme –, den Arm nicht mehr heben konnte. Es ging einfach nicht. Ich steckte in einer dünnen Hülle, einem Bratschlauch aus Cellophan, durchsichtig, reißfest, luftdicht abgeschlossen, eingeschnürt in eine Röhre stummer Erwartungen. Als ich später allerdings einmal, andeutend nur, davon sprach, meinten andere, Erfahrenere, ja, so ist das, das ist ganz normal.

Das Kind trank seine Milch langsam. Mir fehlte der Maßstab, doch schien mir eine knappe Stunde für hundert Milliliter recht lang. Dass es anschließend lange schlief, war mir recht, so hatte ich Zeit, an meinen Zeichnungen zu arbeiten und ein paar Aufträge zu erledigen. Die Gewissheit, dass Paule nicht zurückkommen würde, hatte sich unmerklich ausgebreitet. Angefangen hatte es als Mutmaßung, über die sich ein Gespinst aus Zweifeln, Missmut und Selbstbeschwichtigung legte, bis sie sich zum Verdacht, dann zur Sicherheit auswuchs; was folgte, war eine Unruhe, die mich ziellos herumtrieb. Paules Adressbuch hatte ich noch von der Parisreise in meiner Manteltasche. Nun kramte ich es hervor und telefonierte systematisch alle Nummern durch, ließ auch Behörden, Ärzte und auswärtige Anschlüsse nicht aus. Auch Paules Professor an der

ETH, Departement Informatik, bei dem sie als Hilfsassistentin gearbeitet hatte, hatte nichts von ihr gehört, seit Wochen nicht. Schließlich hatte ich keine Hoffnung mehr, irgendetwas herauszufinden, hörte jedoch nicht auf, bis ich alle Nummern durchtelefoniert hatte. Alle bis auf eine.

Ich hatte sie bereits gewählt und stand mit dem Telefonhörer in der Hand am Fenster, als der Tanzbär wieder erschien. Er stand vor der Toreinfahrt gegenüber und wiegte seinen gedrungenen Körper von einem Bein aufs andere, beugte sich vor, ging in die Hocke, als wollte er auf die Straße scheißen, schon sah ich ihn umkippen, da reckte er die Arme nach vorn, um sich aufzufangen, richtete sich, kurz bevor er nach hinten umfiel, plötzlich auf, warf die Hände nach oben und hielt sich die Ohren zu, während er weiter tanzte, sich wiegte, stampfte und, wie ich jetzt hörte, sang. Mit synkopischen Schlägen der flachen Hände auf die Wangen begleitete er seinen rhythmischen Singsang, wischte jetzt über sein Gesicht und den von einem mächtigen Haarbusch bewachsenen Kopf, klatschte in die Hände, stampfte von einem Bein aufs andere, sang, klatschte, wischte und tanzte bärenhaft und selbstvergessen, als zwei junge Männer, Ausländer, sich ihm näherten, mit ihm redeten, ihm freundschaftlich auf die Schulter klopften, nach einer Weile weitergingen. Im Hörer tutete es. Ich unterbrach die Verbindung und beobachtete.

Sonntagnachmittag, die wenigen Passanten machten einen Bogen um den Bären, der jetzt hüpfte und sprang, mit beiden Beinen hochsprang, sich von Neuem wiegte und lauthals sang. In sicherem Abstand blieben sie stehen, um ihn anzuschauen. Wieder beugte er sich weit nach vorne, beugte die Knie, kippte, fing sich flink wieder auf, wippte und brummte mit tiefer Stimme, kümmerte sich nicht um sein Publikum, das tuschelnd dastand, befremdet und amüsiert über diese seltsame Aufführung in der sonntäglich stillen Straße. Ein Mädchen in langem Rock und schwarzen Riemenschuhen schoss auf seinem Roller vorüber, kam zurück und blieb etwas entfernt von den anderen ebenfalls stehen. Der Tanzbär sah sie nicht. Ohne müde zu werden, sang er, tappte auf seine Wangen, streckte die geballten Fäuste waagrecht von sich, ging wieder in die Hocke, richtete sich auf, tanzte und tanzte nur für sich. Jetzt fuhr eine schwarze Limousine vor, stieß zurück, wendete und raste weg, eine Familie in praktischen Goretexjacken, Vater, Mutter, Tochter, Sohn, kamen auf den Tänzer zu, blieben erschrocken stehen, wechselten auf die andere Straßenseite und musterten ihn aus sicherem Abstand. Ohne Blaulicht, ohne Sirene näherte sich jetzt ein Streifenwagen, dem zwei junge Polizisten entstiegen. Sie ließen sich die Papiere des Mannes zeigen, sprachen mit ihm und führten ihn fast fürsorglich die Straße hinab und begleiteten ihn in die Seitenstraße, wo sich ein Wohnheim für obdachlose Männer befand. Die Goretexjacken wagten sich jetzt in ihr Auto mit Liechtensteiner Kennzeichen, das Rollermädchen flitzte mit fliegendem Haar davon, die Gaffer zerstreuten sich. Nichts war passiert. Ein Sonntagnachmittag wie jeder andere. Ein Mensch war herausgefallen, war aufgefallen, war aufgefangen und wieder einsortiert worden.

Ein Gefühl von Unausweichlichkeit, als Lio wimmerte und ich die schwachen Saugbewegungen und den Milchpegel beobachtete, der nicht sank. Endlich war es ihr gelungen, ein paar Schlucke zu trinken, die sie kurz darauf mit der Rülpsluft wieder erbrach. Erschöpft schlief sie an meiner Schulter ein, ich legte sie ins Bett und setzte mich an meine Arbeit. Paules Mutter Gerda würde ich morgen anrufen. Es musste sein. Für Lio. Für das Kind wollte ich es tun. Später einmal wollte ich ihr sagen können, ich hätte alles versucht, um ihre Mutter zu finden.

Grau, ich musste ein graues Papier nehmen, noch besser Karton – graue Schlieren, graues Folienbild, graue Pappe. Grau fortan die Farbe des Glücks. Große Bogen französischen Papiers, zweihundertgrämmig sollte reichen, zuerst eine Porträtskizze von Gene, die Hautlappen, die vereinzelten Brauenhaare, der winzige schiefe Mund, in dem immer eine Selbstgedrehte steckte, die Pianistenhände, lange, bewegliche Finger, kaum als männliche erkennbar, in denen er den kleinen Hut hält. Ich skizzierte ihn in verschiedenen Posen, schlafend, ins Klavierspiel versunken unter einem einsamen Spotlight während des Konzerts, der verwachsene Körper im schwalbenschwänzigen Frack, ein Spiegelei bratend mit der Zigarette in der Hand. Zu Sue, der Fagottspielerin, fiel mir erst nichts ein, sie war zu normal irgendwie. Mehrere Tage später hatte ich eine Ahnung von ihr, vor allem, dass sie schön sein sollte, sehr schön, dass sie die Liebe des Gesichtslosen erwiderte, denn sie hatte sich in sein Klavierspiel verliebt, und alles andere wurde nebensächlich. Weiter. Mehrere Perspektiven von New York, die Wolkenkratzer von oben, ein bisschen Mœbius abgekupfert, die Twin Towers im Süden von

Manhattan, hier sollte sich eine entscheidende Begegnung abspielen – Sue, die, um Geld zu verdienen, in einer Jazzband Saxophon spielte, lieferte mit ihrem Ensemble die Hintergrundmusik zur Feier eines Finanzinvestors, man feierte den Erfolg eines neu eingeführten Hedgefonds, der Mann ohne Gesicht spielte ein paar Standards aus dem Great American Songbook zunächst mit Hut und dem Rücken zum Publikum, machte jedoch nach dem ersten Set den Fehler, die Hautlappen zu lüften, um sich den Schweiß abzuwischen, stummes Befremden wurde zu leisem, dann empörtem Gemurmel, eine Frau fiel um, Gläser brachen, der Agent betrat die Bühne und appellierte an das Mitgefühl der Festgesellschaft, die sich nicht beruhigen wollte, sodass Sue ihren Geliebten von der Bühne und ins Treppenhaus zerrte, wo der Wald rauschte und ein leiser Abendwind die Wipfel zum Wogen brachte.

Eine Amsel flötete, wir lagen auf dem Teppich aus Moos und braunen Nadeln, sie fasste mich an mit leichter, leichter Hand. Ihre Augen, schwärzer als die dunkle Waldnacht, schwärzer als der Raum, der uns umschloss, waren kaum zu erkennen, lagen weit auseinander und wie lauernde Pelztiere unter dem Wurzelwerk der struppigen Brauen versteckt. In der Dunkelheit erinnerte ich mich leichter, was zu tun war, konnte mich Paule leichter überlassen, mich anfassen lassen, meist war ich es, der sie anfasste, mit der Zunge betastete, untersuchte überall, sie erforschte, in Besitz nahm, mir einverleibte, bevor ich mich in ihr verlor. Mit den Fingertentakeln hasten und wandern über den hellen Leib; die Beine auseinanderschieben, lecken, was sich zeigte, die Weichheit, das

Durcheinander. Zögern. Warten auf das Zeichen, das alle Männer kennen. Schwellenkunde. Das erste Mal nach der Begegnung im Plattenladen.

Paule wollte es draußen, im Blustwald, in einer Unterführung, auf einer Friedhofsbank, in den Furchen eines frisch gepflügten Ackers, im Gedränge eines Open-Air-Festivals tun; ich glaubte, es sei der Kitzel, entdeckt und überrascht zu werden. Doch das war es nicht. Paule wollte unter freiem Himmel, im offenen Raum sein, nicht im Kubus einer Dreizimmerwohnwabe. Die Tiefe des Alls über ihr, und zwischen dem unendlichen Nichts und ihr nur mein Körper, mein Gesicht. Das sagte sie, und ich glaubte es, hörte die Liebeserklärung darin.

Ich legte den Stift zur Seite, streckte den Rücken durch und nahm die graue Folie von der Wand. Das Wolkenkind bewegte sich, es hüpfte und sprang, es turnte und schwamm vergnügt in seinem postkartengroßen Käfig herum. Ich machte ihm ein Versprechen.

Bis zu seiner Geburt wollte ich den Comic vom Gesichtslosen fertig haben. Und ich schaffte nicht nur das. Die Zed-Editions, die den *Nukleus* gemacht hatten, kauften ihn. Ich fragte Max, ob er mit nach Angoulême käme im Januar, wir beschlossen, gemeinsam zu reisen, ich hatte Lust, mich wieder in der Szene rumzutreiben, und war entschlossen, im Jahr darauf mit einer eigenen neuen Arbeit zum Festival zu fahren.

Ein grüner Luftballon hing an der Tramhaltestelle. Darunter klebte ein Zettel. *Geht über den See zu Fuß / der Käpt'n ruft »Ahoi« zum Gruß.* Richtig. Die Quaibrücke bog sich über die kompakte Fläche des unteren Seebeckens, das Wasser lag grau als begehbare Graphitwüste da, und in ihr festgebacken die Schiffe, die Boien, die Haubentaucher, die Schwäne und ein paar Möwen, die der Winter übrig gelassen hatte. Eine erstarrte Schneekugellandschaft breitete sich bis zur Betonwand des Horizonts, dahinter die Glarner Alpen, *kleine Welt, bergumstellt,* in der ich lebte, abgeschottet durch den steingewordenen Vorhang aus Häusern, Gipfeln, Seefläche, geschützt vor allem, was kommen mochte, Föhn, Sturmwind, Ungemach. Und die Vorstellung von Veränderung, Bewegung, Öffnung. Meine überreizten Gedanken sprangen wie Frettchen zwischen Ambitionen, Freiheitsdrang und dem Wissen um Paule hin und her, die zu dieser Stunde im Krankenhaus lag und unser Kind gebar. Sie rannten übers Wasser, rannten an gegen die Unerbittlichkeit des begrenzten Raums, die eingeschränkten Möglichkeiten. Es war der erste Tag im April. Ich riss den Ballon ab und fuhr in die Maternité.

Paules Gesicht war aufgedunsen, und in ihren Augen leuchtete ein matter Glanz. Sie streckte mir beide Hände entgegen. »Hilf mir aufzustehen.« Kein Wort darüber, dass ich zu spät kam, dass ich nicht bei ihr gewesen war, dass ich die Geburt verpasst hatte. Kein Wort über das Kind. »Ich brauch dich jetzt.« Ich gab ihr den Ballon, umfasste sie, und sie legte die Hände um meinen Nacken, um sich hochzuziehen. Vorsichtig stemmte sie sich von der Gebärliege hoch, stützte sich einen Augenblick auf meine Schulter und ging dann allein zur Tür, wo sie stehen blieb, um sich abzustützen. In breiten Streifen lief ihr das Blut an der Innenseite der Beine hinab. Ich sprang ihr bei und begleitete sie in die

Dusche, dann zurück zu der Matratze am Boden, auf der wir die letzte Nacht verbracht hatten. Die Nacht vor Lios Ankunft. Ich legte mich zu ihr und bemerkte verschiedene Leute im Raum, die geschäftig herumliefen und die Spuren der Geburt beseitigten. Eine Person stand mit dem Rücken zu mir an einem hohen Tisch und machte sich an einem Bündel zu schaffen. Das musste es sein. Ich wollte aufstehen, doch Paule hielt meine Hand fest. Mit leuchtenden Augen sah sie mich an und durch mich hindurch, dann ging ihr Blick an die Zimmerdecke, eine weiß getünchte Fläche ohne Halt für den irrenden Blick. Ich strich ihr das feuchte Haar aus der Stirn.

»Ich habe einen Kern in mir«, sagte sie, »der ist sehr klein und fest. Den kenne ich gut, der bin ich. Aber um ihn herum ist eine Hülle, und die reagiert und funktioniert und zwingt mich, weiterzumachen, immer weiter.« Sie schloss die Augen und machte eine lange Pause. Schon glaubte ich, sie sei eingeschlafen, da sprach sie weiter. »Die beiden sind nicht miteinander verbunden. Zwischen Kern und Hülle ist nichts. Nur eine große Leere. Ein Vakuum, das ich nicht füllen kann.«

Sie sah mich und versuchte zu lächeln. Ihr breiter Mund öffnete sich nicht, das Lächeln flatterte um die Mundwinkel, dann sah ich das Zittern in ihrem Kinn, und Tränen rollten aus den Augen über die Schläfen und versickerten im Haar. Ich schloss sie in die Arme.

»Der See ist dunkel heute. Grau und wie aus Beton«, sagte ich, weil mir nichts Besseres einfiel. »Man kann vom Bellevue aufs Wasser gehen und die Limmat hinunterlaufen bis zum Platzspitz, da in die Sihl einbiegen und hinterm

Selnau auf den Zug springen. Et voilà. Ich bin heut übers Wasser gelaufen. Zu dir.«

»*Jesus Christ,* ich glaubs nicht…«. Sie gluckste, dann ächzte sie, weil ihr beim Lachen etwas wehtat.

»Schlaf jetzt.« Sie rollte sich zur Seite und zog die Knie an die Brust. Ich steckte die Decke um sie fest und sah der Schwesternhelferin zu, die noch dabei war, das seifige Fruchtwasser aufzuwischen, während die diensthabende Ärztin steifbeinig durch die Suppe zur Tür glitt, um den Kinderarzt zu begrüßen, der der Hebamme das weiße Tuchbündel abnahm, aus dem oben ein schwarzer Haarbusch schaute. Ich hätte das Kind gern angesehen, wagte aber nicht, Paule allein zu lassen, die von den lauten Stimmen wieder hochgeschreckt war.

»Gratuliere!«, rief der Oberarzt, ein groß gewachsener Mann in Zivilkleidung, der jetzt den Raum betrat mit forcierter Fröhlichkeit, »da haben Sie ja viel schneller geboren, als wir alle gedacht haben.« Er ging zu Paule, die sich aufgestützt hatte und ihn mit geweiteten Augen ansah. Er streckte ihr die Hand hin. Sie aber ließ sich wieder nach hinten sinken.

»Zeit zu stillen!« Die Hebamme hatte sich des Kindes wieder bemächtigt und reichte es Paule, die auf einen Stuhl zu kommen versuchte. Der Oberarzt sah interessiert zu, wie sie ihre Brust entblößte und wie sie blass und mit einer Miene, als würde sie gleich losheulen, den schwarzen Haarbusch dagegendrückte, und er schüttelte ihr jetzt, um sich zu verabschieden, doch die Hand und wünschte weiterhin alles Gute. Die Hebamme griff beherzt nach Kinderkopf und Brust, und führte beide zusammen.

Ein Gefühl der Unwissenheit. Ein Gefühl des Ausgeschlossenseins, als ich Paule zusah, wie sie sich mit Kind und Brust abmühte, kleine Schweißperlen auf der Stirn, wie sie zuletzt in hilflose Tränen ausbrach.

Ich nahm den Teller mit den Resten von Paules Mittagessen und steckte die Gabel in die grün gesprenkelten Gnocchi. Klebrig wanden sie sich meine trockene Kehle hinab. Damit Paule von ihren erfolglosen Stillversuchen abgelenkt würde, führte die Hebamme sie ins Bad, um sie zu wiegen. Vorher reichte sie mir das Kind. Weiß und dunkelrot und darüber schwarze Flusen. Ein japsendes Etwas. Dass es so leicht sein konnte. Ich schob die Zipfel des Tuchs ein wenig auseinander und erschrak. Aus einem roten Gesicht sahen mich zwei große dunkle Augen an. Grau und opak wie die Seeoberfläche, als wüssten sie alles, als kennten sie mich schon sehr lang, als brauchte ich nichts zu tun, als könnte ich nichts tun, da alles bereits fertig und beschlossen war. Ich sah mich um, wohin ich es legen, wem ich es geben könnte, doch alle waren beschäftigt. So setzte ich mich auf Paules Stuhl und sah über das Kind in meinem Arm hinweg auf den Fußboden, der grau war und aus schlierigem Linoleum.

»Konrad, bring mich heim. Ich will hier nicht bleiben.«

»Ja, ich versprechs dir.«

Doch bevor wir gehen konnten, musste Paule noch einmal stillen. Wieder griff die Hebamme zu, und endlich waren leise Schmatzgeräusche zu hören. Die Ärztin räumte ihre Gerätschaften weg, der Sauerstoffschlauch wurde aufgewickelt, der Herztonwehenschreiber in die Ecke gerollt. Wieder trat der Kinderarzt auf, nahm Paule das Bündel ab, legte es auf den Wickeltisch und untersuchte es ein zweites Mal. Er nahm den Oberkörper des nackten Kindes wie eine Kostbarkeit in beide Hände, hob ihn etwas an, zog dann ruckartig die Hände weg und nickte zufrieden, als das Kind im Sturz nach hinten die Arme nach vorn warf und sich an die leere Luft zu klammern versuchte. Er fing es auf und schob den kleinen Finger in seinen Mund, um den Gaumen abzutasten. Dann betrachtete er die vielen schwarzen Haare, den Flaum auf Stirn und Rücken und den kleinen Haarbüschel über dem Steiß; er betastete den Storchenbiss im Nacken, wog das Kind, maß Länge und Kopfumfang und murmelte vor sich hin. Schließlich gab er es der Hebamme zum Ankleiden zurück. Wir wollten sofort weg, doch Paule musste noch einmal stillen, das Kind noch einmal untersucht werden, anschließend könnten wir gehen, in vier Stunden etwa.

Zu Hause legten wir das Kind zwischen uns, tranken Champagner und begannen unser kurzes Leben zu dritt.

Querschnitt durch eine Grassode. Käfer, Halme, Würmer und dichtes Wurzelwerk, das unten aus der braunen Erde hing ins Hintergrundblau des Plakats – Pantone 3005 C: 7 ¼ pts. Process Blue 45.3, ¾ pt. Reflex Blue 4.7, 8 pts. Transparent White 50.0 – zwischen die Buchstaben der Headline, die die dreitägige Jahreskonferenz der Bodenwissenschaftler ankündigte. Eine mittelamerikanische Käferart, eine afrikanische Grille, südeuropäische Gräser und nordamerikanische Blumen, eine neuseeländische Schnecke und ein mongolischer Regenwurm. Schmetterlinge waren mir zu kitschig, deshalb ließ ich aus dem Gras eine verschreckte Bekassine aufsteigen. Und weil es eine internationale Tagung war, kombinierte ich in meinem Entwurf die Pflanzen und Tiere aus verschiedenen Graslandschaften der Erde. Wissenschaftliche Genauigkeit wurde während der ersten Präsentation der Entwürfe zum alles entscheidenden Kriterium für den Plakatentwurf, es gab Diskussionen nicht nur mit dem Auftraggeber, dem Institut für Agronomie der Technischen Hochschule, sondern auch innerhalb der Agentur, für die ich als visueller Gestalter arbeitete. Mehrmals musste ich zu Besprechungen antraben und mein Konzept verteidigen.

Als ich von einem dieser Meetings nach Hause kam, hatte Paule das Kind wieder einmal vergessen. Dieses Mal hatte sie es mitsamt dem Wagen vor einer Apotheke stehen lassen. Ich fragte, was passiert sei. Sie sagte, dass sie sich einfach wohler fühle ohne Kind, vollständiger, sagte sie. So habe sie es vergessen. Schlicht vergessen. Es sei ihr aus dem Kopf entschwunden, und als sie es bemerkte, sei sie zurückgelaufen, aber da war es weg.

Ich ging in die Apotheke und holte die Kleine zurück. Es war kurz vor Ladenschluss, und der Apotheker war schon dabei, die Polizei anzurufen. Ich hörte mir seine Ausführungen über Traumatisierungen in der frühkindlichen Bindungsphase an, nahm die Informationsbroschüre der La Leche Liga und die Vorhaltungen entgegen, meine Frau habe Milchpulver kaufen wollen, das sei doch nicht nötig, jede Frau könne stillen lernen, die Mütterberaterin würde da weiterhelfen, hier die Telefonnummer. Endlich ließ er von uns ab. Auf dem Nachhauseweg schlief Lio, mit der Faust im Mund, und ich zerriss den Zettel und die Broschüre und warf die Schnipsel hinter mich.

Als ich zu Hause ankam, hatten Paule und ich den ersten Streit seit Lios Geburt. Es endete damit, dass sie das Kind nahm und sich mit ihm in ihrem Zimmer einschloss zum Beweis ihrer Mutterliebe. Ich telefonierte mit der Agentur, und wir einigten uns darauf, dass ich meinen Arbeitsplatz in die Wohnung verlegen und nur noch an zwei Vormittagen zu den Sitzungen ins Büro gehen würde, um den Stand der Projekte zu besprechen. Paule, die sich kontrolliert und beargwöhnt fühlte, ging mir aus dem Weg, und meistens nahm sie das Kind mit.

Sie packte es in den Tragesack, zog die Wanderschuhe an und verschwand. Stundenlang war sie unterwegs und kam oft spät mit einem vor Hunger und Erschöpfung schlafenden Kind zurück. Lio erschien mir dünner und zerbrechlicher als nach der Geburt, und so war ich froh, als der erste Termin zur Nachuntersuchung anstand. Ich wollte Paule begleiten, doch war sie bereits frühmorgens zu einer ihrer Wanderungen aufgebrochen und kam erst am Abend zurück. Sie hatte Dreck an den Schuhen und roch nach frischen Äpfeln. Lio schlief. Wie sie mit der Seilbahn auf den Berg gefahren sei, den Höhenkamm des Albis entlanggewandert, zum Türlersee hinunter und um den See, das schilfbestandene Ufer, wie schön das sei. Und außer ihr kein Mensch unterwegs. Dass sie rot wurde, schrieb ich der Wärme in der Wohnung zu, doch fiel mir auf, dass in ihrem Haar Tannennadeln steckten.

Ich wollte nicht streiten, erwähnte den versäumten Arzttermin nicht, sondern rief am nächsten Morgen in der Praxis an und vereinbarte einen neuen Termin für den Nachmittag. Doch dazu kam es nicht mehr, denn das war der Tag, an dem Paule mit dem Kind nach Paris fuhr. Um Abstand zu gewinnen, wie sie sagte. Leute besuchen, Schulfreunde, du kennst sie nicht.

Drei Tage später schloss ich einen neuen Entwurf für die Grassodensache ab, den dritten, und rief, da ich nichts von Paule hörte, ihre Mutter an.

Das Telefon klingelte im hintersten Winkel des Appenzell, es klingelte ins Leere irgendwo in jenem Weiler, in dem Paule aufgewachsen war und ihre Mutter immer noch mit dem Stiefvater lebte. Doch weder Gerda noch Hansueli waren da. Erleichtert legte ich wieder auf. Ich überlegte jetzt, die Polizei einzuschalten, verschob es aber auf den nächsten Tag und ließ es schließlich sein, denn das hätte das Fürsorgeamt auf den Plan gerufen, und dann hätte man uns das Kind weggenommen. Welchen Gefallen ich Paule damit getan hätte, wurde mir klar, als sie aus Paris zurückkam und Lio nicht mehr bei sich hatte. Mir fiel ein, wie oft sie es ein Affenkind genannt hatte und es immer wieder, wie der Arzt nach der Geburt, nach hinten hatte fallen lassen, um den Klammerreflex auszulösen. »Sieh mal«, und gelacht hatte über die Fuchtelbewegungen des Säuglings. »Wie eine Äffin.« Und es, nachdem es vor Überdruss eingeschlafen war, weggelegt hatte, als wäre es eine Puppe, ein langweiliges Spielzeug, und gesagt hatte, sie wolle es nicht mehr. Sie wolle ein anderes. Ein neues. Heiles. Perfektes.

INKING

10 Tausend Kilometer, die wir beide fahren. Die Karte Blaugrünweiß in meinen Händen, ich halte sie leicht, drehe sie ratlos. Ein zerfallenes Haus mit eingebrochenem Dachstuhl, daneben eine farbenfrohe Tankstelle, zwei sonnengelbe Zapfsäulen, 95Pb durchgestrichen, ein türkisfarbenes Häuschen, dessen Fenster die halbe Front einnimmt, und darüber ein Schild in kräftigem Rot mit der Aufschrift SKLEP. Die Postkarte zu Lios siebzehntem Geburtstag ist wie alle sechzehn Karten davor um Wochen zu spät gekommen, da wartete das Mädchen schon auf Weihnachten. Ich verspanne die Karte zwischen Daumen und Gegenfingern, biege sie durch und lasse sie vor Lio auf den Tisch springen. Sie nimmt sie, hält sie dicht vor die Augen und liest ihren Namen. Li-i-oh. Tropft auf die Schrift, den glänzenden Karton. Wir sitzen auf einer Betonbank, kauen Brote, drehen den weichen Teig zu Kügelchen, die wir den Spatzen hinwerfen. Das Land liegt in Kupfer und Gold gebadet, schrill aufpfeifend verschwindet ein ICE hinter einer Gleisbiegung im Tunnel, die Wagen auf der Autobahn drängen wie Hornissen, während Kühe auf der nahen Weide die Köpfe neigen, um Gras zu zupfen. Birken säumen einen unruhigen Flusslauf, es stinkt nach Jauche, auf den abgeernteten Feldern liegt regelmäßig verteilt das zu Biskuitrollen gepresste Stroh, noch steht der Mais mit seinen braunen Haarbüscheln

und hinter ihm der Gelbsenf zwischen all dem Kupfer und Gold der toten Blätter.

»Ich will was essen, Konny«, hatte sie gemault, und als ich nicht antwortete: »Konny, hörst du nicht, ich sag dir, dass ich Hunger hab und essen will.« Sie sprach mich mit Konny an, seit Mary unser Leben gestreift und diese Namensverstümmelung dagelassen hatte. Mary, die sehr plötzlich wieder verschwand, nachdem sie ein paar Mal morgens in bodenlangen Nachthemden durch die Wohnung getappt war, Schränke geöffnet und wahllos Dinge auf den Tisch gestellt hatte. Zwei Teller, eine Tasse, ein Glas, vier Löffel, ein Messer. Meerrettichschaum, Zwieback, Ketchup und Haferflocken. Essiggurken, Sauerrahm, während sie Kaffee kochte und ihn im Aluminiumkocher vergaß, wo er brodelte und bitter wurde. Sie träufelte drei Löffel Honig hinein und blubberte unentwegt, während ich schweigend meinen grünen Tee trank und eine Zigarette rauchte. Lio schmierte ich ein Honigbrot, das sie still mümmelte. Ich redete ungern am Morgen und hatte das dem Kind schnell beigebracht. Besonders gern erzählte Mary mir die Träume der vergangenen Nacht, in denen ich jedoch nicht vorkam, was mich ärgerte, weshalb ich erst recht nichts sagte, und auf ihre Frage, was ich geträumt habe, erwiderte, ich würde nie träumen. Nach drei Monaten ging sie und kam nicht wieder. Ich stellte fest, dass mir das Geblubber fehlte, die Spitzennachthemden, die Choreografien der Beliebigkeit. Mary war weg, Konny ist geblieben.

Lios warme Hand packt meinen Ärmel, hält ihn voller Spannung fest, als jetzt ein Wagen mit Pferdeanhänger im Schritttempo vorüberrollt. Eine gelb-schwarz karierte

Decke liegt über den Pferdehintern gebreitet, entschieden zu viel Gelb, denke ich, während das Mädchen, behände wie sonst nie, aufspringt und dem Anhänger hinterherläuft.

»Wie Caruso, wie Caruso«, ruft Lio und läuft davon. Spatzen hüpfen auf den Tisch und picken Krümel aus dem Brotpapier. Die Karte hat der Wind verblasen. Lio hat den Anhänger erreicht und versucht einen Blick auf das Tier zu erhaschen, das mit dem Schweif schlägt und unruhig stampft. Tatsächlich ist es ein Haflinger wie Lios erstes Therapiepferd, ein Gaul, groß und buschig wie ein Wisent, mit einer Kruppe, so hoch, dass die Kinder es mithilfe einer Tretleiter besteigen mussten. Ich hänge den Kopf zwischen die Beine auf der Suche nach der Karte Blaugrünweiß, finde sie und schiebe sie in die Gesäßtasche. Lio beim Pferdeanhänger trappelt von einem Bein aufs andere. Vor Freude, denke ich, doch dann sehe ich an ihrer feuchten Hose den wahren Grund und nehme sie an der Hand.

»Lass uns zu Vula gehen.« Doch sie folgt mir erst, als ich verspreche, zum Pferd zurückzukehren. Manchmal gehen wir zu den Herren, manchmal zu den Frauen. Auf einer Autobahnraststätte kann es nur die Frauentoilette sein. Vula war Lios erste Freundin, eine ältere Kosovarin, die den Kinderhort putzte und mit ihr plauderte, während sie auf mich wartete. Alle Kinder waren bereits gegangen, und ich zirkelte das Mädchen eilig in Jacke, Hose, Schneeanzug und Stiefel oder auch nur ein Paar Sandalen, wenn es Sommer war und das Leben leicht. »Ciao Vulva«, rief Lio laut zum Abschied, und Vula lachte. Ich habe nie herausgefunden, ob aus Freundlichkeit oder aus Verlegenheit. Einmal, als wir bereits zur Hälfte nach Hause gegangen waren, begann Lio zu trappeln, ich klemmte sie unter die Hüfte und rannte mit ihr zurück in den Hort. Lio war so erleichtert, dass wir es geschafft hatten, dass sie, kaum hatte ich ihr die Hosen heruntergerissen, alles im Stehen von sich gab.

Hier aber, heute und viele Jahre später, wird sie es können. Ich trete die mit Körperflüssigkeiten bespritzte Stahltür auf, schicke Lio hinein und warte. Früher. Wie ich, den warmen Kinderkörper mit dem dicken Bäuchlein an mich gepresst, vor der Schüssel stand und sie hielt. Wie sie nach Waschpulver, Shampoo und Unschuld gerochen hatte, während in der Ecke blutige Binden gammelten und an den Wänden erigierte Schwänze Telefonnummern ausspritzten, schnell erwerbbaren Abbau geschlechtlichen Überdrucks anbietend.

Ich helfe ihr die Kleider zu ordnen, wir rennen zurück, doch der Pferdeanhänger ist weg. Langsam sickert das Wissen in sie ein, sie bleibt stehen, kein Vorwurf an mich, keine Erinnerung an mein Versprechen.

Die Grassodensache zog sich hin, immer wieder musste ich in die Agentur oder zum Kunden, immer wieder neue Fassungen, neue Entwürfe machen. Während der Sitzungen ließ ich Lio bei Alice, die mit ihren vier Kindern im Parterre wohnte und mir bald nach Paules Verschwinden angeboten hatte, unsere Wäsche zu waschen, es käme bei ihr auf eine oder zwei Maschinen mehr sowieso nicht an. Sie war es auch, die mich daran erinnerte, mit Lio zum Kinderarzt zu gehen, das Kind sei zu dünn, sie habe ein komisches Gefühl. Ich rief in der Praxis an, hörte nur den Anrufbeantworter. Als ich aufgelegt hatte, klingelte es, und Max fragte, ob wir uns zum Mittagessen treffen würden, er hätte da was für mich. Morgen um eins. Ich sagte zu und fragte Alice, die aber keine Zeit hatte, so nahm ich Lio mit.

Max brachte Styroporschachteln vom Thailänder, wir setzten uns im Friedhof Sihlfeld auf eine Bank. Das streichholzkurze Gras war eine pelzige Ebene ohne eine blanke Stelle, ohne einen Stängel Unkraut. Jenseits des Kieswegs begannen die Gräberreihen, auf denen polierte Grabsteine standen. Max wunderte sich, dass ich das Kind dabeihatte, und fragte, was Paule mache. Ich stocherte in meinem Curry und sagte ohne aufzusehen, es gehe ihr gut. Reis und Kokossauce mischten sich zu einem orangerosa Matsch, auf lappigen Entenfleischscheiben hingen ein paar lahme, bräunlich verfärbte Basilikumblätter. Ich aß schweigend, während Max von seinen Recherchen für eine geplante Ausstellung zu den Menschenschauen in der ersten Hälfte des letzten Jahrhunderts erzählte. Freakshows nannte er die Zurschaustellung exotischer Naturmenschen in den Zoos und Zirkussen Europas. Auch in der Schweiz. Ja. Basel, Zürich. Damit wurde viel Geld verdient.

»... richtige Tourneen waren das, auf denen die armen Teufel herumgereicht wurden, bis sie an einer Infektion, am Heimweh oder an den Misshandlungen starben.« Ich hörte mit halbem Ohr zu, denn Lio maunzte und ich musste die Karre rütteln, damit sie wieder einschlief.

Max hatte ein Ethnologiestudium abgebrochen, um als Rucksacktourist Indien und Australien zu bereisen, bevor er bei der Postille anfing. Wir lernten uns bei Heini kennen, dessen Wohnung gleichzeitig Redaktion war. Als die Zeitschrift einging, nahm sich Heini, der sein Lebenswerk vernichtet sah, fachgerecht, jedenfalls nach Maßgabe der Sterbehilfeorganisation, der er angehörte, mit Schlafmitteln und einer Plastiktüte über dem Kopf das Leben. Doch Frau Rüdisüli, die gern Foulards von Hermès trug und bei Sprüngli ihre heiße Schokolade und manchmal einen jungen Liebhaber nahm, war aus anderem Holz geschnitzt und mietete der Redaktion einen Abstellraum im Langstraßenquartier, wo sie die Buchhaltung und auch das Archiv der Zeitschrift besorgte. Da Paule nicht mehr dabei war, arbeitete sie sich auch in das Computerprogramm ein und betreute den Server. »Alles eine Frage des Willens und der Intelligenz«, pflegte sie zu sagen, und, einmal herausgefordert, unterhielt sie das System nicht nur, sondern entwickelte es auch weiter. Mir blieb wie bisher die Gestaltung der Zeitschrift, ich besorgte Fotos und Bilder, fertigte Grafiken an und zeichnete die Karikaturen. Gemeinsam schnitten und klebten wir das Layout noch von Hand, bis uns von den Fixogumdämpfen die Gedanken taumelten und wir Lachanfälle bekamen. Max schrieb. Die Neutralitätspolitik bei gleichzeitiger Anbindung an den Transatlantischen Pakt, der autonome Nachvollzug europäischer Rechts- und Handelsgesetze, die italienische Oper und der Geniekult, der Triebstau der Sennen auf der Alp, wir berichteten über alles, was uns unter die Finger kam und sich mit unserem kritischen Blick auf die Schweiz zu vertragen schien: die magere Absolventenzahl von Migrantenkindern an den Hochschulen, die Graswurzelbewegungen in ganz Europa, den Schutz der Alpen vor dem Transitverkehr, die Abschaffung der Armee und die ausstehende Einführung einer Mutterschaftsversicherung, die bereits während der Vierzigerjahre in einer Volksabstimmung beschlossen worden war. Wir kommentierten alles, wir wussten immer Bescheid, wir waren auf der richtigen Seite, doch wenn wir das Layout klebten, wurde uns alles zur Lachnummer. Weil wir das Heft praktisch kostenlos produzieren mussten und es sich nur noch in kleinen Auflagen verkaufen ließ, plünderte Frau Rüdisüli zunächst ihr Haushaltsbudget und akquirierte, als dieses nicht mehr reichte, größere Spendensummen bei der Vermögensverwaltung von Herrn Rüdisüli mit Sitz in Zollikon und Liechtenstein. Sich daran zu stören, fanden wir kleinlich und der guten Sache abträglich, auch ignorierten wir, dass Rüdisüli enge Kontakte zum Rohstoffhändler Marc Rich nachgesagt wurden, hielten es im Gegenteil großspurig für eine Umkehrung des kapitalistischen Ausbeutertums, dabei verkauften wir uns einfach nur. Wir seien die hurenden Söhne der Frau Rüdisüli, meinte Max, während ich das alles nicht so schlimm fand, insgeheim waren mir meine Comics sowieso wichtiger.

Immer wieder kam Max auf Paule zu sprechen, und mein Eindruck war, dass sie mehr als nur Freunde gewesen waren, ich scheute mich jedoch, ihn direkt zu fragen, und dann: Was hätte es geändert? Und, hätte er mir überhaupt die Wahrheit gesagt?

»... ackere ich mich durch das bisschen Literatur, das es zu den Völkerausstellungen gibt.«

Max hatte vor Kurzem einen Job in der Pressestelle des Völkerkundemuseums bekommen.

»Nubier, Kalmücken, Fakire, Lappen und Orientalinnen, Negerfürsten, Eskimos, der Zirkus Hagenbeck und andere Schausteller.« Max monologisierte, während Lio zwanzig Milliliter Adapta Erstlingsmilch trank und erschöpft wieder einschlief.

»Bis 1960 ging das so und war immer noch nicht zu Ende. Sambatänzerinnen im Hallenstadion und thailändische Musiker, die zur Geburt des Elefantenbabys im Zoo spielen – das sind die neueren Auswüchse dieses Exotismus, obwohl ...«, unterbrach er sich selbst. »Das ist was anderes.«

»Inwiefern?«, fragte ich zerstreut.

»Die kriegen Geld dafür und sind schließlich freiwillig gekommen.«

»Trotzdem sind sie nichts als Ausstellungsstücke. Farbenfrohes Beigemüse«, entfuhr es mir.

Keine Ahnung, was mich so wütend machte. Mit dem Kind im Arm spürte ich, wie ich zu schwitzen begann, und nahm Lio das Häubchen ab. Max starrte auf den feuchten Haarbusch, der sich als dunkler Flaum über die Stirn ausbreitete und mit den Augenbrauen verwuchs. Ich tat, als bemerkte ich sein Befremden nicht, und sah stur geradeaus.

»Komm doch mal zum Abendessen zu uns«, sagte er nach einer langen Pause, »die Kleine kannst du sicher mitbringen. Ich frag Regula.«

Seit gut einem Jahr lebte er mit Regula zusammen, die nach ihrer Ausbildung zur Krankenschwester in den Fixerstuben arbeitete, wo sie keimfreie Spritzen an die Junkies abgab und Kondome an die Mädchen vom Straßenstrich verteilte. Lio bewegte im Schlaf die Lippen, als saugte sie.

»Ja … vielleicht … weiß nicht.« Ich bettete das Kind an meine Schulter und tätschelte ihm den Rücken. Es streckte die Arme durch, rülpste und erbrach den größten Teil der Milch in meinen Hemdkragen.

»Halt mal.« Max übernahm das Kind und platzierte es auf dem äußersten Punkt seines Knies, wo es zusammengesunken hockte und auf den Kiesweg glotzte. Ein bleicher Speichelfaden fiel auf Maxens rahmengenähten Lederschuh. Ich öffnete das Hemd und wischte mir mit einer Stoffwindel den Milchschleim vom Hals. Max sah mir dabei zu.

»Was macht Paule?«, fragte er noch einmal, und als ich nicht antwortete, setzte er nach: »So etwas sollte die Mutter machen. Frauen können das einfach besser.«

Wieder schwieg ich.

»In diesem vorsprachlichen Alter hat das Kind keine engere Bindung als die zur Mutter«, fuhr er in gelehrtem Ton fort.

»Sie arbeitet«, log ich und wünschte, ich wäre zu Hause und allein. Ich knöpfte mir das Hemd zu, legte Lio zurück in den Wagen und schob ihn ein paar Schritte, um dem Gespräch zu entkommen. An der Umfassungsmauer des Friedhofs blühten Bäume und Sträucher. Rosa Blütenwolken lösten sich und wurden vom leichten Maiwind herumgewirbelt wie Schneeflocken.

»Wenn ihr Hilfe braucht mit der Kleinen …«, sagte Max, der mir nachgekommen war. »Ich meine, bist du sicher?« Er zögerte. »Ist alles in Ordnung mit ihr?« Er sprach mit gedämpfter Stimme. Ich legte den Kopf in den Nacken und sah in den Himmel, der von solch dichtem Blau war, dass er wie eine flüssige Wand aussah. Sehr nah und unerreichbar weit weg.

»Ganz sicher«, antwortete ich und warf die Styroporschachtel mit dem rosa Matsch ins Gebüsch.

»Ich muss.«

»Was? Was musst du?«

»Weiter. Nach Hause. Das Kind. Ich muss Dinge tun«, sagte ich ungehalten.

»Zeichnest du?« Max wechselte das Thema und quälte mich weiter.

»Ja, genau. Ich muss zurück ans Zeichenbrett.«

Irritation flackerte in seinem Blick und erlosch in Verständnislosigkeit.

»Lass uns telefonieren«, sagte ich versöhnlich, »ich ruf dich an«, und schob den Wagen in einer schaukelnden Bewegung hin und her, dann hastig: »Machs gut, Max.«

Der Kies knirschte unter meinen Schritten und unter den vier kleinen Doppelrädern von Lios Gefährt. Rasch aus dem parkähnlichen Friedhofsgelände auf die Straße, zur Tramhaltestelle, die Karre in die erste Bahn gehievt, Türen zu, weg.

Der Anrufbeantworter in der Wohnung blinkte nicht. Die Automatenfrau sagte: Keine … neue … Nachricht. Und ich fragte mich, was Max mir hatte anbieten wollen, weshalb wir uns getroffen hatten. Lio workste und erbrach noch einmal zähen Schleim, der sich in ihrem Bett und Haar verteilte. Als ich zu ihr kam, sah sie mich fröhlich an und ruderte mit den Armen. Ich nahm das Telefon und ließ mir einen Termin beim Kinderarzt geben.

Der Arzt, ein klein gewachsener, magerer Mann mit Vollbart, war ein Anhänger der Lehre Rudolf Steiners und sprach mich mit Frau Michaelis an, denn nach seiner Auffassung war das Zusammensein mit dem Säugling ausschließlich Frauensache und die Beteiligung des Vaters ein Vergehen gegen die naturgegebene Ordnung.

»Darf ich Ihnen einen pädagogischen Rat geben?«, fragte er mit leiser Stimme, und ich lehnte mit ebenso leiser Stimme dankend ab. Daraufhin verließ er den Raum, und ich ging mit Lio ein wenig auf und ab.

Betongrauer Steinmantel, aus dem eine watteweiße Zwischenschicht wucherte mit lila Kristallzacken wie Reißzähne. Die Schnittöffnungen der kindskopfgroßen Drusen klafften wie Haifischmäuler. Die Fensterbank war über die ganze Länge des Raums damit voll gestellt, und in jeder von ihnen wucherte diese diffus weißliche Schimmelschicht, Nährboden und Halt der blassvioletten Dorne; sie stachen in den Hohlraum des Steins, ragten scharfkantig ins Dunkle, eine lila Schicht aus funkelnden Pusteln, geschwürartig wuchernd, der Pansen der Erdgeschichte. Glitzernder Raum einer kalten und sterilen Abgeschiedenheit. Mich würgte ein Brechreiz. Lios warmer Speichel am Hals beruhigte mich. Mit spitzen Fingern machte ich mich daran, eine nach der anderen alle Drusen umzudrehen, sodass sie auf ihren Schnittflächen zu liegen kamen und ich nur noch mit dem kartoffelartigen Äußeren konfrontiert war. Ich atmete langsam und tief. Der Arzt kam zurück, sah zum Fensterbrett hinüber, sagte jedoch nichts, sondern bat mich, Lio auszuziehen, dann wog und vermaß er sie, betastete die Fontanelle, hörte die Herztöne ab und leuchtete Mund und Ohren aus. Wieder verließ er das Sprechzimmer und blieb lange weg. Ich stand mit Lio auf dem Arm am Fenster und sah hinaus. Draußen saß eine Taube auf der Balustrade in der weißen Kacke ihrer Artgenossen und pumpte mit halb geschlossenen Augen.

»Kann ich keine Verantwortung übernehmen …«, hörte ich den Arzt mit seiner leisen Stimme sagen.

»Verstehe«, antwortete die Stimme der Praxishelferin, »ich rufe die Ambulanz.«

»Frau Michaelis«, sagte der Arzt jovial, als er zurückkam und wiederholte, dass er jede Verantwortung für das Leben des Kindes ablehnen müsse, unterernährt und dehydriert, wie es sei. Das könne in diesem Alter innerhalb einer Woche zum Tod führen, ich solle im Wartezimmer Platz nehmen. Mütter mit müdem oder abschätzigem Blick ordneten die naturwollenen Kleider ihrer Kinder und forderten sie auf, mit dem Holzspielzeug, den Bienenwachskreiden oder den gesichtslosen Stoffpuppen zu spielen. Der ganze Raum atmete Missachtung. Vor dem Fenster saß eine kranke Taube und pumpte.

11 Mit Blaulicht über die rote Ampel, um das Seebecken herum und durch das Bankenviertel stadtauswärts Richtung Krankenhaus. Spätestens jetzt, in diesem Krankenwagen, musste ich mir eingestehen, dass meine Normalitätssimluationen gründlich gescheitert waren. Wir fuhren in das Krankenhaus, in dem Lio geboren worden war. Von der Notfallstation wurden wir weiter in die Kinderstation geschickt, wo wir in einem blank gebohnerten Flur auf einem Metallstuhl warteten. Und warteten. Dann und wann hastete eine weiß gekleidete Person vorüber, das Quietschen ihrer Schuhe wurde leiser, dann warteten wir wieder. Ich verwandelte mich in einen der Metallrohrstühle, während Lio in meinen Armen lag und starb. Oder doch nicht? Nach fünfeinviertelstunden, die mir wie fünf Tage vorkamen, trat ein Mensch im weißen Kittel auf uns zu und sagte Lios Namen.

»Ein Notfall, dehydriert«, das hatte ich gelernt. »Lebensgefährlich.« Freundlich, anteilnehmend und mit professioneller Distanz bat mich der junge Arzt, doch für einen Augenblick Platz zu nehmen, es komme gleich jemand. »Ich sitze bereits«, murmelte ich in seinen Rücken, als er mit geschäftigem Schritt von uns wegquietschte. Wieder warteten wir.

Ich musste eingenickt sein, jemand rüttelte an meiner Schulter. Ich sah auf und in die riesigen Augen einer

Krankenschwester mit falbem Haar, das sie im Nacken mit einem Haushaltsgummi zusammengebunden hatte. Sie walzte uns voran den Flur hinunter und öffnete die Tür in ein Untersuchungszimmer. Wickeltisch, Liege, zwei Stühle, ein Holztisch am Fenster, leer bis auf ein Telefon und das Arzneimittelkompendium. Wieder warteten wir. Nach einer Weile begann ich in dem Buch zu blättern, suchte das Medikament, mit dem bei Paule die Geburt eingeleitet worden war, fand es jedoch nur als Prostaglandinpräparat, das zur Behandlung von Magengeschwüren verabreicht wurde. Ich fragte mich, was mit Paule geschehen war, vor und während der Geburt, und verfluchte mich, dass ich nicht dabei gewesen war. Weshalb war sie so seltsam geworden? Was war während meiner Abwesenheit passiert? Die Falbe streckte den Kopf zur Tür herein und bat mich, Lio auszuziehen.

Bis aufs Hemd entkleidet, lag mein Kind auf einer Gummiunterlage und war so leicht in meinen Händen, dass sie zu schweben schien. Leichter und leichter wurde sie mit jedem Mal, da ich sie drehte und wendete, als wollte sie sich verflüchtigen, als wechselte sie den Aggregatzustand von etwas Festem in etwas Flüssiges und in einen Lufthauch. Ungefestigt, ungreifbar wie eine winzige Nebelschwade schwebte mein Kind, es streckte wie so oft die Arme und die Beine durch, dann hob es sich eine Handbreit in die Höhe, löste sich von der Gummimatte und schwebte über dem Wickeltisch. Es schwebte und stieg. Und stieg weiter auf. Ohne die Hand von seinem Bauch zu nehmen, kroch ich aus meinem Pullover und deckte mit ihm das Luftgebilde, das mein Kind war, zu, es schloss die Augen und schlief ein.

Sitzen, warten, Rohrstuhl sein. Ich sah aus dem Fenster auf die graue Masse aus Quadern, die Häuser der Stadt. Schiefergedecktes aus Sandstein und Beton. Zwischen allen Farben des Graus von Bleigrau bis Rattengrau hingen ein paar Baumkugeln, streckte sich das lange Grün einer Hecke, das Geviert eines Gartens oder einer Grünanlage. Leute gingen herum auf hastigen Wegen in ein selbst gebasteltes Lebensglück, und über allem spannte sich das schwarze Gespinst der Leitungen für Trolleybusse, Trambahnen und Straßenlampen. Unter dem dichten Netz sich kreuzender Linien waren die Menschen nur noch als Schemen erkennbar. Ein murrendes Geräusch, Lios Brustkorb hob und senkte sich rasch. Ich wickelte den Ärmel meines Pullovers über ihren Scheitel, damit sie tiefer schlief, und zählte, als ich eine Turmuhr schlagen hörte, die Stunden, die wir hier waren und warteten. Lios Atem verlangsamte sich, ich sah wieder aus dem Fenster und begann eine Skizze.

Endlich öffnete sich die Tür, und drei Frauen traten ein. Der Falben, die mich anlächelte, folgte eine sehr junge Ärztin mit Stethoskop am Hals, ins Gespräch vertieft mit einer dritten, die ebenfalls wie eine Schwester aussah. Die beiden Schwesternartigen machten sich sofort an Lio zu schaffen, während die Ärztin mich einer Befragung zu Lios Trink- und Schlafgewohnheiten unterzog, nach Schwangerschaft und Geburtsverlauf fragte und auf die abwesende Kindesmutter zu sprechen kam.

»Beruflich verreist«, log ich und stellte fest, dass ich begonnen hatte, mein Leben ohne Paule zu denken. Ich beschloss, mir eine Geschichte mit mehreren Variationen zurechtzulegen, die Paules Verschwinden erklären sollte: dass sie erschöpft sei und sich bei ihrer Mutter in den Bergen erhole, dass sie, als IT-Fachfrau, beruflich sehr gefragt und viel auf Reisen sei, oder dass wir es machten wie die Pinguine. Das Weibchen legte das Ei und schaufelte es in einem akrobatischen Akt in Windeseile auf die Füße des vor ihm stehenden Männchens, das geschwind die Speckfalte seines Bauchmantels darüberschlägt, um es zu bebrüten, während die Weibchen sich aufmachen, ins Wasser, wo sie sich fett fressen und, zurückgekommen, den Flaumknäuel übernehmen, ihn ihrerseits unter der Bauchfalte bergen und dort füttern, bis das Kleine stark genug ist, um den Weg an die Kante der Eisscholle zu seinem ersten Bad im Meer zurückzulegen.

Der Ärztin präsentierte ich die Variante mit dem beruflichen Erfolg, die würde ihr am ehesten einleuchten, dachte ich und hatte recht. Sie war eine grobknochige Person mit einem Wust roter Haare, der wie ein Eisbeutel auf ihrem Scheitel lag. Mit ihrem weißen, länglichen Gesicht darunter sah sie aus wie ein Fliegenpilz. Ohne meine Worte zu kommentieren, musterte sie mich aus vorquellenden Augen, Mitleid im Blick oder Missbilligung, das konnte ich nicht einschätzen. So taxiert, begann ich unwillkürlich vor und zurück zu wippen, mit einer geschmeidigen, aus der Hüfte kommenden Bewegung. Irritiert sah sie zur Seite, wandte sich dann abrupt ab und widmete sich dem Kind, das jetzt nackt unter dem roten Licht einer Wärmelampe lag und mit den Augen den Raum absuchte. Zwischen die dickfleischigen Lippen hatten die Schwestern einen

Plastikbeutel geklebt, der sich jetzt, als die Kleine zaghaft lächelte, mit Urin zu füllen begann. Bestürzt sah ich aus dem Fenster, wo der Wind in die Wipfel zweier Tannen sprang und sie unkontrolliert schüttelte. Aus den Tannenzapfen stoben braune Flügelchen in eine Welt, zu der wir nicht mehr gehörten.

Vor einem dunklen Himmel schwankten die Wipfel der Tannen im Wind, da hat sie mich angefasst mit leichter, leichter Hand.

Die Ärztin prüfte Lios Länge und Gewicht, und auch sie freute sich über den äffischen Klammerreflex. Im Überweisungsbericht des Drusenarztes blätternd, forderte sie mich auf, das Kind wieder anzuziehen, und ließ den Blick nicht von den tastenden Fingern, mit denen ich mich an Lio zu schaffen machte, wobei sie die bevorstehenden Untersuchungen kommentarlos aufzählte. Röntgen: Rumpf, Extremitäten, ganzer Körper; Blutstatus, Urinanalyse, Bauchultraschall, Schweißuntersuchung, Herztöne, EEG. Zunächst jedoch werde man das Kind stationär aufnehmen und es von einer erfahrenen Kinderkrankenschwester mit der Flasche ernähren lassen, es müsse an Gewicht zulegen. Die Falbe lächelte siegesgewiss. Mir war nicht nach einem Schoppenflaschenwettbewerb zumute, deshalb übersah ich das und stimmte den Vorschlägen der Ärztin zu.

Lio rollte in einem Bett aus Plexiglas zu drei anderen Kindern in ein Krankenzimmer, wurde ans Fenster gestellt, und ich setzte mich neben sie. Die Kinderkrankenschwester brachte die Flasche und beobachtete, wie ich dem Kind wenige Milliliter einflößte, bevor sie übernahm. Resolut presste sie Lio an ihren dicken Busen, drückte ihr den Sauger in den Mund und redete auf sie ein. Lio wimmerte kurz, dann machte sie, was sie immer machte, wenn ihr alles zu viel wurde, sie schlief ein. Um sie zu wecken, fuhr ihr die Schwester mit entschlossener Hand über die Stirn und schob ihr erneut die Flasche in den Mund. So ging das über eine Stunde lang. Um es nicht mit ansehen zu müssen, ging ich mehrmals nach draußen auf eine der Feuertreppen, wo ich rauchte. Schließlich wurde es auch der Schwester zu viel, sie holte die Ärztin, und gemeinsam beschlossen sie, das Kind zu sondieren.

Sechsundfünfzig Tage. Zwei Mondmonate war Lio alt, als sie ins Krankenhaus gebracht wurde. Gedeihstörung nannten sie es. Ich saß und hielt sie auf dem Schoß, während wir warteten, was weiter geschehen würde. Sie sah in die Wolken, aus denen es regnete. Der Wind hatte sich gelegt, und Lio sah so unverwandt in den Himmel, als zählte sie die Tropfen oder könnte durch die Wolkendecke hindurch ins Himmelblau sehen. Ein Irrtum, wie ich bald erfahren sollte. Denn Lio sah wenig, vor allem nicht räumlich, da sie mit dem linken Auge einwärts schielte und auch das rechte nur die halbe Sehkraft hatte. Mir schien, sie war weit weg, und auch ich war nicht mehr anwesend. Ich dachte an meine Arbeit, den Gesichtslosen, der von den Zed-Editions doch nicht verlegt wurde, genauer, dessen Erscheinungstermin auf einen unbekannten Zeitpunkt verschoben worden war, was einer Absage gleichkam. Ich wischte die Gedanken an meine Aufträge beiseite, zu sehr stresste mich der verlorene Tag auf den Wartestühlen der Klinik. Ausstehende Deadlines, halb fertige Sachen, vor allem, dass der Monat zuende ging und die Miete abgebucht werden würde, ich brauchte dringend Geld. Stattdessen war ich hier an einen Stuhl gefesselt, mit dem kranken Kind auf dem Schoß, und beobachtete, wie aus dem regentropfenden Berghang Nebelschwaden stiegen. Aus dem düsteren Nadelwald kroch geräuschlos die rote Bahn und hielt. Menschen quollen aus ihrem Inneren, dunkle Gestalten, die sich rasch zerstreuten. Der Bahnsteig lag eine Zeit verwaist da, dann füllte er sich wieder.

Lio röchelte leise im Schlaf. Ich bettete sie zurück in den Glaskasten, als flackernd das Deckenlicht anging, man Lio wieder holte, und ich beeilte mich zu folgen. Wieder legten sie das Kind auf den Untersuchungstisch, machten es wach, und es begann leise zu greinen. Ich legte die gewölbte Hand auf seinen Kopf, wurde jedoch beiseitegeschoben, und dann ging alles sehr schnell und gleichzeitig unerträglich langsam.

Die Falbe riss eine Plastikverpackung auf und entnahm ihr einen dünnen Schlauch, an dessen Ende ein Kippverschluss angebracht war. Den legte sie auf Lios Bauch, maß die Länge vom Nabel bis zur Nase, gab noch eine Armlänge hinzu und schnitt ihn ab. Fest drückte die andere, eine Lernschwester, Lio auf die Unterlage, damit die Falbe dem Kind das abgeschnittene Schlauchende in das Nasenloch stecken konnte. Lio gab schluchzende Laute von sich, während die Schwester den Schlauch in sie hineinschob. Und schob. Und schob. Und der Schlauch wie ein gläserner Wurm aus Lios schreiendem Mund wieder herauswuchs und sich auf ihrem Gesicht ringelte. Als die beiden es bemerkten, zogen sie die Sonde aus dem Kind heraus, öffneten eine zweite Packung, maßen die Länge, hielten das Kind fest und steckten die Sonde in die Nase. Wieder schob die Schwester und schob, wieder kroch der Schlauch dem Kind aus der Mundhöhle, wieder zogen sie ihn zurück und probierten es mit einem neuen. Beim dritten Versuch fand er seinen Weg in Lios Speiseröhre und hinunter in den Magen. Aus einem weißen Klebstreifen schnitt die Schwesternhelferin ein Herz aus, mit dem sie den Schlauch auf Lios Wange fixierte, während die andere die Milchflasche und eine Spritze holte. Gemeinsam füllten sie die Spritze, öffneten den Kippverschluss und drückten die Milch in Lios Bauch. Dies wiederholten sie mehrere Male, wobei sie mir die Prozedur erklärten. Zwischen den Spritzenfüllungen musste der Kippverschluss geschlossen werden, am Ende musste das durchsichtige Rohr mit destilliertem Wasser oder Fencheltee durchgespült werden. Dann wurde das Schlauchende zusammengerollt und im Nacken des Kindes unter der Kleidung verstaut. Zuletzt wurden Lios Hände in winzige Baumwollbeutel gesteckt und am Handgelenk zugebunden. Sie fuchtelte wie eine Boxerin, doch als ich sie in ihrem Zimmer wieder ans Fenster stellte, war sie bereits wieder eingeschlafen. Ich saß noch lange bei ihr und sah hinaus in die nasse Nacht.

Unermüdlich nahm die Bahn ihren Weg zwischen Hauptbahnhof und Bergstation, auf und ab, hin und her, von morgens früh bis spät in der Nacht, hoch auf den Berg und zurück in die Stadt, ich sah den Scheinwerfern zu, und als sie zum wiederholten Mal im Wald verschwanden, überkam mich der Wunsch, einfach abzuhauen. Weit weg. Noch einmal neu beginnen, in einem anderen Leben, mit einem anderen Kind, einem heilen. Perfekten. Derweil schlief die Kleine einen tiefen, satten Schlaf, ein Engelslächeln huschte über ihren Mund, und sie begann ganz leise zu schnarchen.

Ich war unschlüssig, ob ich bleiben oder nach Hause gehen sollte, die unerledigte Arbeit plagte mich, doch wenn ich ginge, so fürchtete ich, könnte mir das Kind abhandenkommen. Mehr als der absurde Gedanke, das Kind könnte verschwinden, bedrängte mich nach und nach die Vorstellung, ich selbst ginge da draußen in der Nacht verloren und fände den Weg nicht mehr zurück.

Der Bankautomat auf dem Nachhauseweg schob mir die Karte wieder entgegen, *kein Barbezug möglich,* und aus dem Briefkasten fischte ich nur Rechnungen, Werbesendungen und die Aufforderung, einen eingeschriebenen Brief abzuholen. Ich ging im Mantel ans Telefon und wählte Gerdas Nummer.

Freiheit. Die Anstrengung der Freiheit war es, die Paule gewählt hatte. Wir hatten sie gemeinsam gesucht und geglaubt, sie gefunden zu haben, nichts wäre uns zu viel, hatten wir geglaubt, kein Aufwand zu groß, um der Freiheit standzuhalten. Gemeinsam. Das war unser Plan gewesen. Als ich Paule begegnete, lagen Jahre hinter mir, in denen ich versucht hatte, mir selbst auf die Spur zu kommen, meiner Angst vor der Einsamkeit, der Freiheit. Dann hatten wir uns zusammengetan, und plötzlich schien alles verführerisch leicht. Gemeinsam stemmten wir uns gegen das, was als Dauerforderung des gelungenen Lebens um uns Raum griff: der getaktete Alltag mit Festanstellung, sportlicher Betätigung, ausreichend Schlaf und maßvollem Alkoholgenuss. Basenfasten, Darmreinigung, Bioprodukte. All die Gebote des richtigen Lebens hatten für mich nicht gegolten. Für Paule noch weniger, und das hatte mich so zu ihr hingezogen. Den eigenen Willen kennen, das Leben gestalten. Dies vor allem: Herrschaft über das eigene Leben und Verachtung jeder Idee von Schicksal – das hatten wir zu unserem Ideal gemacht. Und je enger und strenger die imperativischen Vorgaben uns umschlossen, umso bedingungsloser wollten wir es. Freiheit von allen Sicherheiten und Konventionen. So hausten wir in dem bröseligen Raum zwischen Stamm und Borke, zwischen dem harten Holz der fraglosen Zugehörigkeit und dem vermeintlich nutzlosen Schorf, den die randständigen Außenseiter bilden, dieser krustigen Schutzschicht, die das Innere so blank hält. Wir waren die Bewohner eines Zwischenreichs. Grenzgänger zwischen Kambrium und Bast.

Was jetzt vor mir lag, zeichnete sich überdeutlich ab: Jahre, wenn nicht Jahrzehnte, nein, der Rest meines Lebens, zwischen Freiheitssehnsucht und den Fesseln einer schicksalhaften Randexistenz. Ständige Angst, aussortiert zu werden, menschlicher Abfall zu sein. Unbefangene Begegnungen würden nicht mehr möglich sein, und in dieser Gewissheit befiel mich das unwiderstehliche Verlangen zu tun, was Paule getan hatte, abzuhauen. Stattdessen: unbezahlte Rechnungen, eingeschriebene Briefe, unerledigte Aufträge, ein leeres Bankkonto, ein Kind im Krankenhaus und seine flüchtige Mutter.

Während ich auf das Tuten im Hörer lauschte, tat ich mir gewaltig leid, und fast begann ich, mich auf die frostigen Worte von Paules Mutter zu freuen. Sie würde mir Grund geben, in Wut zu geraten. Endlich. Die Arvenstube mit den niedrigen Decken, dem Ofen aus Eisen und Glas, den von Gitterstreben unterteilten Fenstern. Die knarrenden Treppen, das ganze alte Bauernhaus, mit sehr viel Geld sehr schlicht renoviert, moderne Kunstdrucke an den Wänden, Stahlrohrmöbel, futuristische Teppichmuster. Paule hatte mich ein einziges Mal mitgenommen in das enge Alpental, auf dessen Grund in den Wintermonaten kein Sonnenstrahl fiel, auch damals nicht, als wir während der Schwangerschaft dort waren, um es Paules Mutter mitzuteilen. Gerda, eine drahtige Frau mit dunkelgrauem Stoppelhaar und sehr rot geschminkten Lippen, arbeitete im Kantonsspital als Nachtschwester. Ich hatte den Eindruck von etwas Kühlem, Zähem und, wie ich sofort herausfand, keine Chance bei ihr. Sie hatte einige Jahre mit Paules Vater, einem Norddeutschen, in München gelebt und war auf die Deutschen nicht gut zu sprechen. Dass ihre Tochter, für die sie ehrgeizige Pläne hatte, sich mit einem aus dem großen Kanton vermehrte, gefiel ihr nicht. »So, hast du dich mit dem großdeutschen Reich vereinigt«, sagte sie, mit Blick auf Paules runden Bauch. Paule machte eine hilflose Handbewegung und stammelte, das mit mir sei doch etwas anderes, sie selbst immerhin eine halbe Deutsche, doch ihre Mutter hatte sich abgewandt und mit der Feuerzange im Schwedenofen gestochert. »Damit musst du mich jetzt wieder quälen«, sagte sie, auf Paules Vater und ihre gescheiterte Ehe anspielend. Doch nichts lag Paule ferner als das. Sie nahm wortlos meine Hand und zog mich hinaus.

Nach endlosem Klingeln nahm Gerda den Hörer ab und meldete sich mit frischer Stimme.

»Du bist es«, sagte sie nur, als ich zu sprechen begonnen hatte und nach Paule fragte. Nein, sie habe nichts von ihr gehört, schon lange nicht mehr, genau genommen seit unserem Besuch im letzten Herbst. Ich sagte ihr, dass Paule verschwunden sei und ich mir Sorgen machen würde. Lio und meine Situation erwähnte ich nicht. Warum, weiß ich nicht, doch Gerda schien sich auch nicht dafür zu interessieren, ob ihr Enkelkind inzwischen auf die Welt gekommen war. Ich bat sie um Adressen oder Namen von Freundinnen oder Bekannten aus der Schulzeit, und sie nannte mir ein paar Namen, die mir alle unbekannt waren. Einige der Frauen hätten wohl in der Zwischenzeit den Namen gewechselt, ich müsste halt ein wenig recherchieren. Mehr falle ihr auch nicht ein. Als ich auflegte, hatte ich das Gefühl, einer seit Langem ausstehenden, lästigen Pflicht genügt zu haben, und redete mir ein, ich hätte es für Lio getan. Für mein Kind.

Sie behielten Lio eine Woche im Krankenhaus, wo sie langsam an Gewicht zulegte und meist schlief, wenn ich kam. Einmal lag sie nicht in ihrem Zimmer, und auf Nachfragen fand ich sie in der Neurologie, schlafend, wie immer, das schwarze Haar büschelweise mit Elektroden verklebt. Blitze aus einem Stroboskop schossen auf ihre Augen, sie sei »spontan« eingeschlafen, sagte die untersuchende Ärztin, die im Dunkeln neben ihr saß und einen Monitor beobachtete, mit rechtfertigendem Unterton in der Stimme. Das EEG zeigte wie die Ergebnisse der zahlreichen anderen Untersuchungen keine Auffälligkeiten. Erleichtert, fast glücklich, ging ich kurz darauf zur Schlussbesprechung mit den behandelnden Ärzten, wurde von der Stationsschwester in eine Kammer mit blank gebohnertem Linoleumboden geschickt, saß vor der leeren Resopalfläche eines Besprechungstischs und wartete. Eine Wollmaus hatte sich unter den Heizkörper verkrochen und hockte in der Ecke, wo sie ebenfalls zu warten schien. Sie zuckte und zitterte, flog eine Handbreit auf und setzte sich behutsam wieder, als die Tür mit Schwung geöffnet wurde und ein junger Mann eintrat. Er trug den Arztkittel offen und drückte Lios Dossier mit überkreuzten Armen an die Brust. Der leichte Nebel eines Bartflaums überspann seine Wangen, sein schütteres blondes Haar war mit Klebgel kunstvoll zerzaust. *Dr. Hugentobler, Assistenzarzt,* stand auf dem Ansteckschild, was mich noch fröhlicher machte, denn ich war mir sicher, dies konnte keine Besprechung sein, in der es um Wichtiges ging. Nicht mit einem Assistenzarzt. Schon gar nicht mit diesem Assistenzarzt. Ich nahm die dargebotene Hand und drückte ihr weiches Fleisch lang und fest. Er ließ sich nichts anmerken.

»Herr … ähm.« Er hob den Deckel von Lios Akte. »Herr Leutenegger.« Ich lachte, und er sah mir zum ersten Mal in die Augen.

»Michaelis«, korrigierte ich. »Ich bin der Vater von Lio Leutenegger.«

»Aha. Herr … ähm, Michaelis. Bitte nehmen Sie Platz.«

Er setzte sich mir gegenüber und blätterte in den Papieren.

»Die Laborwerte«, er betonte das Wort auf der ersten Silbe, »die Laborwerte sind normal, alle Untersuchungen ohne auffälligen Befund. Mhm. EEG.« Er blätterte vor und zurück.

»Wann kommt die Stationsärztin?«, fragte ich.

»Frau Dr. Studer ist zu einem Kongress der Neonatologen in die USA gereist«, mein Gegenüber lächelte in Richtung der Diagramme mit Lios Werten auf dem Tisch, und ich wurde immer besser gestimmt. Ich hatte recht. Keine relevanten Neuigkeiten in diesem Gespräch, schon gleich keine schlechten.

»… und hat mich beauftragt, das Gespräch mit Ihnen zu führen. Aha.« Er blätterte. »Auch hier, normale Blutwerte, Ultraschall ohne Befund. Nun …«

»Wenn sie gesund ist, dann will ich sie jetzt mit nach Hause nehmen. Danke für das Gespräch.« Ich erhob mich.

»Sehen Sie«, unterbrach er mich, »das heißt es eben nicht.« Ich hörte nicht zu, sondern reichte ihm über den Tisch hinweg die Hand. Die Wollmaus in der Ecke hinter ihm rührte sich nicht.

»Bitte nehmen Sie wieder Platz.« Er schob die Papiere zusammen und fuhr sich mit der Hand in den Nacken. »Das Chindli ist organisch ganz gesund«, sagte er, während er rieb. »Es fehlt ihm im Einzelnen nichts.«

»Das beruhigt mich«, sagte ich.

»Für uns Ärzte«, er betonte das uns, »bedeutet das nicht, dass mit ihm alles in Ordnung ist. Es kann etwas nicht normal sein, das wir hier nicht feststellen können«, er hob die Hand, als wollte er abwinken, »das wir mit unseren Untersuchungsmethoden nicht diagnostizieren können.« Seine Stimme bekam einen weinerlichen Unterton, keine Ahnung, ob wegen der unzureichenden Ausstattung der Klinik oder weil er statt an Kongressen teilzunehmen, derlei Gespräche führen musste.

Ich setzte mich. Jetzt hatte ich es zum ersten Mal gehört. Nicht normal. Fast unmerklich hob sich die Wollmaus ein wenig vom Boden ab und flog zögerlich unter der Fensterbank entlang.

»Möglich«, fuhr er fort, »dass etwas im Blut des Chindli festgestellt werden kann. Dass ein besonderer Test – der hier nicht gemacht werden kann – uns zeigt, was dem Chindli fehlt.« Er schwieg und beobachtete mich. »Sie wissen vielleicht, dass es Defekte gibt, die in den Genen liegen. Das kann man nur durch besondere Blutuntersuchungen nachweisen. Damit wir ganz sicher sein können, dass bei Ihrem Töchterlein kein solcher Defekt vorliegt, müssen wir Sie an einen Spezialisten überweisen.« Er lächelte die Diagramme an. Die Wollmaus sprang unruhig hin und her.

»Wenn ich Sie richtig verstehe, sollen wir einen Humangenetiker aufsuchen.« Der Assistenzarzt nickte, erleichtert, dass ich verstanden hatte, und zog ein Papier aus dem Dossier. Er schob es über den Tisch.

»Hier das Überweisungsformular. Wir werden einen Termin für Sie vereinbaren. Sind Sie unter folgender Telefonnummer zu erreichen?« Geschäftsmäßig fragte er unsere Koordinaten ab, Adresse, Krankenkasse, mögliche Termine, füllte ein Formular aus, das ich unterschreiben musste. Er schien glücklich, sich auf den bürokratischen Akt zurückziehen zu können und nicht mehr mit persönlicher Nähe, womöglich ungeordneten Reaktionen meinerseits, rechnen zu müssen.

Ich verstand dennoch. Sie gingen von einem Genschaden aus. Noch hatte keiner, weder er noch ich, das Wort Behinderung in den Mund genommen. Die Wollmaus tanzte.

»Herr … äh, Michaelis«, er reichte mir seine bleiche Hand, »Sie werden von der Universitätsklinik in den nächsten Wochen aufgeboten.«

Ich nahm das schlaffe Etwas und drückte mit aller Kraft.

»Alles Gute.« Er eilte hinaus, wobei er verstohlen die Finger bewegte.

Bevor ich ging, öffnete ich das Fenster und sah vom siebzehnten Stock aus hinunter auf die Stadt. Als der Sog zu stark wurde, bückte ich mich und hob das Staubknäuel hinaus, wo es, im Sommerwind tanzend, aufflog, dann niedersank.

SEQUEL Vor dem weißen Gittermuster auf dunkelgrüner Wandtafel, im hellen Licht des Untersuchungszimmers, an der behördlich geeichten Messlatte und unter dem scharfen Blick des humanmedizinisch geschulten Auges zeigt sich der Schrecken der Abweichung. Unser Werk wird offenbar. Hier, in dem, was sie Sichtdiagnose nennen, nicht jedoch unter dem millimeterkleinen Linsenauge des Elektronenmikroskops, das die zwei gläsernen Chromosomenstäbchen begutachtet, jene von uns, die sie mit der Nummer 23 bezeichnet haben. Nichts zu sehen. Im Verborgenen haben wir gute Arbeit geleistet. Auch im fluoreszierenden Hybridisierungsbad nicht, der FISH-Test – noch einer, auch er – ohne Befund. Nichts zu sehen. Nichts festzustellen. Nichts zu diagnostizieren. Nicht auf dem kurzen Arm, nicht auf dem langen Arm. Die Abweichung hat keinen Namen. Wir hatten uns nicht einigen können. Viel zu viele von uns hatten was Neues ausprobieren wollen, sich neu kombinieren wollen, erst 13.3., dann 11.1p und in der Folge auch 11.2p, das hat die beiden 11q auf dem langen Arm aufgebracht, dann kamen schnell nacheinander 21, 22, 23 und 24 dazu und schließlich der ganze Block 12. Auf beiden Armen. Was für ein Durcheinander. Es musste schnell gehen und verlief prompt ziemlich unkoordiniert. Hier was vertauscht, dort was rausgeschnitten, eingefügt. C und G und A und T, anders kombiniert, die Doppelhelix stärker gedreht, und alles änderte sich. Jede Zelle, jede Faser, jeder Nerv. Jedes Haar, jede Hautschuppe an dieser Stelle anders aufbauen, ein Riesenspaß, bis die Gene für die Rothaarigen auf Chromosom 16 sich einmischten, doch die konnten nicht mehr berücksichtigt werden. Zu viel war vertauscht und verschoben worden, es war nicht mehr rückgängig zu machen, selbst wenn wir es gewollt hätten, denn wir hatten die ursprüngliche Kombination vergessen, uns heillos in den Rekombinationsmechanismen verstrickt. Zurück auf Anfang war nicht mehr möglich, einige wollten es auch nicht, weigerten sich, wollten, wie gesagt, etwas Neues ausprobieren.

Das glucksende Tosen in der Ursuppe der Chromosomenaberrationen aus dem Fundus der Evolution, wieder war uns etwas gänzlich Neues gelungen, und das neue Menschenwesen sollte sich vermehren, duplizieren, fortpflanzen. Fünfzigprozentig die Wahrscheinlichkeit, dass es unsere Neukombinationen in einem gleichfalls veränderten Menschlein weitervererben würde, wir mussten es nur abwarten. Fünfzehn, zwanzig Jahre konnten wir in aller Ruhe zusehen, wie sie unser Werk als Abnormität qualifizieren würden, es vermessen würden vor der Gittertafel, wo all die Buckligen und Zyklopen, die Sechsfingrigen und Lippengaumenspalten, die verformten Genitalien, vervielfachten X-Chromosomen, die Hermaphroditen und Hydrozephali, kurz all die Menschenkinder in ihrer verwachsenen Nacktheit taxiert und klassifiziert werden, wo die kleinste Abweichung beziffert wird, katalogisiert und in Datensätzen erfasst, und als Aberration, als Verirrung, als Abnormität, als Defekt bezeichnet, als Degenerierung, ja als Leid, Krankheit, Elend, nicht lebenswertes Leben, was wir geschaffen haben, weil wir was ausprobieren wollten.

Das Gittermuster, ein auf der Wandtafel vergrößertes Rechenpapier, vor dem die Menschenwesen aufgestellt werden, normiert, distanziert und objektiviert, was doch ein je eigenes und einmaliges Leben ist. Ein Kind, zwei Eltern – Familie als nicht subjektiver zu denkende Tatsache, die das ganze Leben durchdringt und der mit Rasterungen nicht beizukommen ist. Einzelschicksal. Im Netz der institutionalisierten Behindertenbetreuung werden sie sich verfangen, und sie werden nach und nach die Kategorisierungen anerkennen, denen das Kind fortan unterworfen ist, sie werden der Tatsache nicht entkommen, die in Form von Einschachtelungen – kleine Behältnisse mit der Aufschrift *DEFIZIT* – die Ausgrenzung vollzieht. In ihrer kleinen Schachtel verwachsen sie zur Schicksalsgemeinschaft. Die Krüppelkinder aus dem Katalog der Chromosomenverirrungen, aus dem nie einer was bestellt, begegnen Atropos, der kleinsten und schrecklichsten Meisterin, derjenigen, die weder umgangen noch vermieden werden kann, und von ihr bekommen sie die Schere. Denn während die Schwestern der kleinen Schrecklichen spinnen, weben, nähen, ist sie es, die den Faden durchtrennt mit ihrer Schere. Sie leiht sie den Krüppelkindern, damit sie das Gittermuster in lange Streifen schneiden können, die sie aneinanderheften und zur Strickleiter binden. Leicht und ohne Anstrengung klettern die gewichtslosen Irrwesen auf den fadendünnen Sprossen der Himmelsleiter hinauf und hinunter, begegnen einander, sie kennen sich gut, sind alle von einem Schlag, vom selben Schlag, in ein und denselben Schlag gesperrt gewesen, ehe sie aus den Rasterschachteln entkommen auf die haardünne Strickleiter, die einen normalgewichtigen Mittelmenschen nicht tragen würde, die Krüppelchen jedoch nach oben bringt, eins ums andere, und wieder hinab. Auf und ab, ein ewiges Erdenleben lang. Bis Atropos ein Einsehen hat, die Schere nimmt und sie durchtrennt, die haarfeinen Holmen.

Noch klettert das Liowesen nicht hinauf, noch klettert sie nicht, ja steht noch nicht einmal vor der Gitterwand. Doch wird sie ihr nicht entkommen, denn bereits jetzt reichen Maßband, Schweißtropfen und Röntgenstrahlen, EEG und Ultraschallgerät nicht aus, nicht einmal das aus Blutstropfen gewonnene und im FISH-Test analysierte Genmaterial, um die Abweichung festzustellen.

12

Der Brief kam, der Termin stand fest, ich ging nicht hin. Ich ging nicht zur Humangenetik.

Stattdessen schloss ich mich mit dem Kind zu Hause ein, zeichnete und arbeitete, schloss die Grassodensache endlich ab, schrieb die Rechnung, erledigte einige kleinere Aufträge, Illustrationen für den Geschäftsbericht einer Privatbank, Entwurf eines Maskottchens für das Gemeinschaftszentrum unseres Stadtviertels; ferner ein paar Flyer und Layouts für Einseiter, Flugblätter, meist Arbeiten für Auftraggeber, die ich persönlich kannte, die wenig Budget hatten und mit einem Entgegenkommen meinerseits rechneten. So hatte ich viel zu tun, nahm aber nicht viel ein.

Selten schien die Sonne, meist war es trüb und kühl draußen, der Himmel so grau wie die Stimmung auf den Straßen. Max und ich trafen uns nicht mehr im Friedhof, das Wetter sei zu schlecht, sagten wir zueinander und später, als der Sommer Mitte August mit einer langen Hitzewelle doch noch kam, es sei zu heiß, und gaben die Erleichterung voreinander nicht zu, Max nicht, denn er hatte inzwischen einen weiteren Job als freier Journalist in Bern, von wo er für eine überregionale Tageszeitung aus dem Bundeshaus berichtete, und ich nicht, denn ich wusste dem Freund nichts zu sagen über meine festgefahrene Situation. Auch spürte ich, wie wir uns voneinander entfernten in verschiedene Leben, deren Schnittmenge vor allem aus Erinnerungen bestand. Doch die Gegenwart forderte mich, und so war ich am liebsten mit Lio und meinen Zeichnungen allein, wollte von Max nichts erwarten, wollte mich auch nicht zumuten, das vor allem nicht. Eine große Stille kehrte zwischen uns ein, und manchmal kam es mir vor, als kündigte sich in ihr das Ende unserer Freundschaft an.

Von Zeit zu Zeit riss Lio sich im Schlaf trotz der Baumwollhandschuhe die Sonde raus, sie kringelte sich neben ihr wie ein Glaswurm, das dicke Ende klebte noch mit diesem albernen Herzpflaster auf ihrer Wange fest. Ich brachte sie ins Krankenhaus, wo sie ihr eine neue steckten und mich aufforderten, das selbst zu lernen, sodass ich nicht immer kommen müsste. »Sehen Sie, ganz einfach«, sagte die runde Kinderkrankenschwester, doch ich verweigerte mich. Ich sei schließlich der Vater des Kindes und nicht sein Pfleger. Das würde ich auch nicht werden wollen. Ja, das könne sie verstehen, sagte die Schwester und sah mich dabei zweifelnd an. Beim nächsten Mal reichte ich das Kind durch die Tür ins Zimmer und drückte mich auf dem Flur herum, bis sie fertig waren. Dann eilte ich mit Lio auf dem Arm davon, bevor sie nach der Humangenetik und dem Verlauf der Gentests fragen konnten.

Kleine Kinder soll man spazieren führen, und so schob ich Lio an den wenigen warmen Abenden dieses Sommers durch die Straßen der Großstadt, setzte mich irgendwo in eine Bar und landete zum Schluss immer in der Spelunke, in der ich Paule zum ersten Mal begegnet war. Stange,

Rugeli, Kübel, Becher. Ich trank aus der Flasche und ließ den Wagen mit dem schlafenden Kind vor der Tür stehen, doch jedes Mal, wenn ich schwankend wieder auf die Straße trat, war er noch da und Lio schlief selig inmitten des Gehupes und Geschreis, der Technomusik aus den Clubs und dem Gejammer der bettelnden Junkies.

Der Sommer verging so schnell, wie er gekommen war, ich sammelte immer noch Material für die Zellkernsache, der ich den Titel SEQUEL gab, überlegte an einer Erweiterung der Geschichte des gesichtslosen Mannes rum, suchte Material zusammen, las Zeitungsberichte, Reportagen, las die einschlägigen medizinischen und naturwissenschaftlichen Fachzeitschriften, sammelte alles, was zum Stand der Sequenzierung des menschlichen Genoms zu finden war, zum Projekt HUGO und dem Wettlauf mit Craig Venters Celera Genomics, es fehlte mir jedoch die zündende zeichnerische Idee. So brachte ich nichts zustande, hing wochenlang fest, klammerte mich an die Unterlagen über Eugenik und genetische Beratungsstellen, über Pränataldiagnostik und Erbkrankheiten, Molekulargenetik und Zwillingsforschung, über die Folgen der Atomtests in der kasachischen Steppe, den Anstieg der Behindertenraten seit der Reaktorkatastrophe von Tschernobyl. Das brachte alles nichts. Es kam mir sinnlos vor, zerfiel unter meinen Händen, und nichts, aber gar nichts formte sich zu dem, was meiner Vorstellung von einer Geschichte auch nur annähernd entsprach. Mehrmals rief ich die Zed-Editions an, die schon bereit wären, den Gesichtslosen zu drucken, jedoch kein Honorar zahlen konnten, was ich ablehnte, zunächst; doch mit der Zeit und je mehr ich in eine Sackgasse geriet, umso akzeptabler schien mir das Angebot, und ich war nah dran einzuwilligen, wollte noch eine Nacht drüber schlafen, als ich in der Post die zweite Aufforderung der Uniklinik fand, Lio zur Blutuntersuchung und zum Gentest vorzustellen. Statt dem nachzukommen, beschloss ich, nach Hause zu fahren, das heißt nach Deutschland. Zu meiner Großmutter.

Da klingelte es an der Tür. Ich hatte mir das Duschen mittlerweile fast ganz abgewöhnt und öffnete barfuß in einem fleckigen Unterhemd und in Trainingshosen. Draußen stand eine kleine, sehr dünne Person mit fusseliger Frisur und verschreckten Augen, die sich als Mütterberaterin und zuständig für mein Stadtviertel vorstellte. Wir sahen einander verlegen an, dann bat ich sie herein und bot ihr ein Glas Wasser an. Lio lag sabbernd auf einer Decke am Boden, nur mit Hemd und Windel bekleidet. Ohne zu fragen, nahm die Frau das Kind hoch, betrachtete es genau, sah ihm in Ohren und Mund, entdeckte den gotischen Gaumen, sagte jedoch nichts. Es folgte wieder der Test aller Reflexe, bevor sie eine Art Doktorkoffer öffnete und ihm einen Metallgegenstand von der Größe eines Korkenziehers entnahm. Sie breitete ein grobmaschiges Häkeltuch aus, legte das Kind darauf und hängte die vier Ecken des Tuchs an einen Haken, der aus dem Messinginstrument herausragte. Sie hob es an seinem anderen Ende in die Höhe, Lio wurde zusammengerollt und angehoben, ihr Gewicht zog einen Zylinder mit Feder nach unten, der anzeigte, wie viel sie wog. Zu wenig. Stellte die Mütterberaterin trocken fest und holte aus zu einem Vortrag über die Allergiegefahren der Pulvermilch und die Vorteile des Stillens, das die La Leche Liga vehement propagierte. Sie hielt mich an, das Kind zu stillen. Ich sah an mir hinab auf mein fleckiges Unterhemd und fragte sie, wie genau ich das ihrer Ansicht nach bewerkstelligen sollte, woraufhin sie mich mit verschreckten Augen ansah und etwas von der Mutter murmelte. Dass das Kind doch die Mutter brauche. Ja, die Mutter, sagte ich laut, die könnte nicht nur das Kind gut hier gebrauchen, nur sei die leider nicht da und komme auch, wie es aussehe, nicht zurück. Als die Frau begriffen hatte, verabschiedete sie sich rasch wieder, nicht ohne einen Stoß Broschüren zurückzulassen über Milchpumpen, frühkindliche Entwicklung, Notfalladressen (Elternnotruf, Sorgentelefon, Dargebotene Hand) und Mutter-Kind-Beratungsstellen. Ich warf alles unter die Spüle ins Altpapier und ging wie ein Automat an den Zeichentisch.

Lio war ein angenehmer Mensch. Während ich arbeitete, sprach ich mit ihr, erzählte von meinen Comics, was ich gerade zeichnete, von Paule und dass wir das auch allein schafften, vom Leben, wie ich es verstand, und Lio blubberte ein wenig dazu, gurgelte und brabbelte ihren eigenen Text. Sie fuchtelte mit den Armen, und ich versprach ihr, diese Person nicht mehr in die Wohnung zu lassen, gar niemanden mehr in die Wohnung zu lassen. Wir würden es allein schaffen, wir beide. Wir brauchten sie alle nicht: die Falbe nicht, den Drusenarzt nicht, die verschreckte Mütterberaterin nicht, den Klugscheißer von Apotheker, den vor allem nicht. Ja, auch Paule nicht, sie am allerwenigsten. Lio gluckste, und als ich mich über sie beugte, um sie zuzudecken, lächelte sie.

Vor einem Jahr etwa hatte es damit begonnen, dass meine Großmutter an den Samstagen für eine imaginäre Großfamilie einkaufte. Das Festessen stellte sie, weil keiner kam, wer hätte auch kommen sollen, in den Töpfen auf den Balkon, wo ich es, von einer dicken Schimmelschicht bedeckt, fand. Die Nachbarn hatten mich gerufen, weil das vergammelte Essen gärte und stank. Doch als ich bei ihr ankam, war sie nicht zu Hause. Ich räumte die Wohnung auf, suchte sie, fand sie nicht und alarmierte schließlich die Polizei. Die fand sie in einem Straßengraben, in den sie auf einer ihrer nächtlichen Wanderungen gestürzt war, ich sei es gewesen, der sie gerufen habe, und sie habe mich doch nicht allein in der Dunkelheit stehen lassen können, ich sei doch noch so klein und hätte keine Eltern mehr, nur noch sie … Man fand sie mit Schürfwunden an den Beinen und zerrissenen Strumpfhosen, der Rock war verdreht und der Mantel nass und voller Grasflecken. Das war alles nicht so schlimm. Schlimm war, dass sie nicht mehr allein bleiben konnte und in ein Altersheim musste.

Lange Flure, vollgestellt mit Rollstühlen, in denen die gebrechlichen Hüllen und abgenutzten Knochen verbrauchter Menschenleben kauerten, blanke Laufstrecken der Einsamkeit, auf denen wirre Geister umhergingen, sich, als sie mich jetzt mit dem Kind auf dem Arm sahen, an mich drängten, um Lio anzuschauen, sie an der Hand zu fassen oder in die Wange zu kneifen. Magere Arme streckten sich mir entgegen, wollten das Kind nehmen, es an den vertrockneten Körper drücken, sich zu erinnern an lang vergangene Gesten der Fürsorge, an verschüttete Momente der Lebensfreude, des Aufbruchs in Mutterschaft, an das, was Erfüllung genannt wurde. Es kostete mich Mühe, nicht grob zu werden, als ich Lio durch die Gruppe der Alten bugsierte und in den Fahrstuhl trug. Stock E, Zimmer 221.

Großmutter lag auf dem Rücken und schlief mit geöffnetem Mund. Seit meinem letzten Besuch war sie weiter verfallen, die dünne Wangenhaut eingesunken über zahnlosen Kiefern. In einem Glas auf dem Nachttisch lag ihr Gebiss. Das einst volle Haar war kurz geschnitten und lag in dünnen, schmutzig grauen Strähnen flach am Kopf. Von Zeit zu Zeit zuckten ihre Augenlider, öffneten sich einen Spalt weit und gaben einen Streifen des Augapfels frei. Kein Blick, kein Erkennen, sie sanken wieder zu, selbst als ich sie am Arm berührte, um sie wach zu machen. Großmutter trug eins ihrer Seidennachthemden, und ein schwacher Hauch ihres Parfums lag in der Luft. In ihrem Arm der Teddy mit abgewetztem Plüschfell. Ich lag in ihrem Arm, der Teddy in meinem, während sie mir aus einem zerfledderten Märchenbuch vorlas. Die schluchzende Gänseliesel, das wirre Blondhaar offen bis zum Gürtel, über ihr der Schädel des Fallada, der du hangest, der Doktor Allwissend, die ihn umscharenden Dummköpfe belehrend, mein liebster Freund, der eiserne Heinrich auf dem Kutschbock, seinen vom Zauber befreiten Herrn in vollendeter Contenance fahrend. Er kutschierte ihn nach Hause, wie mein Vater eines Nachts in ruhiger Fahrt meine Mutter ins Himmelreich chauffiert hatte, den Wagen ungebremst auf einen Baum, es war eine Pappel, die beiden sofort tot. Es geschah am Sonntag, bevor ich in die Schule kam. Mit Zuckertüte, Federmäppchen, neuem Ranzen, in dem es nach Leder roch und noch nicht nach dem Zedernholz der Stifte, den Pausenbrotresten in Pergamentpapier und der abgestandenen Luft des Klassenzimmers. An der Hand der Großmutter stand ich da und wunderte mich nicht, als sie mich, nach dem sehr kurzen Auftakt in ein neues Leben, zwei Stunden später wieder abholte, mit mir zur Feier des Tages in eine Gaststätte ging, wo ich Pommes frites aß, paniertes Schnitzel und Cola dazu trank, während die Großmutter nur einen Kaffee nahm und danach einen Cognac. Das wunderte mich, denn das hatte sie noch nie gemacht. Danach nahm sie mich mit zu sich nach Hause, wo ich blieb. Wir konnten über alles reden. Den eisernen Heinrich, Raumschiff Enterprise, über Mädchen und übers Haschischrauchen. Nur über diesen Sonntag und den Grund, warum ich bei ihr war, sprachen wir nie, und wenn ich nach meinen Eltern fragte, sagte sie, die seien jetzt im Himmelreich, und ich fragte nicht, weshalb. Insgeheim wusste ich ja, dass es an mir lag. Dass es meine Schuld war, auch wenn ich nicht genau sagen konnte, was ich falsch gemacht hatte, woran es lag, was es war, das mit mir nicht stimmte. Die Befreiung von meinen Schuldgefühlen kam nicht. Auch nicht, als wir, um reinen Herzens zu sein, vor der Erstkommunion beichten mussten. Vor dem Holzgitter des Beichtstuhls bekannte ich alles, und als das *ego te absolvo* erklang, wie der Name eines gefährlich starken Medikaments, geschah gar nichts. Ich verließ das kühle, dunkle Kirchenschiff und wusste, dass der Pfarrer für meine Schuld nicht zuständig war. Dass keiner sie wegmachen konnte.

Zu Hause lagen die Großmutter und ich auf dem dicken Perserteppich und ließen runde Plastikplättchen in den hölzernen Fuß eines rot bemalten Pilzes springen. Flohhupf nannte sie das Spiel und ließ mich so lange gewinnen, bis ich es bemerkte; dann las sie mir Märchen vor, eins und noch eins und noch eins, obwohl ich schon längst selbst hätte lesen können. Ich lag in ihrem Arm, ihr Duft umhüllte uns, sie hat das Parfum nie gewechselt. Einmal ließ sie das Buch sinken und sagte leise: »Sie waren jung und wild und wollten frei sein. Sie haben dich sehr geliebt, aber es war ihnen eben alles zu viel. Wo waren wir?« Sie nahm das schwere Buch wieder auf.

»... so lag da ein wilder Mann, der braun am Leib war, wie rostiges Eisen, und dem die Haare über das Gesicht bis zu den Knien herabhingen ...« Ich kannte sie alle auswendig.

Wie heute fiel auch damals das gedämpfte Nachmittagslicht durch die Fensterläden ins Zimmer, wir hielten Mittagsruhe, und manchmal, wenn sie vom Vorlesen müde war, öffnete sich ihr Mund im Schlaf, gerade so wie jetzt.

Das hellgraue Licht des Sommernachmittags erreichte das Bett der alten Frau nicht, sie lag im Zwielicht und knetete mit den rastlosen Händen den Teddy, als suchte sie etwas, als wollte sie etwas ertasten, etwas finden in der widerstandslosen Gestalt des Plüschtiers. Ihre Lider flatterten synchron mit den fahrigen Fingerbewegungen.

»Oma«, sagte ich, und meine Stimme kiekste, was mir peinlich war, obwohl ich mit ihr und Lio allein war. Verlegen ergriff ich eine ihrer rastlosen Hände. Wie das Skelett eines Vogels lag sie in meiner und war doch so warm. Und weich.

»Ich hab dir jemanden mitgebracht«, fuhr ich fort und fühlte ihre Finger in meiner Hand flattern, als wären sie eingesperrt. Langsam legte ich ihre Hand zurück auf die Bettdecke, wo sie herumfuhr, als prüfte sie einen kostbaren Stoff, doch suchend, hektisch fast. Ich schälte Lio aus der Jacke und setzte sie auf meinen Schenkel, damit sie ihre Urgroßmutter sehen konnte. Lio machte keinen Laut, versuchte jedoch den Kopf in meine Richtung zu drehen, wodurch er unkontrolliert zu wackeln begann. »Die Muhme«, sagte ich albern. Das Kind wackelte weiter mit dem Kopf, die Alte zippelte an den letzten Fellresten auf dem Rücken des Bären herum. Lio tropfte auf mein Knie, die Alte machte Laute des Unmuts, ich lachte haltlos in mich hinein.

Langsam zog ich das Tier weg, legte stattdessen Lio auf den Bauch meiner Großmutter und beobachtete, was geschah. Augenblicklich begannen die zweighaften Finger mit kundigen Bewegungen den kleinen Körper zu betasten, huschten über das Kind hinweg, umfassten das Köpfchen, hielten es und begannen nach einem Seufzer des Erkennens das Kind mit immer derselben, gleichmäßig ruhigen Bewegung zu streicheln. Lio lag ausgestreckt auf dem schmalen Körper ihrer Urgroßmutter, den Kopf auf die Seite gelegt, und bewegte sich nicht. Unter den Händen der Alten schien sie weicher zu werden, als ob eine uralte Spannung von ihr abfallen würde, als ob eine Ankunft sich ereignete, und die beiden Enden einer Kreislinie sich berührten. Ich trank einen Schluck Wasser aus der grünen Flasche auf ihrem Nachttisch, stand auf und öffnete den Rollladen. Vor dem Fenster flirrte das hellgrüne Licht eines Kastanienbaums, unten brauste ein Motorrad die Hauptstraße entlang und unterbrach den Stundenschlag vom nahen Kirchturm. Ich erinnere mich nicht, wie lange ich da stand, doch als ich mich umdrehte, war Lio fest eingeschlafen, während die Großmutter unentwegt die ganze ihr verbliebene Zärtlichkeit in den Säuglingskörper hineinstreichelte, als wollte sie sie dalassen auf der Welt, und was für eine Verschwendung wäre das gewesen, hätte sie sie mitgenommen ins Grab. Es war still und warm im Zimmer, ich döste auf meinem Stuhl, während die beiden schliefen, Bauch an Bauch.

Mit einem Ruck wurde die Tür aufgerissen, mit einem Ruck fuhr ich hoch, das Deckenlicht flackerte auf, und eine muntere Stimme rief: »Abendessen!«

Auf dem Wecker meiner Großmutter war es erst halb fünf. Eine kleine drahtige Person, die sich als Schwester Waltraud vorstellte, machte sich am Bett zu schaffen und tat einen erstaunten Ausruf, als sie Lio entdeckte. Sie nahm das Kind aus den Händen der Alten, hob es vor ihr Gesicht und begann auf es einzureden. Lio streckte die Arme durch und wimmerte. Die Pflegerin hopste aus den Knien auf und ab, beklopfte dem Kind den Rücken und sprach unentwegt. »Ja, du Süßes, Kleines, dudu, jaja, ist ja gut, die Mama ist da, musst nicht weinen, sei still jetzt, du Kleines, was bist du für ein hübsches Kind, wer wird denn da weinen, gehört sich das für ein süßes Kerlchen, wie du eines bist?« Und antwortete sich selbst: »Aber nein, nein, nein, das gehört sich nicht. So wein doch nicht, dududu. Sei ein braves Kerlchen, ein liebes kleines Baby, wer wird denn weinen, du Kleines, Unartiges, du? Schau, der Papa ist ganz traurig, wenn du weinst, das mag der Papa gar nicht, und die Oma? Schau, die Oma weint ja auch gleich, wenn du jetzt nicht aufhörst, du. Kleines Dummerchen, kleines dummes Kindlein. Bist du ein kleines Böses, wenn du so weinst, ja oder nein? Ja, du bist ein böses Kindlein, wer wird denn so ein Böses sein?« Und so fort.

Ich stand auf und nahm der Schwester das Kind weg.

Waltraud gab es mit mit säuerlicher Miene und griff nach einem Kabel am Kopfende des Bettes. Die alte Frau fuhr mit dem Oberkörper in eine halb sitzende Position.

»Nicht einfach, sag ich.« Waltraud platzierte das Tablett mit dem Essen auf dem Nachttisch. »Allein mit so einem Kind …« Ich tat, als hätte ich sie nicht gehört. »Und dann auch noch die Großmutter«, fuhr sie fort und rückte die alte Frau, die sich zur Seite geneigt hatte und aus dem Bett zu kippen drohte, zurecht, bevor sie weitersprach über meine Situation und das, was sie ein Lebenslos nannte.

»Was wollen Sie damit sagen?«

»Nun«, sie zögerte und bauschte das Kopfkissen im Rücken der Großmutter. »Hilflos sind sie ja beide. Das ist sicher nicht leicht für Sie und braucht starke Nerven.« Sie redete sich warm. »Viel Kraft auch. Ich meine, bei der Großmutter ist das ja absehbar, aber das Kind … da wartet viel Arbeit auf Sie.«

Ich hielt Lio fest im Arm und sagte, ich verstünde nicht.

»Ich mein ja nur«, wiederholte sie, verstummte und begann, der Großmutter das Essen einzulöffeln.

Lio war friedlich, und so sagte ich, ich würde das selbst machen. Waltraud überließ mir den Löffel und huschte aus dem Zimmer. Ich hielt den bräunlichen Brei aus Fleischsauce, vermusten Nudeln und Gemüse an die Lippen der Alten und wartete, bis sie sie öffnete. Damals hatte ich noch Geduld. Nach zwei Löffeln presste sie die Lippen aufeinander, ich gab ihr die Schnabeltasse mit Tee und überredete sie, weiterzuessen, bis der Teller halb leer war. Den Rest aß ich selbst, und es schmeckte mir trotz der seltsamen Konsistenz und Farbe, denn ich hatte an diesem Tag noch nichts gehabt.

Als ich der Alten den Teddybären zwischen die Hände drückte, schob sie ihn weg, suchte tastend die Bettdecke ab und begann laut zu lallen. Erst als Lio wieder bei ihr lag, kam sie zur Ruhe. Sie hielt den Kopf des Kindes umfangen und streichelte das schwarze Haar. Lio lag mit offenen Augen ganz ruhig da. Ich sah die beiden lange an, und etwas fiel in mir zusammen. Geräuschlos und im Zeitlupentempo war es eher eine Auflösung, wie die Erosion einer Sandburg, die unter den leckenden Schaumzungen der steigenden Flut zerfiel. Ich saß bis die Straßenlampen aufflammten.

13 Übermüdet von der langen Fahrt, kam ich am späten Abend nach Hause. Lio hatte großen Hunger, und ich spritzte ihr fast die ganze Flasche in den Glaswurm, bevor ihr die Lider zufielen. Ich wickelte sie, zog sie um und legte sie schlafen, als es an der Tür klingelte. Draußen stand Alice und fragte, ob ich dreckige Sachen hätte, sie würde morgen waschen. Ich war froh, denn tatsächlich hatte sich unter dem Waschbecken ein Berg Handtücher und Klamotten angesammelt, der schon säuerlich zu riechen begann. Ich stopfte das Zeug in einen blauen Ikeasack und bat Alice herein, dabei wunderte ich mich etwas, denn Alice hatte Lippenstift aufgelegt und trug ein Paar Hotpants, die so kurz waren, dass die Rundung ihrer Pobacken zu sehen war. Sie stand tief gebückt vor meinem CD-Regal und blätterte mit einem Finger die Plastikhüllen durch. »Wollen wir die hören?« Sie hielt eine CD von Astor Piazzolla hoch. Ich zögerte.

»Ich habe einen langen Tag hinter mir und bin total geschafft, willst du sie dir ausleihen?«

»Nein, das nicht, ich will sie mit dir zusammen hören.«

Ich schwieg betreten.

»Na ja, dann ein anderes Mal?« Sie stellte die CD zurück, richtete sich auf und schüttelte ihr Haar zurück. Es war sehr blond, fast weiß, und in schwingende Locken gelegt. Am Scheitel wuchs ein Streifen in ihrer natürlichen, aschblonden Haarfarbe nach. Sie schob sich mit dem Zeigefinger eine Locke hinters Ohr und lächelte.

»Na gib schon her.«

Ich reichte ihr den Sack und sagte, wie dankbar ich ihr sei. Tatsächlich hatte sie mir bereits so viel geholfen, dass ich in eine seltsame Lage geraten war. Es gab nichts, womit ich mich hätte revanchieren können, und Alices Verhalten ließ den Verdacht aufkommen, dass sie eine ganz bestimmte Art des Danks von mir erwartete. Ich rieb mir die Augen und gähnte zum Zeichen meiner Müdigkeit. Sie schulterte den Sack, zupfte ihr Höschen zurecht und ging mit hüpfenden Locken davon. Morgen. Morgen, wenn sie die Wäsche zurückbrachte, würde ich ein offenes Wort mit ihr sprechen.

Im Kühlschrank lagen noch zwei Flaschen Bier. Ich öffnete eine, griff mir eine halb leere Tüte Chips und hängte mich vor die Glotze. Ob einem sechsjährigen Mädchen Gebärmutter und Eierstöcke entfernt werden sollen, da es, hirnlos, wie es ist, ja nichts vom Erwachsenwerden wisse, es den Eltern, die das Kind ja ein Leben lang würden herumtragen müssen, jedoch eine Erleichterung sei, wenn es nicht groß, nicht schwer, kurz, nicht zur Frau würde, sondern ein Leben lang ein Kleinkind bliebe. Vierzig Gutachter stimmen dem zu, das Mädchen bekommt Hormone, es wird immer ein süßes kleines Engelchen bleiben und die Gesellschaft nicht mit so etwas Unappetitlichem wie Monatsblutungen oder gar einem Sexualtrieb belästigen. Wo kippt Liebe in Macht?, fragte die Moderatorin und ob hier nicht ein soziales Problem technisch gelöst werde. Medizintechnisch. Das sei doch zum Wohl des Kindes, sagte der sachverständige Arzt, die Kollegen in den USA hätten das abgewogen, das Kind würde nie wissen, was mit ihm sei, es könne ein Leben lang nur auf dem Kissen liegen, lächeln und, wenns hoch kommt, die Hand ein wenig heben ... Ich schaltete um und zu einer Geschichtsdokumentation, in der ein dicker Mann mit Brille einen Laufwagen vorführte, in den die Kinder des achtzehnten Jahrhunderts geschnallt wurden, um möglichst schnell das Laufen zu lernen.

»Wieso im achtzehnten Jahrhundert?«, sagte ich zur Glotze und dachte an Alices Zwillinge, die, in ihren Plastikwagen hängend, auf Zehenspitzen durch die Wohnung rollten. Der Historiker führte weitere Gestelle mit Gurten vor, die die Kinder schnellstmöglich in die Vertikale bringen sollten, um ihnen das Krabbeln und den tierhaften Vierfüßlergang auszutreiben. Ich schaltete weiter und geriet in die Nachrichten. Die Welt ist schlecht. Ich schaltete aus und beschloss, morgen mit Alice zu schlafen. Zufrieden ging ich ins Bett.

Ich stieg auf die Waage. 80,6 Kilogramm. Ich stieg ab. Ich stieg mit Lio wieder auf. 86,8 Kilogramm. Sie nahm zu. Ich wickelte einen Streifen Papier um ihren Kopf und markierte mit einer Reißkohle, dann maß ich den Umfang mit meinem Lineal nach. 50,3 Zentimeter. Er wuchs. Alles gut. Ich gab ihr die Milch, sie lachte und drehte ihr Schielauge noch weiter nach innen. Ich machte die CD von Astor Piazzolla an und sang, Lio weinte zur traurigen Musik oder weil ich so falsch sang. Ich machte die Tangomusik aus und stellte Cher an. *The Shoop Shoop Song*. Wir tanzten. Lio lachte. Als sie müde wurde, legte ich sie in den Korbwagen, duschte und rasierte mich, trank sehr starken Kaffee und setzte mich an die Arbeit. Inzwischen hatte ich mit der dritten Folge vom Gesichtslosen begonnen, er war mir ans Herz gewachsen; auch hatte ich endlich die alten Aufträge abgerechnet und abgelegt, Ordnung stellte sich ein, Routine und so etwas wie Normalität. Kurz dachte ich an Max und unsere früheren Kneipenbesuche. Als das Telefon klingelte, glaubte ich, es sei Alice, die die Wäsche fertig hatte, und freute mich, doch es meldete sich das Institut für Humangenetik der Universität, eine sehr freundliche Frau Widenmayer forderte mich im Auftrag des Professors auf, meine Tochter zur Untersuchung vorzustellen. Kein Entkommen. Übermorgen sollten wir uns um drei bei ihnen melden. Adresse. Anfahrtsweg. Schreck.

Der Himmel war rosa und grau. Schwefelgelb die Luft. Alle Geräusche sehr laut, das Klappern der Kinder mit einem Plastikeimer im Hinterhof, das Martinshorn der Feuerwehr, Knattern eines Mopeds, ja selbst das Gespräch zweier Männer auf der Zinne des Hauses gegenüber war zu vernehmen, fast zu verstehen. Ich fühlte mich allein und sehr müde. Die ganze Stadt wartete auf ein Gewitter. Bevor wir unseren Termin hatten, versorgte ich Lio, dann machten wir uns auf den Weg.

Silberne Fische blitzten in grünem Aquariumwasser, und Luft stieg in langen Perlenschnüren an die Oberfläche. Die Kleine saß mit rundem Rücken auf meinem Bein und tropfte auf den Boden. Ich füllte die Anmeldeformulare aus und dachte, es wäre ja auch nicht schlecht, einen

Namen zu haben dafür. Es benennen zu können. Ein kleiner Junge mir gegenüber hatte seinen Kopf auf den Tisch gelagert und schob ein Spielzeugauto vor seinem Gesicht hin und her. Brr, brrrr, kleine Tropfen spritzten zwischen den flatternden Lippen hervor. Die Dame von der Anmeldung, es war nicht Frau Widenmayer, erschien in der Tür des Wartezimmers und rief Lios Namen in den Raum. Ich folgte ihr durch mehrere lange Gänge, bis wir in ein schlauchartiges Sprechzimmer kamen, in dem nicht mehr als ein Schreibtisch, zwei Stühle und ein Behandlungsbett mit Papierauflage Platz fanden. Wir warteten. Lio begann zu maunzen, ich fischte Flasche und Spritze aus meiner Tasche und flößte ihr Milch ein. Auf einmal erschien ein kleiner Mann mit haarkranzumwachsenem Schädel, an dem alles von unbestimmter Farbe war. Kiesfarbene Hosen, beigefarbener Pullover, weißliche Schuhe. Farblos wie seine Kleider war auch sein rundes Gesicht mit den hellen Augen darin, die uns freundlich betrachteten.

War dies der zwanzigste oder der dreißigste Mensch, der die Königin entkleidete, betastete, abhörte und in ihre Öffnungen sah? Der sie nach hinten fallen ließ und sie, sobald sie sich am Nichts des leeren Raums festklammern wollte, blitzschnell wieder auffing? Der fünfundzwanzigste, schätzte ich. Irgendwann im Verlauf dieses Sommers hatte ich aufgehört zu zählen; hätte ich gewusst, wie viele diesem hier noch folgen würden, hätte ich mir die Frage auch jetzt nicht gestellt. Einer hatte ihre Hände auf eine Platte geklebt, um ein Röntgenbild zu machen, einer hatte einen Film aufgenommen, in dem man sehen konnte, wie das Kind die Hölzchen nicht greifen konnte, die ihm hingehalten wurden, eine hatte ihr mit dem Stroboskop auf die schlafenden Augen geblitzt, eine und noch eine und noch eine hatten ihr den Schlauch in die Nase gesteckt, den sie sich trotz der weißen Beutelchen wieder herausriss, einer hatte ihr eine Elektrode an den Fuß geklebt, woraufhin ein Apparat grüne Zahlen anzeigte. 128 oder 96. Oder andere. Eine hatte sie zum Schwitzen gebracht und die farblosen Tröpfchen mit einer Spritze vom Arm gesaugt. Dieser hatte die Königin auf die weißen Schuhe gekotzt.

Hier nun saß der fünfundzwanzigste Mensch, ließ das Kind von seinem Hilfspersonal fotografieren und stechen, untersuchte Lichtbild und Blut, beugte den kahlen Schädel über den Säuglingskörper und sagte nichts. Er will es nicht sagen, vermutete ich, und dann: Er kann es nicht sagen. Er weiß es nicht. Auch er hat keinen Namen für das, was der Königin fehlt. Leise verließ er das Zimmer und schloss die Tür hinter sich. Ich wartete mit dem Kind auf dem Schoß und sah mich um. Rechts das Fenster mit dem Schreibtisch, darüber in einem Regal dickleibige Nachschlagewerke. Catalogue of Chromosome Aberration in Man. Vor dem Fenster wiegten sich zwei Tannen im Wind, Blitze in großen Abständen, denen kein Donner folgte. Um sie zu wärmen, wickelte ich Lio in meinen Pullover. Gegenüber die Liege mit Endlospapier, links die Tür, die sich jetzt öffnete. Herein kam der Fünfundzwanzigste und mit ihm vier weitere, die vage in den Raum nickten und sich an ihren Klemmbrettern festhielten. Wieder wurde ich aufgefordert, das Kind zu entkleiden und auf die Liege zu legen. Sehr flach, mit durchgestreckten Extremitäten, lag Lio da und drehte den Kopf, zu den Tannen, die sich vor dem Fenster bewegten. Die Spezialisten scharten sich um die Liege, neigten die Köpfe und betrachteten das Kind. Sie schwiegen. Sie wechselten Standort und Perspektive. Sie hielten die Klemmbretter auf den Rücken und machten nachdenkliche Laute. Hmm. Hm. Räuspern. Ähem. Von Lio konnte ich nichts sehen und hören. Die Ärzte sprachen leise zueinander. Tuscheln und zustimmendes Brummen. Sie waren alle zivil gekleidet, in Pullover, Cordhosen, grau und braun und kamelfarben, und aus irgendeinem Grund irritierte mich das. Die einzige Frau unter ihnen trug einen Faltenrock. Sie war es, die jetzt den Kopf hob, das Haar hinter die Ohren klemmte und fragte: »Wie heißt das Kind überhaupt? Hat es einen Namen?« Dabei fixierte sie einen Punkt an der Wand knapp oberhalb von meinem Scheitel.

»Lioba Marie Leutenegger«, gab ich zur Antwort und stand auf. Die Frau reagierte nicht darauf, schien durch mich hindurchzusehen und wandte sich an den neben ihr stehenden Kollegen, einen sehr langen Typen mit akkuratem Seitenscheitel und einer dicken Hornbrille, die seine Augen groß wie Guppyfische machte. Er schob sich die Brille in die Stirn, rieb mit den Fingern die Augen, als hätte ihm Lios Anblick Müdigkeit oder Schmerzen verursacht, dann antwortete er seiner Kollegin mit unterdrückter Stimme.

»Mhm, ja, das denke ich auch.« Und richtete seine Scheinwerferaugen wieder auf Lio. Die Gruppe umstand die Liege und betrachtete stumm das Kind. Sie fassten es nicht an, sie schauten.

»Am ehesten ACGT«, ließ sich die Frau vernehmen, die ihre großen Brüste in einen melierten Pullover von der Farbe einer Leberwurst gezwängt hatte.

Ich fragte, was damit gemeint sei, bekam jedoch keine Antwort, denn die Ärzte hatten jetzt damit begonnen, Lio zu betasten. Sie drehten sie um, hoben sie auf, ließen sie fallen, maßen mit dem Meterband den Kopfumfang, den Augenabstand, die Länge der Ohren, die Länge des ganzen Kindes. Sie leuchteten in die Augen, befühlten die Ohren, betasteten die flaumbewachsene Stirn, den behaarten Rücken, übersahen auch das atavistische Büschel über dem Steiß nicht und notierten alles auf ihren Klemmbrettern. Sie gluckten zusammen und beratschlagten mit gedämpfter Stimme, bedankten sich schließlich für etwas, das ich nicht gewährt hatte, und verließen geschlossen den Raum. Lio streckte Arme und Beine durch. Sie lag da, splitternackt, und drehte den Kopf, um aus dem Fenster zu sehen. Ich nahm sie in die Arme und zog sie wieder an.

Eins von zehntausend, das erfuhr ich jetzt. Lio war eins unter zehntausend Kindern. Der Professor, der die Untersuchung der Kollegen von seinem Schreibtischstuhl aus beobachtet hatte, erhob sich jetzt gerade so weit, dass er den dicken dunkelblauen Wälzer vom Regal holen konnte, schlug ihn auf und blätterte, halb stehend, als wäre er im Begriff, vom Startblock ins Schwimmbecken zu springen, bis er die entsprechende Stelle fand, ließ sich auf den Stuhl zurücksinken, das geöffnete Buch fast zärtlich an die Brust gedrückt, legte es auf den Tisch und strich mit dem Handrücken über die geöffneten Seiten, um sie weiter zu spreizen, fuhr mit einem Finger die Furche entlang und las:

»Distinktes Dysmorphiesyndrom unbekannter Ätiologie. Mikrozephalus variabler Ausprägung mit großem Fonticulus anterior, äthiopathogenetisch handelt es sich um eine autosomal-dominante Neumutation, ein Genlocus auf Chromosom 23, möglicherweise Deletion.« Er schloss das Buch mit einem Knall und stellte es zurück. »Wir machen einen FISH-Test.«

Ich konnte dazu nichts sagen und schwieg.

»Spontane Mutation«, sprach er weiter, »eins von zehntausend Kindern. Tja, wens trifft.« Er lächelte bedauernd und begann, in Lios Akte zu blättern. »Erhöhtes Tumorriskio im Schädel-Hirn-Bereich, EEG unspezifisch verändert, Hirsutismus«, murmelte er. Ich betrachtete das Kind auf meinem Knie. Es versuchte, den Kopf zu heben und nach der Stimme zu sehen, die da sprach. Als es ihr gelang, lächelte sie und tropfte. Eine Äffin. Ein Affenkind hab ich gemacht.

Gemindert, verbreitert, auffällig, verformt, fehlerhaft, abnorm, übermäßig, verbogen, undifferenziert, abweichend war an der Äffin so ziemlich alles, wie ich jetzt erfuhr, und nur mir war es bislang nicht aufgefallen. Ich hatte einfach mit ihr gelebt und mich gewundert ab und zu.

»Differentialdiagnostisch abzugrenzen gegen Saethre-Cotzen und Cornelia-de-Lange«, sagte der freundliche kleine Mann. »Der Bluttest gibt möglicherweise keinen Anhalt auf Deletion, so wäre im Augenblick nur eine Sichtdiagnose möglich, und ich müsste Sie bitten, in einem bis anderthalb Jahren wiederzukommen.« Der fünfundzwanzigste Mensch verstummte und sah uns beide nachdenklich an. Wieder betrachtete ich das Kind auf meinem Schoß, und wie eine Glaswand schob sich der eisige Anspruch der Normalität zwischen uns. Ich auf der einen Seite, Lio hinter der Wand, die sie von nun an von mir und den anderen trennen würde. Eins von zehntausend. Ich sagte immer noch nichts, der Professor neigte seinen freundlichen Haarkranz und drückte mir zum Abschied die Hand.

14

Als wir nach Hause kamen, beschloss ich, Paule noch einmal zu suchen. In Strümpfen ging ich über den knackenden Parkettboden, sah in ihr Zimmer, wo das abgezogene Bett stand und darauf ein Karton mit ein paar letzten Dingen. Ich öffnete Schränke, Schubladen und das Spiegelschränkchen im Bad, sah in die letzten Winkel, ob ich nicht etwas vergessen hätte, einen Hinweis darauf, wo sie sein könnte. In einem vergessenen Winkel meines Bewusstseins hatte ich noch immer darauf gewartet, dass sie wieder auftauchte, dass sie nach drei Monaten einfach erschien, als wäre nichts gewesen, und wir unser turbulentes und chaotisches Liebesleben wieder aufnehmen würden. Ich grub in meinem Gedächtnis nach Namen, die sie erwähnt hatte, Joey, eine Kinderfreundin, einen Exlover, den sie nur den Mohr nannte, wobei ich nie herausgefunden hatte, ob dies sein Name war oder auf abfällige Weise sein Aussehen bezeichnete, die Leute in Paris. Sollte ich Gerda noch einmal kontaktieren? Paule hatte keine Geschwister, aber vielleicht Halb- oder Stiefgeschwister? Ich suchte das Adressbuch heraus und strich alle Nummern durch, die ich bereits angerufen hatte. Übrig blieben nur die Feuerwehr und der Pizzakurier. Wütend und frustriert warf ich das Adressbuch zu dem anderen Krempel in die Schachtel. Verstaubt und immer noch zu einem Haarband geknotet, lag das erbsengrüne Nickituch darin, es roch schwach nach Grapefruit und nach ihrem Haarboden. Ich nahm es mit in mein Zimmer und schob es unter die Matratze. Für Lio, sagte ich mir. Damit sie später etwas von ihrer Mutter hat.

Aus der Korbwiege drang ein tiefes Röcheln des Einverständnisses. Lio schlief. Ich setzte mich an den Zeichentisch, doch die Kälte auf den Schulterblättern und das Gewicht des Rückenpanzers umklammerten mich bis in die Handgelenke. Lio seufzte und begann leise zu schnarchen. Ich legte den Kopf in den Nacken und drückte die Schultern nach hinten. Splitternd brach der Panzer, und wie ein Feuerstrahl lief ein langer Riss die Wirbelsäule hinab. Ich schraubte den Rapidographen wieder zu, löschte die Leuchtröhren über dem Zeichenbrett und legte mich in Pullover und Trainingshosen ins Bett.

7. November 1993.
Betr. LEUTENEGGER, LIOBA MARIE, geb. 1.4.1993

Sehr geehrter Herr Kollege,

im Folgenden fasse ich den Inhalt unseres Gesprächs vom 12. August 1993 und meine Eindrücke sowie die Resultate der genetischen Untersuchung für Sie zusammen.

Lioba ist das erste Kind, geboren in der 41+2 Schwangerschaftswoche bei Polyhydramnion. Die Geburtsmaße waren normal. Nach der Geburt trat aber Trinkschwäche auf, und es fielen einige Dysmorphien auf, deshalb Zuweisung.

BEFUNDE: Niedrige Stirn mit Hypertrichose und Haarwirbelbildung, nach außen ansteigende Lidachsen, auffällige Nase mit breiten Alae nasi, kleines Kinn, Einwärtsschie-

len, relativ große dysmorphe Ohren mit Haarbüscheln an der Helix, hoher Gaumen, Haarbüschel im Steißbereich, kurze breite Daumen, eher breite Großzehen. Länge und Gewicht im Normbereich, Kopfumfang unterhalb der dritten Perzentile. Die Daumen sind in den Metacarpophalangeal-Gelenken dorsal subluxierbar. Aufgrund der Befunde wurde an ein ACGT-Syndrom gedacht, und es wurden entsprechende Abklärungen (Chromosomenuntersuchung, FISH-Untersuchung mittels spezifischen ACGT-Proben) eingefädelt. Dazu zweimalige Blutentnahme. Sämtliche Untersuchungen erbrachten normale Resultate, auch und insbesondere die FISH-Untersuchungen.
BEURTEILUNG: Dysmorphien liegen vor, eine Klassifikation in ein Syndrom ist zurzeit schwierig und nicht mit Sicherheit möglich. Der typische Gesichtsaspekt des ACGT-Syndroms wird erst in späteren Lebensjahren manifest, die Befunde im Bereich der Daumen und Großzehen sind variabel und lassen an sich keine eindeutige Zuordnung zu. Die Tatsache, dass die ACGT-Proben keine Deletion ergeben haben, schließt das Syndrom aber erst zu 20 % aus.

Der klinische Verlauf sollte beobachtet werden und je nach Notwendigkeit und Wunsch eine weitere Konsultation in etwa einem Jahr stattfinden.

Weiterer Kinderwunsch besteht nicht, weshalb das Problem des Wiederholungsrisikos derzeit im Hintergrund steht.

Für weitere Fragen stehen wir Ihnen gerne zur Verfügung.

Mit freundlichen Grüßen

Bereits am Morgen hatte sich eine dünne Schneedecke auf die Bäume und Autos, die Dächer und Bürgersteige gelegt. Nass glänzte die Straße, und die Reifen der unermüdlich durch die Stadt rollenden Autos und Laster schmatzten und zischten über den Asphalt. Die Zeitung auf den Treppenstufen vor der Haustür war vom Schneegriesel durchfeuchtet, und ein kalter Wind trieb winzige nasse Flocken vor sich her. Er brachte den staubigen Geruch des neuen Winters, durchzogen vom Rauch der Holzofenfeuer und den Abgasen der Benzinmotoren. Mittags hatte ich die Kopie des Schreibens der Humangenetik an den Drusenarzt gefunden und augenblicklich beschlossen zu verreisen. Ich wollte mit Lio in den Schnee. Paule würde nicht zurückkommen, heute nicht und morgen nicht. Etwas in mir war sich gewiss, dass sie ihre Gründe hatte, nicht wieder aufzutauchen, und dass ich dagegen nicht ankäme, selbst wenn ich sie fände. Nicht mit Worten und nicht mit dem Kind auf dem Arm. Niemand würde uns vermissen, und wir würden nichts verpassen da oben, in einem der verschneiten Bergdörfer, die leer und verschlafen auf Wintergäste warteten.

Im Keller fand ich meinen alten Davoser Schlitten und sogar den hölzernen Aufsatz für Kleinkinder, den man darauf festschrauben konnte. Alice lieh mir einen Fellsack und einen Daunenanzug mit Kapuze, dazu Fellschühchen und Fäustlinge für die Kleine. Ich stapfte mit Lio in der Rückentrage auf dem Weg zum Bahnhof in den Supermarkt, besorgte Windeln, Milchpulver, Feuchttücher, Zinksalbe und aus der Apotheke die Tropfen, die sie zum

Inhalieren brauchte. Mittlerweile konnte sie zwar aus der Flasche trinken und wir waren die Magensonde los, doch erbrach sie nach der Mahlzeit die Milch wieder, und wir hatten einen enormen, geldfressenden Verbrauch an Milchpulver. Dagegen sollten das Inhaliergerät und die Tropfen helfen, die den zähflüssigen Schleim in Lios Hals verflüssigten. Dreimal täglich saßen wir vor dem dröhnenden Gerät, das ich mit dem »Mäskeli«, all dem anderen Kleinkindkram und meinem Zeichenzeug in einen großen Rollkoffer gepackt hatte, worauf ich den Schlitten gürtete. Meine Sachen zog ich alle an, da sie nicht mehr in den Koffer passten. Bergschuhe, Schneehosen, Wollmütze, Faserpulli, Skiunterwäsche, Wollsocken, Handschuhe, ich schwitzte wie ein Pferd und atmete erleichtert auf, als wir in Bergün aus der Rhätischen Bahn stiegen und uns auf die Suche nach einer Pension machten.

Der Schnee fiel ohne Unterlass in einem leichten, aber dichten Schleier vom Himmel und deckte alles zu. Zuerst verschluckte er alles mit seinem Weiß, rundete die scharfen Kanten ab, weichte die klaren Linien auf und milderte die Kontraste je nach Lichteinfall in die verschiedensten Grautöne, in Grau-auf-Weiß-Zeichnungen und alle Schattierungen von Weiß. Er nahm den Gegenständen ihr Eigenleben, dann ihre Eindeutigkeit, dann ihre Identität. Ein Auto, ein Container, ein Briefkasten, ein Busch, eine Hecke, ein vergessener Gartenstuhl, alle waren sie zu denselben formlosen Körpern geworden und unterschieden sich nur noch durch ihre Größe. Hütten wurden zu Ausbuchtungen der Hügel, auf denen sie standen, Holzstöße zu weißen Würfeln mit gerundeten Kanten, Tannen zu Zelten und Wege zu sanften Rinnen, die sich in der amorphen bleichen Masse verloren, zu der die Landschaft geworden war. Im grauen Tageslicht war der Schleier des fallenden Schnees durchsichtig und harmlos zart; dann ein glitzernder Funkenregen im orangefarbenen Licht der Straßenlampen, eine silberne Staubwolke vor dem Dunkel des Nachthimmels. Es schneite pausenlos. Tagsüber, wenn ich am Fenster stand, und nachts, wenn ich, nachdem Lio eingeschlafen war, vor dem Haus noch eine Zigarette rauchte. Wir steckten fest. Die Schneemassen hielten uns im Zimmer fest, auf zehn Quadratmetern, vollgestellt mit Koffer, Zeichenmaterialien und den Gerätschaften für die Pflege der Kleinen. Die engen Bergwände, die das Dorf umstellten, erweiterten sich zuerst durch die Helligkeit des Schnees, dann wuchsen sie mit der steigenden Schneemasse, vergrößerten sich und schienen mit jeder Stunde näher an das Dorf heranzurücken. Sie verschluckten alle Sicht und jeden Laut. Ich war stillgelegt. Im Bett lauschte ich auf die Lebenszeichen des alten Holzes, mit dem das Zimmer getäfelt war, auf das Ächzen der Balken und Dielenböden, das Huschen, Krabbeln und Knistern unbekannter Lebewesen und uralter Seelen, die die Gedanken, Seufzer und wenigen Worte der stillen Bewohner früherer Zeiten ausplauderten. Es gab nichts zu tun. Lio war schnell versorgt, es gab nichts zu zeichnen, das Weiß um mich herum deckte auch die Bilder in mir zu, das Auge fand keinen Halt, mein Kopf war leer. Schlittenfahren, Schneewandern – nichts war möglich, solange es weiterschneite und die Wege nicht geräumt waren. Jeden Morgen, Mittag und Abend setzte ich das Kind in den Fellsack und zog es auf dem Schlitten die wenigen Hundert Meter vom einen Ende des Dorfs ans andere.

Ich stapfte gebeugt. Hielt den Strick hinter meinem Rücken, die Hände hatte ich durch die Schlinge gesteckt, um den Schlitten nicht versehentlich loszulassen. Die Straße führte bergauf, links und rechts gingen kurze, enge Quergassen ab, manche von ihnen waren vom Schnee geräumt, diesen folgte ich, drehte um, kehrte auf die Hauptstraße zurück, stapfte bergauf, bis zum Ende des Dorfes, wo sie, im Winter für den Verkehr gesperrt, zur Schlittenbahn wurde. Normalerweise. Doch auch die Schlittenbahn war mittlerweile schenkeltief verschneit. Der Albula unpassierbar. Wenig Gäste jetzt, Mitte November, noch weniger Einheimische. Alles schlief. Hinter mir auf dem Schlitten steckte das Kind im Fellsack. Es war tief hineingerutscht, die Öffnung bis auf ein faustgroßes Loch geschlossen. Am Ende der Straße wendete ich den Schlitten und begann den Rückweg. Das Gefälle beschleunigte die Fahrt des kleinen Gefährts, es sauste an mir vorbei, zerrte an meinem Arm, ich wand die Hand aus der Schlaufe und ließ das Seil fahren. Der Schlitten schoss die steile Straße hinab, auf dem Fellsack lagerte eine dicke Schneeschicht, und aus der kleinen Öffnung dampfte der helle Kinderatem. Lio fuhr schlafend, führerlos durch den orangefarbenen Winterabend die Dorfstraße hinunter, bekam einen seitlichen Drall, steuerte im spitzen Winkel auf eine Hauswand zu, ich rannte ihrem Gefährt nach, schlitterte und rutschte, bis ich einen der Holmen packen und den Schlitten zum Stehen bringen konnte.

Gespannt brachte ich das Ohr an das Atemloch und hörte es gurgeln und schnaufen, rasseln und schnarchen. Lio schlief. Ich klaubte den Strick aus dem Schnee und zog den Schlitten in die andere Richtung talwärts bis zum Bahnhof, drehte um und ging zurück. Unter den Lampen hing in funkelnden Kegeln der Schneeschleier. Ich hob den Blick und sah in den Nachthimmel, aus dem winzige Glutkristalle rieselten. Feuerwerk. Etwas war anders geworden, Abweichung von der Norm, und keiner, ich am allerwenigsten, kann ermessen, was das heißt. So beschloss ich, einen Tag um den anderen zu nehmen, als wäre nichts, als hätte sich nichts verändert. Zu der Abweichung hatte ich weder eine Meinung noch eine Empfindung. Ich ging einfach durch den Schnee, versuchte nicht nachzudenken und lauschte auf das Menschenwesen, das hinter mir dampfte und schnarchte.

Als ich zur Pension zurückkam, saß auf meiner Mütze eine Haube aus Schnee wie ein schlechtes Omen. Ich muss mich einfinden, sagte ich mir. Ich muss dem Mädchen ein Vater sein. Und eine Mutter. Es gab viel zu lernen. Lernen, Vater zu sein, lernen, Mutter zu sein, lernen, in der Abweichung zu leben. Keine Ahnung, wie ich mich zurechtfinden würde, wie ich es schaffen sollte, Tag für Tag. Weitermachen, nicht nachdenken. Wenn ich nicht bis zum nächsten Tag denken konnte, dann bis zur nächsten Stunde. Wenn nicht bis zur nächsten Stunde, dann bis zur nächsten Viertelstunde. Nichts überlegen, nichts grübeln, nichts bezweifeln, vor allem: nichts bereuen. Es ist, wie es ist. Und es ist gemein. Dysmorphiesyndrom. Denken hilft nicht. Reden hilft nicht. Nicht einmal Zeichnen hilft.

Ich muss es einfach tun, Viertelstunde für Viertelstunde, Tag für Tag. Füttern, trösten, pflegen. Das Kind nähren und warm halten. Es wiegen, es streicheln, mit ihm reden. War das genug? Gut genug? Meine Aufmerksamkeit weitete sich aus in einen unbekannten Kontinent. Äußerste Vorsicht, angespannte Achtsamkeit. Was bedeutet was? Wimmern, weinen, schluchzen, heulen, greinen, blöken, blubbern, kreischen. Was steht für Müdigkeit, für Hunger, für Freude, für Überdruss? Wiederholung und Differenzierung: Immer wieder kommen ähnliche Geräusche aus dem zahnlosen Kindermund, und ich unterscheide: das Weinen des Hungers vom Wimmern im Traum, das Schreien aus Schmerz vom Stöhnen im Fieber, das Lachen aus Freude vom Glucksen des Wiedererkennens, das Murren der Langeweile vom Greinen der Unzufriedenheit. Zunächst breitete sich meine Wahrnehmung aus, dann dehnten sich mein Empfinden und mein ganzes Selbst aus, auf den schutzlosen Kinderkörper, das hilflose Wesen, das ohne mich nichts war und werden konnte. Bald wusste ich, noch bevor sie Laut gab, dass sie gewickelt werden musste, dass sie fror oder eine Flasche brauchte. Auch dass sie würde erbrechen müssen, dass sich eine Absence ankündigte oder ein Krampfanfall, die immer häufiger kamen. Ich bereitete das Badewasser zu und den Zusatz fürs Inhaliergerät, ich maß Tropfen ab und hantierte mit der Magensonde, ich massierte die Blähungen weg und betupfte die geschwollenen Zahnleisten mit kühlendem Gel. Mein Gehör verfeinerte sich, mein Schlaf wurde leichter, meine Unbekümmertheit löste sich Viertelstunde für Viertelstunde in unserem Alltag auf wie die grünen

Tropfen Medizin, die im Wassertank der Inhalierpumpe schleierten, bevor sie unter dem pumpenden Brummen des Motors zur Dampfsäule wurden, die durch den gerippten Schlauch und die winzige Plastikmaske in Lios Körper verschwanden.

Postkartenblau der Himmel, ein Gämsbock hoch oben im schroffen Fels. Sechs endlose Tage und Nächte hatte es geschneit, dann hörte es so plötzlich auf, wie es begonnen hatte, und ich beschloss, mit Lio rodeln zu gehen. Ich zog den Schlitten, ging schnell. Unter meinen Schuhen lösten sich kleine Schneebrocken, rollten, sich zu Bällen formend, den Hang hinunter, zeichneten in stolpernder Jagd, hüpfend und einander überkreuzend, ein Strichmuster in die weiße Fläche. Hasen, Vögel, anderes Getier hatten ihre Spuren in den Schnee gedrückt, aus dem die schwarzen Tannen ragten. Vor mir gleißten die schneeigen Rundungen der Felsen und Hänge. Der Winter ist eine Frau. Sie bleckt die Eiszapfenzähne. Sie sagt, es verliert immer der, der zu wenig liebt. Ich blinzelte in die Sonne, ich warf die Arme in die Luft. Ich wanderte lang, und bis ich zur Talstation kam, hatte der Himmel sich zugezogen. Kein Mensch war zu sehen, nur eine Schneefräse rollte mir rot blinkend, röhrend und dröhnend entgegen, spie kalte Fontänen in den Straßengraben, ich sprang, als sie an uns vorüberrasselte und brüllte, in die Schneeverwehungen und zerrte den Schlitten mit Lio zur Seite.

An der Talstation löste ich die Karten und schnallte Lio vom Schlitten. Ein dunkelhäutiger Mann, Tamile oder Inder, warf Wolldecken auf die Sitze des Sessellifts, gab knappe Anweisungen, hängte den Schlitten hinter mir an den Lift. Wir schwebten schon zwanzig Meter über Grund, da drehte ich mich noch einmal um und sah die dunkle Gestalt da stehen und uns nachblicken, absurde Erscheinung in Pudelmütze, Fellweste und fransig abgeschnittenen Fingerhandschuhen. Oben nieselte der Schnee wie unten, ich hielt das Kind fest im Arm, riss den Schlitten aus der Halterung und schlug mir den Bügel gegen das Schienbein. Fluchend und um den Schmerz zu vergessen, machte ich mich schnell auf den Weg durch den Bergwald. Am Beginn der Piste schnallte ich den Fellsack mit dem Kind auf den Schlitten, setzte mich dahinter, wickelte den Schal um das Gesicht und warf die Beine nach vorn. Insektenhaft zog ich sie zurück, warf sie wieder nach vorn, zog und zog, und langsam nahmen wir Fahrt auf.

Im Wald war es fast dunkel, und da schlang ich den Arm um mein Kind. Ich grub die Hacken in den Schnee, der Schlitten gehorchte und wendete sich nach rechts oder links in die Kurven. Schnee spritzte in mein Gesicht, ich warf den Kopf in den Nacken und sah das Gewirr schwarz glänzender Äste über mir davonsausen, dazwischen grauer Himmel, aus dem es schneite ohne Unterlass. Aus dem Fellsack stieg ein feiner Geruch nach Lios warmem Atem, ich spürte, wie der Schlitten immer schneller fuhr, der Weg steiler wurde und wir auf ihm hinabstürzten, das Gefährt sich nach vorn neigte, ich hackte die Absätze in den Schnee, um die rasende Fahrt abzubremsen, hörte das Knirschen nicht mehr, merkte, dass wir immer noch mehr beschleunigten, stemmte die Füße auf den Boden, wusste, dass wir über ein Eisfeld rasten, spürte, wie der Schlitten schneller und schneller wurde, zu drehen begann, wir rückwärts rutschten, weiterdrehten, auf den Rand der Piste zurutschten und in einer lang gezogenen Kurve durch den Drall weiter hinausgetrieben wurden, ich die Füße auf dem Eis und Lio fest an mich gepresst, als wir gegen eine Bretterwand prallten, weiterschossen, mir die Füße nach hinten gerissen wurden, wir schlingerten, kippten und stürzten. Endlich.

Fallen, rutschen, wissen, es wird gleich vorbei sein. Schnee fressen, den Abhang hinunterrollen, gegen einen Stamm prallen.

Stille, Kälte, Schneerieseln auf den Lippen. Liegen. Warm und weich. Die Füße nicht mehr spüren. Allein sein, wie schön.

Zärtlich bedeckte der Schnee mein Gesicht. Ab und zu schüttelte ein Ast seine Last ab, manch einer knackte unter seiner Bürde. Dann herrschte wieder vollkommene Stille, und zum ersten Mal hörte ich das engelsgleiche Flüstern des fallenden Schnees, hörte die kleinen Jubelschreie, mit denen die ankommenden Flocken begrüßt wurden. Ich musste lachen. Der Winter ist eine Frau, sie wiegt mich in ihren Armen. *I'd bear the heavy wind and rain that falls, I'll never come back again, 'cos you know I laugh when winter shows her hand.*

»Ich liebe dich.«, sagte ich, und stöhnte. »Ich liebe dich, mein Kind.« Der Wald ächzte, kein Mensch antwortete. Ich war allein, es war dunkel, ich lag sehr still. Und da, in den spitzen Jubellauten, ins Rieseln und Flüstern der Schneeflocken hinein, hörte ich es. Ein leises Murmeln. Nicht ängstlich, nicht ärgerlich, nicht verzagt. Eine brabbelnde Stimme, wie ich sie so oft gehört hatte. Nachts, wenn ich schlief, und frühmorgens, wenn ich döste, tagsüber, während ich über meinen Zeichnungen weggesackt war. Freundliches Stammeln, wortloses Lallen, mit dem sich das Kind in mein Gehör und mir wieder ins Bewusstsein brachte. Ich setzte mich auf, und sah nicht weit von mir entfernt den dunklen Fellsack liegen, ich robbte hin und hörte aus der kleinen Öffnung die kleinen Geräusche, mit denen Lio mich daran erinnerte, dass wir zusammengehörten, dass sie da war. Und blieb. Ich zog den Sack an mich, umschlang ihn, steckte die Nase in das Loch aus Fell.

»Weißt du, dass du riechst wie ein nasser Hund?« Ich lachte und wiegte sie, und auf einmal befiel mich Panik.

»Hab keine Angst, ich bring dich da raus. Ich bring dich heil nach unten.« Langsam begann ich, auf allen vieren bergauf zu kriechen, klammerte mich an krüppelige Tannen und Kiefern, schob den Sack vor mir her, kroch weiter, erreichte nach einer langen Zeit, in der ich immer wieder zurückrutschte und fürchtete, ganz den Berghang hinabzufallen, die Rodelbahn, kletterte über die Absperrung und verschnaufte. Meine Füße waren kaum zu gebrauchen, ich hatte mir beide Knöchel verstaucht. Der Schlitten war weg. So entschloss ich mich, es mit der Jacke zu versuchen, zog sie aus und legte sie mit dem glitschigen Futter nach unten auf die Piste. Den Sack mit dem Kind an mich gedrückt, rutschte und robbte ich auf der Jacke langsam zu Tal. Der Tamile stapfte heimwärts, als wir unten ankamen. »He«, schrie ich, so laut ich konnte. »Hilfe!« Der Tamile blieb stehen. Ich riss mich zusammen und humpelte zu ihm hinüber. Er gab mir seine Fellweste und öffnete sein Kartenhäuschen, wo wir warteten, bis uns kurz darauf der

Dorfarzt mit dem Geländewagen abholte. Er bandagierte mir die verstauchten Knöchel, gab mir Schmerzmittel und sagte, ich sollte das röntgen lassen, am besten gleich. Dann untersuchte er Lio, die warm war und gesund. Sie hatte Hunger und rote Bäckchen, und mit dem Schielauge lachte sie uns an.

15

Zurück in der Stadt, wurde ich bereits zum zweiten Besuch im Gruselkabinett aufgefordert. Der freundliche Professor mit dem Haarkranz über den Ohren begrüßte mich wie einen alten Bekannten. Lios Fall schien ihn besonders zu interessieren, er redete lange über seine Forschungen im Allgemeinen, über Deletionen, Mutationen und Aberrationen und über seine Kenntnisse dieser speziellen Form der Genveränderung im Besonderen. Lio war seit unserem ersten Besuch kräftiger geworden, lebhafter, ja, geradezu liebenswert, wie der Professor feststellte, und ich beargwöhnte seine Anteilnahme sofort als unwissenschaftlich. Kälte, Nüchternheit, fachliche Distanz waren es, die ich erwartete, und die ungewohnte Herzlichkeit des Spezialisten schwächte mich, obwohl sie vermutlich das Gegenteil zum Ziel hatte. Auf den Tannen vor dem Fenster lag eine dünne Schicht Schnee, und es dauerte lange, bis ich Lio aus den Kleidern geschält hatte. Die Untersuchungen, Reflextests und Vermessungen des Kindes unterschieden sich nicht von den vorhergegangenen, wieder wurde Blut gezapft, nun sollte auch mein Blut und das der Mutter untersucht werden. Ich murmelte »beruflich eingespannt, Auslandsreise« und machte den Arm frei. Zum Schluss wurde Lio wieder fotografiert.

Auch dieses Mal blieben die Gentests ohne eindeutigen Befund, die Deletion, die für das ACGT-Syndrom vermutet wurde, konnte nicht nachgewiesen werden, es blieb auch dieses Mal bei der Sichtdiagnose, die jedoch bei fortschreitendem Alter des Kindes und zunehmender Ausprägung der physiognomischen Merkmale immer sicherer werden würde. Man bat mich, die Proben und Unterlagen im Institut für Humangenetik archivieren zu dürfen für den Tag, an dem differenziertere Testmöglichkeiten zur Verfügung stünden, was ich gestattete, und eine Vollmacht zu unterschreiben, dass Lios Fall und die Bilder wissenschaftlich ausgewertet und gegebenenfalls publiziert werden dürften, was ich verweigerte. Mehr konnte ich nicht tun. Der Professor drückte mir zum Abschied die Hand und verwies mich an die Auskunft, wo ich Informationen zum weiteren Vorgehen erhalten würde.

So begann mein Marsch durch die Krüppelinstitutionen. Montags waren wir in der Physiotherapie, wo Lio gedreht und gewendet und auf einem Gymnastikball so lange gerüttelt wurde, bis sie ihren Schleim erbrach. Am Dienstag tauschten wir das Inhaliergerät der Lungenliga gegen ein leistungsfähigeres um. Am Mittwoch nahm der Drusenarzt die allgemeine Entwicklungskontrolle vor, wieder mit niederschmetternden Ergebnissen, am Donnerstag stellte ich Lio zur ergotherapeutischen Frühförderung vor, am Freitag besuchten wir die Kinderkrippe, wo man das Kind bedenklich ansah und auf das Recht verwies, den Aufnahmeantrag abzulehnen, sollte der Betreuungsaufwand zu groß sein. Am Samstag wollte ich zu meiner

Großmutter fahren, kam aber nicht aus dem Bett. Vor dem Fenster tanzten die Schneeflocken, Lio sah mit grauen Augen in den grauen Himmel, aus dem der Schnee fiel, kein Griesel, sondern flächig ineinander verkantete Sterne, die wie Bettfedern taumelten.

Tag für Tag nahmen wir unsere Termine wahr, machten uns bereit, eilten zur Tramhaltestelle, stiegen ein, um, aus. Eilten durch die Stadt, immer in der Hülse aus Therapiestunden, Arztbesuchen, Behördenterminen, vor allem Alltagalltagalltagsarbeit. Rechnungen bezahlen, Formulare ausfüllen, Wäsche waschen, Gänge in den Supermarkt, Essen kochen, Fläschchen zubereiten, Geschirr abwaschen, Wohnung putzen, das Kind baden, wickeln, anziehen, ausziehen, umziehen und wieder umziehen, Schleim absaugen, Dampf inhalieren, Medikamente verabreichen. Der Alltag hielt uns umschlossen wie ein Kokon die Larve. Wir konnten uns nicht bewegen, mussten aber auch nichts denken, was sage ich »wir«. Lio dachte nicht, sie existierte. Sie war. Und ich versorgte sie. Tag und Nacht, Woche für Woche, Monat für Monat.

Kaum ein Ereignis, das diesen Trott unterbrach. Mit dem Kind auf dem Schoß fuhr ich in der Straßenbahn zu einem der Krüppeltermine, Lio klammerte sich an die Chromstahlstange vor uns und lutschte daran, um die vom Zahnen wunden Kiefer am Metall zu kühlen. Die Mütze war ihr über die Augen gerutscht, am Nasenloch pulste eine Rotzblase. Ich schaute aus dem Fenster auf das kalte Pflaster des Paradeplatzes, übersät von hastenden, trippelnden, wartenden Krähenmenschen. Männer in dunklen Mänteln, mit glänzendem Schuhwerk, dunklen Aktenmappen oder Sporttaschen für den Feierabendbesuch im Fitnessstudio. Die wenigen Frauen trugen hochgestecktes Haar und blasse Lippen über blass gemusterten Seidenfoulards über dunklen Mänteln, im abgewinkelten Arm eine scharfkantige Handtasche, in der sie mit manikürten Fingern kramten, während sie mit sicherem Tritt über die Schienen stöckelten, um in eine andere Linie umzusteigen.

Im Schaufenster einer Galerie ragte eine Zigarre von der Länge eines dreisitzigen Sofas steil auf, eine unbekleidete Frauenpuppe ritt sie in Pin-up-Pose, den Kopf mit dem blondierten Haar in den Nacken geworfen, weiß leuchteten die Zähne im halb geöffneten Mund, und die gestreckten Arme pressten ihre nackten Brüste zusammen. Leises Quietschen von Lios Zahnleisten auf der Metallstange. Winterluft strömte in den Wagen, bevor die Türen sich klappernd schlossen und wir weiterfuhren zu irgendeiner Fördermaßnahme. Der Glaskasten holperte am Seeufer entlang, erreichte die Quaibrücke, blieb wegen einer Ampel stehen. Die Mitreisenden sahen ins Nichts oder verstohlen nach dem Kind. Es sabberte und rotzte vor sich hin. Dunkles Seewasser platschte an die Ufermauern, weiße Schaumstreifen wackelten darauf. Lio wurde unzufrieden und wand sich in meinen Händen um zu entkommen. Ich hielt sie fester und schaute mit zusammengebissenen Zähnen aufs Wasser. Wie aus einem Aquarium schaute ich auf die schwarze, schäumende Fläche und stellte mir die Fische vor in der tintigen Tiefe des Sees. Der Kasten ratterte auf den Bellevueplatz, wo noch mehr dunkle Mützen und Mäntel warteten. Ich hatte den Drang aufzuspringen und wie ein Tier im Käfig auf- und abzulaufen. Stattdessen beobachtete ich die blicklosen Kontakte, das zielstrebige Herumtasten, Sichnähern, Vortritterzwingen und Aneinandervorbeischieben, diese ganze Choreografie der Gereiztheit, der unterdrückten Wut zu eng gehaltener Großstadtmenschen, diese Panik vor dem Anonymitätsverlust, vor der Begegnung mit dem anderen. Ich sprang auf und schleppte das Kind gegen den Strom der Einsteigenden zur Tür, stieg aus und lief ins Seefeld, wo die Therapeutin ihre Praxis hatte. Vor mir schlurfte ein junger Mensch, der eine riesige blaugelbe Gummitasche über der Schulter trug, auf der in roten Lettern das Wortbruchstück etal stand – fetal unterscheidet sich von letal nur durch die Spazierstockbiegung der Oberlänge und den kaum wahrnehmbaren Dorn in der Mitte des Aufstrichs, je nach Schriftart nur ein winziger Haken, der dem kleinen f aus dem Bauch ragt. Der Aufstrich verwandelt jedes Schriftbild, unregelmäßige Reihung von Senkrechten, in einen Strichcode.

Als eine Vier vorfuhr, stieg ich aufatmend in den kaum besetzten hinteren Wagen. Lio lutschte am Metallrohr. Wenig später die Durchsage unserer Haltestelle, dann ein kalter Luftschwall. Ich schlang meinen Arm um das Kind und stieg aus. Kopf voran hing es mir auf der Hüfte, wie der Querstrich im kleinen f.

Lio machte vor einer kleinen Staffelei ungerichtete Bewegungen mit dem Pinsel auf dem Papier, ich saß unterdessen in der hintersten Ecke eines Cafés, sah mir die Frauen an und skizzierte sie. Genau genommen interessierte ich mich nur für eine. Sie wurde Serviertochter genannt und ging, ganz in schwarz mit einer langen dunkelroten Bistroschürze um die Hüften, schwingend zwischen den Tischen hindurch, hielt sich das Silbertablett mit beiden Händen auf den Rücken und lächelte herausfordernd. Das dunkle Haar hatte sie im Nacken zu einem Chignon gewunden, den eine Strähne verlassen hatte, um sich den Hals hinunter zu schlängeln, eine zweite sprang aus der Mitte des Knotens hervor und sondierte wippend den Raum. Die Frau schien nur aushilfsweise zu arbeiten, denn ich sah sie nur dann und wann. Im Gegensatz zu ihren Kolleginnen, die mit vorgerecktem Brustkorb lautlos durch den Raum huschten und plötzlich neben einem stehen konnten, fragend, ob man noch was wünsche, ging sie langsam und aufrecht, fast suchend durch den Raum, als wäre sie nicht zum Servieren hier, sondern ein Gast auf der Suche nach einem freien Platz. Manchmal stand sie da, als wartete sie darauf, dass ihr jemand den Stuhl zurechtrückte oder den Mantel abnahm. Rief einer der Gäste, schlenderte sie an seinen Tisch, blieb dort länger als nötig, begann eine Plauderei, wischte mit dem Lappen herum, zupfte an den Trockenblumen oder zündete die Kerze in der Mitte des Tischs an. Sie schien jeden zu kennen und brachte die Essensgedecke und Kuchenteller mit großzügiger Miene, Stolz im Blick, als hätte sie die Köstlichkeiten selbst zubereitet. Genauso brachte sie mir, kaum dass ich mich gesetzt und den Schal abgebunden hatte, einen doppelten Espresso und ein Glas Wasser mit einem Lächeln, als hätte sie mich schon lange erwartet, und als wäre der lästige unpersönliche Bestellvorgang doch unnötig und jenseits der tiefen Beziehung, die uns verband. Sie stellte das Tablett ab und blieb neben mir stehen, um mir über die Schulter auf den Skizzenblock zu sehen, den ich schnell schloss. Schweigend rührte ich im Kaffee, bis sie sich entfernte. Im Gehen streifte sie mit der Hüfte meine Schulter, schlenderte zurück hinters Buffet, wo sie die Glasschiebetüren öffnete, eins der Gläser herausnahm, es polierte, prüfend gegen das Licht hielt und zurückstellte, bevor sie die Schiebetüren wieder schloss, und eine der Schubladen an der Unterseite der Theke aufzog, ich hörte Flaschen klingen, sie schob die Lade wieder zu, drehte den Wasserhahn auf und warf ein paar Worte durch das Servierfenster in die Küche, wo gelacht wurde, zündete sich eine Zigarette an, drehte den Wasserhahn wieder zu, legte die Zigarette ab und sah sich im Raum um. Dem Alten am Tisch neben mir wuchsen borstige Haare aus Ohren und Nase. Unter dem Tisch lag sein Cockerspaniel und zuckte prüfend mit den Augenbrauen. Jetzt winkte der Alte ihr, doch sie sah ihn nicht, sondern blies Rauch aus und nestelte an ihrer Frisur. Er hockte mit gebeugtem Rücken und starrte auf sein leeres Glas. Als sie es bemerkte, kam sie zu ihm, wischte auf seinem Tisch herum und zog das Portemonnaie unter der Schürze hervor. Der Alte sah mit traurigen Augen zu ihr auf, und sie brachte ihn mit zwei Sätzen zum Lächeln, dann zum Lachen. Sie sprach Mundart, sehr breit, die ich nur mühsam verstand. Ihr Haarzipfel sprang wieder aus dem Knoten hervor und wippte, als sie den Alten am Arm stützte, damit er aufstehen konnte. Lockend sprach sie mit dem Hund, grub ihre Hand in das Fell hinter seinen Ohren und kraulte ihn. Bestimmt wäscht die sich nachher nicht die Hände, dachte ich böse, doch genau das tat sie, nachdem sie den beiden die Tür aufgehalten und sie verabschiedet hatte.

Die Frau gefiel mir, und ich war mir selber peinlich. Eine ungute Mischung, die mich wütend machte. Paules Dinge hatte ich weggeräumt, sie war aus meinem Leben ganz und gar verschwunden, doch statt sie zu vergessen, dachte ich umso mehr an sie, nun voller Wut. Wie rote Farbe, die aus Pinselhaaren in klares Wasser fließt, mischte sich die Wut in mein Leben, in die kurzen Treffen mit Alice spätnachts, wenn alle Kinder schliefen, in meinen Blick auf diese freundliche Frau, der ersten seit Langem, die mir wirklich gefiel. Kein Anruf, kein Brief, keine Nachricht. Keine Erklärung oder Entschuldigung, nichts. Die Hoffnung, dass Paule zurückkäme, um ihre Mutterpflichten wahrzunehmen, war mir irgendwo zwischen den Untersuchungen, verklebten Schoppenflaschen und den Abfallsäcken voll stinkender Windeln abhandengekommen. Ich lebte ziellos von einer Stunde zur nächsten, hangelte mich durchs Leben, Tag für Tag, während die rote Wut, die heiße Wut in mir herumschwappte und ich sie über jemandem ausschütten wollte, wie dieser Kellnerin mit dem wiegenden Schritt und den quecksilbrigen Augen. Wieder stand sie hinter dem Tresen, rauchte und polierte Gläser. Unsere Blicke begegneten sich, was ärgerlich war, denn ich versuchte, während ich skizzierte, sie so unauffällig und beiläufig zu betrachten, dass sie sich nicht beobachtet fühlte, vor allem, dass sie mir nicht in die Augen sehen und mich mit ihrem Blick irritieren konnte, wie jetzt. Schnell zeichnete ich die seltsamen Augen der Frau, die übergroße Iris ohne scharfe Trennlinie zur Pupille und mit doppelten Lichtreflexen, sodass ihr Blick etwas Unstetes und Unheimliches bekam, da trat sie schon wieder neben mich, brachte noch einen Kaffee, noch ein Glas Wasser. Ich schlug eben noch rechtzeitig den Skizzenblock zu, bevor mich eine Welle ihres Parfumöls überschwemmte und ich mich in einem trotz der Hochsommersonne verdunkelten Zimmer wiederfand, wo Räucherstäbchen glimmten, ein Joint rumging und auf dem Plattenteller *Riders in the Storm* drehten. Einer dieser stillen Sonntagnachmittage auf dem Land, an denen wir auf Matratzen rumhingen, nachdem das Familienprogramm mit Kirchgang und Sonntagsbraten absolviert war. Mehr eine Ahnung als ein Fühlen war die Hand, die mir über den Hals hinab ins Hemd glitt, während Lider schwerfällig sanken, das Zimmer hinter dem Gitternetz halb geschlossener Wimpern verschwand, sich verdüsterte und im Schwarz versank, etwas an meinem Ohr entlangwischte und kühle Luft über die nackte Brust strich, meine Gürtelschnalle in Bewegung geriet und ich die Lippen öffnete, auf die sich der Mund eines Mädchens legte, das Cordula hieß oder Irmgard, die sich Irma nennen ließ. Es war ein Spiel mit immer dem gleichen Verlauf, mal waren wir es, die begannen, mal fingen die Mädchen damit an, und es hatte nichts zu bedeuten, wir fanden uns paarweise zusammen, einer hatte eine *connection* zu einem der Zivis im Jugendzentrum, der das Gras von seinem älteren Bruder hatte, dessen bester Freund einen kannte, der im Sommer in Marokko und so fort. Patchouli trugen die Mädchen unter den Achseln, hinter den Ohren und an jenen Stellen, an die wir nur selten gelangten. Sie tanzten in ihren Satinschühchen und Indienröcken mit uns und vor uns, wir legten für sie auf. Jim Croce *If I could save time in a bottle, Aquarius,* Neil Young, die Doors, doch AC/DC und Zappa, *Squeeze my lemon,* nur, wenn wir allein waren und an diesem verregneten Nachmittag keine Mädchen mehr aufkreuzen würden.

Etwas kitzelte mich am Ohr, und da sah ich die Kellnerin mit schief gelegtem Kopf in meinen Skizzen blättern, was mich sofort wieder aufbrachte. Ich nahm ihr die Zeichnungen weg, verstaute sie in meiner Tasche, trank den Kaffee mit einem Schluck aus und stellt die Tasse klirrend ab, was seine Wirkung verfehlte, auch weil sie stand und ich saß, und zu ihr aufsehen musste wie ein Schuljunge zur Lehrerin, die sein Heft prüft.

»Und?«, sagte ich in forderndem Ton und starrte ihr ins Gesicht. Sie lächelte, und ein Netz feiner Fältchen spannte sich um ihre Augen, doch als sie meinen Ärger bemerkte, verschwand das Lächeln, und der Patchouliduft hing vergessen zwischen uns im Raum. Ich wischte über mein Ohr, in dem es kitzelte, und sah sie noch einmal an, dann auf einen Bierdeckel. Darauf hatte ich viele kurze Senkrechte nebeneinander geschrieben, von Querstrichen gekreuzt, als hätte ich die Tage gezählt wie ein Häftling den Rest seiner Strafe: fffff fffllll ffffllll ffffllll llllll fffff.

»Was soll das sein?«, fragte die Frauensperson und zeigte mit dem Finger auf die Buchstabenbündel. »Was bedeutet das?«

»Ich weiß nicht.

»Soll ich dir so viele Kaffees berechnen?«

»Wenn du mich damit zum Essen einlädst?«

Das war nicht nur plump. Es war richtig dreist und einfach aus mir herausgerutscht.

»Ok?« Sie lachte. »Das kann ich aber nicht im Kopf rechnen.«

»F steht für Kaffee, L für Wasser.«

»Bezahlen musst du nur für den Kaffee. Moment. Einundzwanzig mal dreiachtzig macht neunundsiebzig achtzig.«

»Fünfundachtzig«, sagte ich großzügig und reichte ihr die Hunderternote, mit der ich den Rest der Woche hatte bestreiten wollen. Auf dem Weg hinaus nahm ich eine Visitenkarte des Cafés vom Tresen, was sie mit dem Heben eines Mundwinkels quittierte, und ging.

Die fünfzehn verbliebenen Franken reichten mit dem Kleingeld im Münzfach für ein Mal Milchpulver, zwei Pack Nudeln und eine Schachtel Zigaretten. Klasse, Konrad, sagte ich mir auf dem Heimweg. Super gelaufen, wieder mal.

Immerhin hatte ich noch aus ihr herausbekommen, dass sie Mary hieß, heute Abend keine Zeit hatte, jedoch nächsten Donnerstag wieder arbeitete und um acht Feierabend hatte. *Along comes Mary.* Mary mit den quecksilbrigen Spinnennetzaugen, Mary Patchouli wie heiße Sommernachmittage in der trostlosen Stille einer Kleinstadtjugend, wie jäh aufschießendes Fernweh beim Motorradgeheul auf einer Landstraße weit entfernt, wie Apathie und Langeweile bei der Rückkehr der Stille, wie eine schmale Hand im Hosenbund, der warme Erdbeeratem eines Mädchenmunds, das Dröhnen eines Rocksongs und das Glimmen eines Joints. Wie die ereignislosen Jahre des Wartens auf den endgültigen Abschied aus einer menschenleeren waldigen Landschaft, in die wir nie zurückkehren würden, die wir nie würden hinter uns lassen können, da sie schon lange ein Teil von uns geworden war. Stille, tiefschwarze Nächte und eine unaufgeregte Langsamkeit würden uns immer unterscheiden von gewissen fix beredten Bewohnern der Großstadt, die nicht nur durch Kenntnis und Besitz sämtlicher modischer und technischer Errungenschaften auf der Höhe der Zeit sind, sondern sich auch durch eine von allen Dialektkanten abgeschliffene Sprache wendig und anpassungsbereit überall zurechtfinden, die Vorgänger des globalisierten Menschen, der stets bereit ist, den Anforderungen der Zeit die Stirn zu bieten durch ständige Optimierung der eigenen Performance, kurz, der tüchtige, sich selbst vermarktende Zeitgenosse des kommenden einundzwanzigsten Jahrhunderts wurde nicht auf dem Matratzenlager eines verräucherten Kleinstadtpartykellers in den Armen eines Mädchens namens Irmgard gebildet, während Clapton eins seiner schwermütigen Gitarrensoli runterriss, nicht auf langen Mopedfahrten über verschlungene Landstraßen an sumpfigen Wiesen, schwarzen Wäldern und knorrigen Obstbäumen vorbei, um hier eine fahrbare Disco, dort das Konzert einer Rockband zu besuchen, die Anyone's Daughter hieß oder Treibholz, die Gambenmusik oder politischen Folk zelebrierte und sich Tandaradei oder Wolkenstein nannte. Wir sprachen langsamer miteinander und mit schwerer Zunge, während wir leichthändig die Welt zerlegten und so bedächtig wieder zusammenbauten, dass wir bis heute nicht damit fertig geworden sind, und während wir lallten, träumten wir. Von der Zukunft und einem Mädchen, das sich Penny nannte oder Mona. Oder eben Mary. Das Led Zeppelin hörte und mit uns durch Europa trampte. Vom Skagerrak bis nach Lissabon. Ein Mädchen, das unser Herz bewohnte, schläfrig und eigensinnig wie eine Katze.

LETTERING

16 Jagsttalbrücke. Lkw in Reihe. Lio, quer auf der Rückbank in den Gurt verdreht, schnarcht leise. Die rechte Spur ist von einer endlosen Kolonne Lkw besetzt. Autotransporter, grauer Hänger, To Gan weiß, TCT dunkelrot, Tankwagen grau-orange, dunkelblau Vernhoek. Abfahrt Ansbach. Dunkelblau Koehler Thermo, Saethre-Chotzen, weiß Agro Logistik, weiß Schmitz Cargobull, erbrechen, weiß-rot Himml Viehtransporte, weiß Cargoline. Altmühltal. Lieferwagen mit Kleinwagen aufgeladen, Mikrozephalus, Lkw in Reihe. Grün Päppl, dunkelblau Schreiner Transporte, kotzen. Deutsche Wälder, schwarz Polska, Minderwuchs und Fellbewuchs, rot Karinca, überholt von weiß abbremsen, Gehirnanomalien, gelb Smidbersky, rot, computertomografisch feststellbar, Alitrans Bozen, noch immer überholt Driving Academy, weiß-rot CZ den weißblau LT Autotransport, weiß Meyermeyer, rot HDE Logistik, Deformierungen, Organfehlbildungen, Intertrans PL, Wohnwagen, Klöckner, Stahlhandel blau-weiß und noch ein Dethleffs rot-blau, Transport Würth, CZ, Tankwagen rot-weiß, weiß Feuerwehr, weiß-beige Barbara Rebhan Kistenfabrik, Obstipationen, Trinkschwäche, Wohnmobil, Wolframs-Eschenbach, Erweiterung auf drei Spuren bis zum Playmobil Funpark, Lkw in Reihe weiterfahren, dunkelgrau Olear International OM, Transpolmo, weiß, Autotransport, NKD weiß, doppelstöckig, Baulaster, Matiex PL

grün, H&S Transport NL, freie Bahn für wenige Sekunden, Augenblicksblinzeln, Enuresis, Infekte und wieder weiß: Avis, dunkelblaue Sonne, Türksped, Celttrans leer, Fütterungsprobleme, Spalter Hopfenland, Schweinetransport, Baulastwagen, Jumbologistik, weiß und weiß und weiß, Defizite, Defizite, Defizite. Abfahrt A9 Berlin und Dresden, langes Einspiralen auf die neue Autobahn, dreispuriges Fahren jetzt und wieder Laster an Laster an Lieferwagen. Gütervogel Leipzig, hat Humor, ist auch nicht frei von Charme, Baulastwagen blau aus QLB, lila Kravag aus SZ, rot aus G, Terminal94kft aus Polen, Tanklaster aus PAF, Tanklaster aus B, Michel gelb, Baustoffunion grün, Verlängerung der Fahrbahn sieben Kilometer, Wir bauen für Sie. Fränkische Schweiz, die Sonne im Rücken, scheint dem Mädchen auf den Kopf, es sitzt mit strahlendem Haar, strahlendem Gesicht.

Ein schwingendes Auf und Ab. Die Neubauwohnungen mit ihren kargen Terrassen, die Hochspannungsleitungen der Eisenbahn, die Signale und das Blätterdach der Platanen. Alles schwang vor der tiefblauen Fläche des Himmels bis zum Umschlagpunkt und zurück in einer langsamen Bewegung und wieder nach vorn, als wäre die im Himmel abgebildetete Welt ein tanzendes Dach über uns. Als wäre die Stadt und mit ihr der Spielplatz und die Schaukel, auf der ich saß, ein stummes Schiff auf hoher See und ich der Kapitän, der seine Närrin auf der Oberfläche des Irrsinns dahinschaukelte. Ohne Navigationsinstrumente, ohne Karte, Lotblei, Kompass und Sextant schipperte ich orientierungslos dahin, keine Fortbewegung, nicht einmal eine Kreisbewegung, nur ein gleitendes Aufsteigen und Niedersinken in die Wellentäler der Luft. Ein ungepeiltes Schwingen und Auspendeln und Höherfliegen auf dem schmalen, an zwei Ketten befestigten Brett der Schaukel, die Kleine rücklings auf mir liegend, einen Singsang in den Ohren, der aus liebeskranken Amselkehlen, den elektrischen Drähten oder dem Kind drang, unterlegt vom fernen Tosen des Wasserfalls am Sihluferweg, und aus dem blaugrauen Dämmer des Sommerabends sprühte sanft ein Wasserfilm, der sich kalt und feucht auf uns legte, während Lio sich dem wiegenden, fliegenden Singsang überließ, und nur, wenn ich die Schaukel zu hoch schwingen ließ, versperrte sich die bodenlose Schwerelosigkeit in ihr, versteifte die Extremitäten, blockierte die Gelenke. Sie riss die Augen auf und atmete nicht mehr, ja selbst das schwarze Haar schien im Schreck erstarrt. Pendelte die Schaukel aus, legte ich den Arm um sie und strich ihr mit dem Finger über die feuchte Stirn, bis sich die Spannung seufzend löste. Wir blieben, bis die Straßenlampen aufflammten. Nur jetzt, zu dieser Abendstunde, wenn alle Kinder in der Badewanne oder vor den Nudeltellern saßen, sich schon die Zähne putzten mit den kleinen Bürsten, in die Pyjamahosen stiegen und die Spieluhr aufzogen, konnten wir sicher sein, dass der Platz uns allein gehörte. Dass keiner da war, der uns anschaute mit dem unverfrorenem Blick dessen, der noch wenig weiß und vieles lernen und verstehen will. Feucht und durchkältet gingen wir nach Hause.

Lio lag mit einer Käpt'n-Blaubär-Wärmflasche im Bett und schlief, da klingelte es, und Mary kam.

Am Küchentisch sitzend umschlichen wir uns in belanglosen Floskeln, bis wir endlich miteinander schliefen. Ich war sehr leise, doch Mary lachte mehrmals laut, was mich beunruhigte, nicht nur wegen Lio, die nebenan schnarchte, sondern weil ich das Lachen nicht zu deuten wusste, es schien kein Anlass vorhanden, ich selbst war wohl der Anlass, sie lachte über mich, lachte mich aus, da schwand mir alles. Unbefangenheit und Lust, Schwellung und der Schleier vor Augen, der sie mir schön gemacht hatte und begehrenswert. Ihr dicker Parfumölduft legte sich als erstickende Schicht klebriger Weiblichkeit auf mich und machte mir das Atmen schwer. Sie lachte wieder, diesmal mit geschlossenen Augen, ich kämpfte mich da durch, wütend und schweißgebadet, bis ich kam. Keuchen, Herzrasen, Scham und der heftige Wunsch, allein zu sein. Stattdessen befingerte ich sie, bis sie noch einmal wimmerte, dann schlief ich ein. Mary blieb bis zum Morgen, tappte in der Küche rum und bereitete ein puzzleartiges Frühstück zu. Sie wollte, nachdem wir uns seit mehreren Monaten aus dem Café kannten, das Kind endlich sehen.

»Warum machst du so ein Wesen um das Kind? Ich habe schon ein Kind gesehen, stell dir vor, schon mehrere.« Und lachte laut. Ich ging mit der Flasche zu Lio und schloss die Tür hinter mir. Sie war in mich verliebt, liebte mich vielleicht sogar. Ich täuschte mich. Sie liebte nur sich selbst in meinen Armen und den Eindruck von Vollständigkeit, den ich ihr gab, doch das erfuhr ich erst viel später. Während Lio trank, hörte ich, wie die Wohnungstür ins Schloss fiel.

Nur ein Stück Karton, braungelbrot bedruckt, fällt aus der nachlässigen Hand ins Dunkel eines Blechkastens, stößt dort auf andere Papiere, Umschläge, weiß und grau und hellblau, fällt aus dem gleißenden Sonnenlicht eines afrikanischen Sommervormittags, fällt aus der samtschwarzen, sternenbeglänzten arabischen Nacht, fällt in die Finsternis eines öffentlichen Briefkastens, wartet Stunden, Tage, Wochen, die Reise beginnt, die Reise endet, landet in einem grauen Plastikfach und wartet wieder, in Feuchtigkeit und Kühle, bis Stunden später sich ein Schlüssel nähert, Metall in Metallzylinder klickt, das Schloss sich dreht, den Kasten öffnet und eine andere Hand ihn nimmt und dreht und wendet. Regentropfen fallen auf das Braungelbrot, und linsenförmige Pusteln wachsen aus dem bunten Glanzpapier. Das trübe Treppenlicht fällt auf die mit festem Druck in Blau auf Weiß geschriebenen Worte. Paules Schrift – drei belanglose Zeilen aus der marokkanischen Wüste, erstes Lebenszeichen, seit sie verschwunden ist. Adressiert an Lio Leutenegger, c/o K. Michaelis, Zürich, Schweiz. Liebe Lioba, am 2. April ist dein Geburtstag, zu dem ich dir gratuliere. Ich wünsche dir ein schönes Leben. Deine Paule. Dass die Karte nicht an mich gerichtet war, konnte ich verschmerzen. Dass die Adresse unvollständig war, ebenfalls. Dass sie zu spät kam, Lios Geburtstag war bereits Wochen vorbei, störte mich nicht. Was mich zuerst ratlos, dann zornig machte, war, dass Paule sich nicht an den Tag der Geburt erinnerte. Sie hatte vergessen, an welchem Tag sie schreiend auf dem Schragen gelegen hatte, den Teller klebriger Gnocchi neben sich, das medizinische Personal im Fruchtwasser schlitternd, dieser graue erste Apriltag des letzten Jahres, an dem sie unser Kind geboren hatte. Sie hatte es verlassen, sich aus dem Staub gemacht und sich nicht einmal seinen Geburtstag gemerkt. War es nicht so, dass Mütter, selbst eine wie Paule, mit dem Kind enger verbunden waren als die Väter? Dass man das Wachsen eines fremden Wesens im eigenen Körper nur bestehen kann, indem man einen Bezug zu ihm herstellt, eine vage Nähe, auch wenn sie auf nichts gründet als einen Mythos und ein paar Bewegungen, die die Bauchdecke nach außen beulen? Ein anderes Leben, das in einem herumschwimmt, Purzelbäume schlägt und, wie wir auf dem Monitor des Ultraschallgeräts sehen konnten, allein und schwerelos in seinem wässrigen Universum taumelt und schwebt. Die Fremdheit zwischen der Frau und dem, was einmal ihr Kind sein sollte, war mir plötzlich nicht nur verständlich, ich fand sie zwingend, und ich glaubte zu verstehen, dass das nur so auszuhalten war: hormongestützt, oxytocingeflutet. Dass die Irritation durch die Fremdbesetzung des eigenen Leibs nur so in eine Art Bindung überführt werden konnte. Kalte Wut. Dass eine Mutter in postpartale Depressionen verfiel, dass sie keine Bindung aufbauen konnte, dass das Stillen nicht gelang, dass sie sich überfordert fühlte von den Ansprüchen des Neugeborenen und der ständigen Abrufbereitschaft, der Aussicht auf schlaflose Nächte und jahrelange Unfreiheit, dass sie sich nicht darauf einlassen mochte, dass sie keine Idee von sich als Mutter hatte und das Kind verließ, das alles schien mir möglich, ich hatte es miterlebt. Dass sie sich aber das Datum der Geburt nicht merken konnte, schien mir ein Skandal, eine unerträgliche Banalisierung auch unserer Geschichte.

Palmen und Oasen, Datteln, bunte Lichter, schwarzer Tee mit Minze und Zucker. Die Karte erzählte eine Kindergeschichte aus dem Orient, ein Gruß der Mutter ans Kind, das auf meinem Arm hockte, tropfte und vermutlich niemals würde lesen oder schreiben, sprechen oder gehen können. Nur eine Ansichtskarte, Gruß aus Nordafrika, braungelbrot, die Farben der Wüste und der klaren Hitze, in welcher die Luftspiegelung einer Liebe schwamm, die schon lange vorbei war. Schlagartig wurde mir bewusst, dass ich ihre Rückkunft nicht mehr erhoffte, dass ich sie nicht mehr erwartete, ja, dass ich mir wünschte, sie bliebe fort. Schlagartig wurde mir bewusst, dass ich sie hasste.

»Lio, hör zu«, sagte ich und wartete, bis das Kind den Blick hob, dann las ich ihm die wenigen Zeilen vor, langsam, unbetont, Wort für Wort, und Lio nahm das, wie nicht anders zu erwarten war, teilnahmslos entgegen, steckte die Karte, die ich ihr reichte, mit einer Ecke in den Mund, zog sie wieder raus, schaute auf, als sich die Fahrstuhltüren öffneten, und ließ die Karte fallen. Nur ein Stück Karton, braungelbrot bedruckt, fiel auf den Gummiboden der Kabine. Ich ließ sie, wo sie war, und schloss die Wohnung auf.

Mit dem schmalen grifflosen Feger wischte ich viele Male über die Glätte der Kunststoffplatte, kehrte nicht vorhandene Gummikrümel auf den Boden, bevor ich die flackernde Leuchtröhre anmachte, einen Bogen Papier mit Klebestreifen fixierte und zu zeichnen begann. Eine Arbeit für die Stadtverwaltung. Einwohner und Touristen sollten zur Reinhaltung der öffentlichen Anlagen, besonders des

Seeufers, angehalten werden. Auf Hinweis von Regula war ich zur Konkurrenzpräsentation eingeladen worden. Plakate, Broschüren, Flyer. Lustlos machte ich mich an die ersten Skizzen, noch ohne eine Vorstellung, wie ich das Thema umsetzen wollte. Bald spielte ich mit neuen Möglichkeiten, das Zellkernthema in einen Comic zu bringen. Den Gesichtslosen hatte ich auf Eis gelegt und stattdessen neue Informationen und Hintergründe aus medizinischen Fachzeitschriften, den Gesprächen mit Professor Haarkranz und seinem Aberrationenkatalog gesammelt. Bildmaterial vor allem zur fluoreszierenden In-Situ-Hybridisierung, elektronenmikroskopische Aufnahmen leuchtender Punkte vor schwarzem Grund, statistische Daten als Kurven, Kuchenschnitze, Säulen und Zickzacklinien. Kern, Zellkern, Atomkern, CERN, Doppelhelix, Kernspin, Kernfrüchte, Keime, Triebe, gläserne Chromosomenwürmer, die aus dem Kindermund wuchsen. Immer mehr wurden sie unter meinem spitzen Stift zu eigenständigen Lebewesen mit einem spielerischen Willen zur Improvisation. Das Zentrum des Lebens, das Innerste jedes Wesens als filigranes Mobile. Alles war möglich, alles veränderte sich. Frei flottierende Einzelteile, fluktuierende Kombinationen. Der Spieltrieb und die Kombinationslust. Das war es. Und das bedeutete auch: Normalität gibt es im gleichgültigen Reich der Genetik nicht. Alles ist veränderlich, und alles ist belegt mit den Begriffen der Zerstörung, der Abweichung, des Fehlens oder der Verirrung. Die vielgestaltigen Rekombinationsmechanismen, beschrieben mit dem Vokabular des Defizitären. Von Menschen, die die Abweichung im sozialen System als Fehler, als Verlust, als Unvermögen sehen. Jetzt erst zeigt sich, ob die Deletion oder Aberration eines Gens einer schönen Frau rote Haare beschert, Kurzsichtigkeit oder einen zu geringen Kopfumfang. Die Vorstellung, dass Erbmaterial geschädigt werden kann, setzt voraus, dass es einmal intakt war. Doch wie in einem Kaleidoskop, von Kinderhand langsam gedreht, verbinden sich die gläsernen Bausteinchen nur zu immer neuen Rosetten und Sternen, gefärbt durch den Hintergrund, vor dem sie betrachtet werden, beleuchtet durch die Lichtquellen, vor die sie gehalten werden, jederzeit sind sie mit leichter Handbewegung in neue Konstellationen zu bringen, und, ganz gleich, ob das Glitzerbild bestaunt wird oder sich ungesehen in der hintersten Regalecke des Kinderzimmers formiert hat, es ist nicht fehlerhaft und es fehlt ihm nichts. Würde dieser oder jener Stein entfernt, würden andere beigefügt, ihre Zahl verdoppelt, verdreifacht gar: Neue Ordnungen würden sich bilden, neue Muster und Bilder, und keines könnte als falsch, defizitär oder als Verirrung bezeichnet werden, da es keinen Prototypen, kein Urbild gibt.

Ich beschloss, mit dem Kaleidoskop zu beginnen.

17 Und begann dann doch mit dem Seeufer. Möwen im Uferschaum, Blässhühner zwischen Zigarettenkippen, zerdrückten Getränkedosen, leeren Plastikflaschen, überfüllten Abfallkübeln, zerfledderten Gratiszeitungen. Menschen unter grellfarbenen Papierschirmen, wie sie in Eisbechern stecken, Papierschiffchen auf dem See, ein nackter Fuß tritt auf eine benutzte Spritze, der Absatz eines Stöckelschuhs in ein vollgeschleimtes Kondom verwickelt, eine Plastiktüte, in der die übergroßen Kristalle von Kokainresten glitzern, Jungen kicken ein blutverschmiertes Taschentuch vor sich her, dribbeln zwischen leer gedrückten Sonnenmilchtuben, schmelzenden Eiskugeln und wimmelnden Ameisenhaufen. Sommer: Zeit des Zerfalls und der Zerstörung. Platte Fahrradreifen, Motorradhelme mit zersplitterten Visieren, Sonnenbrillen mit abgebrochenem Bügel, Frauenfüße mit aufgeplatzten Blasen an den Fersen in zu engen Sandalen – so würde ich nichts gewinnen, das wusste ich und zeichnete weiter. Zerbrochene Windrädchen, geplatzte Fußbälle, ausgefranste Espadrilles, verdreckte Badehosen, verrußte Grillroste, abgebrannte Fackeln, zertrampelte Lampions, Plastikgabeln mit gebrochenen Zinken, Hundekothaufen, feuchtwellige Groschenromanhefte, ein zerrissenes Trägerhemd und sein Schrecken.

Ein zerrissenes Trägerhemd in einer schwarzen Herbstnacht, als der Regen gegen die Fenster platschte. Die Lichter in den umliegenden Häusern waren nach und nach erloschen, nur der orangefarbene Lichtkegel der Straßenlampe schwankte im Wind. Die Regenfäden verdichteten sich und flatterten fast waagrecht durch ihn hindurch. Ein schaukelndes, flimmerndes Treiben. Paule war in dieser Nacht allein unterwegs gewesen und erst gegen Morgen zu mir zurückgekehrt. Stumm war sie neben mich gekrochen und augenblicklich eingeschlafen. Ein eigenartiger Geruch war von ihr ausgegangen, nach Holzfeuer und etwas breiig Säuerlichem. Ich lag still und ekelte mich. Nie hatte ich sie gefragt, was sie in jener Nacht getrieben hatte, doch am nächsten Morgen, als ich sie schlafend betrachtete, sah ich den abgerissenen Träger ihres Tops, der lose Stoff hatte sich nach unten gerollt und eine der bräunlichen Brüste freigegeben.

Die Turmuhr schlug mit gedämpftem Schlag drei Uhr in der Nacht. Ich löschte leise das Licht, sah nach Lio, die mit zuckenden Lidern schlief, und legte mich ebenfalls zu Bett. Am darauffolgenden Morgen weckte mich anhaltendes Klingeln. Paule. Immer noch dachte ich zuerst an Paule, wie sie mit verregneten Haaren und schiefem Mund vor der Tür stehend lächelte und kein bisschen verlegen war. Mary, dachte ich dann. Alice, die Milch brauchte oder mich bat, die Zwillinge zu hüten. Der Postbote mit einem Einschreiben. Wieder mal. Lio war ebenfalls geweckt worden und greinte leise. Ich schüttelte den Kopf, um zu mir zu kommen, schälte das Kind aus dem Schlafsack und nahm es auf den Arm. Wieder klingelte es. Zwei Frauen standen draußen. Eine runde mit Lockenhaar, das wie eine Mütze ihren Kopf umhüllte, und eine schmale, drahtige, die sich mit einem Notizblock unter dem Arm im Hintergrund hielt, während die Rundliche zu sprechen anhob. Ich unterbrach sie sofort. Mir war nicht nach einer Belehrung über den nahenden Weltuntergang und nach den zur Wachsamkeit auffordernden Druckschriften, ich sei beschäftigt, sagte ich, als die Rundliche ihrerseits mich unterbrach und verlangte einzutreten, sie hätten sich telefonisch angekündigt. Lio hatte die Windel voll. Ich hätte keinen Bedarf an einem Gespräch über Glaubensfragen und müsse das Kind versorgen. Ich wandte mich an die Magere im Hintergrund, doch da fiel mir die Rundliche wieder ins Wort, sie kämen von der Invalidenversicherung und müssten das Kind in seiner alltäglichen Umgebung kennenlernen, um einen Anspruch auf Entschädigung abzuklären. Ich senkte den Kopf und roch, unauffällig, wie ich hoffte, an meiner Achsel, hatte auch den Eindruck, es stänke aus meinem Mund, doch ich öffnete den beiden und ließ sie eintreten.

Abklären. Alles wurde abgeklärt. Der Status, das Wachstum, die Vaterschaft, der Verbleib der Mutter, der genetische Defekt, der ja, jeder konnte es sehen, nicht zu leugnen war. Die Entwicklungsverzögerungen, die Sehkraft, das Gehör, die Hüftluxation, der Kopfumfang, immer wieder der Kopfumfang. Tonusverteilung, Praxie, Lateralität, sensorische und propriozeptive Wahrnehmung, Gleichgewichtssinn, Kopfkontrolle, Auge-Hand-Koordination, Raumwahrnehmung, Reizverarbeitung,

Anspruch auf Sonderschulung. Jetzt also: der Versicherungsanspruch.

Ich ging den Frauen voraus, raffte schnell am Zeichentisch die Skizzen der letzten Nacht zusammen und öffnete ein Fenster. Dann bot ich Kaffee an, was sie höflich ablehnten, Wasser nähmen sie gern. Sie setzten sich nebeneinander, sodass ich ihnen gegenüber Platz nehmen musste, was eine Art Verhörsituation schaffte. Ich stellte Wasserkaraffe und Gläser auf den Tisch, schob ein paar Zeitschriften weg und entschuldigte mich kurz, um Lios Fläschchen zu wärmen, sie zu wickeln und mir was anzuziehen. An der Tür war ich den beiden in Unterhemd und Boxershorts gegenübergetreten und fühlte mich nun durch die rüstige Büroatmosphäre, die sie verbreiteten, nackter, als ich war. Während Lios Morgentoilette ließ ich mir Zeit, sammelte meine Gedanken, jetzt kam es auf Wohlverhalten an, wählte den rosa Strampelanzug und setzte mich mit Kind und Fläschchen zu den beiden, doch bevor wir begannen, entschuldigte sich die Rundliche und suchte die Toilette auf, die nicht geputzt war und wo auf einem Hocker ein paar Hefte von Druillet lagen. Nicht zu ändern. Keine Verheimlichungsabsicht zeigen. Es ist, wie es ist. Lio hatte ihre Flasche getrunken und sich, da wir keine Zeit zum Inhalieren gehabt hatten, sofort erbrochen. Schleim und Milch lagen als schlierige Glibberflecken auf dem Boden. Ich setzte Lio der Hageren auf den Schoß und machte mich daran, die Pfütze aufzuwischen. Währenddessen ging die Frau mit dem Kind in der Wohnung umher, die andere kam zurück, und gemeinsam durchstreiften sie die Räume. Sie murmelten und schrieben Kürzel in ein

Formular. Später sah ich, dass es Zahlenwerte zwischen eins und sechs waren. Schulnoten für meine Bewältigungsanstrengungen in Vaterschaft und Leben. Ich wollte die beiden wieder in die Küche führen, da fielen mir der versiffte Fußboden, die Geschirrstapel in und die leeren Bierflaschen unter der Spüle ein, und ich bat sie auf das Sofa im Wohnzimmer. Lio schlief über ihrer zweiten Flasche ein, ich bettete sie in den Korbwagen und deckte sie zu, während die beiden mich beobachteten. Die Runde, die ihre Regenjacke geöffnet hatte, unter der sie einen zitronengelben Plüschpullover trug, führte das Wort, während die Magere kritzelte und schrieb. Das fragte sie: ob Lio einen Löffel halten könne, ob sie das Fläschchen selbst halten könne, ob sie frei sitzen, krabbeln, gar stehen könne, ob sie spräche, wenn ja, welche Worte, ob eine Verständigung möglich sei, ob sie schlafe, wie lange am Tag, in der Nacht, ob sie Hilfsmittel brauche, Medikamente regelmäßig einnehme, Therapiegeräte benutze, welche Förderangebote sie besuche und ob es dafür ärztliche Verordnungen gebe. Ich antwortete wahrheitsgemäß, wunderte mich jedoch über das Unwissen der beiden, welche Entwicklungsschritte ein Kind von vierzehn Monaten gemacht haben konnte und welche nicht. Die beiden ließen sich Zeit, kritzelten und huschten, blätterten und beobachteten. Hin und wieder sahen sie einander an, sagten etwas mit halblauter Stimme, blätterten in dem vielseitigen Formular und fragten ungerührt weiter. Eineinhalb Stunden später lehnte ich mich aufatmend an die Tür, nachdem ich die Formulare unterschrieben und die beiden verabschiedet hatte. Ihre Kreppsohlenschuhe quietschten leise die Treppen hinab, verstummten, bis schließlich nach einem langen Moment der Stille die Eingangstür zuschlug. Erst jetzt wich meine Erstarrung, ich löste mich von der Tür und drehte den Schlüssel im Schloss.

Im Bad stellte ich mich unters heiße Wasser. Erst als der ganze Raum mit Dampf gefüllt war und ich meine Zehen nur noch erahnen konnte, drehte ich das kalte Wasser an, ließ es auf Kopf und Schultern prasseln und zählte langsam bis fünfzig, bevor ich schaudernd aus der Wanne stieg. Der Kaffee war alle, das Brot war alle, im Kühlschrank stand ein Konservenglas mit trüber Flüssigkeit, in der eine einsame Essiggurke dümpelte, daneben lag eine Kartoffel, der dickliche Sprossen aus der schrumpligen Schale wuchsen. Schnell rannte ich zurück ins Bad, schäumte Kinn und Hals ein und rasierte mich hastig. Mir war nicht klar, warum ich so hetzte, bemerkte es erst, als ich mir in den Adamsapfel schnitt und eine dünne Blutspur durch den weißen Schaum lief und im Brusthaar versickerte. Ich drückte Klopapier gegen den Schnitt und spritzte Rasierwasser hinterher. Es brannte höllisch und blutete noch mehr. Noch mal Klopapier und in die Kleider. T-Shirt, ungebügeltes Hemd, ein Paar zerknitterte Jeans, Lederjacke. So musste es gehen. Skizzenblock und Bleistift. Im Portemonnaie fand ich noch fünfzehn Franken und fünfundachtzig Rappen. Vier achtzig würde die Tramfahrt kosten, blieben noch elf fünf. Ich lief hin und her, öffnete Schubladen, wühlte herum, schüttelte meine alten Klamotten aus, kramte in Mantel- und Jackentaschen, sah unter das Sofa, hinter den Schrank, sogar in die Ritzen der Bodendielen. Am Ende war ich um einen Franken dreißig reicher. Immerhin. Es würde für Säuglingsmilch und die Tramfahrt reichen. Windeln waren noch da, und ich würde von einer halben Packung Suppennudeln, ein paar Beuteln Schwarztee und einem halb vollen Glas Himbeermarmelade leben, das ich noch in einem der Küchenschränke gefunden hatte. Zigaretten. Ich würde schnorren müssen oder Kippen sammeln. So weit war ich noch nicht. Also schnorren. Oder zu Fuß gehen? Ich beschloss, die Entscheidung auf später zu verschieben und demnächst mit dem Rauchen aufzuhören.

Ein feiner Sprühregen fiel, als ich mit Lio zur Tramhaltestelle ging. Der Glaskasten rumpelte heran, und Lio begann, kaum dass wir saßen, an der Stange zu lutschen, während ich aus dem Aquarium nach den Frauen schaute. Wie ein Guppyfisch glotzte ich in den Regentag. Die Frauen versteckten sich unter Schirmen und in Mänteln, Jacken, Trenchcoats. Am Bezirksgebäude stiegen Schulkinder aus, und ein sehr alter Mann wollte herein. Er steckte seinen Spazierstock zwischen die Türen und wollte die Haltestange packen, um einzusteigen, doch die Türen klappten zu, er konnte noch eben rechtzeitig die Hand zurückziehen, und nun steckte der Stock fest. Da sprang eine Frau auf und drückte den Halteknopf, damit sie sich wieder öffneten und der Alte das Trittbrett erklimmen konnte. Er hatte die Hilfe der Frau nicht bemerkt und steuerte jetzt direkt auf sie zu, wobei er mit dem Stock in ihre Richtung stocherte, um sie von ihrem Platz zu vertreiben, der mit dem Kreuzzeichen für Invalide gekennzeichnet war. Mit einem Ruck fuhr die Straßenbahn los, der Alte erhielt einen Stoß und wäre nach hinten gefallen, wäre die Frau nicht aufgesprungen und hätte ihm ein zweites Mal beigestanden. Murrend und ohne sie eines Blickes zu würdigen, setzte er sich auf den eingeforderten Platz und starrte aus dem Fenster.

Auch ein Guppyfisch, dachte ich und sah mir die Frau an, die sich an die Tür gestellt hatte. Sie war groß, möglicherweise sogar größer als ich, trug einen maisfarbenen Trenchcoat und über der Schulter eine Umhängetasche aus Kuhfell. Ihre nackten Füße steckten in braunen Schnürschuhen, und das braune Haar in exakt demselben Ton hatte sie im Nacken mit einem schlichten Gummi zusammengebunden. Sie musste es schnell und ohne Bürste gemacht haben, denn am Kopf wellten sich Strähnen und auf dem Rücken spreizten sich die Haare in alle Richtungen. Sie schien nicht nur größer als ich, sondern auch älter und trug an der linken Hand, mit der sie sich an der Stange festhielt, einen schmalen Goldring. Das zusammengebundene Haar ließ nur die Ohrläppchen frei, auf denen goldene Perlen glänzten. Sie war braun von der Sonne, ihre Nase nahm gegen ihr Ende hin einen leichten Schwung nach oben, und darüber lagen wie dunkle Flügel die Brauen. Braun, fast schwarz, schätzte ich. Ihre Augen mussten die Farbe von Kaffeebohnen haben. Jetzt erst bemerkte ich, dass unter dem Trench keine weiteren Kleidungsstücke zu sehen waren, nur die braune Haut ihrer Handgelenke und Beine. Sofort kam ich auf Gedanken und stellte sie mir nackt vor, was mich mit dem Kind auf dem Schoß in Bedrängnis brachte. Lio musste auf den Platz am Fenster, wo sie begann, an der Gummiabdichtung des Fensters zu schlecken. Die Frau stieg aus und lächelte ihr zu, als sie vorbeiging. Ich schlug die Schöße der Jacke übereinander und lächelte zurück, aber sie bemerkte mich nicht. Sie hatte tatsächlich dunkle Augen, und sie war sehr schön. Und sie war verheiratet. ›Grund, aber kein Hindernis‹, hätte Max gesagt und sich frischfröhlich an die Frau rangemacht. Ich hingegen saß hier mit dem Krüppelkind neben mir, einem Halbsteifen in der Hose und elf Franken fünf in der Tasche. Wütend zog ich Lio von der Scheibe weg und stierte, als sie zu greinen anfing, auf der anderen Seite aus dem Fenster.

Das tropfende Geburtstagskind saß vor den Aquarien und versuchte, den bunten Fischen mit den Augen zu folgen. Ich machte ein Foto von Lios Spiegelbild, als eine Muräne sich durch ihr Gesicht wand, das war der Tag, an dem sie ein Jahr alt wurde. Ihm folgten kühle April- und verregnete Maiwochen, bevor der Sommer plötzlich kam und der Bescheid der Versicherung, dass bei Lio keine ›Hilflosigkeit‹ vorliege, die bei einem Kind ohne ›Geburtsgebrechen‹ nicht im selben Maße zu beobachten sei. Sprich, aus dem Aufwand an Pflege und Versorgung erwuchs kein Anspruch auf eine ›Entschädigung‹. Ich fragte mich, von wessen Hilflosigkeit die Rede war. Lio erschien mir tatsächlich weniger hilflos, als ich selbst es war. Würde an ihr die Hilflosigkeit geprüft, und sollte ich dafür entschädigt werden? Und könnte eine Hilflosigkeit wie die unsrige, sollte sie einmal von Amts wegen bescheinigt werden, mit Geld entschädigt werden? Wie viel war sie wert? Wäre sie mit monatlichen Zahlungen zu kompensieren, zu ändern gar? Geld würde ja die Zumutungen des Alltags und die Bemerkungen der Wohlmeinenden aus dem Normbereich des menschlichen Lebens nicht ungeschehen machen oder verhindern. Es würde auch Paule nicht zurückbringen. Und nicht meine Zukunft. Die Unbeschwertheit. Ich verwünschte das Kind. Ich verwünschte das Schicksal, das mir dieses hilflose Wesen vor die Füße gespült hatte. Ich hatte mich nicht dafür entschieden. Hätte ich es entscheiden können? Nachts, wenn ich im Bett mit den Armen unterm Kopf an die Zimmerdecke sah, dachte ich, ich hätte eine Wahl haben können – vorausgesetzt, es hätte Diagnoseinstrumente gegeben. Doch die gab es nicht. Gibt es heute noch nicht. Weder an der ungeborenen noch an der fröhlich herumbalgenden Lio konnte etwas festgestellt werden. Nicht mit dem Kriterienkatalog der Kreppsohlenfrauen und nicht mit den Untersuchungen und FISH-Tests der Humangenetiker. Wir waren uns ja auch einig gewesen, dass wir die Tests am ungeborenen Kind auf seine Elternwunscherfüllungskompetenz nicht machen wollten. Wenns uns trifft, dann triffts uns, hatten wir gelacht. Paule hatte den Pakt gebrochen und die Tests dann doch machen lassen. Ich aber hatte mit der Kleinen gelebt und fühlte mich befugt, mich gegen sie zu entscheiden, auch wenn sie eine kleine Lio war, die tropfte und lallte, lächelte und mir ihr Kartonbüchlein entgegenstreckte, die sich den Objektivdeckel der Spiegelreflexkamera vors Schielauge drückte, um mich zu fotografieren. Was mich zu einer Entscheidung befähigte, machte sie mir gleichzeitig unmöglich. Mit dem zusätzlichen Aufwand, der Differenz zum Leben mit irgendeinem anderen, wie sie sagten, gesunden Kind, war, ohne dass ich es bemerkt hätte, Liebe in mein Leben gekommen. Ich liebte das Kind. Ich lebte gern mit ihm. Deshalb. Die Abweichung war nur im Kopf, dachte ich und schob das Kind weiter zum Affenhaus.

Das rote Licht blinkte, Maxens gepresste Stimme auf dem Anrufbeantworter lud uns zum Abendessen ein. Regula und er würden sich freuen. Regula, die Lio ja noch nicht kenne, freue sich ganz besonders. Schaurig. Nächsten Freitag um sieben. Ob das passe, ich solle mich melden und ja, Lio unbedingt mitbringen, das ging schon, sie hätten es sich genau überlegt. Ich drückte Stop, noch bevor er zum Ende gekommen war, und schälte Lio aus der Jacke, wobei ich zu heftig vorging, sodass sie die Arme und Beine durchstreckte. Ich hielt sie, bis sie wieder weich und beweglich geworden war, dann badete und fütterte ich sie, nahm das Telefon, wählte Maxens Nummer, legte aber wieder auf.

Am Schreibtisch öffnete ich zuerst den Projektordner, sah meine Arbeitsrapporte durch und schrieb vier Rechnungen für abgeschlossene Aufträge. Lio schlief, und ich brachte schnell die Briefe weg. Jetzt. Ich rief Max an und sagte zu. Lio würde ich im Kinderwagen mitnehmen, wo sie schlafen konnte, falls es später würde. Max war einen Augenblick still, und ich fragte, ob ich etwas mitbringen solle, worauf er versicherte, das sei keinesfalls nötig, was im Klartext bedeutete, eine Flasche Wein oder ein Dessert wurde mindestens erwartet, und mich in fieberhafte Überlegungen stürzte, wovon ich das Gastgeschenk bezahlen sollte, und ich beschloss, ein paar Sachen zu akquirieren. Nie mehr wollte ich in eine solche Klemme kommen. Ausgerechnet hier, wo das Geld auf der Straße liegt.

Bis Freitag waren es noch vier Tage. Mit Lio auf dem Arm ging ich ins Erdgeschoss und klingelte bei Alice. Paul, ihr Ältester, ein schlaksiger Junge mit strubbeligem Haar, öffnete. Von seinem orangefarbenen Kapuzenshirt grinste mich ein pinkfarbener Eierkopf an, dem giftgrüne Tentakeln aus dem Kopf wucherten. Auf seiner Baseballkappe stand in eckigen Buchstaben *ONLY THE BRAVE,* und an seinen Schläfen leuchteten ein paar entzündete Pickel. Einer der Zwillinge hockte auf seinem Arm und lachte mich mit zwei Milchzähnen an. Alice war weg, aber ich könne warten. Paul schob sich den Schild der Baseballkappe in den Nacken. Auf schwankenden Beinen stand der andere Zwilling im Zimmer und hielt sich am Couchtisch fest, auf dem Louisa, »Hi, Konny«, ihre Hausaufgaben machte. Im Fernsehen lief Spongebob, und überall lagen Comics rum.

»Deine?«, fragte ich und blätterte sie durch. Spirou, Leutnant Blueberry, Mangas. Er zuckte mit den Schultern.

»Zeichnest du auch?« Er lächelte verlegen und zog einen Schnuller aus der Tasche seiner übergroßen Jeans, deren Hosenboden fast auf Kniehöhe hing, schleckte ihn ab und schob ihn dem Kleinen auf seinem Arm in den Mund. Sofort sanken dessen Lider auf halbmast, kurz darauf legte Paul ihn schlafen und nahm den zweiten hoch.

»Zeigst du mir mal deine Sachen?« Wieder zuckte er mit den Schultern.

»Na komm, ich zeig dir, was ich so mache, und wenn du magst, dann bringst du dein Zeug mit hoch und wir schauen es uns an.«

Die Tür ging auf, und Alice kam regennass und mit zwei vollen Einkaufstaschen nach Hause. Sie starrte mich an.

»Welche Ehre. Long time no see.« Sie verschwand im Bad und kam mit einem Handtuch wieder. Während sie die Haare rieb, fragte sie, was ich wolle, und ich musste es sagen. Vor den Kindern.

»Hör mal, kannst du mir mit hundert Franken bis nächste Woche über die Runden helfen?«

»Klar«, sie zog die Geldbörse und klappte sie auf. »Oh, sieh an. Kein Geld mehr …«

Ich sah auf meine Schuhe und war froh, dass Lio sich auf meinem Arm bog um runterzukommen, so musste ich Alice nicht in die Augen sehen.

»Sorry«, murmelte ich. Wie konnte ich nur so dumm sein. Sie hatte doch selbst kaum was.

»Moment, ich hab eine Idee. Paul! Paul, wo bist du?«

Der Junge kam aus dem Zimmer der Zwillinge. Er sah sauer aus.

»Schscht. Sie sind grad eingeschlafen.« Alice achtete nicht darauf.

»Du kannst doch Konrad was von deinem Geburtstagsgeld leihen. Brauchst es ja eh grad nicht.«

Paul wand sich.

»Lass mal, Alice, ist schon gut.« Ich wandte mich zum Gehen.

»Nein, nein, kein Problem, das macht er gerne, stimmts Paul?«

Paul trottete in sein Zimmer und kam mit einem Briefumschlag wieder, dem er eine Hunderternote entnahm. Ich schämte mich in Grund und Boden.

»Lass stecken, Paul. Ist nicht so wichtig.«

Ich klaubte die robbende Lio vom Boden. Als ich im Treppenhaus stand, kam er mir nach.

»Konrad, warte«, und als ich ihn ansah, streckte er mir den blauen Schein hin. »Nimm, ich brauch es gerade wirklich nicht. Kannst ihn mir ja irgendwann wiedergeben.« Er stockte. »Ich will mir einen Computer kaufen.«

»Danke, Paul. In zwei Wochen kriegst du ihn zurück.« Er nickte.

»Und bring mir deine Zeichnungen, ich will sie mir gern ansehen.« Jetzt lief ein schmales Lächeln über sein Gesicht, und ich freute mich.

18 Anderntags schien die Sonne, und es wurde sehr heiß. Zuerst genoss ich es, saß mit der Kleinen im Park, wo die Lindenbäume blühten, und freute mich, dass wir nicht mehr verregnet wurden auf unseren Wegen durch die Stadt und dass es ausreichte, ihr ein Hemd und ein Höschen über der Windel anzuziehen und einen viel zu großen Hut aus Alices unerschöpflichen Kinderkleiderkisten über den viel zu kleinen, schwarz behaarten Kopf zu stülpen. So setzte ich Lio in den Buggy und stieß ihn vor mir her den Bürgersteig entlang. Er rollte mit Schlagseite auf den Straßenrand zu, rollte über die Kante und blieb mit einem Rad im Rinnstein vornübergeneigt hängen. Lio gluckerte. Braves Mädchen. Oft schlief sie, und wenn sie weinte, dann so leise, dass ich, vorausgesetzt, die Tür war geschlossen, sie nicht hörte – Notwehr, seitdem sie begonnen hatte, nicht nur im Nebenzimmer, sondern in meinem Kopf zu wimmern und zu greinen.

Max und Regula wohnten in einem Wohnkomplex an der Ausfallstraße zur Autobahn. Mit dem Fahrstuhl kamen wir in den dreizehnten Stock. Bereits im Flur roch es nach geschmortem Fleisch, Kräutern und Knoblauch. Regula öffnete in einem ärmellosen Kleid, das mit psychedelischem Muster, grellfarbenen, ineinander verschlungenen Ovalen, bedruckt war. Sie trug das blonde Haar aufgesteckt, und auf dem Knoten thronte eine orangefarbene Kunstblume. An den Füßen hatte sie Sandalen mit so dünnen Riemen und so hohen Absätzen, dass ich mich fragte, wie sie damit überhaupt gehen konnte.

»Konraaad«, sie tänzelte auf mich zu und reckte sich in die Höhe, um die Luft neben meinen Ohren zu küssen. Ich überreichte die Flasche, sie war aus dem Supermarkt, und den Nelkenstrauß.

»Wein ist für dich, Blumen sind für Max, eine Einladung, wieder mal mit mir in den Friedhof zu gehen«, sagte ich in ihr verdutztes Gesicht. Sie lachte ein wenig gequält und verschwand mit den Gastgeschenken in der Küche. Zehn Stufen führten in den Wohnraum hinab, die kleinen Plastikräder von Lios Karre schrappten über die Kanten, worauf Max herbeieilte, den Bügel packte und sie mit mir an den Esstisch trug. Damit ich die Kleine im Auge haben könne, wie Regula aus der Küche erläuterte.

Und ihr mich, dachte ich böse.

»Das Parkett habe ich gerade neu versiegelt«, murmelte Max, als hätte er das eigenhändig gemacht, und neigte den Oberkörper in meine Richtung, umarmte mich, beklopfte meinen Rücken.

»Schön, dass ihr da seid. Was trinkst du, Weißen?«

Die Wohnung war wie die Gastgeberin im Stil der Siebziger ausgestattet, man speiste am weißen Tulpentisch mit passenden Stühlen, im Türrahmen zur Küche hing ein brauner Makrameeschnurvorhang, in den türkisfarbene Perlen eingeflochten waren, die Gläser waren bunt, und unter den Tellern lagen ovale, mit Prilblumen bedruckte Tischsets. Ein jadegrüner Couchtisch vor einem beigefarbenen Wildledersofa, ein schwarzer Designerstuhl, auch irgendwas aus der klassischen Moderne, und ein roter Sitzsack. Ich nahm Lio auf den Arm und setzte mich, um den Sack zu umgehen, sofort aufs Sofa. Lio schmatzte an einer Ecke meines Hemdkragens, weshalb mir Max zusammen mit dem Weißwein eine Papierserviette reichte, sich in den Sack fallen ließ und nach Regula rief, man wolle anstoßen.

»Erwartet ihr noch jemanden?« Ich deutete auf das vierte Gedeck auf dem Tisch.

»Ah, das ist für Lio. Wir dachten, ein Ansporn, möglichst bald essen zu lernen, wie die Großen«, sagte Max, roch an seinem Wein und lachte in sich hinein. »Das war nicht lustig, sorry«, sagte er, als sich unsere Blicke begegneten.

Wir schwiegen.

»Wie läuft es? Woran arbeitest du?«, fragte ich, und er sagte, er sei immer noch mit der Freakshow beschäftigt. »Völkerausstellungen«, erklärte er, als ich nichts sagte. Es kam mir vor, als sei es Jahre her, dass wir davon gesprochen hatten.

Ja, es habe ihn gepackt, und er überlege, die Arbeit auszuweiten zu einer Dissertation. Möglich sei auch ein Sachbuch, oder beides. Er wolle mal sehen.

»Und du?«, fragte er unbekümmert. Und als ich nichts sagte, griff er nach der Flasche, schenkte Wein nach und klopfte mir wieder auf den Rücken.

Es klingelte, und ich war froh, keine Antwort geben zu müssen, denn Regula rief, er solle öffnen gehen.

Sie hieß Josefine und wollte keinen Weißwein, sondern Whisky ohne Eis. Scotch, wenn sie keinen irischen hätten, und diesmal dachte ich nicht B-Movie. Mit dem Glas in der Hand ging sie im Zimmer umher und kommentierte die Bilder an den Wänden, ohne sich an jemand bestimmten zu wenden. Als sie zu einigen der Karikaturen kam, die ich für die Postille gezeichnet hatte, eine Abfolge der sieben Bundesräte, damals noch alles Männer, betrachtete sie sie genau, beurteilte Strichführung, Schraffierungen, Kolorierung und sagte, sie könne die Boshaftigkeit, die eine Karikatur brauche, zwar nachvollziehen, das hier sei jedoch starker Tobak, diese Männer in versifften Unterhosen, mit einer Prostituierten im Arm, als Wickelkind, das noch am Rockzipfel der Mutter hänge, als Totenschädelgesicht und so fort. Sie sprach Hochdeutsch mit irgendeinem Restklang von Dialekt. »Das sind doch Originale und offensichtlich älteren Datums. Wisst ihr, wer das gemacht hat, was aus dem geworden ist?«

Betretenes Schweigen.

Ich stand auf und wollte auf den Balkon um zu rauchen, doch Max hielt mich fest und klärte Josefine auf.

Sie sah verlegen in ihr leeres Glas. Max und Regula strahlten sich an wie Kindergartenkinder, denen ein Streich gelungen ist.

»Zigarette«, fragte ich dümmlich und hielt ihr das Päckchen hin, doch sie nahm an, und gemeinsam traten wir hinaus in den pfeifenden Wind.

Es war eine warme Nacht, und sie schien wie ich froh über ein wenig Abkühlung, über das schummrige Licht, vor allem aber, den beiden Verschwörern entkommen zu sein. Der Nachtwind blies in ihr langes braunes Haar, faserige Strähnen flatterten über ihr Gesicht, sie hoben sich und bewegten sich, als hätten sie ein Eigenleben, als bildeten sie ihre Gedanken und Gefühle ab, und jetzt sah ich auch, dass sie von weißen Fäden durchzogen waren. Wir mussten nah zusammen stehen, damit ich ihr Feuer geben konnte, und da hielt sie das Haar zum Schutz vor der Flamme im Nacken zusammen. Ich hatte sie sofort erkannt. Die Goldperlen an den Ohren, die leicht aufspringende Nasenspitze. Sie rauchte mit hochgereckten Fingern und schob den Filter weit zwischen die rot bemalten Lippen. Dieser Anblick und die Tatsache, dass sie mich nicht wiedererkannte, ja, bei unserer Begegnung in der Tram gar nicht wahrgenommen hatte, machte mich verlegen, als ob ich einen Wissensvorsprung über sie hätte, Kenntnis intimer Details, und gleichzeitig erregte es mich. Weil ich nicht von mir sprechen wollte, fragte ich sie, ob sie schon lange in Zürich sei, ob es ihr hier gefalle.

»Nur zu Besuch«, antwortete sie und erzählte, dass sie Architektin sei und in München lebe, wo sie im Denkmalamt arbeite, befristeter Vertrag, aber gut. Ohnehin sei das Bauhaus ihr besonderes Interesse, und sie hoffe, einmal nach Dessau zu kommen, wo die Meisterhäuser stünden, oder nach Berlin ins Bauhaus-Archiv. Geboren und aufgewachsen war sie in München. Daher der Dialekt. Sie war aus Anlass einer Tagung zu den Werkbundsiedlungen gekommen, und weil sie mit Max schon seit dem Studium befreundet sei, habe sie ein paar Tage drangehängt, um ihn und andere Leute von früher zu treffen. Nein, sie wohne in einer Pension, nicht bei Freunden, war ihre knappe Auskunft, und mir schien, ich war ihr mit meiner Frage zu nahegetreten. Ich schaute verstohlen auf ihre Hand. Sie trug den Ehering nicht. Dann wollte sie doch wissen, was ich mache, woran ich arbeite, weshalb Comic, sie interessiere sich zwar fürs Zeichnen, habe aber Comics immer als Kinderzeug betrachtet. »Abwarten«, erwiderte ich, »die Zeit der Comics und Graphic Novels für Erwachsene kommt erst.« Dann der Underground, die Bluesies, Eisner, Spiegelman, ja, den kenne sie, fiel sie mir ins Wort, jedoch, für sie kaum leserlich, könnte man das nicht anders, ich fragte, wie, da falle ihr jetzt auch nichts ein, so spontan, und wir schwiegen.

»Si può mangiare«, rief Regula mit singender Stimme, Josefine ging hinein. Erwachsen. Eine erwachsene Frau mit erwachsenen Interessen, mit reifen Kenntnissen und klarem Ziel. Kinderkram. Lio, der Comic, Paule, mein Leben war ein Kinderkram. Ich warf die Zigarette über die Brüstung und sah ihrem Funkenflug nach, sah den Wind sie hochwirbeln, sie taumelte wie ein Glühwürmchen, sank und erlosch.

Max, der bereits am Vormittag in den Keller gestiegen war und eine Flasche Bordeaux für den Abend ausgesucht und dekantiert hatte, schenkte Rotwein in frische Gläser, gerade so viel, dass jedes Glas zwei Fingerbreit gefüllt war. Regula servierte das Lamm, man stieß noch einmal an, dankte für die Einladung, trank auf das Wohl der Gastgeber. In die Stille des Weinverkostens hinein war ein knatterndes Geräusch zu hören, und ein stechender Geruch breitete sich aus. Ich setzte das Glas ab, die anderen lachten.

»Fangt bitte ohne mich an, ich komme gleich wieder.« Mit Lio über dem einen, dem Rucksack über dem anderen Arm ging ich ins Bad, wo ich Lio auf der Fußmatte wickelte. Die Windel verknotete ich in einer Plastiktüte und warf sie in den Treteimer. Dann wusch ich die Hände und nahm meine Tochter, die zur Tür gerobbt war, auf den Arm. Die Blicke würden sich mir zuwenden, und die gesteigerte Aufmerksamkeit machte mir ein seltsames Gefühl der Hochstapelei, als ob ich die Vaterschaft nur behauptete und jederzeit entlarvt werden könnte, als hätte ich mir das Kind unrechtmäßig angeeignet und jeden Augenblick könnte ein aufgelöstes Mutterwesen in mein Leben treten und Anspruch auf Lio erheben, gestützt durch ein Herrschaftswissen über Säuglingspflege, Fürsorge, Elternliebe. Ein Gefühl, falsch zu sein, nicht mehr ich selbst, aber auch kein anderer, sondern eine Figur, die mit dem Konrad, der ich zweiunddreißig Jahre lang gewesen war, nicht annähernd mehr kongruent war. Als trüge meine Seele eine zu starke Brille, die zwei Bilder produzierte, einander zwar ähnlich, die sich jedoch nicht zur Deckung bringen ließen.

Mittlerweile war die Sauce auf meinem Teller von einer dunklen Haut überwachsen, die Gemüsestücke glänzten gläsern und das Fleisch hatte die Fasern aufgestellt. Regula bot an, das Essen aufzuwärmen, ich bat sie, keine Umstände zu machen, und sie setzten das Gespräch fort, das sich um städtebauliche Entwicklungen der letzten Jahre und daraus resultierende Geschmacksfragen drehte. Ob eine zeitgenössische Wohnsiedlung der Altbauwohnung vorzuziehen sei oder doch die Genossenschaftswohnung mit Gartenanteil. Welche Quartiere noch bewohnt werden könnten, nachdem der Kreis Fünf nicht mehr infrage komme. Die offene Drogenszene, der hohe Ausländeranteil, Kriminalität, Prostitution. Ja, schon, aber das sei doch das einzige Viertel, in dem die Stadt großstädtisch sei, London, New York oder Berlin vergleichbar. Man kam auf die repressive Strategie der Polizei zu sprechen, über die Vorgehensweise gegen den Straßenhandel, die fehlende Gassenarbeit, was zur Verelendung der Junkies und zu Regulas Arbeit in einer Stelle für kontrollierte Methadonabgabe führte, und letztlich zu Einigkeit in der Tischrunde. Ich schwieg und stach beherzt in das erkaltete Kartoffelgratin, als Lio gurgelnde Geräusche machte. Sie lehnte über dem Bügel des Buggys, auf dem blanken Parkettboden glänzte eine bleiche Pfütze, ein Schleimfaden hing aus ihrem Mund.

»Konrad, brauchst du was? Gehts Lio gut?«

Regulas Anteilnahme bewirkte das Gegenteil dessen, was sie beabsichtigte. Ich spürte eine Hitzewelle über den Rücken gehen, wischte das Erbrochene auf und ging mit dem Kind erneut ins Bad, wo ich ihm mit dem Zipfel eines Handtuchs Gesicht und Hals wusch. Das Klopapier, mit dem ich die Kleider abrieb, hinterließ kleine Fussel auf Lios dunkelblauem T-Shirt. Ein säuerlicher Geruch hing am Kind, an mir, ich spritzte Rasierwasser von Max auf Windelhose und in meine Hände. Da klopfte es an der Tür und Regula bot mit unterdrückter Stimme noch einmal ihre Hilfe an. Statt zu antworten, setzte ich mich auf den Rand der Badewanne und wartete, bis die Türklinke sich wieder nach oben bewegte und Regulas Schritte sich entfernten. Ich starrte auf das pink- und orangefarbene Schlingenmuster der Fußmatte, das sich langsam zu bewegen begann. Dann rutschte ich auf den Boden, kühlte meinen Nacken am Rand der Wanne und schloss die Augen. Als ich sie wieder öffnete, schwankte die Stange des Duschvorhangs über mir sachte vor und zurück, vor und zurück, als säße ich auf der Schaukel, dann senkte sie sich langsam. Ich hatte keine Wahl. »Auf gehts, Kolograbsi«, sagte ich, und Lio hob wackelnd den Kopf und heftete ein kleines Lächeln an ihren Mund. Mit einem rosa Handtuch wischte ich mir den Schweiß und Lio den Speichel aus dem Gesicht.

Die drei redeten weiter, als wäre nichts vorgefallen, doch merkte man der Beiläufigkeit ihrer Unterhaltung die Anstrengung an, eine Normalität zu behaupten, die nicht mehr vorhanden war. Kaum saß ich wieder, sprang Max auf und räumte die Teller ab. Kurz nahm er meinen in die Hand, überlegte es sich anders und stellte ihn zurück. Regula erklärte Josefine noch immer, was es mit den Fixerstuben auf sich hatte. Eigentlich sei sie Krankenschwester, doch habe sie ihrer Arbeit einen neuen Sinn geben wollen, weshalb sie ehrenamtlich arbeite, man müsse doch was tun gegen die Verslumung der Stadt, damit nicht eine ganze Generation Süchtiger im Elend versumpfe, das politische Klima sei von der SVP aufgehetzt, das verstünde sie, Josefine, wohl nicht, da sie Deutsche sei, du kannst es dir nicht vorstellen, wie gehetzt die sind, wie sehr die Junkies ums Überleben kämpften, jeden Tag, also echt.

Josefine sah zu, wie ich Lios Spuckefaden mit meiner Blumenserviette abwischte, dann griff sie nach der Karaffe und wollte vom Bordeaux nachschenken, doch Regula legte schnell ihre Hand aufs Glas und rief zu Max in die Küche, ob er den Espresso mache.

Josefine lächelte mir zu. Dann fragte sie, ob sie Lio ein wenig herumtragen dürfe. Ich hob ihr das Kind entgegen, froh, dass sie mich dabei nicht bedeutungsvoll ansah, sondern, als hätte sie jahrelang nichts anderes gemacht, das Kind mit dem Kopf gegen ihre Schulter gelehnt hielt und sanft wiegte, so dass es innerhalb kurzer Zeit eingeschlafen war und leise zu schnarchen begann.

»Du entschuldigst, Regula«, brachte ich noch heraus, dann fiel ich über das kalte Essen her. Max kam mit dem Espresso, und Regula verschwand, um das Dessert zuzubereiten. Josefine ging mit dem Kind auf und ab. Wie leicht, wie anstrengungslos das wirkte, während sie sich gleichzeitig mit Max unterhielt. Erinnerungen an meinen verhärteten und verkrampften Körper gaben mir eine Empfindung von Steifheit, von Ungelenkigkeit. War da nicht doch eine Intuition im Frauenkörper, ein Wissen, so alt wie die Menschheitsgeschichte, das in einer Situation wie dieser ganz selbstverständlich abgerufen werden konnte? Selbst bei einem Kind wie Lio es war?

There was a baby on a plane, maybe she was two / and she was smiling at me I was not sure what to do … Regula drehte die Musik lauter und sang, während sie in der Küche klapperte.

Paule in einem Flugzeug, das den Nachthimmel durchquert, *GIUBOTTO SALVAGENTE SOTTO LA POLTRONA. LIFE VEST UNDER YOUR SEAT.* Die Stewardessen haben die Abdeckungen der Luken geschlossen, sie setzt die Schlafbrille auf die Augen. *I kept my distance from you, a year's much more than a while / so I kept away from her, too ashamed to smile.* Sich fernhalten. Weggehen, weg bleiben. Max und Regula vermieden es, das Gespräch auf Paule zu bringen, so blieb ihr Verschwinden eine Leerstelle zwischen uns, die umso mehr auffiel, als sie von Lio alles wissen wollten. Besorgnis und Anteilnahme schwangen in ihren Stimmen, während ihre Augen vor Neugier glänzten.

Max rührte mit einem winzigen Löffel im Espresso und sah nachdenklich in die Tasse. Zwischen uns beiden herrschte Einverständnis darüber, dass es unser Recht war, das Recht der Männer, fortzugehen und uns die Freiheit zu nehmen, die Fesseln der Familie abzuwerfen. Da der Bordeaux getrunken war und kein neuer erschien, hatte Josefine sich wieder dem Whisky zugewandt und auch mir einen gebracht, den sie bereits zum dritten Mal nachfüllte, während Max zu dozieren begann.

»Das Wort Blöde kommt ja von Schwäche und hatte früher weniger mit Dummheit als mit einer gewissen Unfähigkeit zu tun.«

Max war leidenschaftlich an Etymologie interessiert und ging schon mal mit zwei Bänden des Grimm'schen Wörterbuchs in den Urlaub. Ich hörte nicht hin. Was gings mich an.

»Blödsinnig, mit schwachen Sinnen ausgestattet, das ist noch keine Wertung, sondern zunächst eine Zustandsbeschreibung.« Ich versuchte ihn zu fixieren, doch er bewegte sich auf und ab vor den tanzenden Möbeln und Bildern, den Duftkerzen, Stein- und Muschelsammlungen, den in Reihen aufgestellten Barbiepuppen auf dem Sideboard, den silbernen Objekten, Leuchtern, Briefbeschwerern und Schneekugeln, dem ganzen Nippes und

Kram, den Regula da angesammelt und ausgestellt hatte, alles tanzte hinter ihm, während er, milde lächelnd wie ein Buddha, auf und ab schwebte, die Hände über dem Bauch gefaltet, den er in der letzten Zeit angesetzt hatte.

Besoffen. Weinerlich und besoffen. Ich wollte gehen.

»Wenn nun«, fuhr er fort, »der Schwachsinn einmal eine ähnliche Bedeutung hatte wie der Wahnsinn – gehen wir einmal davon aus, dass diese Unterscheidung eine künstliche ist …«

»Warum künstlich?«, fragte ich, mehr um ihn zu unterbrechen, als um eine Antwort zu erhalten.

»Wusstest du nicht, dass heute jeder zweite geistig Behinderte im Lauf seines Lebens eine Doppeldiagnose erhält, dass ihm neben der geistigen auch eine psychische Krankheit attestiert wird, dann wird die psychische Behinderung als Folge der geistigen erklärt, ich aber behaupte, der Schwachsinnige bekommt sie nicht zwingend als Folge des Schwachsinns, sondern sie entsteht aus dem Umgang mit ihm und seiner Behinderung, sie entsteht aus der Abweichung von der Norm, die ihm ständig bewusst gemacht wird, mit der er überall konfrontiert ist – und die ihn in eine Spannung versetzt, die auszuhalten ihm die Mittel fehlen, intellektuell und verbal – was wollte ich sagen – ja, wenn die Blöde dazu führt, dass sie als das Dunkle, andere abgewertet und in Spezialeinrichtungen aussortiert wird, und wenn gleichzeitig eine Ideologie entsteht, derzufolge jeder und jede ein Behinderter ist, eine verharmlosende Bewegung, ein koketter Flirt mit dem Behindertsein als etwas Besonderem, das gern beansprucht wird, solange keine Nachteile daraus erwachsen, so passiert doch eine Neutralisierung des Besonderen im doppelten Sinn und damit nicht nur ein Wegschluss der realen Menschen in Anstalten, sondern der Ausschluss aus dem Bewusstsein einer ganzen Gesellschaft. Konrad, hörst du mir überhaupt zu?«

Doppeldiagnose. Esongaidleppod. Ich lachte.

»Du meinst, die Nähe zum Behinderten ist nur eine vorgespiegelte Nähe«, hörte ich Josefines Stimme hinter mir.

»Nähe nur zu der Idee der Behinderung, nicht zum einzelnen Menschen. Nähe nur zu dem minimalen Grad des Behindertseins, wie jeder ihn für sich akzeptieren kann, ohne aus dem gesellschaftlichen Rahmen zu fallen, genau.« Max redete sich in Fahrt. »Nähe, die nur den Zweck hat, ihn selbst zu etwas Besonderem zu machen und den Abstand so weit zu verringern, dass die Idee des Schwachsinns nicht mehr ängstigt, nach dem Motto: Im Grunde sind wir doch alle behindert.«

»Verstehe«, sagte Josefine. »Dem einzelnen Menschen, der auf einen zukommen, womöglich umarmen könnte, der schreien, laut lachen, zucken oder sich sonst unkontrolliert verhalten könnte, wird nicht begegnet, er ist ja außer Sichtweite, in einem schönen Heim auf der grünen Wiese untergebracht.«

»Die Idee der Abweichung«, fuhr Max fort, »wird nicht mehr durch reale Menschen verkörpert und sie wird in einer Bewegung des Einverständnisses erstickt, betäubt, mundtot gemacht, gelähmt. Wo, frage ich euch, bleibt der Abstand, die Welt, in der das andere lebt? Als ein Aspekt der vielseitigen Menschennatur? Wo bleibt der Raum für das Andere?«

»Ersticken durch Nähe. Abklemmen durch Verständnis. Ich verstehe.« Josefine zündete sich eine Zigarette an und ging auf den Balkon.

Regula stellte Dessertschalen auf. Selbst gemachtes Mangoparfait mit Karambolenscheiben, das sie mit Papierschirmchen und bunten Streuseln dekoriert hatte.

»Kann es sein, dass du zu viel Theorie liest?« Sie griff Max ins Haar und wuschelte darin herum. Der hielt sich mit durchgestreckten Armen an der Kante seines Stuhls fest, als wollte er sich abdrücken und davonspringen.

»Hast du was von Paule gehört?«, fragte er, als sie von ihm abließ, und ich antwortete wahrheitsgemäß, dass sie Lio zum Geburtstag geschrieben habe. Etwas am Tonfall des Gesagten oder an meinem Gesichtsausdruck musste ihn zur Besinnung gebracht haben, denn er hakte nicht nach und unterbrach auch seine Frau, als diese den Mund öffnete, um Genaueres zu erfragen.

Schweigen breitete sich aus. Max stocherte mit seiner Kuchengabel in der Karambole herum, ich schwitzte. Unter meinen Armen hatten sich nasse Flecken gebildet, der Hemdenstoff bewegte sich im kühlen Durchzug und ließ mich schaudern. Josefine, die vom Balkon zurückkam, rettete die Situation, indem sie Regula nach dem Rezept für das Dessert fragte und sie in ein Küchengespräch verwickelte. Max sprach weiter.

»… das Exotische, das Andersartige, und wie in Europa damit umgegangen wurde«, er war auf sein eigentliches Thema gekommen, »Schaulust, Absonderung, vereinnahmendes Ersticken. Unsere Strategien im Umgang mit dem, was wir nicht normal finden.«

»Jaja.« Ich wollte nicht mehr darüber reden, aber er ließ sich nicht aufhalten.

»Unser Unbehagen über die Differenz, über die Brüchigkeit dessen, was wir Normalität nennen, vor allem an den verschwimmenden Rändern, wo die Dinge nicht eindeutig zuzuordnen sind. Der harte Kern hingegen, unbeirrbar …«

Josefine stand bereits wieder draußen und sah in die Nacht hinaus. Der Rock ihres Sommerkleids bauschte sich im Wind, sie schüttelte das Haar nach hinten, und ich sah, dass eine der geschwungenen Brauen, die sich weit in die Schläfen zogen, in einem Leberfleck endete. Sie hielt das windverblasene Haar zusammen, sah zu mir herein und lächelte. Dann machte sie mit der Hand das Zeichen eines Schnabels, der sich öffnete und schloss. Ich musste lachen.

Max fragte irritiert, was sei.

»Sorry, ich muss nach Hause«, sagte ich und fügte mit einer entschuldigenden Geste hinzu: »Lio.«

Ich stand auf und verabschiedete mich. Lio. Ich wollte mein Kind sehen. Es schlief. Josefine hatte es in den Buggy gebettet und mit ihrem Schultertuch zugedeckt.

»Warte, ich trag dir die Karre hoch.« Max sprang auf und begleitete mich vor die Tür.

Hinter einem schmalen Glasfenster bewegten sich die dunklen Kabelstricke, die den Fahrstuhl nach oben brachten, und auf einmal sah ich den Schacht vor mir. Dreizehn Stockwerke, jedes drei Meter, der Abgrund, in den ich hinunterfahren würde.

»Machs gut, ich melde mich.« Max klopfte mir auf die Schulter, und ich antwortete: »Ja, klar«, und richtete meinen besoffenen Blick auf den Freund, der mir auswich und Lio ansah, die fest schlief.

»Weißt du«, setzte er an, »so ein Kind, ich wollte auch …«

Ein Glockenton erklang, und mit einem schabenden Wischgeräusch öffneten sich die Türen des Fahrstuhls.

»Aber Regula …«, fügte er noch an, doch da schlossen sich die Türen wieder, und ich stand mit der zum Gruß erhobenen Hand vor dem matten Metall, hinter dem Max' trauriger Blick verschwunden war, und fuhr in die Tiefe.

Taumelig außen und inwendig seltsam leicht und leer, schwankte ich nach Hause, froh über die Karre, an der ich mich festhalten konnte. Das war keine gute Idee, so viel Whisky zu trinken, dachte ich. Überhaupt keine gute Idee, eine Frau wie Josefine kennenzulernen und dann die Kontrolle zu verlieren. Ich fühlte mich wie eine löchrige Leichtmetallröhre, durch die der Sommerwind blies, schwankend und durchlässig, als könnte ich jeden Augenblick umfallen und von den warmen, staubigen Windstößen den Rinnstein hinabgetrieben werden. Eine leere Dose oder Getränkepackung, die ein Turnschuh übers Pflaster trieb. Leicht und leer, unerfüllt und hohl – eine gewichtslose Hülse, die ihre Bestimmung nicht kannte, und keinen Zweck erfüllte.

19

Ständig auf der Suche nach etwas, von dem ich wusste, dass ich es nicht brauche, folgte ich einem Auftrag, von dem ich nicht wusste, wer ihn mir erteilt hatte, träumte ich, dass ich träume, und wünschte aufzuwachen. Da klingelte es.

Verpennt und verschwitzt tappte ich zur Tür.

Sie trug ein weißes ärmelloses Kleid und hatte ihre Kuhfelltasche umgehängt. Ihre Füße steckten in flachen Sandalen, auf deren schmalen Riemen eine Sonnenblume befestigt war. Die Haare hatte sie zum Pferdeschwanz hochgebunden und die Sonnenbrille auf den Kopf geschoben. Alles an ihr wirkte frisch und ausgeruht. Ich versuchte zu lächeln, aber die Unbekümmertheit, mit der sie den Raum zwischen uns füllte, überrumpelte mich. So öffnete ich die Tür und ließ sie eintreten.

»Kaffee?«, fragte ich und hoffte, es würde beiläufig wirken und so, als ob wir uns schon lange kennten und ihr Besuch nichts Außergewöhnliches wäre. Als sie sich mit größter Selbstverständlichkeit an den Tisch setzte, auf dem noch die Tasse vom gestrigen Frühstück und Lios Schälchen mit verkrusteten Breiresten standen, die Beine auf den Stuhl neben sich legte, wobei sie die Sandalen von den Füßen schob, kam es mir vor, als verbände uns ein geheimes Einverständnis, als wären wir uns tatsächlich schon lange sehr nah.

»Mein Schultertuch«, sagte sie, »ich dachte, Lio braucht es nicht mehr, da wollte ich es holen.« Ich schraubte den Kaffeekocher zu und drehte die Gasflamme an.

»Kannst du kurz achtgeben, ich bin gleich zurück«, bat ich sie und ging zu Lio, die in ihrem Wagen lag und mich anlächelte. Sie brabbelte nicht, bewegte sich nicht, sondern lag ganz still da und lächelte ins weiße Tuch des Stubenwagens. Mit dem Daumen streichelte ich ihr über die Stirn, und sie richtete ihre Schielaugen auf mich. Lächelte wieder. Ich sprang in meine Jeans und zog ein frisches Hemd über, während ich ihr flüsternd erklärte, Josefine sei da, und ich käme gleich zurück. Im Bad warf ich mir Wasser ins Gesicht, dessen Kälte mir für einen Moment den Atem verschlug, dann prickelte alles, ich mied den tieferen Blick in den Spiegel, holte das Kind. Josefine sah in den Kühlschrank und fand einen Rest haltbare Milch, die wir wärmten und in den Kaffee schäumten. Sie nahm keinen Zucker und sagte, sie wolle auf dem Balkon sitzen. Der Hinterhof und die Fassade des Gebäudes lagen nach Nordwesten, sodass es auf dem Balkon noch schattig und kühl war. Sie rauchte und plauderte von ihrem Spaziergang durch die Stadt, der Stimmung, den Leuten, dem gestrigen Abend, ihrer Freundschaft zu Max, den sie hier kennengelernt hatte, aus den Augen verloren, seit sie wieder in München war, wo sie in einem der großen Architektenbüros gearbeitet hatte, als ganz kleines Licht, wie sie sagte, bis sie im Denkmalamt angefangen habe, aber das wisse ich ja schon. Ich sah in den Hof hinab, aber ich hörte jedes Wort, das sie sprach. Alles habe sich verlangsamt, sagte sie, und dass sie nicht mehr so getrieben sei, sondern mehr im Jetzt lebe, was eigenartig sei, da sie sich ja beruflich dauernd mit der Vergangenheit beschäftige. Ihre Offenheit gab mir den Mut, über Paule zu sprechen, die ich nur die Kindsmutter nannte, und dass sie Lio eine Ansichtskarte zum Geburtstag geschickt hatte. Nichts weiter. Wir erzählten, ohne dass wir einander gefragt hätten, doch war uns beiden klar, dass wir nun das Gespräch führten, das uns gestern in Gesellschaft nicht möglich gewesen war. Lio wippte auf meinem Knie und gluckste.

Ich sagte nichts.

Dann schwieg auch sie, und wir sahen auf die Autos hinab, die in der Sonne glänzten.

Dann fragte sie, ob sie meine Zeichnungen sehen könne. Ich setzte ihr das Kind auf den Schoß und ging nach drinnen. Feigling. Sagte ich zu mir selbst. Sprich von dir. Erzähl ihr was. Und ich ging zurück und begann von meiner Arbeit zu erzählen. Je mehr ich meine Kerntheorie vor ihr ausbreitete, je stiller und aufmerksamer sie zuhörte, umso mehr überzeugte ich mich selbst, dass alles gut würde, dass es weiterginge, dass es immer weiterging, vielleicht sogar mit ihr. Oh ja. Ich beobachtete ihre Lippen, die sich über den weißen Rand der Tasse stülpten und sich ein wenig der hellbraunen Flüssigkeit entgegenreckten. Ihre Augen verengten sich hinter der Rauchsäule der Zigarette zu Schlitzen, der dunkle Punkt auf ihrer Schläfe machte die ganze Partie der Brauen und des Haaransatzes zu einem orientalischen Ornament, und ich dachte wieder an den Regentag, den gelben Trench und meine Vermutung, sie sei nackt darunter.

»Du hast ein wunderbares Kind«, sagte sie und nahm mir den Mut, weiter über Lios Schicksal zu reden. So what. Dachte ich und ging in die Küche, um das Fläschchen zuzubereiten. Sie habe keine Kinder, sei noch zu früh …, wir sahen uns an. »Um ehrlich zu sein, ich weiß nicht, ob ich das könnte, ob ich verzichten könnte, auf all das.« Sie machte eine unbestimmte Bewegung, die die Autos, den Innenhof, die Bäume, den Himmel umfasste, und schwieg wieder. Lio gluckste, und ich wusste, was kommen würde. Schnell hatte ich sie Josefine abgenommen und schaffte es gerade eben zum Spülbecken, wo das Kind erbrach. Josefine kam mir nach und begann den Tisch abzuräumen und überflüssigerweise die Küche in Ordnung zu bringen.

»Komm, lass, ich mach das schon.« Doch sie ließ sich nicht abhalten und sah mich an, das Geschirrtuch in der Hand, dann rutschte ihr Blick ab und sie tupfte mit dem Finger ein paar Krümel auf.

»Soll ich sie umziehen?«, fragte sie hastig.

»Klar.« Ich gab ihr das Kind und setzte mich wieder auf den Balkon.

Das schwarze Haar auf Lios Kopf war zu einem Hahnenkamm gebürstet, sie roch nach Babycreme und ein wenig nach Josefines Parfum, als ich sie zurückbekam.

»Na dann«, Josefine knotete die Hände, »ich geh mal.«

»Kommst du wieder?«, fragte ich, und sie sagte, sie wisse es nicht. Sie wisse grad gar nichts.

Trotz der Sommerhitze war es kühl geworden, und ich wünschte mir, sie ginge schnell, doch sie blieb still sitzen und sah zu, wie Lio ihre Flasche trank. Als wir fertig waren, holte ich das Schultertuch und reichte es ihr. Sie sah mich verwundert an, nahm zögernd das Tuch und schlüpfte in ihre Sandalen.

»Ja«, sagte sie. »Dann geh ich mal.«

»Ja«, sagte ich. »Machs gut.«

Löchrig, hohl und haltlos. Die Wohnung war wie mein Inneres sehr groß, schlampig und unbewohnt, nachdem sie weg war. Kaum eine Stunde war sie da gewesen, kaum eine Stunde, in der ich mich an ihre Gegenwart gewöhnt hatte. Ich fühlte mich korrumpiert und ging planlos auf und ab, als es wieder klingelte. In der Hoffnung, sie käme unter einem Vorwand zurück, öffnete ich, doch es war Paul, der mir im Auftrag von Alice die Zeitung brachte. Ich ließ ihn stehen und rannte ans Fenster, um Josefine nachzuschauen. Klingelnd fuhr die Tram unten durch, es schrillte in meinen Ohren, auch minutenlanges Spähen ließ mich nur die üblichen Bürogestalten sehen, Pink Cloud nicht, den Tanzbären nicht, vor allem nicht die Frau im weißen Kleid.

Paul stand noch immer unter der Tür und wartete. Ich fragte, ob er nicht hereinkommen wolle, er streifte sich routiniert die Turnschuhe ab und betrat in bräunlich angelaufenen Tennissocken die Wohnung.

»Willst was trinken?« Paul nickte, ich ließ Wasser in ein frisches Glas laufen und gab es ihm. Er setzte sich auf einen Küchenstuhl und fragte, ob er rauchen dürfe. Ich stellte ihm den Aschenbecher hin, und er sah sich paffend um. Die Karikaturen an den Wänden, der Dreck auf dem Fliesenboden, der Geschirrstapel im Abwaschbecken, die vertrockneten Kräuter auf der Fensterbank beachtete er nicht, ihn schien nur der Stapel mit Comics auf einem der Stühle zu interessieren.

»Hier, lies den.« Ich zog ein Métal Hurlant heraus und gab es ihm. Behutsam, als handelte es sich um einen antiken Folianten, schlug er es auf.

Ich blätterte in der Zeitung, legte sie wieder weg, als Lio aufwachte und zu motzen begann; ich zerdrückte ihr eine Banane. Als sie satt war, war auch Paul mit dem Comic fertig und wollte mit dem nächsten beginnen, doch ich sagte: »Komm mit.« Ich zeigte ihm meine Sachen, er versenkte sich in die Zeichnungen und fragte dann und wann nach technischen Einzelheiten, welche Stiftdicke, wie und wann die Kadrierung gemacht, Wahl der Perspektive und Schabtechnik, in der ich mich versucht hatte. Er sah sich alles an, blätterte, verglich, dann fragte er, ob er das Métal Hurlant und ein paar andere Hefte ausleihen dürfe.

»Klar, aber weißt du was, ich muss kurz weg, kannst du hierbleiben und nach Lio sehen?«

Er war einverstanden und setzte sich wieder in die Küche.

Ich rannte hinunter, sprang aufs Fahrrad und fuhr zu der Pension, in der Josefine abgestiegen war. Der Sommerwind blies mir unters Hemd und in die Haare. Ich fuhr so schnell ich konnte. Was würde ich sagen, was tun? Ich dachte nichts, fuhr schneller und schneller, und alle Ampeln grün. Leichtes Rauschen in den Ohren, der Fahrtwind, mein Blut, ein Rufen jetzt. Konrad. Ich wandte mich um, erkannte aber niemanden und trat umso fester in die Pedale. Es musste etwas Entscheidendes sein, etwas, das ihr zeigte, wie viel sie mir bedeutete, wie sehr sie mir gefiel, wie gut es war, mit ihr zusammen zu sein. Ihr das sagen. Dieses Gefühl von Alltag, von Zugehörigkeit, von schwerelosem Einverständnis, das so viel sagte und nicht in Worte gekleidet werden konnte.

Der Portier rief in ihrem Zimmer an, doch sie war nicht da. Oder meldete sich nicht. So wollte ich ihr eine Nachricht lassen, doch als ich vor dem weißen Zettel saß, wusste ich nicht, was schreiben. Es konnte nicht gesagt werden, geschrieben schon gar nicht. Ich musste es tun. Ich zerknüllte das Papier und trat hinaus in die Sonne, die genauso schien wie vorher. Der Himmel, blauer noch, und der Großstadtlärm hart und stechend in den Ohren. Es roch nach Abgasen und Ozon und süß nach dem Flieder, der jetzt blühte.

Als ich zurückkam, fragte ich Paul, ob er Lust hätte, ein paar Zeichenstunden bei mir zu nehmen. Er hatte Lio aus dem Korbwagen gehoben und trug sie herum. Eine Hand hielt den Kopf, die andere stützte das Gesäß. Im Gehen ruckelte er sie ein wenig, und dazu brummte er ein Lied mehr, als dass er es sang. Die halb volle Flasche stand im Schoppenwärmer, dessen Licht jetzt erlosch. Er tropfte ein wenig Milch auf den Puls, prüfend, ob sie nicht zu heiß sei, legte Lio eine Stoffwindel um den Hals und gab ihr, die bereits danach schnappte, den Sauger. Als sie trank, lehnte er sich zurück und sah mich an.

»Aber du hast doch gar nichts von mir gesehen.«

»Du verstehst was davon, du willst es tun, das sehe ich, und das reicht mir«, sagte ich. Er lächelte und sagte, »ja«, dann zuckte er mit der Schulter und sagte, »nein, lieber doch nicht«.

»Überlegs dir«, sagte ich, »oder ist es wegen der Bezahlung? Hast du kein Geld für Zeichenstunden?«

Er sah stumm vor sich hin.

»Mach dir darüber keine Gedanken, wir können ja einen Deal machen. Ich gebe dir Stunden, und du kommst ab und zu Lio hüten, wenn ich Termine hab oder ausgehen will, was meinst du?« Er sah mich immer noch zweifelnd an, doch in seinen Augen leuchtete etwas. Lios Flasche war leer, und die Saugbewegungen machten ein hohl klingendes Quietschen. Paul hob das Kind wieder an die Schulter und ließ es aufstoßen. Und für ein Mal behielt sie die Milch bei sich.

»Kennst dich aus mit kleinen Kindern, das sehe ich.«

Er musste lächeln.

»Also. Abgemacht?« Ich hielt ihm die Hand hin, und er willigte ein.

Das Telefon klingelte. Max fragte mit anzüglichem Unterton, wie sie mir gefallen habe und ob ich mir vorstellen könnte, dass …

Ich schwieg, doch er hörte nicht auf, von Josefine zu schwärmen, dass wir doch vieles gemeinsam hätten, klar, sei sie ein paar Jahre älter, aber was mache das schon, will auch Kinder, das wisse er von Regula. Als ich beharrlich schwieg, fragte er, ob ich viel zu tun habe zurzeit, er sei in ein Projekt verwickelt, für das noch ein Layouter gesucht würde, nichts Anspruchsvolles, aber gut bezahlt, und es würde mich nicht sehr beanspruchen, das Vierteljahresmagazin des Museums, gutes Geld, regelmäßig, das sei doch was. Ich sagte zu. Er fragte noch, ob ich nachher in den Park käme, und wieder sagte ich zu. Paul, Max, der Auftrag, der leuchtend blaue Sommertag, Josefine. Und auf einmal wusste ich, dass es nicht wichtig war, was, sondern dass ich ihr überhaupt etwas hätte schreiben sollen. Sie hätte es verstanden. Sie hätte gewusst, was ich meine. Ich rief im Hotel an und verlangte ihr Zimmer. Sie war noch nicht zurück, und ich hinterließ einen Gruß und meine Telefonnummer.

20

Dauerwaldbrände, Hitzetote in den Altersheimen, braune Wiesen, vertrocknete Bäume, geschmolzener Asphalt. Und kochendes, pulsierendes Leben bis spät in die Nacht. Alles lebte, schwitzte, badete, spritzte, atmete, dampfte und liebte sich.

Die Sonne brannte vom Himmel, in der Wohnung fiel die Temperatur auch nachts nicht mehr unter dreißig Grad. Lio wimmerte, ihre schwarzen Haare klebten am Kopf, sie bewegte sich noch weniger als sonst und öffnete, wenn ich sie ansprach, die Augen langsam und nur einen Spaltbreit. Ich flößte ihr abgekühlten Tee ein, den sie mit dem üblichen Schleim erbrach, danach schnappte sie nach Luft und atmete schnell und flach. Die Hitze. Ich schob alles auf die Hitze und zog ihr die Kleider aus. Dann ließ ich ihr ein Bad ein, in das ich langsam kaltes Wasser nachlaufen ließ, um sie zu erfrischen. Immer noch hatte ich wenig Ahnung von Säuglingspflege, tat einfach das, was ich mir für mich selbst angenehm und richtig vorstellte. Tatsächlich wich die Röte allmählich aus ihrem Gesicht, und sie begann sich zögerlich zu bewegen. Mit schmatzendem Geräusch sog sie am Waschlappen. Nur mit der Windel bekleidet, legte ich sie auf eine Decke am Boden, wo ich sie im Auge behalten konnte, während ich zeichnete. Endlich schlief sie ein, und ich konnte loslegen. Eine Stunde, Himmelherrschaft, nur eine Stunde ohne Unterbrechung zeichnen – jeden Tag, oder ich sterbe. Die Unterarme klebten am Tisch, der Stift rutschte mir aus den Fingern. Ich saß in der Badehose im abgedunkelten Zimmer und achtete darauf, dass keine Schweißtropfen auf den Karton fielen. Fratzen, Grimassen, böse Geister. Das Messer, mit dem ich die schwarze Oberfläche bearbeitete, brachte Düsteres zutage. Regennasse Straßenszenen, ein unrasierter Mann mit Hut und einer SIG P210 im Anschlag, der über die Schulter nach seinen Verfolgern sah, übermäßiges Augenweiß, Panik; unversehens war ich mit der Negativtechnik in einen Film noir geraten. Nachtszenen: Bars, Verfolgungsjagden, dunkle Innenräume dunkler Straßenkreuzer, eine Schießerei, eine undurchsichtige Frauenfigur, schlangenhaft im schulterfreien Abendkleid, das Haar in großen Wellen auf Rücken und Schultern, ein Mikrofon in der Hand im grellen Kegel eines Scheinwerfers. Glitschige Frösche mit warziger Haut und geblähten Hälsen, Aale in Reusen, Lilienstängel, im Schlammwasser eng umschlungen, Seeschlangen, die sich in langen Wellen über die Schultern der schönen Barsängerin breiteten, Blütenblätter treiben im Schlammwasser der nebligen Großstadtnacht, und auf den Ausfallstraßen blasige Unken auf der Flucht.

Das Wasser tropfte mir aus den Haarspitzen, fiel auf den gefärbten Karton und wischte die gelöste Tusche in die weißen Ritzen, die ich geschnitzt hatte. Wütend schob ich den Karton zu Boden, nahm mir einen neuen und begann von vorn. Und immer wenn ich tief in die Arbeit versunken war, schrie Lio und ich kümmerte mich um sie. Auf dem Balkon rauchte ich gegen den Hunger die letzte

Zigarette. Angenehme Betäubung, bläuliche Rauchsäule, die in den Abendhimmel stieg. Ich musste raus. Mit Lio in der Karre machte ich mich auf den Weg. Still waren die staubigen Straßen, die Glut stand zwischen den Fassaden und bewegte sich nicht, würde sich auch diese Nacht nicht bewegen. Der beim Gehen entstehende Luftzug ließ mich schaudern, kühlte aber nicht. Schweißflecken auf der Brust und im Rücken, große Fladen unter den Armen. Ich blinzelte ins grelle Licht, dem ich entgegenging. Ziellos schob ich die Karre vor mir her und vermied es, auf Wege zu geraten, die bergauf führten, vermied es auch, ans Seeufer zu kommen, wo zwar Abkühlung zu finden wäre, aber auch die aussondernden Blicke der müßigen Sommergesellschaft, doch obgleich ich die Quais an See und Limmat umging, sahen uns die Leute allenthalben an, Frauen vor allem, ließen den Blick schnell vom Kind zu mir und zurück springen, scannten, taxierten, sortierten, und etwas veränderte sich in diesem Blick. Er wurde milder, auf hingebungsvolle Weise distanziert und abwesend in einem. Ich glotzte zurück. Ihre Neugier geriet in das undurchdringliche Gestrüpp meiner Echsenaugen und wand sich unter dem Basiliskenblick, schnellte weg und rutschte zu Boden. Es kostete mich viel, doch wenn ich mich entschloss, den Blicken standzuhalten, gewann ich jedes Mal. In einer Bar mit Kiosk hielten sich außer der Barfrau nur Männer auf. Ich kaufte Tabak und Papers und bestellte ein Bier, das ich mit dem ersten Schluck zur Hälfte austrank. Das Glas heben und noch einen, die Barfrau nickte und zapfte die zweite Stange. Es war stickig, lärmig und verraucht. Drei fusselige Typen redeten durcheinander, Musik spielte, und keiner wollte was von mir. Erst als es draußen dunkelte, ging ich nach Hause und war wie in der vergangenen Nacht froh, dass ich mich an der Karre festhalten konnte.

Blauer Himmel beim Öffnen der Vorhänge, Schweißausbrüche schon am Vormittag, ich saß mit dem Kind bei geschlossenen Läden in der Wohnung, duschte mich nicht mehr, für wen, fragte ich mich, die Kleine lag im Hitzestau, wir klebten aneinander bei Tag und Nacht. Lios Wimmern vermengte sich mit meiner Unduldsamkeit, bis ich es nicht mehr aushielt, sie weglegte und auf den Balkon ging, um hinunterzusehen, um das normale Leben zu sehen und festzustellen, dass es außer uns beiden eine Welt gab, die funktionierte und uhrwerkartig weitertickte. Lio robbte herum, versuchte sich aufzusetzen, bis sie erschöpft und mit nass verklebtem Haar einschlief. Ich deckte sie zu und beobachtete das Zucken der Lider, das Rollen der Augäpfel hinter der papierdünnen, blau geäderten Haut, durch die wie dunkle Schatten die Pupillen schimmerten. Still sitzen, langsam atmen. Lios Augen hatten die Farbe überreifer Avodacos, ein dunkles Grün, an den Rändern braun gefärbt, daran dachte ich, als ich das schlafende Kind betrachtete und mich gleichzeitig beobachtet fühlte. Auf dem Pantonefächer war ihre Augenfarbe nicht zu finden, was mich auf alberne Weise beruhigte, den Eindruck aber nicht milderte, sie würde durch das dünne Pergament der Lider sehen, ihr Blick krallte sich in meinen, als kennte sie mich seit Langem, kennte mich nicht nur, sondern durchschaute mich auch. Ich erschrak unmäßig und lief weg vom Kind auf den Balkon, wo ich im stechenden Ozon stand und mich entlarvt und schuldbeladen fühlte, wie ein Verbrecher. Als Lio jammerte, nahm ich sie auf den Arm, wir lächelten einander an, und ich fand darin ihre Ahnungslosigkeit, ihre Sprachlosigkeit wieder und die Gewissheit, dass das Lächeln das Erkennen zunichtemachte. Ich summte monoton, schaukelte und schwitzte, während ich auf nackten Füßen die Wohnung ausschritt. Auf und ab.

Wie oft musste ich sie in den Schlaf wiegen in jenem heißen Sommer, doch während meiner endlosen Gänge von Fenster zu Fenster mit dem Kind auf dem Arm wurde mir bewusst, dass ich nicht mehr daran dachte, wie es vorher gewesen war, mein Leben ohne sie. Ich stellte es mir nicht mehr ohne sie vor und noch nicht ohne sie, so weit war ich noch nicht. Es gab nur diese glühenden Tage, die dampfenden Nächte, das abgedunkelte Zimmer, das weinende Kind. Ein endloses Lullen, Wiegen und Brummen, ich wurde zum schaukelnden Resonanzkörper für Lios Verlorenheit, zu einer menschlichen Wiege für das fuchtelnde Wesen, dessen Wimmern dem Fiepen eines kleinen Tiers so ähnlich war. In einem einzigen Jahr der Hingabe an ihre kreatürlichen Bedürfnisse hatte ich alles, was mein Leben bislang war, weggelullt und weggebrummt. Für sie. Für mein erstes Kind. Mein einziges Kind. Und wenn der kleine Körper schwer wurde, sein Gewicht meinen Händen überließ, war fraglos alles in Ordnung, so wie es war. Wenn sie endlich schlief, löste ich sie mit angehaltenem Atem von Schulter und Wange, legte sie mit angehaltenem Atem in ihr Bett und hoffte, dass der Schlaf sie ausreichend weit weggetragen hatte, und sie den jähen Verlust meiner Körpernähe, das plötzliche Alleinsein nicht wahrnahm, doch kaum lag sie da, begann sie wieder zu wimmern, und ich legte sie wieder auf meine Brust, die mir inzwischen knochig und hart vorkam, setzte das Lullen fort, bis sie, leer geweint, endlich zwischen drei und vier Uhr morgens in einen brunnentiefen Schlaf stürzte. Matt lag ich daneben, lauschte dem Kind seinen Atemrhythmus ab, horchte auf die tonlose Leere in mir. Dumm und lall trieb ich an der Grenze des Schlafs entlang, kippte hinüber, hörte etwas, träumte, dass ich die Augen aufschlug, um besser lauschen zu können, und schlug die Augen auf.

Weit entfernt fiepte etwas. Sehr leise. Vom Gehörgang kommend, breitete es sich in meinem Kopf aus, schnitt durch die Gehirnmasse, pickte an den Augäpfeln. Mein Dämmern und Denken sprangen wie Spiegelglas. Überwach setzte ich mich auf und horchte nach dem Kind. Es atmete in stillen Zügen. Ich saß reglos, lauschte angestrengt. Das Wimmern blieb. Es schien in meinem Kopf zu sein. Noch einmal horchte ich. Jetzt war es draußen. Dann war es im Korbwagen, wo Lio lag. Ich schlich zu ihr. Sie lag auf dem Rücken mit geschlossenem Mund, Arme und Beine von sich gestreckt, völlig hingegeben an den Schlaf. Langsam brachte ich mein Ohr dicht an ihr missmutiges Gesicht. Da. Wieder war es zu hören. Fein und nicht zu orten. Fern, weit weg, dann unglaublich nah, nicht nur sehr nah, sondern in mir drin, wie ein Seziermesser im Kopf. Ein feines Weinen, ein lang gezogener Ton, der plötzlich abriss und kurz darauf wieder einsetzte. Unverändert in Lautstärke und Tonhöhe. Dann riss er wieder ab.

Was blieb, war ein schwaches Echo in meinem Kopf. Oder außerhalb? Unruhig ging ich ans Fenster. Die Fassaden der gegenüberliegenden Häuserzeile waren dunkel, ich lief auf den Balkon. Auch hier brannte nirgendwo Licht. Jetzt ans Fenster meines Schlafzimmers. Ein spätes Auto glitt geräuschlos die Straße hinunter. Der Gehweg war menschenleer. Krachend wurde ein Gang eingelegt, der Motor heulte auf, und der Wagen raste mit quietschenden Reifen davon. Stille wieder, das Wimmern blieb. Klackende Schritte unten, das leise Wischen von Badeschlappen, späte Besucher einer illegalen Bar. Als sie verschwunden waren, hielt ich mir die Ohren zu und wartete. Das Wimmern blieb. Ich ließ die Hände sinken, es war weg. Vor Anstrengung tat mir der Kopf weh. Da. Es war wieder da. Hinter mir. Doch Lio schlief unverändert mit gestreckten Armen und angespannter Miene. Ich legte mich ins Bett und packte mir ein Kissen aufs Ohr. Anhaltend und sehr leise, war das Wimmern wieder da, unterbrochen nur von kurzen Atempausen der Stille, in denen ich hoffte, es sei vorbei, bis es kurz darauf wieder einsetzte. Es war draußen. Es musste draußen sein.

Ich schlüpfte in meine Kleider und lief auf die Straße hinunter, wo ich den Blick wieder über die Fassaden der umliegenden Häuser wandern ließ. Mehrstöckige Backsteinfassaden, einfache Mietskasernen aus der Zeit der Jahrhundertwende und der industriellen Revolution, die sich blockweise um einen Innenhof schlossen. Und alles, alles still. Ich lief die ganze Straße ab, dann die Quer- und Parallelstraßen, um das Wimmern ausfindig zu machen. Die niedrigeren, lang gezogenen Fassaden der Genossenschaftsbauten ebenso wie die Glasfronten der Bürogebäude und die wulstigen Sichtbetonfassaden der Siebzigerjahre mit ihren koniferenbewachsenen, wie geöffnete Schubladen gestapelten Balkonen. Kein Wimmern weit und breit. Ich lief weiter.

Dunkle Fensterlöcher, nur vereinzelt brannte ein Licht. Immer wieder blieb ich minutenlang stehen und horchte angestrengt. Nichts. Sehr viel Stille, dann ein Streit in einer der Deutschschweizer Mundarten, die ich nicht verstand. Eine giftige Frauenstimme mit sich überschlagender Streitsucht am Ende der Sätze, unterbrochen von einer defensiven Männerstimme. Rechtfertigungen, die die Frau noch mehr aufbrachten, sie lauter und schriller werden ließen, bis der Mann das Rationalisieren sein ließ und verstummte. Dann klirrte etwas. Die Frau schrie weiter, worauf der Mann sehr langsam, sehr deutlich artikulierend sagte, sie solle still sein, was sie noch lauter machte. Schließlich krachte es, und ein Moment der Stille trat ein. In der das Kind wimmerte. Dann stritten die beiden weiter. Ich rannte zur Klingelanlage und drückte sämtliche Knöpfe. Schlagartig verstummte der Streit, und auch das Wimmern war weg. Um mich zu vergewissern, hielt ich mir im Gehen wieder die Ohren zu, nichts. Nur das Rauschen des Bluts, das Keuchen meines Atems und, übertragen von den Knochen, das dumpfe Tappen meiner Schritte, das Aufschlagen der Sohlen auf dem Asphalt, das einzelne Knacken gestern, als ein Junge mit dem Hammer einen Fischschädel zertrümmerte. Ein Zucken lief durch das sterbende Tier.

Die dunkle Mauer des Parks auf dem Nachhauseweg, Moose und Flechten, der Schanzengraben grad hinter dem

Männerbad, wo der Sog die Wasserpflanzen zog, wo glänzende Fischleiber flitzten, flussaufwärts schnellten. Wie lange Fühler standen Angeln ans Geländer gelehnt. Eine Mittvierzigerin, deren nackte Beine in hellbraunen Lederstiefeln steckten, wies ihren Sohn mit kurzen Kommandos an, den Fisch hochzuhalten, was ihm nicht gelang, der Fisch, noch immer am Angelhaken, zappelte, flutschte dem Jungen aus den Händen, peitschte und schlug die Luft. Er hatte ein grau-weißes Muster am Bauch und orangefarbene Kreise auf dem Rücken. Er solle den Fisch totschlagen. Jetzt. Der Junge zögerte, die Mutter befahl mit ungeduldigem Unterton in der lauter werdenden Stimme, bis er den Schädel zerhämmerte, doch etwas an der Aufnahme misslang und er musste den Fischkopf noch ein Mal zerschlagen, mit eingezogenen Lippen und einem Gesichtsausdruck, als wollte er weinen. Schon lange bewegte sich das Tier nicht mehr. Der Junge legte es in die Kühlbox und sah erwartungsvoll seine Mutter an, die die Kamera im Etui verstaute und zum Aufbruch drängte. Als der Junge mich bemerkte, senkte er den Kopf vor Scham und Verlegenheit darüber, dass ich zum Zeugen dieser Szene geworden war.

Da hatte ich das Wimmern zum ersten Mal gehört. Dasselbe Wimmern wie jetzt, als ich in der brütenden Sommernacht zusammengesunken an der Fassade des Mehrfamilienhauses hockte und nach Luft schnappte wie der sterbende Fisch, die Haut von einem kalten, feuchten Film überzogen und orangefarbene Punkte vor den im geborstenen Schädel lose ruckenden Augen, sie hüpften und sprangen vor dem Schwarzgrau der wolkenlosen

Dämmerung, die sich ins immer gleiche Azur färben würde, Kulisse eines weiteren unbarmherzigen Hitzetags.

Ich floh zurück in die Wohnung, betrachte den Schlaf meines Kindes, duschte eiskalt und fiel mit nass glänzender Haut aufs Bett. Den Lichtwechsel verfolgte ich mit weit geöffneten Augen.

21

So gings nicht weiter. Ich musste Josefine wiedersehen. Ohne mir überlegt zu haben, was ich sagen wollte und wie ich es sagen wollte, rief ich bei ihr an, und als sie abhob, machte der freudige Schreck mich stumm. Wie es gehe, was sie tue, fragte ich, und sie antwortete offen und bereitwillig. Ihre Stimme hatte einen dunklen, matten Klang und hörte sich an, als ob sie geschlafen hätte oder in Gedanken sehr weit weg gewesen wäre. Ich wolle nicht stören, »du störst nicht«, kam es prompt zurück, und je mehr sie auf mich einging, desto mutloser wurde ich. Schließlich fragte ich doch, ob sie wieder nach Zürich kommen würde, und sie antwortete, in nächster Zeit nicht, ein Job, sie habe sich beworben. Berlin. Ich schluckte und beglückwünschte sie. Wir legten auf, ohne uns verabredet zu haben, ohne Aussicht auf ein Wiedersehen. So gings wirklich nicht. Ich fluchte.

Kurz darauf rief ich Max an, der nicht erreichbar war. Regula fragte mit besorgtem Unterton in der Stimme nach meinem, nach unserem Befinden, ich sagte rasch »alles bestens« und hörte an dem kurzen Schweigen danach, dass sie mir nicht glaubte, schwieg jetzt ebenfalls, bis sie mit munterer Stimme weitersprach, ich könnte Lio, die sei ja so süß, das lang gedehnte ü klingelte in meinem Kopf, einmal zu ihr bringen, jederzeit, wenn ich mal ausgehen wolle oder etwas anderes vorhätte, du weißt schon, dann kann sie auch bei uns schlafen, es gebe doch nichts Besonderes, das sie beachten müsste, »nein, nichts Besonderes«, hörte ich mich sagen, und dass ich ihr danke, ja. Dankbar bin.

Am späten Abend rief Max zurück, und wir vereinbarten einen Termin für das Briefing des Auftrags, den er mir verschaffen wollte. Sehr junge Leute, ein Start-up, dynamisch, viele Überstunden, aber erfolgversprechend, außerdem, das zu wissen sei vielleicht wichtig für mich, überzeugte Kinderhasser.

»Alles klar«, sagte ich, »Hauptsache, sie zahlen gut.« Ein Gefühl, als zöge mir einer die Stöpsel aus den Fersen und ich liefe aus.

Die Sache mit Josefine hing mir in den Knochen, doch statt noch einmal anzurufen, ging ich anderntags ins Café, um Mary zu treffen. Fehlanzeige. Ich zeichnete einen schlaksigen Kerl mit hängenden Haaren, Kippe auf der Unterlippe, Stoppelbart und missmutigem Gesicht, darunter ein Wählscheibentelefon, das klingelnd herumsprang, dann meine Nummer und mein grinsendes Gesicht, aus dessen Augen Sterne sprangen. Was Originelleres fiel mir auf die Schnelle nicht ein. Ich gab den Zettel an der Theke ab, zahlte und holte Lio aus der Therapie ab.

SEQUEL

Wir altern nicht. Wir bleiben die, die wir von Anfang an waren. Die Hülle, die wir bewohnen, von der jede Zelle unser Wissen enthält, Billionen von Doppelgängern, ist gebrechlich geworden. Zelltod droht. Apoptose. Sie ist alt. Wir nicht. Der knochengefüllte Hautsack wird jeden von uns mit in den Abgrund reißen, dabei ist jeder von uns vielen C, T, G und A und auch U noch derselbe wie vor sechsundneunzig Jahren, die Verbindungen halten noch, der Zellzyklus funktioniert und die Checkpoints machen hervorragende Arbeit. Zwar gehen die Mitosen langsamer und immer mehr von uns wollen in die G0-Phase übertreten. Nun ja, die Telomere sind ja doch erheblich kürzer geworden. Dennoch: Wir verschlüsseln, codieren, bilden Aminosäuren wie eh und je, wir transkribieren und transferieren, da wird entspiralisiert, kondensiert, gespreizt und repliziert, was das Zeug hält. Jedes Chromosom, jedes Gen, jedes Allel, jedes Protein erfüllt sein Werk. Und dann begegnen wir dem neuen Material, es kam über uns als Speicheltropfen, Hautschuppen, Haarfäden, es war uns so ähnlich und doch wundersam verändert, ein Vorhaben, das uns nicht gelungen war, weshalb wir unsere Aberrationen, unbemerkt von Medizin und Wissenschaft, schlafen ließen in diesem Hautsack und dem folgenden und dem darauffolgenden auch und keiner hatte was bemerkt. Fast ein Jahrhundert ruhten wir, bis wir zu unserer Bestimmung kamen, und aus uns wuchsen unaufhaltsam und wunderbar Vergesslichkeit, Demenz und Devianz. Die Punktmutationen, die Veränderungen im Splicing waren endlich gelungen. Dunkel machten wir, es wurde Nacht um uns und in der alten Frau, die wir bewohnen, ebenfalls. Hier liegen wir als Basenphosphorzuckerverbindungen und warten auf den Zerfall, das Ankommen in einer Art Bestimmung, den Lauf alles Kreatürlichen, man könnte sagen, Warten auf den Tod. Das kleine frische Menschenkind lässt seine Desoxyribonukleinsäureschnipsel da, wir lachen, denn die Gelegenheit, sich auszutauschen, zu vergleichen, ja einen Reduplikationsversuch zu unternehmen, hatten wir schon abgeschrieben. Nun das.

22 Wir erreichten das Altenheim Edenblick am frühen Abend, durchquerten kühle, abgedunkelte Räume, die nüchterne Halle, den sterilen Aufenthaltsraum – das ganze Beige und Braun. Ein paar graue Köpfe saßen vor dem Fernseher, in dem ein Familiengericht tagte; die überlegen sich gebende Stimme der Richterin, unterbrochen vom tränenerfüllten Keifen der Streitparteien. Kaum hatten wir den Raum passiert, wurde es still und die Schlussmusik ertönte. Zimmerpflanzen mit seltsam gedrechselten Blättern in Plastikübertöpfen, die ein Spitzengewebe simulierten, standen uns auf Blumensäulen Spalier. Ich eilte mit Lio auf dem Arm durch eine Glastür ins Treppenhaus und drückte den Liftknopf. In der Ecke hockte wie ein vergessenes Möbelstück eine dürre Gestalt im Rollstuhl. Ihr Oberkörper war nach vorn gesunken und hing halb über die Armlehne, der Mund stand offen und die Augen waren geschlossen. Ich hob den Oberkörper der Frau an, die müde und verwirrt die Augen öffnete. Das war sie nicht. Ich schob sie in den Flur zurück und stellte sie vor eins der Bilder, Fotografien von Sonnenuntergängen in Ferienregionen: die Dolomiten, die Südsee, Kap Sounion, Kalifornien, Sylt. Sie protestierte und schüttelte die knochige Faust. Erschrocken ließ ich sie los und eilte weiter, zu meiner Großmutter.

Eine Nachricht auf dem Anrufbeantworter mit der Bitte um Rückruf hatte mich alarmiert. Man sagte mir, meine Großmutter habe sich eine Lungenentzündung zugezogen, es gehe wohl zu Ende.

Das lang gestreckte, dünne Frauenzimmer im bestickten Nachthemd mit fliegenden Zöpfen auf einer Waldlichtung, ein Schmetterlingsnetz in der Hand, mit dem es sich aus den umherfliegenden Sterbemöglichkeiten ein paar Legionellen fischte.

Ob ich sie noch einmal sehen wolle. Ich machte mich sofort auf den Weg und bat, die Großmutter von meinem Kommen zu unterrichten. Das werde sie nicht mehr mitkriegen, war die trockene Antwort, doch ich bestand darauf. Mit einem unwirschen Ton, der alles besagen konnte, legte die Pflegerin auf. Kolograbsi, wir fahren zur Uroma. Das Kind brabbelte etwas und lächelte. Kurz hinter der Grenze tankte ich und gab der jungen Frau an der Kasse meine Kreditkarte. ›Karte unbekannt‹. Ich versuchte es mit der EC-Karte, die ebenfalls verweigert wurde. Durch die große Scheibe sah ich nach Lio, die im Kindersitz saß und die Hände vor ihrem Gesicht bewegte.

»Augenblick, ich komme gleich wieder.«

»Halt, halt, so geht das nicht«, rief die Frau. Ich hinterlegte meine Autoschlüssel und den Pass und suchte einen Bankautomaten. Auf der Straße staute sich der Grenzverkehr. Stop and Go zwischen Plakatwänden, auf denen langbeinige Frauen Netzstrumpfhosen präsentierten, ich lief vorbei an Pizzerien, heruntergekommenen Kneipen, Bürogebäuden, einem McDrive und einem Gartencenter mit schlechten Gipskopien der abendländischen Bildhauerkunst, mit billigen Imitaten dorischer Säulen, staubigen Bananenstauden in Plastikimitaten halbierter Holzfässer, Thujapflanzen, Vogelbädern, Gartenzwergen. Hunderte von Gartenzwergen mit schräg gelegtem Kopf, swimmingpoolblauen Augen und dem immer gleichen Grinsen im Gesicht. Ich ging und ging und sah nicht zurück. Schließlich erreichte ich eine Raiffeisenbank, die ebenfalls keine meiner Karten wollte. Fast erleichtert ging ich weiter und immer weiter. Nacheinander versuchte ich es an vier Automaten, von denen der letzte mir einen glatt gepressten Hundertmarkschein entgegenstreckte. Ich versuchte es noch einmal, und es kamen noch dreihundert Mark raus. Ich nahm die raschelnden Scheine und machte abrupt kehrt, rannte im Laufschritt zurück, um der Versuchung zu entgehen, einfach weiterzugehen, weiter und weiter.

Ohne ein Anzeichen von Unruhe oder Furcht saß Lio im Auto. Sah sie mich? Kannte sie mich? Ich bezahlte meine Rechnung, nahm noch eine Stange Zigaretten und eine Packung Butterkekse mit. Hastig und ohne zu blinken, fuhr ich aus der Tankstelle. Der Fahrer, dem ich den Weg abschnitt, hupte und verwarf die Arme. Jaja. Ich öffnete das Fenster und zündete mir eine Zigarette an. »Sorry«, brummte ich, weil ich dem Kind, das freundlich brabbelte, den Kopf vollrauchte.

Großaufnahmen von Sommerblumen. Mohn, Kornblume, Margerite, Sonnenblume, Edelweiß. Auf dem hellgrauen Linoleum quiekten meine Schuhsohlen leise. Es roch schal nach einer Großküchenmahlzeit aus Industrieteigwaren, Fertigsuppen und Blumenkohl, durchsetzt mit dem

Chemiegeruch der Spülmaschinendämpfe. Die Tür war angelehnt, ich hörte das leise Gurgeln meiner Großmutter im Schlaf und stieß vorsichtig die Tür auf, wie ich sie aufgestoßen hatte in dem großen, dunklen Haus, das wir bewohnten. In allen Winkeln schwebte der Duft ihres Parfums, durch die geöffneten Fenster trieb der Sommerwind dunkle Gartengerüche. Magnolienblüten und der modrige Seerosengeruch aus dem Goldfischteich, vor dem dunklen Blätterdach der Bäume blähten sich die Gardinen, während sie auf dem königsblauen Damastsofa ein Nickerchen machte. Oft, wenn ich aus der Schule kam, klemmte ein Kärtchen zwischen den Jugendstilschnitzereien der Eingangstür. »Bin im Garten«, wo ich sie in Gummistiefeln und mit einer blauen, im Rücken über Kreuz gebundenen Schürze, nach Kartoffeln grabend, fand. Wegen ihrer Form nannte sie sie Mäuse, und auf ihren süßen Erdgeschmack wollte sie nicht verzichten. Sie schob sich mit dem Handrücken eine Strähne aus der Stirn und stützte die Hand aufs Knie, um sich aufzurichten und mich zu sich zu winken, damit ich ihr half, die gelben Knollen aus der trockenen Erde in den Korb zu klauben und im Keller in die Hurden zu schütten. Ein kleines Henkelkörbchen voll würde sie zum Abendessen kochen und mit Kräuterquark und frischem Holunderkompott servieren, dessen Eisengeschmack mich würgte. Das zauberte sie mit einem Schluck Bier weg: Nimm eine kleine Stärkung.

Sonnenlicht fiel in kreisrunden Flecken durch den Ahorn und flirrte über dem Teich in zittrigen Schlangenbewegungen, die Trauerweide warf die schmetterlingshaften Flatterblättchen mit weichem Schwung auf die

Wasseroberfläche. Wieder wischte die Großmutter die Strähne ihres aschblonden Haars aus der Stirn und rieb sich dabei einen fingerbreiten Streifen Erde quer über die Stirn. Ihre Frisur hatte sich gelockert und bauschte sich im Widerschein der Nachmittagssonne hell um ihren Kopf, während sie, wie ein peruanisches Andenweib auf den Gummistiefelfersen hockend, im Erdreich scharrte. Ich warf den Schulranzen auf den Kiesweg, holte Schaufel und Handrechen und einen Eimer aus dem Schuppen und half ihr die Kartoffeln zu ernten. Wir arbeiteten schweigend, bis sie, behutsam tastend, allerlei heikle Fragen nach der Schule, den Mädchen und meinen Zeichenkünsten zu stellen begann.

An den eingefallenen Wangen, den Schläfen und der kantig hervortretenden Stirn der Großmutter klebten nasse Strähnen, ihr Schädel wirkte groß und kindlich über dem geschrumpften Gesicht, die hellen Ohren wuchsen wie schrumpelige Gemüseblätter aus dem faserigen Haargewirr. Ich beugte mich zu ihr und flüsterte in diese Wirsingohren, dass wir da seien, dass alles gut sei und dass es nichts mehr zu tun gebe auf dieser Welt. Ihre besprenkelten Wurzelhände zuckten, als suchten sie etwas. Ich legte Lio auf ihren Bauch und sah den hastenden Fingern zu, bis sie den Arm, die Schulter, das Köpfchen gefunden hatten. Mit kundigem Griff packten sie das Kind unter den Achseln und zogen es näher. Ein Lächeln huschte über ihr Gesicht, sie öffnete die Augen, und ich bediente die Stellvorrichtung des Bettes. Ihr Oberkörper fuhr langsam in die Senkrechte, sie barg das Kind an der knochigen, sich rasch hebenden Brust. Ihr Atem ging rasselnd und schwer.

»Di go schtenei pra«, flüsterte sie und streichelte Lios schwarzen Schopf.

Nachts allein im dunklen Zimmer fürchtete ich mich vor dem Rauschen der Bäume, vor den Käuzchenrufen und den vereinzelten Lichtstreifen, die vorüberfahrende Autos an die Decke über meinem Bett zeichneten. Wie schleierhafte Spinnennetzgebilde bewegten sich die Gardinen und der Mantel auf dem Bügel, der matte Schrankspiegel und der Stuhl mit den Kleidern über der Lehne bäumten sich zu schwarzen Gestalten auf, rückten näher, ich konnte die Augen nicht schließen, lag starr und angespannt, bereit für den Kampf, der gleich beginnen würde. Unter die seltsamen Geräusche mischte sich das Knarren der Dielen, und ein Lichtspalt unter der Tür kündigte die Großmutter an, die nach mir sah, bevor sie zu Bett ging. »Sind sie wieder da?«, fragte sie und legte mir ihre kühle Hand auf die Stirn. Ich nickte stumm. Sie sagte, ich solle mich aufsetzen, und zündete die Nachttischlampe an. Der gefältelte Stoffschirm warf warmes Licht in den Raum und auf die Großmutter im seidenen Morgenrock. »Na, komm.« Ich folgte ihr und schlüpfte in ihr großes Bett, wo ich auf der Seite, die einst dem Großvater gehört hatte, zwischen die kühlen Decken glitt. Sie steckte die Zipfel der Decke unter meinem Kopfkissen fest, sodass ich nichts mehr hörte und, wollte ich das weiche Nest nicht zerstören, mich auch nicht bewegen konnte. Solcherart stillgelegt, schlief ich sofort ein. In diesen Nächten konnte es passieren, dass mich nach Stunden ein leises Schnarchen, ein eintöniges Schnurcheln weckte, und ich hörte in jedem Atemzug die immer gleiche Botschaft. Alles ist gut, es gibt nichts mehr zu tun. Es war dasselbe Schnarchen, ein leises Knarren bei geschlossenem Mund, das uns heute, über zwanzig Jahre später, auf dem Flur empfangen hatte, noch bevor wir das Zimmer betreten hatten. Alles ist gut. Es gibt nichts mehr zu tun.

Ich öffnete die Gardinen und kippte das Fenster, um den Stick des Sterbezimmers hinauszulassen. Dann setzte ich mich ans Bett.

Neben den standardisierten, an Wand und Boden fest verschraubten Einheitsmöbeln hatte die Großmutter ein Nähtischchen stehen, ein Erbstück, an dem sie noch lange nach ihrer Übersiedlung ins Altenheim gesessen und Socken gestopft, Kleider ausgebessert und geplatzte Nähte geflickt hatte. Die intarsienbelegte Tischplatte konnte in der Mitte aufgeklappt werden, dann gab sie ihr Innenleben preis: eine Lade mit zahlreichen Fächern, in denen sich Nähseiden aller Farben, Knöpfe, Sicherheitsnadeln, Stickschere, silberne Fingerhüte, die Rasierklinge zum Auftrennen der Nähte, ein Nadelkissen und vieles andere befand, dessen Zweck mir immer ein Rätsel blieb. Hob man die Lade heraus, fand sich darunter eine zweite mit weiteren Fächern für die seltener gebrauchten Kurzwaren wie Haken und Ösen, Saumbänder, Hosengummi, Schneiderkreide, Häkelnadel, Zickzackschere, Bügelflicken und ein Klemmwerkzeug, mit dem sie mir, als es Mode war, Nieten in meine Jeans gehämmert hatte. Die Alte streichelte Lio immer noch und hatte leise zu singen begonnen. »Der Mond ist aufgegangen, die goldnen Sternlein prangen«, kaum mehr kenntlich durch ihre vom Schlaganfall verwaschene Aussprache. Ich sah auf die Uhr, kurz vor vier, keiner würde uns stören jetzt, und öffnete den Nähtisch. Nichts war mehr da von dem bunten Reichtum, den ich an regnerischen Nachmittagen ausgeräumt, sortiert und wieder eingeräumt hatte, bis mir langweilig wurde und ich sie mit dem Knopfspiel dazu verführte, die Arbeit niederzulegen. Auf einer gefalteten Decke drückten wir mit dem Rand eines Mantelknopfs auf die Kante der kleineren Hemden- und Wäscheknöpfe und ließen sie in hohem Bogen in ihr Fach zurückspringen. Sie benutzte einen Hornknopf von der Größe eines Fünfmarkstücks, ich bevorzugte einen kleineren Perlmuttknopf, durch dessen scharfen Rand Druck und Flugrichtung des Springknopfs genau dosierbar waren, sodass sie in scharfem, schnellem Bogen auf Anhieb in ihr Fach sprangen. Fast immer gewann ich das Hüpfspiel. Stoffbezogene Wäscheknöpfe brauchten viel Druck und waren schwer zu steuern. Am schwierigsten zu beherrschen waren Knöpfe mit unebener Oberfläche aus Horn, Holz oder Metall, die außerdem nach einem plumpen Hüpfversuch wieder auf der Decke landeten, deshalb bekam man für sie zwei Punkte statt einem. Leicht und unkompliziert sprangen die kleinen, zahlreich vorhandenen Hemdenknöpfe, brachten jedoch nur einen halben Punkt.

Sie waren es auch, die jetzt noch im Fach lagen. Die anderen, vor allem die wertvollen Perlmutt-, Messing- und Elfenbeinknöpfe waren bis auf einen alle weg. Auf den Seidenspulen waren nur noch strähnige Fadenreste, die verrostete Schere ließ sich nicht mehr öffnen, die silbernen Fingerhüte fehlten genau wie mein geliebter Perlmuttknopf. In den Ecken der Fächer sammelte sich Staub. Ich horchte noch einmal, doch niemand interessierte sich für uns. Unter dem Tischkasten zog ich nun an einem Holzknauf, der für eine Verzierung gehalten werden konnte, jetzt aber, als ich gleichzeitig gegen die Unterseite des Kastens drückte, ein Geheimfach öffnete, das dort in einem doppelten Boden eingelassen war. Ich entnahm ihm ein unverschlossenes Couvert mit Banknoten, zwei Fotografien und einen versiegelten Brief. Ich zählte die Scheine. Es war alles noch da. Das immerhin hatten sie nicht gefunden.

Die Großmutter beendete ihren Gesang.

»Willst du ein wenig rausgehen?«

»Wil«, murmelte sie. Ihre Hand hob sich, als flöge sie aus eigenem Antrieb, und sank vor ihrem Gesicht nieder, hob sich wieder und gestikulierte in meine Richtung.

»Tament.« Ich deutete das als Einverständnis und holte den Rollstuhl. Als ich sie aus dem Bett hieven und hineinsetzen wollte, klopfte es, die Tür sprang auf, und die fröhliche Stimme einer Praktikantin rief: »Abendessen.« Mit einem Tablett betrat sie das Zimmer, ihr blonder Pferdeschwanz baumelte im Takt der Schritte. Sie stellte das Essen ans Bett der Großmutter und schickte sich an, der Alten, die wieder zu singen begonnen hatte, das Essen einzulöffeln.

»Lassen Sie nur, ich mach das schon.« Ich setzte Lio neben die Großmutter und begann sie zu füttern. Die Praktikantin lachte erleichtert und ging. Lio tappte der Großmutter auf den Bauch, dann in den Teller, er kippte, und das Mus aus Bratensauce, Kartoffelbrei, püriertem Fleisch und Gemüse verteilte sich auf dem Tablett und der

Bettdecke. Ich kratzte alles zusammen, wischte die bräunlichen Flecken weg und fütterte sie, bis sie zum Zeichen, dass sie genug hatte, die Lippen zusammenpresste. Aus der Schnabeltasse nahm sie noch etwas Tee, dann zwei Löffel der Apfelmusquarkspeise. Den Rest verfütterte ich an Lio, und was sie übrig ließ, aß ich selbst.

Ich hüllte beide, Großmutter und Urenkelin, in eine Wolldecke und hievte sie in den Rollstuhl. Umständehalber verzichtete ich darauf, die Alte anzuziehen, steckte nur die Füße in Pantoffeln, bürstete das Haar, zog mit einem eingetrockneten Lippenstift die Lippen nach und gab ihr den Handspiegel. Sie war nicht zufrieden. Der Hut! Im Wandschrank fand ich einen kleinen nachtblauen Filzhut mit gepunktetem Schleier, den ich ihr aufsetzte. Jetzt schlang sie den Arm um Lio, und wir fuhren los. Im Flur brannten, obgleich es erst fünf war, die Lichter. »Di go schtenei pra«, sagte sie und deutete auf die schnell vorüberziehenden Lampen. Unbemerkt vom Personal gelangten wir zum Fahrstuhl und in den Garten, wo am Nachmittagshimmel bereits die venusbegleitete Mondsichel stand. Die Amseln sangen, und die Alte sang mit. Tonrein zitterte ihr Organ im verblassenden Sommertag. Lio saugte am Ärmel ihres Nachthemds, und mir fiel alles wieder ein. *Seht ihr den Mond dort stehen, er ist nur halb zu sehen und ist doch rund und schön! So sind wohl manche Sachen, die wir getrost belachen, weil unsre Augen sie nicht sehn.* Ich legte der Großmutter meine Jacke um die Schultern. Still war es auf einmal, nur in der Ferne fuhr ein Auto vorüber, bis es abbog und die Stille sich wieder ausbreitete.

Aus der Dunkelheit tauchten die Umrisse mächtiger Metallplatten auf, Schattenrisse menschlicher Figuren. Einzelne Personen, später eine Kleinfamilie, ein halber Clan, viele Paare, wie sie eines gewesen waren. Über die schwarzen Metallplatten läuft in wulstigen Schlieren die rote Farbe, Blut, das aus den Köpfen, den Körpern tropft. Damals standen die noch nicht. Damals, als sie durch den Abend fuhren und durch die einbrechende Nacht, sie hatten eine weite Reise gemacht, sie hatten ans Meer gewollt, um für eine Zeit nichts mehr zu tun zu haben mit der Welt – auch mit mir nicht. Sie liebten sich, und sie genügten einander ganz. Schnurgerade durchschnitt die Route nationale die sanfte Hügelkette, verschwand in Senken, erklomm den nächsten Hang, tauchte unter die Landschaftsoberfläche und erhob sich wieder, gab den Blick frei auf die Landschaft. Das durchgezogene Mittelband, die Pfosten, die sich mit den Pappeln abwechselten und in einem regelmäßigen Rhythmus über die Seitenfenster huschten. War es ein Traktor, ein Milchtransport oder ein Lieferwagen auf dem Weg nach Limoges, der sie aufhielt? Er war ein draufgängerischer Fahrer, kannte keine Furcht. Immer wieder scherte er aus, spähte nach vorn, ließ einen um den anderen entgegenkommenden Wagen vorbei, schob sich ungeduldig zurück in die Kolonne und rückte wieder auf die Gegenfahrbahn aus, um jetzt endlich zu überholen. Er hatte den Lastzug zur Hälfte passiert, als er feststellte, dass sie erst am Anhänger vorbeiwaren, und drückte das Gaspedal durch. Der Wagen schien zu fliegen, die Kurve zog sich, und er beschleunigte noch einmal, fast hatten sie es geschafft, als ihnen aus der endlosen Biegung, unsichtbar bis dahin, ein anderer Personenwagen entgegenkam. In ihm saß eine einzelne Frau. Sie steht jetzt als düstere Silhouette auf der einen Seite der Unfallstelle. Auf der anderen stehen, blutüberströmt, meine Eltern. Kurz nachdem ich den Führerschein gemacht hatte, bin ich hingefahren, habe sie gegrüßt und verflucht.

Die Schultern meiner Großmutter waren nach vorn gesunken, ihr Kinn lag auf der Brust. Ich beobachtete sie angespannt, bis ich sah, dass sich ihr Rücken nach einem langen Moment völliger Reglosigkeit sachte hob. Sie atmete noch. Ich warf die Kippe weg und fasste sie vorsichtig an der Schulter.

»Es wird kühl, lass uns nach oben gehen.«

»Go schte … Kolograbsi …« Sie schlang den Arm fest um das Kind. Behutsam wendete ich den Rollstuhl und brachte die beiden wieder nach oben.

Während die junge Pflegerin sie wusch und umkleidete, wartete ich im Flur. Dann ging ich mich verabschieden.

Aus dem Nähtischchen nahm ich die zwei Umschläge, die Fotos und die letzten Knöpfe aus den Fächern. Den großen Hornknopf, dessen wie von Mäusen angefressenem Rand man ansah, wie gern sie mit ihm gespielt hatte, drückte ich der alten Frau in die Hand und schloss ihre Finger darum. Sie öffnete die Augen, und ich zeigte ihr, was ich alles mitnehmen wollte. Sie nickte kaum merklich und bewegte tonlos die Lippen. Ich dankte ihr und küsste sie auf den welken Mund. Sie schob den Knopf von der einen in die andere Hand, betastete die schorfige Oberfläche und umschloss ihn wieder. Als ich mit Lio das Zimmer verließ, warf ich einen letzten Blick zurück. Sie schlief bereits. Seufzend machte sie einen rasselnden Atemzug und begann wieder leise knackend zu schnarchen.

Zu Hause pinnte ich die beiden Schwarz-Weiß-Fotos über meinen Zeichentisch neben die Folie von Lios erstem Ultraschall. Eines zeigte meinen Vater mit etwa drei Jahren. Er saß in einem Zinkzuber und saugte am Waschlappen, meine Großmutter kauerte bei ihm, sie lächelten beide in die Kamera. Auf dem anderen waren meine Eltern zu sehen, wie sie nach der Trauung die Kirche verließen. Meine Mutter im langen Kleid mit einer Schleppe, die sich kniehoch um ihre Beine bauschte, mein Vater im Frack mit Fliege und Zylinder, der ihm etwas schief auf dem Kopf saß. Das wirkte keck, doch während sie beglückt strahlte, hatte er einen unbehaglichen, fast gequälten Gesichtsausdruck. Sie hielten sich an den Händen, und es sah so aus, als wollte er sie zu sich hinüberziehen, um sie festzuhalten, um sich an ihr aufzurichten. Sie war es, die ihn führte. Er war es, der sie in den Tod fuhr.

Der Wettbewerb. Noch eine Woche bis zum Abgabetermin, und ich hatte außer ein paar rohen Skizzen noch nichts produziert, vor allem noch keine Entscheidung getroffen, welche der Ideen ich ausarbeiten wollte. Ich brachte Lio ins Bett, holte ein Glas Wasser aus der Küche, doch anstatt anzufangen, starrte ich lange die lächelnden Gesichter meiner verwünschten Eltern an. Die diffuse Wolkengestalt meiner Tochter.

Das Gesehene ungesehen machen. Ungeschehen machen. Den ungeordneten Stapel mit den Schabarbeiten, dem Gesichtslosen, das Packpapier mit der Karikatur von Paule, den bereits gedruckten Comicband, die Stadtskizzen, die Blocks und Fingerübungen, alles, was da rumlag, begann ich mit Radiergummi und Japanmesser auszulöschen. Ich radierte, kratzte und schabte, ich wischte und rieb. Als da noch immer Konturen und Schatten meiner Zeichnungen zu erkennen waren, drückte ich die Spitze des Messers in das steife Papier und schnitt einen, zwei, viele schmal und schmaler werdende Längsstreifen davon ab, schob das Metalllineal millimeterweise über die Zeichnung, schnitt feinste Streifen und diese wiederum in kleine Schnipsel, Fäden, Krümel, löste meine ganze Arbeit in einem Konfettiregen aus winzigen Rechtecken, Rauten, Parallelogrammen auf. Ich kratzte und schabte Linien, Zeichen, Flächen und Worte von Pauspapier, Karton und Skizzenblöcken, schabte Häuser, hastende Gestalten, verwischte Gesichter weg, kratzte Sprechblasen, Speedlines und Sound Effects aus, ich radierte und schnipselte und wischte alles zuerst mit der Handkante, dann mit der ganzen Länge des Arms auf den Boden.

Pergamentschnipselschnee, bunter Druckseitenregen, schwerfälliger Kartonkrümelstaub, alles rieselte über die Kante auf den Boden hinab.

23 Erst als es dämmerte, sank ich ins Bett und schlief traumlos, bis mich Lios Selbstgespräche weckten. Rasieren, das Kind in der leeren Badewanne, Kaffee trinken, das Kind im Hochstuhl, an den Zeichentisch, das Kind durch den Papierschnee meiner pulverisierten Zeichnerexistenz robbend, er flatterte auf und stob umher, das Kind tropfte dahinein, patschte drin herum, dann legte sich der Aufruhr und klebte zwischen und auf den Holzplanken fest. Am frühen Nachmittag hatte ich weitere zwanzig Blätter geleert und zerstückelt, ich packte Lio in den Tragsack, schaffte sie in die Logopädie, eilte mit ihr nach Hause zurück und machte weiter. Max rief an und erinnerte mich an eine Sitzung wegen der Museumszeitschrift um vier, ich habe sie doch nicht vergessen?

»Neinnein«, log ich, »ich kann aber nicht kommen, Lio, du verstehst.« Max schwieg.

Ich zwickte Lio in den Arm, und sie begann zu jammern.

»Sie ist krank, wir müssen zum Arzt.« Er sagte nichts. Ich schwieg ebenfalls. Lio heulte.

»Ich komme nächstes Mal dazu, sag den andern einfach, ich sei krank«, sagte ich und fügte nach einem Atemzug hinzu: »Bitte.«

»Ist gut«, sagte Max indigniert und legte auf.

Lio stank. Ich begann sie zu wickeln, als es klingelte. Mary stand draußen. Sie trug das Haar offen und war von vielen Besuchen in der Badeanstalt gebräunt. Das Blumenmuster ihres Sommerkleids leuchtete auf der nackten Haut, die Füße mit lila lackierten Nägeln steckten in weißen Sandalen mit hohen Absätzen. Ich öffnete die Tür nur einen Spaltbreit, doch sie drückte dagegen und streckte den Kopf, um in die Wohnung zu schauen.

»Hast du Besuch?« Ich verneinte.

»Kann ich reinkommen?«

»Lieber nicht.«

Lio blubberte.

»Da ist doch jemand.«

Ich wusste nicht, warum ich nicht wollte, dass sie Lio sah. Weil sie nackt war vielleicht. Weil ich nicht schon wieder abgeschätzt und beurteilt werden wollte vielleicht. Weil ich der unabhängige Zeichner sein wollte, als der ich mich ausgegeben hatte und trotz der Schnipseleien noch immer zu sein glaubte.

»Jetzt komm schon.« Sie schob einen Fuß in die Tür und hielt eine Champagnerflasche vor mein Gesicht. »Ich hab uns auch was mitgebracht.«

»Mary, jetzt nicht, ich ruf dich an, es passt grad wirklich nicht.«

Sie rümpfte die Nase.

»Was ist das?«

»Weiß nicht.« Hinter mir klirrte es, ich sah über die Schulter, konnte aber nichts erkennen.

»Komm. Es fängt gleich an zu regnen.« Das war gelogen. Seit Wochen hatte es nicht geregnet, und noch immer hing die Hitze wie ein Samtvorhang, kein Lüftchen regte sich.

»Ja«, sagte ich und lauschte. Kein Ton von Lio, kein Geräusch. Es stank. »Ich muss …« Als ich die Tür schließen wollte, klirrte es wieder, und Lio heulte. Ich ließ die Klinke los und rannte in ihr Zimmer. Da war sie nicht. Auch nicht in meinem Schlafzimmer, im Arbeitszimmer. Keine Spur vom Kind.

»Konny!« In Marys Stimme lag Panik und ihr Gesichtsausdruck schwankte zwischen Beklommenheit und Ekel. Sie stand in der Küchentür und sah auf Lio hinab, die unter der Spüle saß, inmitten von Kartonschachteln, Bierflaschen und dem halb gefüllten Müllsack. Bis auf ihr im Nacken gebundenes Hemdchen war sie nackt. Blubbernd hielt sie eine leere Bierflasche in der Hand und versuchte in die Öffnung zu sehen. Der ungestützte Oberkörper schwankte, sie drohte jeden Moment umzukippen. Mary stand in dem Durcheinander mit der Frische und dem Duft eines Blumengartens, der dünne Stoff ihres Kleides schwang um ihre Knie, als sie ein paar Schritte zurücktrat und mich mit einem Ausdruck ansah, der sagte: Tu was. Wieder klingelte das Telefon. Josefine sagte, sie komme nach Zürich und würde mich gern sehen. Ob ich auch …?

Ja, oh ja! Als würde sich eine Nebeldecke heben, auflösen, verflüchtigen. Wann? Erst im Herbst, der Nebel sank, sie hätte sich einfach mal melden wollen, müsste an mich denken. Oft. Die Sonne brach durch. Klarheit, große Klarheit stellte sich ein. Und wie zur Bestätigung fiel hinter mir mit einem lauten Klacken die Wohnungstür ins Schloss. Mary war gegangen. Den Champagner hatte sie mitgenommen.

Der kleine Körper war glibschig vom Seifenwasser. In die Scheiße zu fassen machte mir nichts mehr aus. Zu oft hatte ich es machen müssen, doch wenn ich gewusst hätte, wie viele Male mir noch bevorstanden, wäre ich aus dem Fenster gesprungen. Oder hätte das Kind hinausgeschmissen.

Stattdessen wickelte ich es in ein Badetuch, zog ihm frische Kleider an, setzte es in sein Bett, wo es bald darauf einschlief, während ich den Küchenboden mit Chlorwasser putzte, die Fenster aufriss und mich mit Rasierwasser bespritzte. Moschus, Ambra, Tabak und Zitrone, ich verrieb es auf Hals und Händen. Dann öffnete ich ein Bier und setzte mich auf den Balkon. Dort saß ich lange im Abendlicht und mehrmals geschah es, dass ich lachte vor Glück.

Der Sommer verblasste, Mary und ich trafen uns kaum noch, wir hatten ja auch keinen Namen für das, was wir miteinander taten. Meine Gedanken darüber waren abschätzig und beiläufig genug, mich in einen Widerwillen gegen mich selbst zu stürzen, der es mir unmöglich machte, dieses namenlose Tun fortzusetzen, schlicht deshalb, weil ich mich taub fühlte mit ihr, lustlos und leer. Wozu das Patchouli sein Übriges beitrug. Die Triebabfuhr hatte mich ruhiger und geduldiger mit Lio gemacht, gelassener der Arbeit gegenüber und gleichmütiger darüber, dass ich mich nach Josefine sehnte, dass ich in sie verliebt war. Den Auftrag für das Start-up, den Max mir vermittelt hatte, hatte ich vergeigt. Sie hatten einen anderen Grafiker hinzuziehen müssen, nachdem ich die Deadline zweimal hatte platzen lassen und auch keine Zeit für die Sitzungen gefunden, ja selbst den Präsentationstermin nicht eingehalten hatte. Wie das Zerkratzen und Zerschnipseln der Skizzen und Zeichnungen machte auch der Verlust dieses Auftrags nach einem anfänglichen Aufruhr einem seltsamen Vakuum Platz. Er habe sich für mich eingesetzt, sagte Max, als ich ihn wegen des Vierteljahresmagazins anrief, doch sei es ihm beim besten Willen nicht mehr möglich gewesen, an meiner Mitarbeit festzuhalten, sei er doch selbst einem gewissen Druck ausgesetzt, intern, und könne seine eigene Teilnahme am Projekt nicht gefährden, schließlich sei er auf den Job angewiesen, ich verstünde sicher.

Aber ob ich nicht wieder einmal mit ihm und Regula? Ich verstand. Und nein, ich wollte nicht mit Max und Regula. Zu vieles schien mir nicht mehr vermittelbar, selbst unter Freunden nicht, zu peinlich waren mir meine Versäumnisse.

Als der Geldautomat wieder einmal die Herausgabe von Bargeld verweigerte, betrat ich kurz entschlossen die Schalterhalle, zog eine Wartenummer und setzte mich in einen der schwarzen Ledersessel, wo ich mir ein paar Argumente zurechtlegte, während ich den Buggy schaukelte, damit Lio ruhig blieb. Ich betrachtete sie zweifelnd.

»Du wirst mir hier nicht helfen können«, sagte ich, und sie pumpte verständnisvoll mit ihrem Schnuller. Weshalb eigentlich? Nicht jeder Bankkunde kann im dreiteiligen Nadelstreifen mit Einstecktuch erscheinen, dachte ich, während ich einen Kunden mit Metallkoffer beobachtete, der eiligen Schritts das Gebäude verließ. Und überhaupt, wir sind Künstler. Trotzig betrachtete ich die rissigen

Gummikappen meiner Chucks. Comiczeichner. Ein Glockenton rief uns in die Kabine F, wo uns eine sehr junge Kundenberaterin erwartete. Ich stellte den Antrag auf einen Privatkredit. Die Frau trug eine weiße Bluse, einen dunklen Blazer und hatte die Haare straff nach hinten gebunden. An ihren Ohren baumelten Goldringe vom Durchmesser einer Espressotasse. In ihrem Nasenflügel war ein Loch, doch der Piercingschmuck fehlte. Sie konnte meine EC-Karte wegen der langen Fingernägel nicht mit dem nehmen, was die Therapeutin Pinzettengriff nannte, doch schneller als ich schauen konnte, hatte sie die Karte in einen Schlitz an ihrem Computerterminal eingeführt, tippte auf der Tastatur herum, sah in den Bildschirm und runzelte die Stirn. Mit einem Blick sah sie das finanzielle Desaster meiner letzten zwei Jahre, sie tippte nochmals, prüfte die Zahlenkolonnen, die erschienen, und richtete dann ihren Blick auf mich. Er war offen und ließ nichts erkennen als professionelle Freundlichkeit. Die goldenen Kreolen schaukelten. Ich textete los.

Das Bankinstitut fördere das unabhängige Kulturschaffen und sei Hauptsponsor des Werkstipendiums, das mir für meinen ersten Comicband verliehen worden war. Das sei zwar schon ein paar Jahre her, ich sei inzwischen Vater geworden, sie hob die zu zwei dünnen Bogen gezupften Augenbrauen, hätte jedoch den zweiten Band beendet, der im kommenden Frühjahr erscheinen werde, ich könne den Verlagsvertrag gern schicken, log ich, die Beraterin winkte ab. Ich solle das Formular ausfüllen, hier und hier unterschreiben, hier noch einmal, danke, »Sie bekommen Bescheid«. Sie begleitete mich aus dem Kabäuschen, das mit Stellwänden von der Schalterhalle abgeteilt war, und reichte mir die Krallenhand. »Alles Gute«, sagte sie zum Abschied und blickte lächelnd auf Lio, die am Bügel ihres Buggys lutschte, dann aufsah und die Frau anlachte. Die lachte zurück, und für einen Augenblick sank die starre Maske der Professionalität und zeigte mir eine ganz normale junge Frau.

»Das hast du gut gemacht!« Glücklich stieß ich den Buggy die Bahnhofstraße hinunter, auf den Bleicherweg, über die Bärenbrücke und die Gartenstraße, holte am Kiosk Parisienne Super, steckte mir eine an und dachte darüber nach, wie ich uns als Team – Lios Charme und ihr Lächeln in Kombination mit dem Bonus des alleinerziehenden Künstlervaters – künftig zu unserem Vorteil nutzen könnte. Lio blubberte.

Zu Hause fand ich eine Nachricht von Max, der nicht locker ließ und mich ständig auf einen Mittagstreff oder zu sich und Regula einlud. So ging ich tags darauf mit Lio an den Hallwylplatz, wo er und Regula sich mit ein paar Leuten trafen. Wir saßen in der Spätsommersonne, tranken Bier aus kleinen Flaschen und führten diese belanglosen Samstagnachmittagsgespräche, in denen es um alles ging und um nichts. Es war einer der letzten warmen Tage, ein leichter Wind bewegte die Kronen der Lindenbäume und das Schattenmuster auf dem Asphalt. Ob der FCZ heute das Derby gewinnen würde, fragte einer, ja selbst wenn er gewänne, würde er den Meistertitel nicht mehr holen, der sei Servette bereits sicher und die Zürcher würden ihn verpassen – bereits zum zwölften Mal in Folge.

»Stimmt nicht«, korrigierte ein anderer.

»Richtig«, pflichtete der Dritte bei, einundachtzig haben sie den Pokal das letzte Mal geholt, und er überlege jetzt ernsthaft, zu GC überzulaufen. Protestgeschrei.

»Bringst du Äpfel und Chips mit?«, fragte eine der Frauen ihren Mann, der aufstand, um einkaufen zu gehen, »und Bier«, sagte die Frau, die neben ihr saß. »Und Cervelats«, riefen Kinder aus dem Brunnenbecken. Jemand hatte den Grill angezündet, die Kinder fegten spritzend durch das Wasserbecken und hinterließen auf dem Asphalt schnell trocknende Tappspuren ihre Füße.

Ich saß mit aufgekrempelten Hosen auf dem Brunnenrand und hielt Lios Zehen ins Wasser. Sehr weit über uns zerfaserte der Kondensstreifen eines Düsenflugzeugs zu einem breiten Streifen, der langsam verblasste, bis er von einem zweiten gekreuzt wurde. Der Geruch von nassem Staub mischte sich mit dem Rauch des Holzkohlenfeuers, in der Penalty Bar an der Ecke lief zum wiederholten Mal *Don't worry be happy* und eine sehr tief sitzende, uralte Wut begann in mir zu kochen. Ein rosa Schimmer mischte sich ins Abendlicht, jemand zündete die bunte Lichterkette zwischen den Bäumen an. Noch immer rannten die Kinder jauchzend durch das Brunnenbecken, legten sich auf den Boden und beobachteten anschließend das Verschwinden ihres Körperabdrucks. Lio tauchte die Zehen ein, zog sie zurück, streckte die Beine und tauchte sie bis zu den Knöcheln ins Wasser, ließ zuletzt die gepolsterten Füße über dem Wasser schweben. Eine Hand berührte mich an der Schulter, Regula, dachte ich und wandte mich lächelnd um, doch es war Mary. Sie stand gegen das Abendlicht gelehnt, ein kurvenloser, schmaler Schemen. Die langen

Haare verliehen ihrer Figur eine längliche, fast rechteckige Silhouette. Sie stellte ihr Rad ab und setzte sich neben mich, behielt jedoch die hochhackigen Sandalen auf dem Asphalt. So saßen wir nah beieinander und blickten in verschiedene Richtungen. Über die Schulter deutete sie mit einem Kopfnicken auf Lio.

»Dein Kind«, stellte sie fest, als wäre ihr das neu. Ich antwortete nicht.

»Wie alt ist sie eigentlich?«

»Achtzehn Monate.« Mary beobachtete Lio verstohlen.

»Schläft sie durch?«

»Mhm.«

»Hat sie schon Zähne?« Und als ich nicht antworte, »läuft sie schon?«

Als checke sie die technischen Details eines Neuwagens.

»Nein«, sagte ich ärgerlich, »das weißt du doch.«

»Mir ist halt manches klar geworden, inzwischen.«, sagte sie nach längerem Schweigen.

»So? Was denn?«, fragte ich angriffslustig.

Mary sah auf ihre Zehen, die abwechselnd blau und grün lackiert waren.

»Dass du, nun ja, ich kann verstehen«, sie brach ab, sah schnell zu Lio, dann wieder auf ihre Füße. »Dass du sie nicht so gern zeigen willst, dabei hätte ich doch … ich meine, ich hätte doch verstanden … ist doch klar, dass das nicht einfach … ich meine, da schämt man sich vielleicht?«

»Man«, sagte ich. Sie schwieg und strich den Saum ihres Rocks über die Schenkel zu den Knien hin glatt.

»Kann es sein, dass mit dem Kind … ich meine … ist sie … mir kommts so vor, als ob …« Sie wand sich, und ich konnte nicht umhin festzustellen, dass ich es mit Schadenfreude sah.

»Na ja, ich kenn mich da nicht aus.«

»Womit kennst du dich nicht aus?«, fragte ich trocken.

»Mit Kindern und so. Wie sie sich entwickeln. Was sie lernen und wann sie was können müssen.«

»Müssen«, echote ich.

»Ja, wann sie laufen, wann sie sprechen und so.«

»Und so«. Ich gab ihr keine Chance.

»Schau die Ohren, wie süß. Die haben schon eine lustige Form. Die sehen doch als Kinder schon alt aus. Wie Alte, nicht wie echte Menschen.«

»Wer? Die Ohren?«

»Ach du!« Sie legte eine Hand auf meine Haare und wuschelte darin herum. »Du machst dich lustig über mich.«

»Aber nein, wo denkst du hin!« Unsicher sah sie mich an. Dann sog sie die Luft ein, dass sich die Nasenflügel anlegten.

»Okay. Die Behinderten«, stieß sie hervor.

»Siehst du hier welche?«

»Das sind doch so liebe Menschen, und wie schön muss es sein, immer Kind bleiben zu können.«

»Da hast du recht!«, tat ich überrascht, »und sie machen es uns so leicht, uns gut zu fühlen. Normal und richtig.«

»Genau.« Sie schien erleichtert. Dann stutzte sie. Ich sah sie von der Seite scharf an, konnte aber im Gegenlicht ihre Augen nicht erkennen. Sie stand auf und hielt sich ratlos am Lenker ihres Fahrrads fest.

»Na dann«, sagte sie, machte jedoch keine Anstalten zu gehen. Mit einem Zipfel meines Hemds trocknete ich

Lios Füße ab. Das Kind hob den Kopf und strahlte Mary an, die aufs Wasser sah und hilflos die Hand hob.

»Ich muss weiter.«

»Ja, klar. Ciao«, sagte ich und hörte, wie der Ständer ihres Fahrrads mit einem federnden Geräusch nach oben sprang und sich an den Rahmen legte.

»Ciao zäme«, rief Mary in die Runde und fuhr klingelnd davon.

Ich drehte mich nicht nach ihr um. Eine tiefe Erleichterung, etwas wie Dankbarkeit erfüllte mich. Max fuhr sein Auto vor und stellte die Salsamusik darin lauter. Sie tackerte über den Platz, eine der Frauen nahm ihr Kind auf die Hüfte und begann zu tanzen. Der *Don't worry*-Sound wurde aufgedreht, ein dissonantes Gemisch von Sommermusik mit anschwellendem Pegel übertönte alles andere, eine Kakofonie, in die sich kurz darauf die Polizeisirene mischte, einer der Anwohner hatte sich wegen Lärmbelästigung beschwert. Ich stieg aus dem Brunnen. Regula klopfte aufmunternd neben sich auf die Bierbank, ich aber machte eine Handbewegung, als würde ich zeichnen, deutete auf Lio und löffelte ihr imaginären Brei in den Mund und zuckte mit den Schultern. Sie winkte mir zum Abschied, und ich ging schnell davon.

Einundzwanzig leere Kartons. Leer gekratzt und noch nicht zu Flocken zerschnitten. Bleistifte, Rapidographen, Schablonen, Metalllineale, Schneidemesser, Rasierklingen. Striche, Schraffuren, Speedlines, ohne Plan begann ich zu kritzeln, zu sticheln und zu schneiden. Manche grundierte ich, andere ließ ich in ihrem ursprünglichen blassen Grau. Ich füllte Rechtecke, wischte sie vom Tisch, begann mit dem nächsten, kam in einen langsam sich steigernden Rausch.

Schwarze Bänder, rötliche Netze, graue, braune Brocken und steinhaufenähnliche Ansammlungen silberner Flecken, kantige Klippen, in eine Hochebene gestellt, von türkisblauen Flechtendecken überwuchert und von weiß-rot-weißen Wegmarkierungen akzentuiert, die Klingen der Felsgrate vor dem Himmelsblau wie Segelschiffe auf dem Meer, metallische Schlangenwindungen, Biegungen eines behäbigen Flusslaufs in den Tiefen der Täler, wie ein bunter Flugdrachen stand mein Bewusstsein über der Kritzellandschaft, während mein Körper sich in untauglichem Schuhwerk über den gestaffelten Kamm einer Felskanzel schleppte, fast freudig zuerst, dann müder werdend mit brennenden Sohlen, die zwischen die Geröllbrocken rutschten, wobei die Socken und die Knöchelhaut aufrissen. Ich balancierte ungeduldig über die ausgewaschenen Kavernen und Spalten des Felsbodens, ich suchte das Ende der scharfkantigen Gebirgsebene zu erreichen, das sich mit jedem Schritt weiter entfernte. Durch eine scharfe Trennlinie hob sich die löchrige Felswüste am Horizont gegen das andrängende Blau des Himmels ab, rückte jedoch nicht näher, veränderte sich lediglich in kaum wahrnehmbaren Schwankungen der Linienführung, die sich einmal zackiger, scharfgratiger, dann schweifender, immer jedoch klar konturiert ausnahm, jeder meiner Schritte vergrößerte die Ebene, erweiterte sie in Richtung auf ihr Ende hin, das nicht kam.

Auf einem der flechtenbewachsenen Steine zwei hart gekochte Eier essen, deren Schalensplitter in den Felsspalten verschwanden wie Hagelschlossen im sommerheißen Oberflächenbewusstsein der Stadtschluchten. Geruchlose, neutrale Schwärze atmete aus dem Spalt und verweigerte jede Tiefenschärfe. Ein zerknülltes Taschentuch, hinter den Eierschalen hergeworfen, sank in die Spalte und verschwand gleichfalls, als hätte sich eine schwarze Klappe über ihm geschlossen. Bäuchlings versenkte ich einen Arm bis zur Schulter im Spalt und versuchte, den Grund zu erreichen, griff ins Leere, tastete in einer rührenden Bewegung herum, fühlte keinerlei Begrenzung. Ich ruderte im Nichts, bog den Arm in Richtung meines Bauchs, als könnte ich mich durch den Fels, auf dem ich lag, von unten anfassen, und tatsächlich durchdrang mein Arm den Stein, während ich selbst in den Stein einsank, der Stein seinerseits mich durchdrang.

Sehr langsam zog ich den Arm unter mir hervor, brachte meine steifen Glieder in eine aufrechte Position und hielt die Rechte vors Gesicht. Äußerlich unversehrt, doch eiskalt und taub war sie, gefühllos mit einem schmerzhaften Kribbeln in den Fingerspitzen, als hätte ich in ein Nadelkissen gefasst. Stechende Schmerzen, die sich bis in die Handfläche ausbreiteten und von dort in den Unterarm aufstiegen. Jetzt kam das Unbehagen. Ein Zusammenpressen des Gehirns, als würde es von der Schädelbasis langsam an der Hirnschale flach gequetscht. Ich hatte Angst. Kein menschliches Wesen außer mir war auf der Hochebene zu sehen. Die ungeheure Tiefe der Kaverne unter mir und die dünne, durchlässige Steindecke, auf der ich saß, verursachten eine Starre, die es mir unmöglich machte, mich zu bewegen. Und weil mir nichts anderes einfiel, warf ich mit behutsamen Bewegungen meine Sachen ins Loch. Essensreste, Taschenmesser, Rucksack, Portemonnaie und Ausweis, ja selbst die Schuhe und die zerrissenen Socken. Barfuß machte ich mich auf den Weg, ging behutsam weiter. Nach und nach lief das Himmelsblau aus, und das Grau der Felsebene verschmolz mit dem Grau darüber, ich bemerkte es zuerst nicht, denn ich hielt den Kopf gesenkt, achtete auf jeden Tritt. Viele Stunden musste ich gegangen sein, Wind riss an meinen Haaren und Kleidern.

Ein warmer Südwind, der mir in Böen ins Gesicht blies. Grau verwischte in Grau, durchsetzt mit bläulichen und gelben Flecken, selbst Wegmarkierungen waren keine mehr zu sehen, als weit vor mir eine helle Gestalt auftauchte. Ich blieb stehen und beobachtete sie. Dann rief ich. Die Gestalt, die mich aufgrund des stehenden Windes nicht zu hören schien, ging weiter, bewegte sich von mir weg. Ich ging schneller, meine müden Füße knickten in den Knöcheln ab, und die rauen Steinflächen rissen die Sohlen auf.

Erschöpft blieb ich stehen. Die Gestalt war ganz in Weiß gekleidet, ihr sehr langes Haar fiel wie eine filzige Decke auf den Rücken. Sie ging voran, sah nicht zurück, doch wenn ich stehen blieb, blieb auch sie stehen, sodass sich unser Abstand nicht vergrößerte, aber trotz all meiner Anstrengungen, sie zu erreichen, auch nicht verringerte. Ihr weißes Gewand schien aus einem schweren Stoff gewoben zu sein, das der Wind ihr so fest an den Leib presste, dass ich die Knochen ihres mageren Körpers darunter erahnen konnte. Ich kniff die vom Wind tränenden Augen zusammen, konnte jedoch keine weiteren Einzelheiten erkennen. Als ich mich wieder in Bewegung setzte, ging auch sie ungerührt von der Heftigkeit des Windes, der Härte des Gesteins mit gleichmäßigen, sparsamen Bewegungen weiter. Ich ging hinter ihr her und fragte mich, ob ich sie führte oder sie mich, denn sie ließ nicht zu, dass sich der Abstand zwischen uns veränderte, und auch nicht, dass die Verbindung zwischen uns zerriss. Auch ich achtete jetzt auf meine Kraft, ging stetig, setzte meine Füße sorgfältig und senkte die Stirn gegen den Wind. Nur ab und zu sah ich nach der Gestalt, und als der anfallende Wind sich für einen kurzen Moment legte, rief ich noch einmal so laut ich konnte und beschleunigte unter Aufbietung meiner letzten Kräfte, um sie einzuholen, blieb wieder stehen, holte tief Luft, sammelte den Atem unter dem Bauchnabel und schrie mit großem Druck in ihre Richtung, dass sie auf mich warten solle. Jetzt blieb sie stehen und drehte sich nach mir um.

Alle Vorsicht vergessend und aus Angst, sie könnte weitergehen, bevor ich sie erreicht hatte, rannte ich ihr entgegen, stolpernd, Schritt für Schritt mit stechenden Sohlen, doch kurz bevor ich sie erreicht hatte, wandte sie sich ab, und mir fiel nichts anderes ein, als sie mit einem dämlichen Hallo anzusprechen. Sie drehte den Kopf und lächelte über die Schulter, auf der der dicke Haarbusch lag, der nicht aus menschlichem Haar bestand, wie ich jetzt sah, sondern aus sehr vielen knisternden Schichten einer Folie, die dünner als Papier war, biegsamer auch, dabei zäh und durchscheinend weiß, fast klar, ich sah die blätterteigartige Schichtung dieser Haardecke und erkannte auf einmal, dass es Eihäute waren, diese hauchdünnen Schichten, die das gummiartige Weiße des gekochten Eis mit der splittrigen Kalkschale verbunden hielten. Und sich unter dem Schock des kalten Wassers lösten, der mir jetzt über den Rücken rann, als die Frau mir ein Lächeln schenkte und ihre hellen angespitzten Zähne zeigte. Nicht die Eihäute, nicht die abgeschliffenen Zähne, nicht das Grinsen jagten mir diesen Schreck ein, sondern die Erkenntnis, dass ich in mein eigenes Gesicht sah. Ich schloss die Augen. Doch dann erkannte ich die Brauenborsten, die auf der Nasenwurzel wirbelten, den Schneidezahn mit der abgebrochenen Ecke und die Narbe auf der Stirn vom Fahrradsturz auf dem Weg zur Schule. Hatte ich tatsächlich so tiefe Magenfalten, war meine Unterlippe so viel breiter als die Oberlippe und die Furche, die zur Nase führte, so unscheinbar flach? Das war ich selbst als alter geschlechtsloser Mensch. Das war nicht ich, nicht der, der ich jetzt war, als der ich mich verstand. Ich befühlte mit der Zunge meinen Schneidezahn. Ich schloss die Augen. Fetzenweise drangen Worte an mein Ohr in einer unverständlichen Sprache, nur ein Wort, Kolograbsi, kannte ich. Lio. Ich öffnete die Augen. Ich blutete aus der aufgeschlagenen Lippe und einer Schürfwunde an der Stirn. Ich war gestürzt und hatte mir am harten Granit den Kopf angeschlagen. Die Frau war weg. Ich betastete mein Gesicht, wischte mit dem Hemdzipfel das Blut weg, legte die Hände vor die Augen, verfluchte die unbedachte Aktion, in der ich meine Habe weggeschmissen hatte, doch wie anders hätte ich das Loch, diese Leere, füllen sollen, wenn nicht mit all dem, was ich besaß?

Das Bild der Gestalt hinter meinen Lidern war verschwommen, und zurück blieb ein helles Weiß, nicht hochweiß wie die sonnenbeschienene Schneefläche, sondern cremefarben wie ein Ziegenfell aus Schlagrahm. Auch als ich die Augen wieder öffnete, blieb die Frau verschwunden, doch jedes Mal, wenn ich künftig die Augen schloss, war da nicht das sänftigende Dunkel der selbst gemachten Nacht, sondern das blendende Weiß ihrer Haardecke aus Eihäuten. Das Augenschließen wurde mir von da an zum Problem, zuerst nur, wenn ich schlafen wollte, dann sogar das Blinzeln. Ich musste Schlaftabletten, kleine bittere Kalkkiesel, schlucken und mit geöffneten Augen im Bett liegen, bis mir das metabolisierte Valium die Lider schloss und mich umstandslos in den Schlaf drückte, während es vor der blendenden Helligkeit, in die mich das Blinzeln stürzte, kein Entrinnen gab und ich es tagsüber immer öfter vermied, die Augen zu schließen, sodass mein Blick etwas Starres, Stierendes, gleichzeitig Abwesendes, Verschwommenes bekam, als lägen die Augen eine Handbreit unter der Oberfläche eines Teichs – das sagte jedenfalls Josefine, als wir uns lange Zeit darauf wiedersahen, und auch, dass es ihr unheimlich war, bis ich ihr sagte, dass es eine Folge der künstlichen Tränen war, die ich mir verschreiben ließ und in jedem unbeobachteten Augenblick in die Augen tropfte.

Sehr viel Blut, ein brennender Schmerz, heißes Stechen. Ich war mit dem Japanmesser ausgeglitten und hatte mir tief in den Handballen geschnitten. »Rolumenäkolograbsirolomänokunirabsititzenbenakoliograbulolo …«, und so fort. Das Kind drückte lange Würste Deckweiß aus der

Tube, verrieb sie auf dem Holz, schmierte sie in die Ritzen, verteilte sie, mit Speichel angereichert, über Haar und Gesicht und erzählte sich fortwährend, was es tat. Endlose Liomonologe, unbekannte Wortfolgen und Silbenreihen, die minimal music meines Vaterdaseins, Hintergrundgeräusch meines Lebens, dessen ich nur noch gewahr wurde, wenn Leute uns beobachteten, leise miteinander sprachen und im Weggehen über die Schulter nach uns sahen. Ich lief ins Bad, stellte das Badewasser an, desinfizierte und verpflasterte die Wunde, griff dann Lio unter die Achseln und trug sie ins Bad.

Ein dicker grüner Schwall Duschgel sprang in die Wanne und blähte sich zu einem Schaumberg auf. Lio jammerte, streckte die nackten Arme und Beine, weinte dicke Tränen, als ich sie ins Wasser setzen wollte. Ich prüfte die Wassertemperatur, den Lichteinfall, die Position des Duschvorhangs – alles war wie immer. Lio schluchzte. Ich hob eine Handvoll Schaum vor ihr Gesicht und blies hinein, dass die Flocken durchs Badezimmer tanzten. Durchscheinende Bäusche, fetzenhafte Blasenberge, weiße Federschwämme. Lio jammerte. Das war es also. Ich wickelte sie in ein Badetuch und schöpfte den Schaum vom Wasser ins Waschbecken, wo er knisternd zerfiel, spritzte auch die letzten Reste mit der Brause vom Wasser, und endlich schimmerte es grünlich klar und durchsichtig bis auf den Wannengrund. Zögernd begann das Kind zu lächeln, dann fuchtelte es und planschte laut. Unkontrollierte Bewegungen, diffuse Massen, schwer Begrenzbares, wolkenhafte Materie durften in ihrem Leben nicht sein. Waren ihr unerträglich. Ich hatte verstanden.

Jedoch. Für mich war das anders.

Meine Hand fühlte sich taub an, ich tropfte noch mal Jod darauf und wechselte das Pflaster, dann packte ich Lio ins Traggestell und ging in die Stadt. Vorher warf ich meine Messer, Spitzer, die harten und die Druckbleistifte, die Rapidographen, Scheren, Federn und Cutter in eine Schublade und schloss sie ab. Und wieder Grau verwischt in Grau, wolkige Flächen, türkisfarbene Flecken darin, currygelbe Flechten, nebelhaft verschwommen die rot-weiß-roten Wegmarkierungen im silbergrauen Stein. Langsam durchwanderte ich die Abteilungen und sammelte ein, was sich meinen Fingern anschmiegte, was meine Augen besänftigte und meiner Imagination aufhalf.

Feinste Pinsel mit dicken, weichen Marderhaarbüscheln, Farben, Tuschen, Kohlen, Kreiden. Biegsame Bögen Pergament, dicke holzhaltige Skizzenpapiere, durchscheinendes Kalligrafiepapier (in einem Kaufhaus flirtete ich der Kassiererin in der Haushaltsabteilung einen dicken Stoß des Papiers ab, in das sie Glas- und Porzellanwaren einwickelte). Alles würde anders werden. Die weiche Kinderhaut, die seidigen Büschel schwarzen Haars, Cremes und Puder, Samtanzüge und weiche Vliese, lockeres Windelgewebe, raschelndes Seidenpapier und das dunkle Schimmern in Josefines Stimme. Schmierige Fingerfarben, einen ganzen Kasten Aquarellfarben, noch mehr Pinsel, die weichsten Bleistifte, Reißkohlen, dicke Zimmermannsstifte und ölhaltige klebrige Stempelkissen, üppige Wachsmalkreiden, dicke Filzstifte. So müsste es gehen.

24 Es begann in der linken unteren Ecke eines quer liegenden Kartons, auf dem noch das Absenderetikett der Stiftung für cerebral gelähmte Kinder klebte, von der ich Sabberlätze, Betteinlagen, Windeln und Matratzenschoner bezog. Ich grundierte mit wässrigem Weiß. In fahrigen Strichen huschte der Pinsel über den milchigen Untergrund, ich strichelte dicke Schnürstiefel hin, Springerstiefel, wie Punks sie trugen, aus denen magere Waden wuchsen und am abgewetzten Saum eines Regenmantels endeten. Der übergroße Mantel mit Schulterklappen und Pattentaschen umhüllte eine magere Frauensperson, die der eng gezurrte Gürtel in zwei ungleiche Hälften teilte. Hochgezogene Schultern, Fäuste in den Manteltaschen vergraben. Aus dem hochgestellten Kragen wuchs in unruhigem Strich das überlange Rohr eines Halses, auf dem das Dreieck ihres Gesichts stand; die Augen eine Wellenlinie mit von schweren Lidern verhängtem Blick, hakenartig die Nase, ein zum Punkt geronnener Mund betonte das Vogelartige der Erscheinung. Ponyfransen hingen unter dem Kopftüchlein hervor, an den Seiten staken zwei geflochtene Zöpfe, dünn und fest wie Drahtseile. Aus der Armbeuge wuchs der Stiel einer Sense, die Klinge schwebte über ihrem Kopf wie ein Fallmesser. Ich strichelte und wischte, schwärzte und rieb. Dann fixierte ich mit Haarspray und pinnte Paules Porträt an die Wand

und warf das Japanmesser so lange nach ihr, bis es in ihrem Mund stecken blieb.

In jährlichen Abständen schrieb sie an Lio ihre Postkarten mit belanglosen Geburtstagsgrüßen von den Rändern des Kontinents, aus den Küstenorten, in denen sie sich aufhielt. Meist war das Meer darauf zu sehen, blühende Büsche Bougainvilleen, Oleander, Hortensien, Zypressen, ein ziegelrot gedecktes Dach oder graue Steinhäuser, eine Palme, Begrenzungshecken irischer Felder. Paule trieb von der Pointe du Raz nach Port Bou, von Finistère nach Antalya nach Sagres nach Odessa, von Aberdeen nach Palermo, und ich fragte mich mehr als einmal, ob ihr Weg über das Festland sie nicht durch Zürich führte. Tagsüber dachte ich nur noch selten an sie, nachts jedoch konnte es geschehen, dass ich mich zwischen den Laken wälzte und mir schlecht wurde vor hilfloser Wut über meine unbeantworteten Fragen. Drängend und zersetzend. Eine Mischung aus Zorn und Verzweiflung trieb mich dann durch die Wohnung und hinaus in die Straßen der Stadt, wo die eiserne Leere fehlender Antworten sich auflöste und einer erschöpften Resignation Platz machte. Vor Müdigkeit schlurfend, schleppte ich mich zurück in die Wohnung und schlief tief und traumlos bis zum Morgen, wo ich wieder in der Gegenwart des Es-ist-wie-es-ist anlangte. Endlich. Wieder schwamm ich hinaus ins endlose Blau, nachdem ich, durch das weitläufig mäandernde Adernsystem aus Schafspfaden in der Macchia strolchend, an einen jähen Absturz der Klippen ins opalene Meer gelangt war. Tief unter mir lag in der felsumstandenen Bucht die blasse Sichel eines kaum bevölkerten Kiesstrands. In zahllosen Schlangenlinien breitete sich die in ungeheurer Bläue daliegende Fläche des libyschen Meers aus, das Seismogramm einer brennenden Welt. Ein heißer Windstoß fuhr mir ins Haar, zerrte an meinen Leinenhosen, trug mir den Brandgeruch nach, stockte plötzlich, als hielte die Welt den Atem an, und in der Stille hörte ich das Geräusch des startenden Motors und sah unser Auto in einer rostroten Staubwolke davonfahren, mitten hinein ins brennende Land. Schwarze Rauchwolken unter dem Ida. Paule fuhr dem Glutfeld entgegen, das wir eben in fliegender Hast hinter uns gelassen hatten. Brennende Olivenhaine, Rauchschwaden, Flammen bis an den Straßenrand, wir waren im Schritttempo gefahren, hatten nicht gesprochen, im Wagen war es glühend heiß geworden. Die knorrigen Bäume standen mit loderndem Haar, aus der steinalten Rindenhaut quoll Wasser und verdampfte zischend auf der glühenden Erde. Wie schwarze Regentropfen fielen die verschrumpelten Ölfrüchte aus dem brennenden Geäst. Paule kletterte nach hinten auf die Rückbank, wo sie einen besseren Ausblick hatte. Sie schrie und staunte vor Sensationslust. Jetzt fuhr sie zurück in die brennende Landschaft.

Damals dachte ich, ich würde sie eines Tages verstehen. Ihre Impulsivität, ihre Unberechenbarkeit, ihre klirrende Unabhängigkeit würde ich, wenn nicht lieben, so doch begreifen. Wie hinreißend, wenn ihre Fantasien uns beide meinten, wie aufreibend, sobald ich ausgeschlossen war! Der Wagen verschwand im Rauchfeld des Flächenbrandes, aus dem Helikopter herausflogen, um an der Küste Wasser zu schöpfen und zurückzufliegen. Die flappenden Rotorblätter wirbelten Gischtnebel auf, während sie den lächerlich kleinen Behälter an seiner endlosen Schnur hineintauchten und im Davonfliegen einen großen Teil des Wassers aus dem gekippten Eimer wieder verloren. Ich kletterte den Felshang zum Strand hinunter, legte die Kleider ab, bündelte sie und beschwerte sie mit den Schuhen. Dann schwamm ich hinaus ins Blau.

Mit den dicken weichen Stiften und Pinseln, mit kleinen Schwämmen, ja mit den Fingern grundierte und malte ich, wässerte und wischte. Farben, Flächen, Konturen liefen ineinander, meine Bilder lösten sich vom Konkreten, wurden schattig und weich, die Übergänge unsichtbar, alle Gegenstände schemenhaft. Und aus dem Nebel des Ungefähren lösten sich mit wenigen kalligrafischen Pinselstrichen die Figuren, traten deutlich hervor, jedoch mit variierter Strichbreite. Paule als Alte. Ich malte sie als alte Frau, ließ das Hexenhafte ihres Wesens deutlich werden, imaginierte sie fern von jeder Milde, von allem Sanftmut, aller Abgefundenheit, die ein hohes Lebensalter mit sich bringen konnte. Nicht bei ihr. Ihr irrer Blick hatte noch immer das Suchende, Gierige, Unerlöste. Ich bannte die Geister der Zukunft, die Hoffnungen, ich löschte sie in ihrem Gesicht alle aus. Um es trocknen zu lassen, legte ich das Bild auf den Schrank.

Dann war ich frei für das Wettbewerbsprojekt, der Abgabetermin rückte näher, ich musste mich beeilen. Und wie immer, wenn mir keine Aufschubmöglichkeit mehr blieb, ging mir die Arbeit gut von der Hand. Ich entschied mich für den Vogel-und-Müll-Entwurf und begann zu scribbeln. Als die Vorzeichnungen fertig waren, ging ich aus Tuschen, brauchte aber für die Reinzeichnungen länger als geplant und konnte mich lange nicht für einen Font entscheiden. Auf einmal wurde die Typo überaus bedeutsam, und ich kam tagelang nicht zu einer Entscheidung, bis ich mich entschloss, die Texte von Hand zu lettern, und in den Ausdrucken mit der Amis-Schablone die Linien zog, dann das Großbuchstaben-Comic-Lettering machte, das mir leicht von der Hand ging, und ich wusste, dass es so funktionieren würde.

Um das Dossier fristgerecht fertig zu bekommen, arbeitete ich mehrere Tage lang durch, unterbrach nur, um Lio zu versorgen, Bier zu holen, kurz zu schlafen. Um nicht in Tiefschlaf zu verfallen, legte ich mich bei geöffnetem Fenster auf den Fußboden, deckte mich nicht zu, rollte mich nicht ein, nickte nur für eine halbe oder dreiviertel Stunde weg, bis mich das Schaudern meines unterkühlten Körpers weckte, ich mich streckte und auf den Hocker am Zeichenbrett kraxelte, um weiterzumachen. Mit Max beriet ich mich über die Texte, wir verknappten und präzisierten die Aussagen, bis Text und Bild zur Einheit verschmolzen, die Redundanzen aufgelöst waren und ich die letzten Fassungen machen konnte. Anruf beim Drucker, Proofs erstellen, abspeichern, hinbringen, Lio in der Therapie abliefern, Espresso in Marys Café, Belanglosigkeiten austauschen, Prints holen, eintüten und im Stadthaus vorbeibringen, wo wir eine Viertelstunde vor Büroschluss eintrafen. Wenigstens zur Konkurrenzpräsentation eingeladen werden, wenigstens das. Zu Hause nahm ich das Bild von Paule vom Schrank und hängte es mit dem Gesicht zur Wand auf. Ein unscheinbares C4-Couvert, etwas gewellt von Wasser und Farbe, die an den Rändern auf die Rückseite ausgetreten war, eine karamellfarbene leere Fläche, frei und unbefleckt, Reduktion ihrer Präsenz auf die bekleckerten Kanten, Randexistenz in meinem Leben.

Und dann rief Josefine an, um mir zu sagen, dass sie nächste Woche in die Stadt komme und mich treffen wolle. Sofort ging ich zu Paul und bat ihn, Lio dann zu hüten. Er fragte nichts, lächelte nur, schien sich zu freuen und fragte schüchtern, ob er was aus meiner Comicsammlung lesen dürfte. Alice jedoch, so nachlässig sie mit der Ernährung, Hygiene und irgendwelchen Erziehungsregeln war, tolerierte nicht, dass er die Schule vernachlässigte, und stieß sich daran, dass er, seit ich ihm den Deal mit den Zeichenstunden angeboten hatte, jede freie Minute bei uns oben verbrachte, um zu zeichnen. Er machte schnell Fortschritte und saß lieber bei uns als zu Hause über den Mathebüchern. Ich meinerseits wollte Lio nicht mehr in Alices Obhut lassen, seit ich sie einmal in erbärmlichem Zustand zurückbekommen hatte. Krank, unterkühlt, mit einem langen, sich verbreiternden Kratzer, der von der Stirn über die Nase bis zum Mundwinkel lief. Die Zwillinge hatten gestritten und Lio sei halt dazwischengeraten. Halt so. Ich redete mit Alice über Pauls Zeichentalent und bat sie inständig, ihn zu uns zu lassen – dass es um eine Frau ging, dass ich sie liebte, verschwieg ich, und schließlich willigte sie ein. Dann. Ich hätte es wissen müssen, hatte damit gerechnet, irgendwo in einem abstrakten Teil meines Hirns, nicht im wirklichen Leben, nicht innerhalb meines Erfahrungshorizonts, meines tatsächlichen Erlebens, meiner Vorstellungskraft. Da war es nicht.

Jedoch. So plötzlich. Und zum falschestmöglichen Zeitpunkt geschah es, und alles andere wurde nebensächlich: Meine Großmutter war tot.

Der Anrufbeantworter spuckte eine unpersönliche knarrende Stimme aus. Dürre Worte, abgegriffene Beileidsfloskeln. Damit endete meine Kindheit. Lieber mit warmen Händen geben, hatte sie gesagt, wenn ich als junger Kunststudent zu ihr gekommen war und sie mir einen oder zwei Hunderter zusätzlich zusteckte. So fand sich in den Jackentaschen, Mantelsäumen, im Geheimfach ihres Nähtischs, zwischen Bücherseiten und im Spiegelschrank ihres Badezimmers zwischen Gebissreiniger und Inkontinenzeinlagen kein Geld, nur eine Perlenkette, der Lippenstift in der Goldhülse und ein leerer Flakon ihres Parfums. Neben diesen Habseligkeiten vererbte sie mir ein kleines Sparguthaben, das nach Abzug der Pflegeheimkosten für die Beerdigung im einfachsten Sargmodell gerade eben reichte. Go schteenei pra. Sie lebte nicht mehr.

Am Abend nach der Beerdigung war ich mit Josefine verabredet.

Müde stand ich am Fenster und sah Pink Cloud zu, die unten auf und ab ging und sich, als ein Wagen hielt, auf den Fensterrahmen stützte, den kurz berockten Hintern rausgestreckt, mit dem Fahrer verhandelte, dann die Zigarette wegwarf und einstieg. Leer lag die Straße da, mir war klamm, ich fühlte mich verlassen und sehnte mich nach der warmen Haut eines Frauenkörpers. Es war nicht die Gier nach einem schnellen Schuss, vielmehr die Suche eines Höhlentiers nach dem atmenden, pulsierenden, dünstenden Körper eines verwandten Wesens in seiner Nähe. Keine Vereinigung, nicht einmal Zärtlichkeit, sondern nur der fahle Hauch eines fremden Atems, der mich streift, mehr eine Ahnung als eine Wahrnehmung, das wortlose Pulsen der Dunkelheit und die Gewissheit, nicht allein zu sein, ein nahezu unkörperliches Wissen um den anderen, der nichts weiter tut, als dieselbe Atemluft, dieselben Nachtstunden voller Schlaf und, ja, wenn wir uns lang verbunden sind, auch seine Traumfetzen mit mir zu teilen.

Diagnose: Allgemeiner Entwicklungsrückstand, neurologische Auffälligkeiten. Erstes Gespräch mit dem Vater am 15.6.1994, und seit dem 8.8. kommt Lio regelmäßig einmal pro Woche zur Frühförderung in die Frühberatungsstelle. Anamnese: bekannt. Abklärungsmittel: Münchner Funktionelle Entwicklungsdiagnostik für das 2.+3. Lebensjahr (MFE), Sensomotorisches Entwicklungsgitter nach Kiphard, Entwicklungsprofil nach B. Zollinger, Vademecum durch den Vater ausgefüllt.

Ergebnisse der einzelnen Abklärungsmittel

MFE-Durchführung am 20.10.94, LA19 Monate

Laufalter 12, Handgeschicklichkeitsalter 13,5, Perzeptionsalter 12, Sprechalter 11, Sprachverständnisalter 13, Sozialalter 12,5, Selbstständigkeitsalter 11,5 Monate.

Kiphard-Durchführung am 25.9.94

LA: 18 Monate, EA: 14, EQ 60

Entwicklungsprofil nach Zollinger-Durchführung am 11.9.94, LA: 18 Monate; praktisch-gnostische Kompetenzen –5, symbolische Kompetenzen 7–10, sozial-kommunikative Kompetenzen 10–13, sprachliche Kompetenzen 5–7 Monate

Vademecum am 11.9.94 durchgeführt, LA: 18 Monate

A: körperliche Entwicklung / Kontrolle der Körperbewegungen 13, B: Entwicklung des Sehens und Greifens 12, C: Entwicklung des Hörens und Sprechens 12, D: Entwicklung der Selbstständigkeit 13, E: Entwicklung der Gefühle und Gemeinschaftsfähigkeit 13 Monate.

Das Blatt zitterte in meiner Hand, ich sah auf die Uhr. Josefine wartete auf mich. Der Therapiebericht enthielt nichts, was mir nicht bekannt gewesen wäre, dennoch. Der fachliche Blick, das therapeutische Machtwissen, die Verzögerung der Entwicklungsetappen und die Zeitfenster, die sich eins ums andere schlossen, würde nichts gegen die Versäumnisse getan, ja selbst dann. Man musste etwas tun, mehr tun, das wurde mir klargemacht und auch, dass ich davon ja keine Ahnung hatte, dass der Abstand nicht mehr aufgeholt werden konnte, keine Prognose möglich sei, die Entwicklung in Gang, das Entwicklungsbild homogen, jedoch. *Mit einem Entwicklungsrückstand zwischen fünf und sieben Monaten.* Und das, so wurde mir klar, waren im Leben eines Kleinkindes, was für unsereinen Jahrzehnte waren. Nicht aufzuholen, das wurde mir nicht gesagt. Klargemacht schon. Unwiederbringlich verlorene Zeit. Ungenutzte Zeit, in der ich zu sehr mit mir beschäftigt gewesen war, mich zu wenig gekümmert hatte, einfach nicht gut genug gewesen bin. Weil ich nichts gewollt und getan hatte, als mit dem Kind zu leben, wie ich mir vorstellte, dass ein Vater es tun sollte. Da war es wieder: das Reparaturbedürfnis. Und wie zur Siesta in einer glutheißen spanischen Stadt schlossen sich vor meinen Augen die

Fensterläden einer um den anderen. Mir brannte die Sonne in den Nacken, durch die menschenleere Straße kroch ein fahler Hund mit eingeklemmtem Schwanz, er schnüffelte an meinen Hosen und schlich jaulend weiter. Der letzte Laden klappte zu, und in den Erdgeschossen wurden die Metallgitter vor den Fensterauslagen heruntergelassen. Kein Windhauch ging, ich starrte auf die plane Fläche der Fassade vor mir, der abweisenden Häuserfront. Das Blatt in meiner Hand zitterte, und ich begann zu heulen wie der Straßenköter. Tränen liefen über mein Gesicht und Rotz aus meiner Nase. Dass man das verlernen kann. Seit dem Besuch der stählernen Silhouetten an der Route nationale, zu denen meine Eltern geworden waren, hatte ich nicht mehr geweint, und jetzt, da es mich überkam, konnte ich es nicht mehr. Mir tat der Schädel weh, als wollte er zerspringen. Die Augen wie Murmeln mit hartem Druck in ihren Höhlen, und nach dem ersten Schwall rann nichts mehr. Kein Tropfen kam aus meinen Augen. Ich schnäuzte alles weg und warf mir kaltes Wasser ins Gesicht. Es klingelte, Paul kam, um Lio zu holen, ich zog ein frisches Hemd und die Lederjacke an und ging.

Froh um den kalten Wind, der mir ins Gesicht stach, eilte ich durch die Straßen. Josefine war sehr schön. Sie wartete bereits, als ich das vegetarische Restaurant betrat, und als ich zu ihr kam, erhob sie sich, trat mir entgegen und küsste mich auf den Mund. Verdattert tat ich, als wäre es das Selbstverständlichste der Welt, als hätte ich es nicht anders erwartet, doch während des ganzen Abends spürte ich, wenn ich ihre Lippen ansah, wieder ihre seidige Oberfläche auf meinen, so unerhört sanft und selbstständig, als führten sie ein Eigenleben, das weder ich noch Josefine durchschauen oder bestimmen konnten. Sie fragte nach meiner Arbeit, und ich war so überrascht, dass ich zu stottern anfing, denn lange hatte ich mit keinem über meine Projekte geredet. Sie nippte am Weißwein und stocherte im Riz Colonial, spießte die exotischen Fruchtstücke auf und schob sie ohne Hast zwischen ihre so weichen Lippen, schob gedankenverloren das Essen auf dem Teller herum, während sie zuhörte, dann und wann etwas fragte und ich Mut fasste. Ich erzählte viel mehr, als ich gewollt hatte, es ließ sich nicht vermeiden, es war, als gingen die Schleusen, die die Tränen nicht hatten öffnen können, alle auf und die Fluten meiner eingeschlossenen Leidenschaften überschwemmten die Frau. Sie hielt sich fest an ihrer Gabel, die Knöchel traten hell hervor, doch sie hielt stand, und der Blick aus ihren dunkelgrauen Augen war offen.

Ich fragte, um sie von mir abzulenken, was sie nach Zürich führte, und sie sah mich einen Augenblick an, als dächte sie nach, als zögerte sie, als wäre ich ihr zu nahegetreten. Ein Blick, der schwer zu deuten war und in mich, der ich ungeschützt vor ihr saß, eindrang, groß und diffus, ein Unbehagen, das nicht Schmerz genannt werden konnte, füllte mich aus. Ein Druck und das Gefühl, überfüllt zu sein. Überwältigt. Ich trank mein Bier in einem Zug leer, setzte das Glas ab und fragte weiter, woran sie zurzeit arbeite, und sie berichtete über einen Katalog, Begleitpublikation zu einer Ausstellung über die Fotografie am Bauhaus, Thema ihrer Diplomarbeit. So erfuhr ich, dass sie in der Forschung bleiben wolle, da nicht der Typ, der in Gummistiefeln über Baustellen gehe oder nächtelang an

Wettbewerben arbeiten wolle. Das Problem des schwindenden Raums. Das verengte und verdichtete Bauen, zu dem sie nicht beitragen wolle, dafür hätte sie auch keine Rezepte bereit. Eigenheime, kleinere Umbauten, Renovationen oder der Erhalt bestehender Bausubstanz sei ihr zu nickelig, zu sehr kleinklein. Sie wolle lieber zu den Wurzeln graben, dahin, wo ihrer Meinung nach der Ursprung der zeitgenössischen Architektur liege, zu dieser kurzen dichten Epoche der Bauhauszeit, zu dem, was man die klassische Moderne nenne, auf die zu beziehen, von der sich abzusetzen heute jeder Architekt sich aufgefordert sehen musste. Mir kam das sehr apodiktisch vor. Dessen sei sie sicher, behauptete hingegen Josefine, aber genug. Mit der Haarsträhne aus der Stirn wischte sie auch das Thema weg und schob sich eine Gabel Reis und tropische Früchte in den Mund.

Ich sah ihren weich geschwungenen, sehr klar konturierten Mund sich öffnen und um das Metall schließen. Die Oberlippe schwang sich zu zwei Gipfeln auf, ehe sie nach einer lang gezogenen Senke sich im Mundwinkel wieder ein wenig hob, was Josefine einen zwar freundlichen, doch immer etwas ironischen Ausdruck verlieh. Unter den gerade gewachsenen dichten Brauen lagen ihre dunklen Augen, in die ich jetzt hineinfiel und mich lange nicht mehr zurechtfand. Sollte ich noch ein Bier bestellen oder es einfach sagen? Sie redete weiter, als hätte unser Blickwechsel keine Bedeutung, als wäre ihr nichts aufgefallen, und ich erfuhr, dass es ihr größter Wunsch sei, nach Dessau zu gehen, wo das Feininger-Haus restauriert würde und man auch Bestandsaufnahmen der anderen

Meisterhäuser mache, um sie in ihren Originalzustand zurückzuversetzen, daran würde sie gern mitarbeiten. Als sie das Wasserglas absetzte, schlug es an den Kelch des Weinglases, und ich glaubte, ein leises Zittern ihrer Fingerspitzen wahrzunehmen, als sie beide Hände schnell vom Tisch zog und in ihrem Schoß ineinanderknotete. Da entschloss ich mich.

»Ich habe Lust mit dir zu schlafen.« Und sah auf meinen Teller, der jetzt leer war, ein paar letzte Reiskörner lagen verstreut herum. Sie behielt die Hände im Schoß, sagte aber: »Lass uns gehen«, und winkte dem Kellner.

Auf der Straße fuhr mir der Wind ins Gesicht, Josefine schlug den gelben Trench zusammen und verknotete den Gürtel mit einem Ruck, als wollte sie ihn nie wieder öffnen. Die Straßenlampen warfen einen orangefarbenen Schimmer auf ihr braunes Haar, sodass es rötlich glänzte. Sie strich mit der Hand über den Scheitel nach hinten und hielt es für einen Moment zusammen, ehe sie die Hand sinken ließ und wieder in der Manteltasche versenkte, wo sie sie zur Faust ballte. Ich wusste, dass sie auf ein Zeichen von mir wartete, und zog sie an den abstehenden Enden ihres Gürtels näher zu mir, schloss die Arme um sie und drückte sie an mich. Sie war ebenso groß wie ich und, obgleich sie schlank wirkte, kompakt und fest. Ihr Körper fühlte sich an, als könnte er viel aushalten, als wäre er für schwere Arbeit gemacht, Feldarbeit oder Fabrikarbeit. Josefine in der Produktionsküche einer Großbetriebskantine, wie sie mit Töpfen und Pfannen, Warmhaltewannen, Sieben und Schneidebrettern hantierte. Josefine, die den Kühen Heu in die Traufen schaufelte und Strohballen wuchtete. Josefine, die einen Dachstuhl aufrichtete, einen Baum fällte, ein Haus leer räumte und einen Sattelschlepper steuerte. Der Festigkeit ihrer Muskeln und Knochen widersprach die Leichtigkeit, mit der ich sie aus dem Gleichgewicht brachte, als ich sie an mich zog, während ihre Füße fest verwurzelt blieben, sodass sie gegen mich fiel und ich ihr unter die Achseln griff, weil ich fürchtete, sie würde in sich zusammensinken. Obwohl sie mit ihrem ganzen Gewicht an mir lehnte, war sie nicht schwer, nicht fremd, ja, nicht einmal mehr von mir getrennt, sondern wurde zu einem Teil von mir, wie zwei Puzzlestücke, die Lio mit der dick gepolsterten Hand ineinanderdrückte, zwei Hälften einer einzigen Körperexistenz, die zusammen- und ineinandersanken. Ich nahm sie mit zu mir, wo ich sie an der Hand durch das Durcheinander aus Klamotten, Spielzeug, Büchern und Papieren in mein Zimmer führte, wo ich ihr einen Schubs gab, sodass sie aufs ungemachte Bett fiel. Sie lachte leise. Ich machte das Licht nicht an, sondern legte mich neben sie, öffnete ihren Trenchcoat, schob die bunt bedruckte Bluse hoch, zog den Reißverschluss der grauen Marlenehose auf, wälzte mich auf die Frau, die ganz still dalag, begrub sie unter mir, und jetzt überwältigte mich ein Gefühl der Zusammengehörigkeit, als ob mein Körper den ihren schon lange kennte.

Josefine blieb. Am Morgen besorgte sie Kaffee und Croissants, Orangensaft und Milch und hantierte mit ihren großen Händen in der Küche herum, ordnete schnell das dreckige Geschirr in einen sich verjüngenden Stapel, leerte die Aschenbecher, weichte die verkrusteten Pfannen ein, stellte den Müllsack auf den Balkon und zündete sogar eine Kerze an, während sie zu den Popsongs aus dem Radio pfiff. Verstohlen schlich ich mich ins Bad, wo ich lang auf dem Rand der Wanne saß, bevor ich das Wasser andrehte, um Scham und Schmach der letzten Nacht abzuwaschen.

So genau unsere Körper auch zueinander passten, es war mir nicht gelungen, mit ihr zu schlafen. Eine Auflösung der plötzlich durchweichten Grenzen, eine Taubheit an den sich berührenden Hautflächen, sodass der Übergang zwischen mir und ihr sich in einem weichen, nebelartigen Dunst verwischte, von dem aus eine Angst in mich einsickerte und mich wie eine fremde Substanz durchdrang. Sie strömte in alle Poren und Ritzen meiner Selbstgewissheit und lähmte meine Bewegungen, raubte mir die Lust, schrumpfte jeden Liebesmut und ließ mich als leere Hülle über ihr zusammensinken, wo mich etwas schüttelte, das ich für die Angst hielt, es war ein Schluchzen, und entsetzt sprang ich aus dem Bett, rannte auf den Balkon, wo ich nackt und schwer in der kühlen Nachtluft stand. Und keuchte.

Jetzt, am Morgen danach, wünschte ich mir, sie würde verschwinden, doch als ich sie, noch feucht vom Duschen, umarmte, war es plötzlich, als wäre sie ein insgeheimer Teil meines Körpers und wüchse mit mir zusammen, als dehnte ich mich aus in eine lang gesuchte Richtung und in eine mir schon immer vorbestimmte Form. Das bestürzte und lähmte mich, denn es vervollständigte mich auf so selbstverständliche Weise, dass ich die Frau voller Wut wegwünschte, aus Angst, es könnte zu Ende sein und ich bliebe zurück als ein Halbes, als das Fragment, das ich immer schon gewesen war und als das ich mich bislang nicht sehen noch spüren hatte müssen. Das war vorbei jetzt. Josefine strich sich die vom Schlaf zerzausten Haare hinter die Ohren, trank ihren Espresso und biss in ein Croissant. Wo Lio sei, fragte sie mit vollem Mund. Jesses. Ich rannte zum Telefon und wählte Alices Nummer. Lio gehe es gut, sie könne noch bis zum Nachmittag bleiben, wenn mir das etwas nütze. Ich würde sie dann holen kommen, sagte ich. Nur um sie wieder wegzugeben, dachte ich. Ich wollte mit Josefine leben. Als ich den Hörer auflegte, hörte ich die Eingangstür ins Schloss fallen und wusste, dass Josefine gegangen war. Ich stand am Fenster und sah ihr nach, wie sie die Straße hinabging. Der maisgelbe Mantel, die weiten grauen Hosenbeine, das wellige Haar, das in der Sonne glänzte. Sie ging mit schwingenden Hüften, und als ihr Pink Cloud von der Nachtschicht entgegenkam, drehte sie sich nach der Hure um, bemerkte mich am Fenster und lächelte mir zu. Ich lüpfte einen imaginären Hut, sie drückte einen Kuss in ihre Hand und warf ihn in meine Richtung. Ein Blinken weit hinten in meinem Kopf, ich blinzelte und rieb die Augen. Als ich wieder hinaussah, war die schöne Frau verschwunden.

Im Sturm räumte ich die ganze Wohnung auf, putzte, ordnete den Zeichentisch, holte Lio bei Alice ab und vereinbarte einen Termin mit dem Sozialberater. Er musste mir helfen, einen Platz für das Kind zu finden. Ein Tabu fiel um, wie ein Paravent im plötzlichen Windstoß, und dahinter taten sich neue Räume der Freiheit auf. Ich wollte mit ihr leben. Ich wollte diese Frau haben. Vollständig sein. Kein loses Teil, kein Fragment mehr. Was Josefine wollte, wusste ich nicht. Auch was Lio wollte, war mir gleich. Ich brauchte Geld. Und Arbeit. Und diese Frau.

Das Tabu war gefallen: Das Kind kommt in ein Heim. So einfach war das.

COLORING

25 Es geht auf Mittag, und wir sind noch immer in Süddeutschland, noch nicht auf der A6 Richtung Nürnberg, noch nicht in Franken, noch lange nicht aus dem alten Teil der Bundesrepublik hinaus. Müdigkeit kriecht von hinten über den Kopf, hockt sich auf meine Stirn. Das Mädchen auf dem Beifahrersitz packt seine Tasche aus. Verstohlen beobachte ich sie. Da sind die drei Portemonnaies, nur die für die Reise. Zu Hause liegen noch einmal mindestens fünf. Ein blaues in Schlumpfgestalt, ein braun-grünes aus Leder, ein rosa-weißes, gehäkeltes mit kaputtem Feiserschluss, da ist die Sonnenbrille, der ein Glas ausgebrochen ist, die 3-D-Brille vom letzten Kinobesuch *(Kung Fu Panda 3)*, ein abgebrochener Lippenstift aus dem Discounter, noch ein Reißverschlusstäschchen, gefüllt mit grau-weiß geäderten Steinen, ein angespitzter Holzstecken, Notizhefte bunt und einfarbig: Hello Kitty, Lilifee, zwei Disney-Zeitschriften *(Auch du kannst eine Prinzessin sein)*, die SIM-Karte aus einem Mobiltelefon, CDs: *Let it be, Ohrewürm, Drei Haselnüsse für Aschenbrödel,* eine runde Schachtel aus Sperrholz, Affe, Ente und Hase aus Plüsch, fünf Socken von der Puppe Maria, ein USB-Stick, ein Fußballheft der letzten WM samt einem Stoß Panini-Bilder, eine Bürste fürs Puppenhaar, zwei kleine Blechteller, ein leerer Parfumflakon, ein kaputtes Handy, etwas zerknickt und an den Ecken abgestoßen: die Karte

Braungelbrot, Krümel und ein riesiger Batzen Kaugummi. Lio betrachtet ihre Dinge und packt alles wieder in die Tasche zurück. Dann packt sie sie wieder aus. Und wieder ein. Und wieder aus. Kühe liegen auf den Wiesen, aus denen die Herbstkälte dampft, sie malmen Grasbrei und blinzeln in den gläsernen Tag. Schnell fahren auf der linken Spur, aufgehoben in der Anonymität des Kolonnenverkehrs, in der Weite der Landschaft. Verschlupft hinter einer Anhöhe, mit roten Dächern und Zwiebelturm, das Dorf, in dem die Kühe wohnen. Einkaufsmärkte, ein Gewerbegebiet, dann der Strichcode aus Schattenstreifen, als die Straße durch ein Waldstück führt. Lastwagenquader schieben sich ins Bild, schwarze Geschosse huschen heran, kleben in meinem Rückspiegel fest.

Ein Anruf bei der Caritas. Um Unterstützung zu bekommen, müsse ich einen Antrag stellen, diesem ein Haushaltsbudget beilegen, die laufenden Kosten, die Einnahmen, alles genau auflisten und belegen. Ich kramte in meinen alten Rechnungen, in Verträgen und Honorarabrechnungen. Unser Bedarf überstieg meine Einkünfte. Natürlich. Das sah ich mit jedem Blick in meinen Geldbeutel und spürte es, wenn der Wind an meinen weit gewordenen Kleidern zerrte, wenn ich die Hosen hochzog und sie ohne Gürtel sofort wieder über die Hüftknochen rutschten, wenn ich Zigarette um Zigarette rauchte, um den Hunger zu betäuben. Vier Seiten wurde die Abrechnung lang, ich formulierte ein Bittschreiben und steckte alles in einen Umschlag und wagte den Gang zum Sozialamt.

Herr Zanotta packte sein Pferdeschwänzchen und drehte es in der Hand. Dann öffnete er die Laufschubladen mit den Hängeregistern, suchte mein Dossier und ein paar Formulare und Broschüren zusammen und setzte sich mir gegenüber. Es gebe ein Angebot des Vereins Schtärneglanz, der Eltern in schwieriger sozialer Lage helfe Pflegeeltern oder Pflegegroßeltern zu finden. Er würde sich da mal kundig machen. Ferner ein Heim im Zürcher Oberland, Haus Espoir, für Kinder und Jugendliche mit geistiger Behinderung, hier die Telefonnummer, um einen Besichtigungstermin zu vereinbaren. Ferner gebe es den Verein zur Entlastung von Familien mit Behinderten und weitere Heime, doch an die würden wir uns erst wenden, wenn ich diese Möglichkeiten geprüft hätte und nichts Geeignetes für Lio dabei wäre. Ich ging mit den Unterlagen zurück in die Wohnung und telefonierte sofort alle Nummern durch, um Termine zu vereinbaren. Lio war noch bei Alice, und ich wusste, wenn ich sie jetzt holte, wenn sie mich jetzt anlachen würde, würde ich die Anrufe nicht machen können. Ich musste es jetzt tun, wo ich noch Josefines Geschmack auf der Zunge hatte und das Gefühl von Vollständigkeit und Freiheit im Kopf.

Mit S-Bahn und Bus fuhren wir aufs Land, um das Hoffnungsheim zu besichtigen. Ein warmer Herbsttag. Kein Vogel, kein Geräusch außer einem Flugzeug dann und wann, Hitze lastete auf den grellgrünen Wiesen, keine Blume, kein Vogelsang. Dumpf kauende Kühe lagen wie hingeworfen da. Am Busbahnhof nahm ich ein Taxi, mehrere Kilometer waren noch zu bewältigen, der Taxifahrer schien vom Haus Hoffnung noch nie gehört zu haben, wir suchten gemeinsam. Vor einem schlichten weiß gekalkten Haus ließ er uns aussteigen, und im Augenblick seines Davonfahrens stellte ich fest, dass der Buggy noch im Kofferraum lag. Nun ja, hier brauchten wir ihn sowieso nicht. Das mehrstöckige Gebäude, umgeben von Gelände, das man Garten nicht nennen konnte. Einige magere Sträucher begrenzten eine abgetretene Wiese zur Straße hin, ein Plattenweg führte auf einen großen asphaltierten Platz vor der Eingangstür aus gelblichem Glas, daneben ein abgesägtes Holzfass mit irgendwelchen welken Blumen, rot und rosa. Völlige Stille auch hier, wir waren in eine Geisterwelt gefallen, und ich begann laut mit mir selbst zu sprechen. Lio stand und schaute. Offen, unvoreingenommen, nicht neugierig, nicht abwehrend. Eine wohltuende Neutralität dieser seltsamen Situation gegenüber, die sich, als ich mich niederhockte, um ihr mit dem Taschentuch den Speichelfaden abzuwischen, augenblicklich auf mich übertrug. Ich öffnete das mannshohe Gartentor, wir betraten das Grundstück und näherten uns dem Haus.

Geräuschlos und ohne das geringste Zeichen einer Vorankündigung sprang, braun-weiß und fellig, hechelnd und mit entblößtem Gebiss, ein riesenhafter Hund um die Ecke, stellte sich vor das Kind, die Reißzähne auf der Höhe seiner Augen. Ich roch die zersetzte Fleischmahlzeit in seinem fauligen Atem, Speichelflocken spritzten aus den Lefzen, als er mit eingezogenem Schwanz ein einziges Bellen hören ließ, so dicht vor Lio, die bisherige Stille so plötzlich zerreißend, dass der Schall in einem Ruck durch den kindlichen Körper hindurchfuhr und ihn in diesem plötzlichen Überfall so erschütterte, dass das Kind einen Satz machte und umfiel. Schon wollte sich das Tier über Lio hermachen, als ich dem Köter mit meiner Umhängetasche auf die Schnauze schlug und Lio unter ihm hervorzog. Noch war ich guter Dinge. Ein drahtiger Mittvierziger erschien neben dem Blumenkübel und rief den Hund zurück, während er auf uns zukam mit dem Satz auf den Lippen, der wolle nur spielen. Jaja. Er stellte sich als Herr Schläpfer vor, wir gaben uns die Hand. Er strich Lio über den Kopf und ließ die Hand in ihrem Nacken liegen, um sie ins Haus zu führen, wo im Vorraum ein mit Streublumen bedrucktes Sofa stand, in dessen Ecke ein Porzellanpierrot mit weißem Gesicht und ebenso weißer Halskrause saß. Seine Lippen waren rot wie die verzweifelten Blumen draußen und zum Kussmund gespitzt. Die Augen von senkrechten schwarzen Strichen durchkreuzt. Auch hier herrschte eine vollkommene Stille, sodass ich mich zu fragen begann, wo die Heimbewohner waren. Die »Chinde« seien auf einem Ausflug, zerstreute Herr Schläpfer meine Irritation und erklärte den Tagesablauf, während wir durch die Räume eilten. Küche, Essraum, Büro. Dann eine knarrende Holztreppe hinauf in die oberen Stockwerke. Waschräume, fensterlos und voll gekachelt, ohne Duschvorhänge, Fußmatten und Tageslicht. Aus Gerechtigkeitsgründen gebe es für alle die gleichen Zahnbürsten, Zahnbecher und Waschutensilien. Damit kein Neid entstünde. Die Zweierzimmer, in denen die »Chinde« schliefen, waren penibel sauber und aufgeräumt. Zu aufgeräumt, dachte ich, und mir fiel die Schlamperei in unserer Wohnung ein. Zuerst dachte ich, Schläpfer hätte uns nur unbelegte Zimmer gezeigt, bis ich aus einem der Betten den Zipfel eines Pyjamas hervorschauen sah, was auch Schläpfer auffiel und ihn veranlasste, den hellblauen Zipfel aus Frotteestoff sofort unter die akkurat gefaltete Bettdecke zu schieben. Als er sie anhob, sah ich die Gurte. Heimlich, in seinem Rücken, inspizierte ich die anderen, und unter allen Decken fand ich in der Mitte des Bettes die breiten weißen Gurte mit Lochreihe, an einigen auch schmalere an den Betträndern.

Ob alle »Chinde« nachts fixiert würden, wollte ich wissen.

»Nicht alle, bei einem Teil sind sie nur zur Sicherheit da. Für den Fall, Sie verstehen.« Und lachte herzlich.

»Nein«, sagte ich, »das verstehe ich nicht.« Ich sah ihm starr in die Augen, und da lachte er wieder. Im Nebengebäude seien die Therapie- und Aufenthaltsräume, wir folgten ihm, das heißt, ich folgte ihm, Lio konnte nicht Schritt halten, und so klemmte ich sie mir auf die Hüfte. Als wir in die Küche kamen, saß da ein Mädchen mit schwarzen Haaren und schmalen Augen vor einem Glas mit roter Flüssigkeit und einem Teller mit Apfelschnitzen. Sie schaute nach uns und stieß dabei an ihr Glas, es fiel um, sein Inhalt lief über den Tisch.

»Jetzt musst du das aufwischen«, sagte die Betreuerin, die Schläpfer Schwester Monika nannte, und ruckte am Stuhl des Mädchens, das sich gehorsam erhob und zum Spülbecken trat, wo es nicht mehr weiterwusste.

»Nimm den Lappen.« Monika schob das Kind noch einen halben Schritt vorwärts. Es nahm den Lappen, ging zum Tisch zurück und wischte in der rötlichen Flüssigkeit herum, die sich jetzt bis an die Tischkanten ausbreitete und darüber hinablief. Es plitschte leise.

»Aufwischen, hab ich gesagt, nicht auf den Boden wischen.« Schwester Monika wirkte ungehalten. Das Mädchen murrte ein wenig, zog dann die Stühle weg und kroch unter den Tisch.

»Ist dieser Lappen der richtige für den Boden, Colli?«, fragte Monika. Colli warf den Lappen unter dem Tisch hervor, er klatschte auf Monikas Gesundheitsschuhe. Da griff die Betreuerin unter den Tisch und zog das Mädchen an einem seiner dünnen Arme hervor.

»Geh auf dein Zimmer.« Colli trottete davon. Schläpfer lachte wieder und bat uns, ihm ins Untergeschoss zu folgen, wo die Therapieräume seien. Er klopfte an eine der Türen, horchte, zog einen großen Schlüsselbund aus der Hosentasche und schloss auf. Der Raum war angefüllt mit bunten Plastikkugeln von der Größe eines Tennisballs, ein knietiefes klackerndes Bad, in dem sich mehrere Menschen suhlten. Sie lachten und machten unartikulierte Geräusche. Ab und zu bewegte sich einer ruckartig, und eine Welle ging durch die vielfarbige Masse. Breite Fenster gaben den Blick in den Garten frei. Draußen sprang der Hund frei herum. Lio stand da und schaute. Schläpfer forderte sie auf, ins bunte Bad zu steigen, doch sie sah erstarrt auf das mannsgroße Fellbündel, das sich im Gras wälzte. Wieder lachte Schläpfer, wobei er die Luft mit einem quiekenden Geräusch nach innen zog. Ich wandt mich zum Gehen, er sperrte sorgfältig die Tür hinter uns ab, und wir gingen durch den dunklen Gang zurück. Es roch nach feuchtem

Beton und kaltem Essen. Den dummen Soldaten wurde an den einen Fuß Stroh, an den anderen Heu gebunden, damit sie rechts und links unterscheiden lernten. Als wir uns vor dem Blümchensofa mit dem starrgesichtigen Pierrot verabschiedeten, fiel mir der Buggy wieder ein, und ich bat Schläpfer ein Taxi rufen zu dürfen. Nach einigem Hin und Her erklärte sich die Vermittlerin bereit den Taxifahrer ausfindig zu machen, der uns hergebracht hatte. Auf dem Weg durch den Garten nahm ich Lio auf den Arm. Feierabendverkehr, Stau, es begann zu regnen. Überfüllte S-Bahn, überfüllte Trambahn. Als wir zu Hause ankamen, weinte Lio leise in meine Schulter, und ich hätte am liebsten mitgeweint.

Es gebe einen Verein, der überforderten Eltern in Notsituationen helfe, hatte der Sozialberater gesagt und mir eine Telefonnummer angegeben, bei der ich anderntags anrief. Wir würden zu Hause besucht, ein Mitarbeiter vom Verein Schtärneglanz käme vorbei, und wir vereinbarten einen Termin. Bauchladen auf und zu. Aufklappen und wieder zu. Wie der billige Jakob auf Klinkenputztour packte ich mein Angebot an finanziellen, nervlichen und existenziellen Zwangslagen aus vor einer jungen Frau mit sehr hoch gebundenem blondem Pferdeschwanz, die einen babyrosa Stift zwischen den pinkfarben lackierten Fingernägeln drehte und ein mehrseitiges Formular ausfüllte. Unter den blonden Strähnen ihres Haars blinkte die Kopfhaut hindurch, der straffe Zug spannte die Schläfen, zog die Brauen nach oben und die Augen auseinander. Ich beobachtete, wie ihre Lider sich schlossen, zeitlupenlangsam gegen den Zug des Gummibands auf ihrem Oberkopf.

Josefines Hand, die das dicke Haargummi fasst und es langsam bis auf die Schulter herunterzieht. Das nur noch an den Spitzen zusammengehaltene Haar plustert sich auf, plötzlich vom Zug des straffenden Bands gelöst, springt es in Wellen auf, schäumt und bauscht sich um ihr Gesicht, das sich jetzt, als sie den Kopf senkt und den Büstenhalter aufhakt, unter der braunen Wolke verschwindet. Sie lässt die Träger des Büstenhalters über die Arme nach unten gleiten, hebt den Kopf und steht da im Gegenlicht, eine dunkle Schattenlinie umläuft ihre Gestalt, die fremd ist auf einmal, da verändert in den Proportionen, mit riesigem Kopf und schmalem Körper, da nackt. Ein helles, flächiges Frauenwesen vor der weißen Wand, akzentuiert nur durch die dunklen Flecken der Augen, der Brustwarzen, des Nabels, des Haarbuschs.

»… mich bei Ihnen in den nächsten Tagen melden.« Die blondrosa Dame vom Verein Schtärneglanz öffnete ihre Tasche und legte eine Broschüre auf den Tisch. Sie werde sich nach einer geeigneten Pflegeperson für Lio umsehen und mir Bescheid geben, sobald sie jemanden gefunden habe. Falls die neuen Eltern oder Großeltern mir nicht zusagten, wäre das kein Problem, dann würde sie nach anderen Freiwilligen suchen. Mitgliedschaft im Verein. Vierzig Franken pro Jahr. Einzige Bedingung. Sie roch seltsam. Nach Himbeeren und nach etwas Künstlichem. Erleichtert schloss ich die Tür hinter ihr, ging zurück in die Küche, und da wusste ich, was es war. Latex. Sie roch nach Himbeeren und Latex. Ich räumte die Küche auf und warf die Broschüre des Vereins ins Altpapier.

Winzige frische Tropfen fielen auf den steilen Waldweg vom Bahnhof hinauf in das kleine Appenzeller Dorf, in dem das Ehepaar Häfliger wohnte. Lio hockte im Traggestell, wischte mit den gepolsterten Sternenhänden auf meinem Kopf herum und sang eine endlose Melodie. Eine schweifende Tonfolge, die sich nicht wiederholte, keinem musikalischen Gesetz gehorchte, sondern sich wie die Horizontlinie der Landschaft hob und senkte, sich formte und auflöste, schroffe Sprünge machte, sanfte Gefälle und Steigungen nachbildete, eintönige Ebenen durchschritt, um sich irgendwo im Dunst einer Regenwolke zu verlieren.

Eine kleine, drahtige Person öffnete die Tür und bat uns in einen schimmlig riechenden Flur. Als ich, wie Frau Häfliger es verlangte, die Schuhe auszog, stolperte ich über einen Teddybären, der vor einer Spiegelkonsole saß. Ich folgte Lios künftiger Pflegemutter eine enge Holztreppe hinauf in die Küche, die von weiteren Teddybären bevölkert war. Teddybären auf der Tapete, auf den Henkeltassen, den Kuchentellern, den Papierservietten. Berühmte und unbekannte Bärengestalten, die üblichen Protagonisten der Spielwarenindustrie und des Kinderbuchmarkts. Puh und Paddington, Roosevelt, Steiff, der »Kleine Bär« in allen Erscheinungsarten. Aus Porzellan, Steingut, Glas, als Teekannen, Gipsfiguren, Leder- und Stofffiguren, Bären aus Swarovskikristall, Bärenkerzen aus Bienenwachs, Blech- und Jadebären, Plastik- und Goldbären, Schokoladenbären, Marzipanbären, Lebkuchen- und Salzteigbären. Selbst der Beerenkuchen war in einem bärenförmigen Blech gebacken worden. Herr Häfliger saß am Küchentisch in einem Ohrensessel und hob zur Begrüßung nachlässig die Hand. Wir stocherten im Kuchen und machten Konversation. Auf meine Frage nach eigenen Kindern gaben sie freimütig bekannt, sie hätten vier, doch sei zu allen vieren und zu den Enkelkindern der Kontakt abgerissen. Häfliger saß stumm dabei und belauerte meine Reaktion. Lio stank. Nach einer kurzen Diskussion, wessen Aufgabe das jetzt sei, führte er mich in das enge, überheizte Badezimmer und blieb nah bei mir stehen, um den Wickelvorgang zu beobachten. Schließlich müsse er das alles wieder lernen. Er lachte und fasste sich in den Schritt. Auf dem Rückweg durchs Wohnzimmer stolperte ich über die Plüschbärensammlung vor der Schiebetür zur Küche. Frau Häfliger nahm einen Block hervor und las einen Fragenkatalog vor, an dem wir uns so lange gemeinsam abarbeiteten, bis die Wanduhr die volle Stunde schlug und aus dem Zifferblatt ein Bär hervorsprang, begleitet von einem Brummgeräusch.

Kleine frische Tropfen im Gesicht, als ich den Steilweg zur Bahnstation hinunterstieg, etwas zu schnell vielleicht, denn ich rutschte auf dem nassen Herbstlaub aus und setzte mich auf den Hintern. Lio in der Trage verstummte, dann sang sie weiter. Das Klicken der Tropfen auf der roten Schmalspurbahn, das Knistern der jetzt fallenden Hagelkörner, dann ein Donnergrollen weit entfernt. Fluchtartig war ich durch den schimmligen Gang geeilt, mit offenen Schnürsenkeln losgelaufen, im Laufschritt bergab zur Bahnstation. Eine dreckig graue Wolkendecke lastete während der Fahrt über der Landschaft, doch kurz vor der Einfahrt in den Zürcher Hauptbahnhof riss sie auf und gab einen Streifen weißlich gelben Himmels frei. Erleichterte Leere, Taubheit in Händen und Zehen, Ratlosigkeit. Wie ein ausgeleiertes Gummiband löste sich die Anspannung, wurde schlaff und hing durch. Das Kind anderen Händen überlassen. Es weggeben, es jemandem anvertrauen. Bei uns im Zug saß ein Paar in praktischen schwarzen Regenhosen, Wanderstiefeln und roten Anoraks. »Das tust du immer«, sagte die Frau mit einer hohen Stimme, die aus der Nase zu kommen schien. »Immer tust du die Körner rein.« Er antwortete etwas, das ich nicht verstand, denn der Zug schlängelte sich über Weichen in das vorbestimmte Ankunftsgleis, Bremsen quietschten und es kam die Lautsprecherdurchsage viersprachig, man erreiche Zürich in wenigen Minuten, Danke und Auf Wiedersehen. Das Gummiband lösen. Dunkles Haar in wilder Offenheit, ein entfesselter Busch, darunter halb verborgen ihr Gesicht. Josefine. Ich werde zu ihr gehen.

Die blonde Schtärneglanzlady meinte am Telefon, wenn mir die Häfliger nicht passten, wenn ich ihr Angebot nicht annehmen wollte, könnte sie auch nichts mehr für mich tun. Ich legte auf und wählte die Nummer des Hauses Espoir, um bei Schläpfer die Anmeldeformulare zu bestellen. Noch reichte meine Kraft ein Stückchen weiter. Noch hatte ich eine kleine Reserve übrig. Zanotta schickte mich zum Arbeitsamt, wo mich ein Vermittler, der aussah, als wäre er am Wochenende zu lange auf dem Rave und unter dem Einfluss diverser Substanzen gewesen, mit Stellenangeboten für technische Zeichner, Grafiker und visuelle Gestalter versorgte, wobei er meinte, er gäbe mir genau vier Wochen Zeit, eine Stelle zu finden, dann könne ich mich durchaus auch für eine Arbeit in der Reinigung, der Gastronomie oder im Sicherheitsdienst bewerben. Ich nahm das hin und ging.

Der Eurocity schob sich am Ufer des Bodensees entlang und über den Damm auf die Lindauer Insel, wo er mit zwei Dieselloks verkuppelt wurde, während ich aus dem Fenster sah und mir Josefine vorstellte. Wie sie die Tür öffnete und mich ansah. Dann war da nichts mehr. Nur helles Morgenlicht hinter durchscheinenden, von einem Windhauch geblähten Gardinen.

Die sanften Schwingungen des Allgäu, in Buchloe überlegte ich zum letzten Mal, auszusteigen und umzukehren. Josefine hatte keine Ahnung, dass ich kommen würde. Schon stand ich in der Querhalle des Kopfbahnhofs, kaufte Blumen, verließ das Gebäude, bestieg ein Taxi, das kein schwarzer Hüne, sondern ein zartgliedriger Türke mit Wunderbaum am Rückspiegel fuhr, er brachte mich durchs Bahnhofsviertel an der Theresienwiese vorbei und über Kopfsteinpflaster eine lindenbestandene stille Straße hinab zu Josefines Haus.

Sie öffnete die Tür und schien nicht überrascht, mich zu sehen. Eine zerstreute Offenheit im Gesicht, ihren fahrigen Bewegungen entnahm ich, dass sie aufgeregt war. Überrumpelt. Nach dem ersten Kaffee bot ich an, wieder zu gehen, doch sie wollte, dass ich blieb.

Weißes Licht hinter dunklen Gardinen. Wir lagen drei Tage und Nächte im Halbschatten beieinander, und endlich kamen die Worte wieder. Wir erzählten uns Geschichten.

26 Auf die blassen Zuckerdinger beißen und sie fein vermahlen. Mit viel Spucke runterschlucken. Ich blinzelte durch das Spinnwebgeflecht der Wimpernkränze in den Sommernachmittag, um mich fluteten die Badeseegeräusche heran und ebbten wieder ab. Glucksen, Schreien, Platschen. Das schnelle Wischen von Kinderfüßen, die über das Gras liefen. Ich war allein, Pauline schon lange nach Hause gegangen, sie musste lernen, wie jeden Nachmittag in diesen Sommerferien. Einmal nur musste ich den Gummifaden mit der Zunge in den Mund ziehen, danach konnte ich Perle um Perle abtasten, umkreisen und eine nach der anderen nach hinten zwischen die Mahlzähne bugsieren, wo ich sie krachend zerbiss, einspeichelte und den süßen Brei schluckte. In den Mulden der Kauflächen lagerten sich Zuckerschichten ab, rosa, weiß und blässlich gelb, die ich noch spätabends auf der Schaukel im Hinterhof mit der Zungenspitze tasten und ablösen konnte.

Pauline schaukelte nicht, sondern stieß die Spitzen der Sandalen in den Boden und drehte sich langsam um sich selbst. Ich pulte mit der Zungenspitze in den Zuckerschichten auf meinen Zähnen und sah ihr zu. Die Seile der Schaukel wickelten sich umeinander zu einem armdicken Strang, der mit jeder Drehung kürzer wurde, bis ihre Beine nicht mehr an den Boden reichten, sosehr sie sich auch zu strecken versuchte; also zog sie sie ruckartig weg und ließ sich auf dem Schaukelbrett an den gestreckten Armen nach hinten fallen, während sie kreiselte, den Kopf im Nacken, den strudelnden Himmel über sich. Ihre dunklen Zöpfe flogen, sie drehte sich schneller und schneller, bis sich die Seile der Schaukel mit einem Ruck voneinander lösten, sie in einem Satz nach unten hopste und die Fliehkraft sie in die Gegenrichtung trieb, langsamer jetzt, fast träge, den Umkehrpunkt erreichte und wieder zurückkreiselte, die Seile sich wieder voneinander lösten und sich noch einmal in die ursprüngliche Richtung aufwickelten und die Drehungen des Schaukelbretts schwerfälliger wurden, sich in einem müden Schwanken verloren, die Seile sich kaum mehr berührten, dann hing die Schaukel still. Pauline sprang auf und sank, vom Restschwindel gedreht, auf den kalten Pflasterboden in unserem Hinterhof, wo sie auf dem Rücken liegen blieb und in die dunklen Baumkronen blinzelte. Auf der Straße fuhr ein Auto vor, bremste und stieß zurück. Meine Freundin sprang ans Eisentor, an dem es schlüsselte, das sich öffnete, es war ihre Mutter, der sie mit einem Satz auf die Hüfte sprang und sich an sie klammerte mit aller Kraft, die braunen Affenarme um ihren Hals. Die Mutter löste ihre Arme und schob sie von sich. Pauline sah mich traurig an, und ich wusste, woran sie dachte. Der rote Striemen um den Hals der dicken Gine. Ihre vorquellenden Augen, die lange Zunge, die in der Sommerluft tentakelte. Ein Vogel hüpfte übers Pflaster und tschilpte um ein paar Krümel. Ich hatte ihr nicht wehtun wollen, es war nur so, dass ich die Hände nicht mehr öffnen konnte. Als müsste ich etwas zu Ende bringen, das ich vor langer Zeit begonnen hatte. Irgendwann riss Pauline mich an der Schulter und ich ließ los.

Ich suchte einen Kieselstein, haselnussgroß, und warf mit aller Kraft. Der Spatz flog auf, ich hatte ihn nicht erwischt. Paulines Mutter verschwand mit den Einkaufstaschen im Haus.

»Meinst du, die Doofe liegt noch da, Josie?«, fragte Pauline und stocherte mit einem trockenen Zweigende in den moosigen Fugen des Kopfsteinpflasters.

»Schätze schon.«

Pauline zog den Zweig vor ihrem Hals durch, verdrehte die Augen und streckte mit einem krächzenden Laut die Zunge heraus.

»Was machen wir jetzt?«, fragte ich.

»Hast du es jemandem erzählt?«

»Nein, du?«

Pauline schüttelte den Kopf. Der Spatz saß wieder da, er ruckte mit dem Kopf und schien uns zu beobachten. »Wir müssen zurück ins Schwimmbad und nachsehen«, sagte sie dann, »aber was soll ich meiner Mutter sagen?«

»Mathe. Ich ruf dich an und frag, ob du mir bei den Hausaufgaben helfen kannst und komm zu dir. Wenn deine Mutter zum Nachtdienst gegangen ist, schleichen wir weg.« Der Stecken verkantete sich in der Fuge, Pauline drückte ein Ende nach unten, Mooszipfel und Sand spritzten in die Luft, und genau in dem Augenblick öffnete sich das Fenster über uns, und sie warf den Stecken weg.

»Pauline … Pauli.« Ihr Name klang in der Sommernacht wie eine Bonbonsorte. Zitronengelbe Drops mit Brausefüllung.

»Ruf mich um halb acht an.« Sie rannte über den Hof, und als die Mutter ihre Schritte hörte, schlug sie das Fenster zu.

Es geschah an einem dieser heißen Sommerferientage. 1976. Pauline und ich hatten die erste Klasse des Gymnasiums hinter uns und waren wie jeden Tag, bereits als es öffnete, im Freibad, wo wir das dicke Weib beobachteten, wie es aus der Blockhütte kam, den Metallriegel zurückstieß und die Klappe aufstellte, die dem Kiosk im Freibad als Sonnenschutz diente. Sie rollte den Zeitungsständer heraus, zog die Tücher von der Auslage, und da lagen sie. Brausestäbchen, Gummizungen, Lutscher, Bazooka, Ahoitütchen, Zuckerperlenketten, Karamellbonbons, Lakritzschnecken, Marshmallowmäuse. Der Kühlschrank war aufgefüllt mit Bier und Blunaflaschen, die Eistruhe mit Waffeleis, Bechereis und Wassereis am Stiel. Capri, Nogger, Dolomiti. Wir kauerten im Gebüsch und warteten. Noch lag die Blockhütte im Schatten, ein neuer langer Badetag begann. Behände stieg die Dicke jetzt aus den Kleidern und in den Badeanzug mit den Plastikschalen für die Brüste, eilte ans Ufer, tupfte sich Wasser ans Dekolleté und warf sich ins moorige Grün des Waldsees. Spinnweben glitzerten an den Zweigen, am Ufer stand im silbernen Funkeln der bläuliche Körper einer Libelle. Wir schlichen in das Blockhaus, in dem die doofe Gine auf einem Hocker saß und auf den Holzboden glotzte. Pauline schmeichelte sich bei ihr ein, fragte, ob sie ihre Freundin sein wolle, und ich steckte mir den Mund voll Süßigkeiten, griff mit der vollen Hand in das Plastikfach mit den Zuckerperlenketten, bis Pauli mich am Arm zerrte und wir davonrannten ans andere Ende der Wiese, wo uns die Dicke nicht sehen konnte. Kurze Zeit später schrie und polterte es im Blockhaus, die Huber hatte den Diebstahl entdeckt und verdächtigte ihre Tochter, die ihn lallend bestritt, es klatschte, und die doofe Gine heulte laut.

Die Kette um den Hals, den Gummifaden zwischen den Zähnen, ließen sich die Perlen mit der Zunge fassen und eine um die andere mit dumpfem Knacken zerbeißen, Zuckerstückchen, Speichel, süßer Brei rannen die Kehle hinab. Wir hatten die doofe Gine, die jetzt ganz in unserer Nähe im Busch saß, längst bemerkt, taten aber, als sähen wir sie nicht, kicherten und lachten laut. Ich hatte mir eine Kette um den Kopf gewickelt, je eine um die Arme und Fußgelenke, den Rest trug Pauline um den Hals, und weil sie dünn wie eine Birke war, auch eine um den Bauch. Ich biss ihr Perlen von den Hüften und in den Nabel, dass sie schrie, ich rannte weg, sie mir nach, noch vor dem Ufer hatte ich die Ketten abgeworfen und warf mich spritzend ins grünlich kühle Nass. Pauline folgte mir und tunkte mich unter Wasser, bis ich fast im Schlamm versank und sie, um freizukommen, wieder biss, jetzt in den Schenkel. Auf dem Gras verstreut lagen die bunten, nur noch locker gereihten Zuckerketten, doch als wir sie später wieder aufsammeln wollten, waren alle weg. Die doofe Gine hatte ihre Chance abgewartet und genutzt. Mit blauen Lippen flitzten wir zwischen den Taschen und Tüchern der Badegäste hindurch, am Seeufer entlang in den Wald, wo wir Gine fanden, die alle Ketten bis auf eine in den Kiosk zurückgebracht hatte. Sie aß die Zuckerperlen nicht einmal, sondern hielt die Kette gegen den blauen Himmel und zählte, langsam, laut. »Drei, fünf, neun, achtzehn, elfundzwanzig.« Wir warfen uns auf das Mädchen und begruben es unter uns. Pauline legte den Arm auf seine Kehle und drückte ihm mit dem ganzen Gewicht die Luft ab. Gine keuchte, aber sie schrie nicht. Schnappend öffnete und schloss sich ihr Mund, die lange Zunge trat hervor und bewegte sich wie ein riesenhafter Regenwurm, der zu plötzlich ans Licht gekommen ist. Als ihr Gesicht dunkelrot war und die Augen dick wurden, sagte ich, komm, lass mich mal, und widerwillig hob Pauline ihren Arm weg. Die Hände um Gines Hals gelegt, drückte ich zu. Langsam und mit wenig Kraft zuerst, steigerte ich die Umklammerung und sah, wie die Augen aus den Höhlen quollen. Gine ruderte mit den Armen und strampelte mit den Beinen, auf die Pauli sich jetzt setzte, und ich drückte noch fester, bis Gine aufhörte zu strampeln und nur noch ab und zu die Hand ein wenig hob, als winkte sie einen müden Abschied. Dann lag sie still und starrte aus ihren dummen Augen in die Tannenwipfel. Auch ihr Brustkorb hob sich nicht mehr. Pauline schüttelte mich und sagte: »Hör auf.« Doch ich konnte die Klammer meiner Hände nicht öffnen, bis Pauline mich von Gine runterschob und ich auf den Waldboden fiel. Das dicke Mädchen keuchte leise. Pauline hob die Faust und brachte sie ganz nahe vor das Gesicht der Blöden.

»Tu das nie wieder, sonst machen wir dich kalt.«

»Mu hoam«, war alles, was sie noch flüstern konnte. Pauline stieß Gine vor den Kopf. Sie rollte sich zusammen und schlang die Arme über den Kopf.

»Dann geh doch. Heim zur Mama, Dickerchen.« Aber Gine blieb liegen, atmete flach und bewegte sich nicht mehr.

Wir rannten los, und als wir aus dem Wald kamen, schaute die Huber von ihrem Kiosk herüber, als wüsste sie Bescheid.

»Die weiß nichts, komm, wir rennen weg«, sagte ich, doch Pauline sah auf die Uhr am Umkleidehaus, erschrak und ging zurück zu unserer Decke, um sich umzuziehen.

»Meine Mutter wartet, ich muss nach Hause und Englisch lernen. Servus.« Ja, ja, dachte ich. Und dann die fünfzehn Matheaufgaben, die zwei Seiten Übersetzung aus Cäsars Gallienkriegsbericht, das Erdkundeheft abschreiben und die Grenze zwischen den deutschen Staaten auf Pauspapier abzeichnen, die Grenzlandschaften bunt anmalen, sorgsam ins Heft kleben, dann den Schwänzeltanz der Bienen wiederholen, zuletzt die Bodenkür üben, die sie für den Turnunterricht vorbereitete, bevor sie sich ans Klavier setzte, um ihre Etüden zu spielen. Paulines Mutter hatte viel vor mit ihrer Tochter, und diese unterwarf sich scheinbar widerwillig, doch im Grunde war sie mit ihrer Mutter einig, dass sie ohne ein Spitzenabitur niemals das Medizinstudium würde antreten können, das ihre Mutter für sie vorgesehen hatte.

Ich blieb allein zurück und knabberte an der letzten Zuckerperlenkette, die wir Gine wieder abgenommen hatten. Dann sah ich aufs Wasser, rupfte Grasbüschel aus und langweilte mich. Im Holzhaus mit den Umkleidekabinen und Toiletten stieg ich über die Kloschüssel und den Papierhalter an der Wand hoch, um in die angrenzende Kabine zu schauen. Aber da war keiner. Draußen ging ich unter die kalte Dusche, doch schon stand die Huber vor mir, packte meinen Arm und hielt mich mit eisernem

Griff. Wo Gine sei, was wir mit ihr gemacht hätten, brüllte sie. »Nichts. Keine Ahnung«, antwortete ich, wand mich und entschlüpfte, glitschig, wie ich war. Zitternd vor Kälte rannte ich zum See, sprang kopfüber hinein und tauchte.

Grünliche Stille. Ich drehte mich auf den Rücken und sah ins Helle über mir, wo das Grün in ein blasses Gelb überging. Da oben waren der kühle Spätnachmittag, die verklingenden Badegeräusche der anderen, die dunklen Waldschatten in den glucksenden Buchten, die glasige Luft und das wirre Leben, in das ich wieder würde auftauchen müssen. Lange Perlenschnüre stiegen aus meinem Mund an die Oberfläche, ich sank tiefer und tiefer, bis ich ohne einen Tropfen Luft in der Lunge abgesunken war, und im schlammigen Grund des Sees sitzend zur Ruhe kam. Abschnellen vom Boden, als der Druck zu groß wurde, nach Luft schnappend auftauchen und mit langen Zügen zum Floß schwimmen, das in der Sonne schaukelte. Hier lag ich, bis ich wieder aufgeheizt war und sicher, dass die Huber nicht nach mir Ausschau hielt. Erst als die Dicke die Klappe ihres Ladens geschlossen hatte und weggegangen war, schwamm ich an Land, raffte meine Badesachen zusammen und fuhr zurück.

Ich beobachtete Paulines Nervosität mit kalter Neugier, als ich gegen acht bei ihr klingelte. Sie winkte mich rein, ihre Mutter war zum Nachtdienst gegangen, nachdem sie flüchtig kontrolliert hatte, ob ihre Tochter ihr Lernpensum abgearbeitet hatte. Im Detail würde sie sich die Ergebnisse vornehmen, bevor sie nach der Arbeit zu Bett ging. Meine Freundin setzte sich wieder vor einen Teller mit kaltem Essen und tunkte die Enden ihrer Zöpfe in den

Apfelsaft, um sie dann auszusaugen. Sie durfte den Tisch erst verlassen, wenn sie den Teller leer gegessen hatte. Ich nahm ihn, ging ins Bad, kippte das Essen ins Klo und zog an der Spülkette.

»Komm, ich muss dir was zeigen.« Pauline ging zu dem Holztischchen im Flur, auf dem das Telefon stand. Pauline zog einen Messingschlüssel aus der Tasche und schloss die Schublade auf. Papierzeug. Rechnungen, Quittungen, eine rote Pulmolldose, in der Münzgeld klapperte, ein abgebrochener Radiergummi, Wäscheklammern, eine leere Schachtel Ernte 23. Aus einem länglichen Couvert zog sie ein Blatt Papier und entfaltete es. Ein Lastwagen war darauf abgebildet. Die Vorderlichter waren als comichafte Augen gezeichnet, der Kühler als lachender Mund, dünne Querstriche sollten das Tempo anzeigen, in dem der Lkw fuhr. Möbeltransporte Kleinmayr stand auf der Plane.

»Machen wir Ihnen folgendes Angebot«, las Pauline. »Umzug Privathaushalt von München nach Konolfingen, Schweiz … internationaler Transport inklusive Zollabwicklung …«

Sie ließ das Blatt sinken und sah mich an.

»Das muss nichts bedeuten«, sagte ich und verstummte sofort. Was für eine dümmliche, schwächliche Beschwichtigung. Das bedeutete den Wegzug Paulines, unsere Trennung, vielleicht für immer. Sie saß da mit gesenktem Kopf.

»Komm, lass uns gehen. Ich will wissen, was mit der Blöden ist.« Mir fiel nichts anderes ein, und so verstummte ich. Pauline sah mich an, und ich sah an ihrem Blick, dass es vorbei war.

»Klar«, sagte sie dann munter, steckte den Brief zurück in den Umschlag und schloss die Schublade mit lautem Knall. Kurz darauf rutschten wir den geschwungenen Handlauf des Treppengeländers hinunter, wie wir das immer getan hatten. Nichts würde geschehen. Wir wollten es beide glauben und sprachen nie mehr davon.

Der Wald stand wie eine schwarze Wand neben der Straße, und über uns blinkten kalt die Sterne. Kein Mond. Wir wanden uns durch eine Lücke im Drahtzaun ins Strandbad hinein und huschten über die Liegewiese zu dem Waldstück, in dem die gewürgte Gine lag. Oder nicht. Ich hatte nicht an die Taschenlampe gedacht und stolperte.

»Warte!« Ich rieb mir die Knie und blieb hocken, bis sich meine Augen an die Dunkelheit gewöhnt hatten.

»Hier ist es gewesen«, sagte Pauline, doch ich ging weiter.

»Die Lichtung war kleiner. Hier hat sie uns ihre Unterhose gezeigt.« Wir kicherten und hörten nicht mehr auf. Pauline sog die Luft ein und machte röchelnde, fast schluchzende Laute.

»Komm weiter.« Ich fasste ihre Hand und tastete mich voran, doch sie entzog sie mir und stapfte hinter mir her.

»Schscht.« Sie blieb stehen und horchte. Der Wald raschelte an vielen Stellen, und ganz in unserer Nähe gluckste der See ans Ufer. »Warte, sonst trittst du auf sie drauf.« Ich blieb ebenfalls stehen und rief nach Gine. Ich beobachtete die Freundin, wie sie ängstlich herumschaute und die Stelle suchte, an der wir Gine überwältigt hatten.

Wir suchten alles ab. Die Sterne blinkten weit weg. Tau lag auf den Blättern.

»Gine«, rief Pauline, »wo bist du?«

Mir war, als hörte ich ein Stöhnen, und machte es Pauline, die nichts gehört hatte, vor. Ein Röcheln, tief und gepresst, wie in Atemnot. Pauline kreischte. Dann lachte sie laut.

»Komm weg, da ist doch keiner.«

»Warte, ich seh was.« Pauline sprang über einen kniehohen Tannenzwerg und bückte sich. Ich sah etwas Helles.

»Was ist das?« Ich folgte ihr und sah ein Stoffstück, im Unterholz verhakelt. Es war Gines Strickjacke.

»Komm weg, ich hab Angst.«

Doch Pauline nahm die Jacke an sich, und wir rannten so schnell wir konnten. Zurück auf die Liegewiese, vorbei an den metallenen Duschen, die wie Galgen in den Nachthimmel ragten, um das totenstille Holzhaus mit den Umkleidekabinen herum, durch die Hecke, den Zaun und auf die dunkle Landstraße. Erst an der Bushaltestelle blieben wir stehen und lauschten keuchend auf die Geräusche um uns her.

Am nächsten Tag trieben wir uns beim Kiosk herum. Gine war nicht zu sehen. Vielleicht versteckte sie sich hinter dem Ladentisch oder die Mutter versteckte sie. Ich hatte noch immer Angst, dass Frau Huber mir eine runterhauen würde, deshalb schickte ich die Freundin mit der Strickjacke vor und beobachtete aus der Entfernung, was geschehen würde. Frau Huber saß hinter der Verkaufstheke und starrte in die *Praline*. Auf dem Titelblatt war eine blonde Frau abgebildet, die sich mit beiden Armen so aufstützte, dass ihre Brüste zusammengepresst wurden und sehr dick erschienen. Frau Huber befeuchtete den Finger, blätterte um und starrte in das Heft, wobei sie sehr langsam die Knie öffnete und wieder schloss. Immer wieder. Gine war nirgends zu sehen. Pauline tippte an die Scheibe, Frau Huber erhob sich schwerfällig und fragte mürrisch: »Was willst du?« Pauline zog die Pulmolldose aus ihren Shorts und kaufte Zuckerperlenketten. Hastig griff sie danach, und als ich sah, dass sie wieder wegwollte, drängte ich mich hinter sie, lächelte und fragte, ob Gine da sei. Als die Huber mich sah, warf sie das Heft nach mir. Ich duckte mich, und Pauline übernahm wieder.

»Wir haben die Strickjacke gefunden und wollten sie ihr zurückbringen.« Frau Huber schien erleichtert, das Misstrauen wich aus ihrem Gesicht.

»Da wird Gine sich aber freuen.« Sie sah auf eine sehr kleine goldene Uhr, deren Gliederband sich in ihren fleischigen Unterarm gegraben hatte. »Kommt in anderthalb Stunden wieder, dann ist Gine vom Turnen zurück.«

»Vom Turnen. Aha«, und dann sehr leise zu Pauli: »Wers glaubt.«

»Ist gut, vielen Dank«, sagte Pauli hastig und zog mich weg.

»Wartet.« Frau Huber griff in das Glas mit den Gummischlangen. Zwischen ihren weißlichen Fingern quollen die klebrigen bunten Gelatinewürmer hervor. »Hier, für euch.« Sie steckte die Schlangen in eine Tüte. Wir schnappten sie und huschten davon.

»Vom Turnen zurück«, sagte ich mit der Stimme der Huber, als wir uns auf die Badetücher warfen. »Dabei weiß doch jeder, dass Gine zweimal in der Woche zur Krankengymnastik muss. Turnen, dass ich nicht lache. Hast du mal gesehen, wie die am Stufenbarren hängt und Hüftaufschwung versucht, fett, wie die ist?«

»Hm«, sagte Pauline unbestimmt und hielt einen Gummiwurm über sich, zirkelte ihn in den Mund und schlurpte ihn hinein. Dann sagte sie nichts mehr, und ich wurde unsicher. Ich riss Grashalme aus und legte sie zu einem Scheiterhaufen übereinander. Auf einmal fiel ein Schatten auf uns, es war Gines. Breitbeinig stand sie da und stemmte die Fäuste in die Seite.

»Gib mir meine Strickjacke wieder.« Sie schien nur mit mir zu sprechen.

»Hi, Gine, wie schön, dich zu sehen.« Ich strahlte sie an und lud sie ein, sich zu uns zu setzen.

»Gib mir meine Strickjacke wieder.«

»Aber he, du hast ja deine Badesachen nicht mit, willst du nicht mit uns in der Sonne sitzen und im Wasser schwimmen?« Pauline sah mich verständnislos an und kramte die Tüte mit der Strickjacke hervor. Ich nahm sie ihr ab.

»Hier, Gine, setz dich.« Zögernd hockte sich Gine ins Gras vor meinem Tuch.

»Gib mir meine Strickjacke wieder.«

Ich sah in die Tüte.

»Gern, aber vorher musst du mir meine Kassette wiedergeben.« Pauline sah mich an und schüttelte den Kopf.

»Keine Kassette.«

»Du hast die Kassette nicht mehr? Das ist aber schlimm. Wirklich schlimm. Uriah Heep, die hat dir so gefallen, aber sie gehört nun mal mir, und jetzt will ich sie zurück.«

»Keine Kassette. Strickjacke«, wiederholte Gine.

»Tja, keine Kassette, keine Strickjacke, Gine.«

Sie verzog das Gesicht. »Mu hoam.«

»Ja, geh zur Mama, Gine, und wenn du die Kassette gefunden hast, kommst du wieder, wenn nicht, musst du mir was anderes dafür bringen.« Gine sah mich verständnislos an. »Du kannst sie mit den Sachen aus dem Laden deiner Mama abbezahlen. Zuerst bringst du uns eine Flasche Bier und eine Packung Zigaretten. Dann sehen wir weiter.« Gine rannte weg.

Pauline sprang auf, riss mir die Tüte aus der Hand. »Du hast ihr die Kassette nicht geliehen«, schrie sie. Ich lachte. Doch als ich sie mit Gine sah, der sie den Arm um die Schulter legte, um sie zu trösten, der sie die Wange streichelte, und der sie schließlich die Jacke um die Schultern legte, wurde ich wütend. Soll sie doch mit Gine gehen. Soll sie doch nach Konolfingen gehen, wo der Pfeffer wächst.

»Warum erzählst du mir das alles?«, fragte ich.

Josefine lag in meinem Arm, die Hand auf meiner Brust. Jetzt stemmte sie sich auf und sah mich an.

»Es war deine Idee! Etwas erzählen, das wir bereuen. Nein, nicht nur bereuen, für das wir uns schämen.«

»Und wofür schämst du dich?« Ich fragte, um Zeit zu gewinnen. Sie wickelte sich in das Laken und zog die Knie an.

»Dafür, dass ich eine Schwache geplagt und meine beste Freundin verraten habe. Für den Verlust der Freundschaft. Aber ich habe zu viel geredet. Jetzt du. Erzähl du mir etwas von dir.«

Ich setzte mich auf und stellte achtsam, als täte ich es zum ersten Mal, die Füße auf den Boden. Es war ein Flokati, dessen lange Fransen meine Sohlen kitzelten.

»Wie alt warst du damals?« Ich fragte beiläufig, als wäre nichts dabei, und war froh, dass sie mein Gesicht nicht sah.

»Keine Ahnung, zehn, zwölf? Warte, nein, als ich zwölf war, war Pauline schon weggezogen. Also zehn oder elf. Sommer 76.«

»Und? Ist Pauline weggezogen?«

»Ja, ihre Mutter war Schweizerin und wollte zurück, nachdem der Vater, ein Norddeutscher, sich von ihr getrennt hatte.« Josefine legte mir eine Hand zwischen die Schulterblätter.

»Ist was?«

Der Flokati kitzelte. Zum ersten Mal. Mit den Sohlen das helle Wollgestrüpp berühren. Stand gewinnen. Zum letzten Mal.

»Alles okay.«

Die Tür durchschreiten, auf dem kalten Rand der Badewanne hocken, das Fliesenmuster anschauen. In die Jeans steigen, das Hemd knöpfen, die Haare bürsten. Zahnbürste und Duschgel, alles in die Tasche werfen. Zurück ins Schlafzimmer, zum Bett, in dem Josefine lag und mir den Rücken zuwandte. Das Laken war ihr hinabgerutscht, die Wellenlinie ihrer Hüfte, Taille und Schulter, der Ansatz des langen Arms, das dunkle Haarbüschel auf den hellen Kissen. Sie schien zu schlafen.

Nie mehr. Es ging nicht.

»Gehst du?« Ich zuckte zusammen.

»Ja. Ich muss.« Unter der Decke verlor sich der dunkle Schwung ihres Rückgrats. Links und rechts davon, als hätten zwei Daumen sie zu lange gehalten, waren über ihrem Po zwei Mulden hineingedrückt.

»Kommst du wieder?« Sie drehte sich aus der Hüfte und sah mich direkt an.

Ich antwortete nicht.

Sie wartete ruhig. Ihre Augen waren sehr weit und offen. Die Dunkelheit schien in ihnen zu leben. Nachtschattenwesen. Eine Tiefseeschneckenart, glänzend, träge, unbekannt. Ihr glasiger Blick machte mich schwach und gierig gleichzeitig. Ich hatte ein Ziehen in den Lenden, mein Schwanz brannte.

»Nein«, stieß ich hervor und hasste zuerst mich, dann sie. »Ich kann nicht. Es geht einfach nicht. Ich kanns dir nicht erklären. Tut mir leid.«

Ich schulterte die Tasche und ging.

Durchgesessene Sitze, schief verklemmter Sonnenschutz vor schmierigem Fenster, überfüllte Abfallbehälter, stinkende Zugtoiletten; viel zu viele Menschen um mich, das vor allem. Der Zug war bis auf den letzten Platz besetzt. Ich warf meine Tasche ins Gepäckfach und meine Jacke hinterher. Dann ging ich in den nächsten Wagen und von dort in den übernächsten und immer weiter. Ich kletterte über Gepäckstücke, stieg über ausgestreckte Beine, wich den Schaffnern und der Minibar aus, irgendwann setzte sich der Zug in Bewegung, während ich im Hindernislauf durch die Waggons ging zum Zugende hin und von dort zurück bis zur Lok. Der Zug nahm Fahrt auf, und auch ich beschleunigte, um von der Lok wieder ans Zugende zu kommen. Aus dem Rückfenster des letzten Wagens sah ich lange auf die Schienen unter mir. Wie endlose Stahlfäden huschten sie unter meinen Füßen hervor, näherten sich einander an, rasten im spitzen Winkel aufeinander zu, um sich weit hinter mir, weit hinter Josefine zu treffen. Irgendwo dort, wo ich die Erinnerungen an Paule zurückgelassen hatte, die jetzt über mich hereinbrachen, auf stählernen Schicksalsfäden auf mich zuglitten, während ich auf meinen jämmerlichen Gängen durch die Waggons meine Flucht zu beschleunigen versuchte, sie waren schneller, waren immer schon da, führten mich von München nach Zürich, von Josefine zu Paule und wieder zurück. Pauli. Kein Entkommen. Da, im Unendlichen, wo ich nie hinkommen würde, kreuzten sich die Lebensfäden – und trennten sich wieder. Paule, deren Existenz mit meiner parallel geführt war in den etwas seltsam geformten Chromosomen unserer Tochter, konnte von Strand zu Strand, von Küste zu Küste reisen, ich konnte da bleiben, wo mich das Schicksal festgenagelt hatte, und einen Ausbruchsversuch unternehmen – Josefine, München, um welchen Preis? –, nur um dort wieder vom Stahlfaden der Kindsmutter berührt zu werden. Während ich doch wusste, dass es kein Entkommen gibt, dass in diesem dummen, dicken Mädchenwesen, das mein Leben umgestülpt hatte, die Fäden verknüpft waren. Ein einzelnes überflüssiges, neu mutiertes Gen aber gehörte ihr allein. In ihm war das slapstickhafte Leben, das Lio und ich hatten, festgeschrieben, in ihm gehörte sie nur mir, in ihm war der Grund ihrer Blöde codiert und meiner Blödigkeit festgeschrieben.

Rastlos rannte ich auf und ab, volle vier Stunden, bis ich kurz vor Sankt Gallen, müde gelaufen, ins Polster fiel und einschlief. Als ich in Zürich ausstieg, hatte ich einen Entschluss gefasst.

Ein leises Summen, ein hoher Ton, der nicht vom Motor kommt. Lange weilt er auf einer Frequenz, wechselt nach oben, nimmt die großen Stufen der Ganztöne, wird fast verschluckt vom Dröhnen des Motors, ist tiefer unten wieder zu finden, rutscht gleitend an den unteren Rand des Stimmumfangs, ins Dunkle, wo er fast erstirbt, setzt auf einmal auf einer mittleren, gut hörbaren Höhe tonrein wieder ein und arbeitet sich durch weite Improvisationsschleifen in eine Melodie. Lio singt. Im Spiegel sehe ich, wie sie Luft holt, Speichel durch die Zähne schlürft und weitersingt. Die hellen Leitplanken sind ihre Linien. Auf, über und unter sie setzt sie die Noten, folgt ihnen, schneller, wenn wir zügig vorankommen, langsam, eintönig, wenn der Verkehr wieder ins Stocken gerät.

Und wieder ein Waldrand im Herbstnebel, die Autobahn in weißem Licht, Grenzübertritt in einen Tunnel und danach ins Offene. Freie Bahn, ich trete das Pedal durch. Buschige Waldstücke liegen am Horizont, braun gefleckt die dunklen Rücken, wie schlafende Tiere. Wir nehmen Fahrt auf. Endlich. Ich gebe Gas, fahre schnell jetzt und mit Lust.

»Gib Gummi, Konnypapa«, ruft das Mädchen hinter mir, wir schießen durch den Raum, die weißen Nebelmassen teilen sich und kriechen in die Täler, und neben uns überholt ein Hochgeschwindigkeitszug, ich trete das

Pedal noch einmal durch, die Fahrbahn fällt leicht ab, wir kommen mit dem Zug gleichauf, und da ist am Himmel als fahle Scheibe die Sonne zu sehen. Leuchte, alter Mond, leuchte. Das Bettlaken zwischen die Zehen geklemmt in die Höhe halten, die Backen aufblasen und aus dem Zimmer auf die Straße rollen, auf der silbernen Mondlichtbahn durch die Stadt.

»Sag mal, musst du nicht aufs Klo?«

»Nö.«

»Lio, musst du sicher nicht aufs Klo?«

»Sicher nicht.« Sie sieht aus dem Fenster, ich kann in ihrem Gesicht nicht lesen, frage noch einmal, dieselbe Antwort; ich beschließe, am nächsten Rastplatz rauszufahren.

Als ob eine unsichtbare Hand sie aus der Nacht näher schöbe, kamen die drei Lichter auf mich zu. Endlich. Die Geräusche verstummten, das Lichtsignal über dem Bahnsteig zeigte ein R, dann ein E, die Ampel wechselte von Rot auf Grün. Wie lange hatte ich gewartet? Wie lange saß ich schon hier und hörte den nächtlichen Rangiergeräuschen zu? Dem Quietschen und Rollen, dem puffenden Aufprall, dann dem Dengeln schwerer Metallwerkzeuge gegen die Kupplungen der Wagen; zischendes Entweichen von Druck, der kreischende Knall, mit dem sich der Stromabnehmer von den Oberleitungen löste und sich auf dem Dach der Lok zusammenfaltete wie ein müdes Tier. Das geschäftige Brabbeln der Rollkoffer, die hektischen Schritte der Reisenden, aus denen die Fremdheit klang, die sie in vielen Zugstunden erfasst hatte. Das tastende, suchende Ankommen der Füße auf einem anderen Boden. Betont hartes Auftreten, auf fremdem Pflaster, das selbstverständliche Raumerobern der Körper, die in Anzügen und Businesskostümen stecken. In der Atmosphäre eines Bahnhofs, durchfeuchtet von den Abschiedstränen der Reisenden, durchweht vom Flattern der Taschentücher, von zärtlichen Wiedersehensworten, von Küssen und Umarmungen, hilflose Blumen in der hilflosen Hand bebend auf dem Rücken der Geliebten, von den hoffnungsvollen Blicken derer, die am Ende des Gleises stehend warteten, um sich schauten, auf der Suche nach dem Reisenden, der sich verspätet hat, zielgerichtete Blicke derjenigen, die auf niemanden warteten, die von niemandem erwartet wurden, effizientes Finden des Stadtplans mit Hotelverzeichnis, der Touristeninformation, des Taxistands. Dazwischen die Pendler, deren Schritte jeden Tag zur selben Zeit zweimal dieselben Wege gingen, einmal vom Zug in die Halle, exakt um 7.38 oder um 8.12 oder um 6.44 Uhr, einmal von der Halle zurück zum Zug, um die Strecke nach Hause zu fahren, an der sie jeden Strommasten, jede Wäscheleine und jeden Autostellplatz kannten. All die Menschen auf ihren sinnlosen, immer gleichen Wegen. Hinein ins Abenteuer der neuen Liebe, heraus mit Tränen oder dem Seufzen der Erleichterung, hinein in die Stadt, um eine selbstentfremdete Lohnarbeit zu verrichten, exakt neun Komma drei Stunden später die Rückfahrt, exakt dreizehn Komma sechs Stunden später wieder die Hinfahrt. Tag für Tag. Das streifte alles ungehindert durch mich hindurch.

Ich wartete auf den letzten Zug, der bald kommen sollte. An den Gleisen entlang ging ich das Delta der stählernen Schienenwege hinaus, die Autonome Kulturwerkstadt Wohlgroth gabs nicht mehr, weg der freie Raum, das überdimensionierte, an die Hauswand gesprühte Bahnhofsschild, das die Reisenden in ZUREICH begrüßte, und kein Graffito mehr, das mir versichert hätte, »Alles wird gut«. Ich war richtig hier und ging und ging, bis ich mich unbeobachtet wähnte und über die Schienen huschte an einen Zwischenort, hinter einem abgestellten Zug, da, wo mich keiner sehen konnte oder vermuten würde, wo es nach Pisse roch und schnell fließendem Flusswasser. Eine Ratte lief gemächlich über die Gleise Richtung Limmat, ich saß und wartete.

Die Arme um die Knie geschlungen, noch wollte ich den Sprung hinauszögern, der Bewegungsdrang in den Beinen ließ mich zittern. Das dreiäugige Monster aus Stahl, Kupfer und Asbest schob sich mir entgegen. Wie ein loses Aggregat schaukelten die beleuchteten Wagen über die Weichen. Der Mensch im Lokstand konnte mich in meinem Versteck nicht sehen. Ich würde ihn überraschen und mit in den Abgrund reißen. Selbst jetzt musste ich an die anderen denken. Und dann Bilder von Lio, mit sandverkrusteter Rotzspur im Gesicht, eine bröselige Schliere vom Nasenloch bis ans Ohr, die Sternenhände zu mir hochgestreckt, dann das Windelpaket in meinem Nacken und ihr leiser, aus nur zwei Tönen bestehender Gesang, während sie mir mit den immer gleichen kreisenden Bewegungen übers Haar wischt. Die drei Lichter glitten auf mich zu, geräuschlos, ungehindert, ungebremst, ich wartete noch wenige Sekunden, das war er, das war mein Augenblick, endlich gelang es mir zu entkommen, es war eine alte Diesellok der Schweizerischen Bundesbahnen, achtzig Tonnen mindestens, in verwaschenem Rot, über deren rechteckiges Gesicht eine silbernes Lachen ging, mit Schweizerkreuz mittendrin, Pantone 186 C, dachte ich, doch jetzt, bei Dunkelheit, fast 1807 C, und schüttelte die Beine wie der Läufer vor dem Sprint und dachte noch, wie gut, dass du die Sneakers angezogen hast, schob mich aus meinem Versteck und lief in langen Schritten auf die drei Augen zu, das silberne Lachen, das dunkle Band des Führerstands, in dem, sehr schwach erhellt von den Kontrollleuchten, der Kopf des Lokführers zu sehen war, er trug die dunkle Schildmütze, darunter quoll in weißen Schichten sein langes Haar hervor, es war die Gestalt aus den Bergen, und sie hatte wieder mein Gesicht. Als sich unsere Blicke trafen, nahm ich einen tiefen Atemzug und sprang.

SEQUEL

Achtundzwanzig. Stille für achtundzwanzig Stunden. Kein Molekül rührt sich. Es arbeitet kein Nukleotid, kein Nukleosid. Phosphor, Zucker, Wasserstoffbrücken. Sie alle besinnen sich. Ist bei der Teilung die Unordnung entstanden? Mei. Im Ei. In der zweiten Meiosenteilung. Ja, die vier Chromosomen verteilten sich nicht geschmeidig. Andere konnten es. Wir nicht. Es muss nicht in der Meiosenteilung passiert sein, als aus einem zwei, aus zweien vier wurden. Und vier mal sieben Tage, eine Mondphase lang, gewartet und auf den pelzigen Wedeln hinabgespült und in ein Schwarz gefallen. Und alle Basen so vereinzelt jetzt, diese Brücken, so wenig stabil, wir wussten es, waren aus Wasserstoff, sind weggespritzt, und C und G und A und T noch an den zuckrigen Holmen der Phosphorsäuren festgeklammert, jedes für sich allein und ohne Halt. Wir wissen, das Verringern, das Verkleinern, das rhetorische Stilmittel der ironischen Untertreibung, die Meiose, Reduktionsteilung, geschieht in sieben Stadien, wir kennen das. Wir reduzieren uns, wir kombinieren neu. Eins geben, zwei nehmen, da anknüpfen, dort abzwicken, wir verdoppeln, verbinden, tauschen aus, erfinden uns nach dem Zufallsprinzip neu. Alle strecken sich, legen sich nah zueinander und verschränken sich, ein Reißverschlussfeiserschluss, gleich zu gleich, der fadenförmigen Proteinachsen, ein Leiterchen mit Millionen Tritten steigt aus dem Traumgespinst verschlungener Chromosomenfäden in den Himmel, und auf ihm klettern die geflügelten Kinder aus der Familie der Dysmorphiesyndrome auf und ab, kleine Zyklopen mit offenem Rücken, wässrigen Nackenfalten, sechsfingrigen Rosenblütenhänden, nackte Mikrozephali mit gespaltenen Lippen, verschieftem Becken, mongoloiden und antimongoloiden Lidachsen, all die schmalen Schnabelgaumen, in denen die Milchzähne dicht an dicht wie schiefe Palisaden stehen, Millionen kleine Totgeburten ohne Hirn, Herz, Lunge, Leber, auf dem Weg in den Limbus infantorum, kraxeln, humpeln, hieven sich behände, Tritt für Tritt nach oben, dort hat man sie noch nicht erwartet und schickt sie wieder weg, so entsteht ein Auf und Ab, ein wogendes Steigen und Fallen auf der Himmelsleiter, dem synaptischen Komplex, bevor das Diplotän anbricht und sich die Holmen trennen und alle auf die Erde fallen, in das jetzt ruhende Gespinst der Chromosomenfäden, so weich, und beginnen sich rhythmisch zusammenzuziehen, um dann wieder zu ruhen. Die Engelkrüppel liegen still, der eine oder andere schläft ein bisschen, bevor die Schnürungen beginnen, aus eins mach vier, und es ans Abschiednehmen geht und jeder sich für einen Gametenplaneten entscheiden muss. Das wissen sie aber noch nicht. Noch klettern sie auf und ab wie auf dem Spielgerüst hinter dem Sonderkindergarten, dem mit blauen, gelben, roten Holmen, hinaufklettern, im Bogen über den Scheitelpunkt und auf der anderen Seite wieder hinab bis in den Sand des Spielplatzes, wo das Seepferd vor dem Klettergerät steht und auf den ersten Quertritt steigt, sich festklammernd umdreht, »Schau Mamalio, schau!«. So weit sind wir noch nicht.

27

Die Wohnung war leer und aufgeräumt, als ich nach Hause kam. Sie schien mir groß ohne Lio. Leer mein Arbeitsplatz, die Stifte und Farbflaschen in den Schubladen verräumt, die Gummikrümel weggefegt, die Zeichnungen und Skizzen in Projektmappen abgelegt und beschriftet. Das dunkle Glas des Röhrenbildschirms reflektierte meinen Eierkopf. Ich folgte den hellen Parkettfugen, in die Lio das Deckweiß verrieben hatte, in die Küche. Alles Geschirr abgewaschen und verräumt, der Mülleimer gähnte leer, Flaschen, Altpapier, Karton, alles hatte ich vor meiner Abreise weggebracht, gebündelt, an den Straßenrand gestellt. Noch in Mantel und Schuhen ging ich in Lios Zimmer, wo es nach dem Nachtschlaf kleiner Mädchen roch, süß und ein bisschen abgestanden, wie Pfirsiche, kurz bevor sie zu schimmeln beginnen. Ich schlug ihre Bettdecke zurück und nahm das gelbe Lammfell an mich, auf dem sie schlief. Ich legte mich in mein Bett, den Kopf auf Lios Fell, zog das raschelnde Deckbett über mich. Ich muss das Kind zurückholen. Ich muss mir Gewissheit verschaffen. Als hätte jemand den Schalter umgelegt, verließ mich mein Bewusstsein. Das Telefon weckte mich.

»Ich will eine Erklärung von dir.« Es war Josefine.

»Da gibt es nichts zu erklären«, log ich. »Es geht einfach nicht. Ich kann das nicht.« Mein Atem roch nach Schlaf und schlechter Laune.

»Aha. So plötzlich.«

Ich schwieg.

»Ich hab das nicht verdient«, sagte sie selbstbewusst, »dass du so mit mir umgehst.«

»Eins interessiert mich noch. Hast du deine Freundin je wiedergesehen?«

Sie stutzte.

»Wen? Pauline? Ja, warum?«

»Es interessiert mich einfach«, sagte ich lahm.

»Lenk nicht ab. Ich bin sauer und will nicht über meine Freundinnen reden.«

Gewissheit. Ich musste Gewissheit haben.

»Bitte, es ist wichtig.«

»Warum?«

»Kann ich dir nicht sagen.« Ich stockte und hörte selbst die Verzweiflung in meiner Stimme. Ein verbissenes Verlangen nach Aufklärung, das auch Josefine hören musste.

»Ja, ein paar Mal eher zufällig, dann ist der Kontakt abgerissen, bis sie irgendwann plötzlich vorbeikam, völlig abgerissen, und nicht wusste wohin. Sie blieb ein paar Nächte bei mir, verpflegte sich, lieh sich Geld und verschwand so unvermittelt, wie sie aufgetaucht war. Seither habe ich nichts mehr von ihr gehört.«

»Wann war das?«

»Im Herbst letztes Jahr, glaub ich. Oder vor zwei Jahren? Ich weiß nicht mehr.« Alle meine Vermutungen bestätigten sich, und da es nichts mehr zu sagen gab, legte ich auf. Eine Art Erleichterung breitete sich aus, vermischt mit Bitterkeit. Noch mehrmals klingelte in den nächsten Tagen das Telefon, doch ich nahm nicht ab. Ich setzte mich an den Zeichentisch und entwarf ein Bild von ihr. Im maisgelben Mantel, der im Schritt ein wenig klaffte. Das Gesicht im Profil und den Blick nach hinten gewandt, halb aus der Hüfte gedreht, als sehe sie sich nach jemandem um. Ich rollte Packpapier auf dem Boden aus, schätzte ihre Körpergröße, heftete das Papier an die Wand und malte sie mit Bleistift, konturierte mit schwarzen Pinselstrichen, schattierte mit Kohle, kolorierte mit knalligem Rot und setzte mit Weiß die Lichter in ihr Gesicht, das Haar, die Augen. Dann heftete ich sie hinter meinem Arbeitsstuhl an die Wand. Augenblicklich wurde ich ruhig.

Das Hoffnungsheim wollte Lio so ohne Weiteres nicht wieder hergeben. Immerhin hatten wir einen Betreuungsvertrag, sie rechneten mit den Geldern der Invalidenversicherung, die sie für meine Tochter bekamen – in der Institution war die Hilflosigkeit nicht mehr fraglich, was mir seltsam vorkam. Ich fuhr unangekündigt hin, um sie abzuholen. Die ausgiebigen Ballbäder und nächtlichen Fixierungen ans Bett hatten ihr anscheinend nichts ausgemacht. Sie stapfte auf ihren Säulenbeinen auf mich zu und spreizte die weißlichen Finger, die mir immer wie zu kurz gebackene Weihnachtskekse vorkamen. Der Heimleiter und mehrere Betreuungspersonen wollten mich davon überzeugen, dass das Heim für Lio die besten Entwicklungschancen böte, »besser als bei Ihnen zu Hause, wo sie doch häufig sich selbst überlassen ist«. Zum ersten Mal in meinem Leben übte ich das aus, was man elterliche Gewalt nennt, packte ihre Sachen und fuhr mit ihr nach Hause. Als ich ihr endloses Brabbeln hinter mir hörte, ihre Kolograbsimonologe, wurde mir nicht nur bewusst, wie sehr ich sie vermisst hatte, sondern auch, dass wir zusammengehörten, dass sie vielleicht ohne mich, ich jedoch nicht mehr ohne sie sein konnte, dass das Kind mein Schicksal war und dass ich dem standhalten konnte.

Am nächsten Morgen um sechs brabbelte sie mich wach, ich verfluchte meine pathetischen Anwandlungen vom Vortag und machte mich schlecht gelaunt und unrasiert in der Küche zu schaffen. Das Telefon klingelte, es war die Vormundschaftsbehörde. Augenblicklich packte mich wieder die tödliche Entschlossenheit, das Kind nicht herzugeben. Mithilfe eines Anwalts, den Max mir besorgte, gelang es mir, mein Sorgerecht durchzusetzen und den Vertrag mit dem Heim rückgängig zu machen. Ich fand einen Job als Tellerwäscher im Rossi am Ende der Straße und meldete mich eines Tages in der winzigen Klause von Büro bei meinem grau bezopften Sozialberater ab. Wieder leistete ich Unterschriften, löste Vereinbarungen, erhielt meine Familiendokumente und Lios Geburtsurkunde zurück, Zanotta wünschte alles Gute, ich ging mit Lio in ein Restaurant und bestellte ihr einen Teller Älplermagronen und mir ein Pferdesteak mit Salat. Allmählich strömte die Gewissheit von Freiheit, Privatheit und selbstbestimmtem Leben in mich ein. Alles war möglich. Die zweite Graphic Novel, das Überleben als Zeichner, das Leben mit dem Kind, ich würde es herausfinden: das Geheimnis der Vaterschaft. Nicht nur das, ich würde es erfinden: das Leben als Muttermann.

Als Erstes erteilte ich mir ein Denkverbot und den Befehl, einfach weiterzumachen. Einfach weitermachen, Tag für Tag, das Tempo aufrechterhalten, um nicht umzufallen, wie ein Kreisel, der den Schwung verloren hat. Nacht für Nacht schuftete ich im Rossi, während Paul, der bei mir eingezogen war, sich um Lio kümmerte. Wenn alle weg waren, die Küche leer, putzte ich noch den Fußboden, wischte die Chromstahltische blank, kontrollierte die Pfannen, Gerätschaften und Schichtungen der Teller in den Schränken, blass wie Blätterteig, dann löschte ich die Lichter, schloss die Türen ab und ging. Drei Stunden später rappelte ich mich aus dem Bett, kleidete das Kind »witterungsgerecht«. Der Schulbus nahm es mit in einen Hort im Norden der Stadt. Kaum hatte ich sie um halb sieben ins Auto gesetzt, legte ich mich wieder ins Bett und schlief bis nach Mittag, erledigte den Haushalt, zahlte Rechnungen, wusch, putzte, kaufte ein, schrieb Mails und Briefe, akquirierte Kunden, erledigte deren langweilige Aufträge. Wir aßen, wenn sie nach Hause kam, ich fütterte, wusch und wickelte sie und bürstete die Zähne, ich schnitt die Haare, Finger-, Fußnägel und putzte Ohren aus, ich zog sie an und um und legte sie ins Bett. Wir taten nicht, was andere Eltern tun: Geschichten lesen, spielen, die Welt erklären, den Zoo besuchen, Karussell fahren, Drachen steigen lassen, all das Zeug. Wir lebten funktionsweise dahin. Nur dann und wann, an den Wochenenden, lud ich das Kind in das Auto, das ich mir angeschafft hatte, und fuhr immer eine andere Strecke, immer ohne Ziel, bog irgendwo ab und landete am See oder in einem der puppenstubenhaft blank geputzten Dörfer in den Bergen oder im Gewerbegebiet eines Weilers im Mittelland, zwischen Möbelhäusern, Schuhgroßmärkten, Gartencentern und Elektronikdiscountern. Das Kind schimpfte seine Liomonologe. Ohne Inhalt, ohne Ziel, während wir in der Landschaft herumliefen. Wenn sie genug hatte, ließ sie sich fallen, lag auf dem Bauch mit angelegten Armen, die Wange an der Erde, als ob sie schlafen wollte. Dann lud ich sie auf meinen Rücken und schleppte sie wie einen Kartoffelsack zum Auto zurück. Immer hatte ich einen Rucksack mit Wasserflaschen, Bratwürsten, Kohleanzündern, Taschenmesser, Ersatzkleidern, Windeln, Feuchttüchern und einer Wolldecke dabei. Wir hockten stumm an Feuerstellen, in Unterständen, Wartehäuschen oder im Auto und stärkten uns. So trotzten wir der unwirtlichen Außenwelt. Und immer hatte ich einen Skizzenblock und Bleistifte dabei, und um mich nicht zu Tode zu langweilen, zeichnete ich. Fahrige Karikaturen unserer Erlebnisse, sie stapelten sich zu Hause auf dem Zeichentisch und in den Schubladen.

Nie mehr hatte ich von Josefine gehört. Das helle Laken, die schwarz getuschte Kontur ihres Körpers, die weichen Zipfel des Flokatiteppichs an meinen Füßen, ihre Hand an meiner Leiste, auf meinem Hintern. Wie sie zupackte und mich an sich drückte, mich tiefer in sich hineinschob. Ihr Blick wie dunkle Tiefseeschnecken, als ich vor ihr stand mit der Tasche über der Schulter und der Gier im Blick, der Lust alles fallen zu lassen und mich wieder zu ihr zu legen. Ich verbot mir, an sie zu denken, und redete mir ein, ich hätte ein gutes Leben. Ich wollte nicht glücklich, nur zufrieden sein. Einigermaßen. So sagte ich mir: Du hast eine Aufgabe, und zwang mich, es zu glauben.

Nacht für Nacht kamen die drei Augen des Zugs auf mich zu, Nacht für Nacht sprang ich ihnen entgegen, wurde überrollt und erwachte frisch und gestärkt. Etwas, ich kann nicht sagen, dass ich es war, ja nicht einmal, dass es ein Teil von mir war, hatte entschieden, das Kind nicht zu verlassen. Doch es gab Tage, an denen ich mich lall und taub, in einem wattigen Zustand der Willenlosigkeit in die Wohnung schleppte und aufs Bett legte, wo ich mich nicht bewegte, nur um nicht auf eine Brücke oder unter einen Zug zu geraten oder in ein Kaufhaus, wo es Rasierklingen, Japanmesser, Cutter, Teppichschneider gab. In der Wohnung hatte ich derlei Versuchungen vernichtet. Hier war ich sicher. Nicht, dass ich es gewollt hätte. Ich rechnete nach der Nacht an den Gleisen einfach damit, dass es mir widerfahren könnte wie ein Fahrradunfall. Unbemerkt, in einem Augenblick der Schwäche. Dass es über mich kommen könnte wie ein Regenguss oder mich erfassen wie eine Windböe. Postkarten kamen von allen Küsten Europas. Jedes Jahr Anfang April eine. Belanglose Worte zu Lios Geburtstag. Ich hob eine der Dielen in meinem Arbeitszimmer und versenkte die Karten zwischen den Deckweißkrümeln, die Lio in die Ritzen geschmiert hatte. Noch jahrelang absolvierten wir Therapien, Fördermaßnahmen und viele, viele Arztbesuche. Taxifahrten in die Notfallaufnahme des Krankenhauses, wo Lios Brüche geröntgt und geschient wurden, die Risse in der Kopfschwarte geklammert, Fleischwunden genäht und Verbrennungen bandagiert wurden. Sie war ein unternehmungslustiges Mädchen. Jedes Mal wurde ich länger und detaillierter zum Unfallhergang befragt, während Lio mit blutverschmierten Haaren und Kleidern hin und her tappte und jeden anstrahlte, der ihr entgegenkam. In dieser Zeit stellte ich noch einmal einen Antrag, um die Hilflosigkeit, die uns anhaftete, entschädigt zu bekommen, und dieses Mal klappte es. Ich gab den Tellerwäscherjob auf. Immer und überall zeichnete ich Begebenheiten aus unserem seltsamen Leben, Lio, wie ich sie sah. Irgendwann, so dachte ich, werde ich den Zellkernband konzipieren und zeichnen. Das Chromosom, ein kleines, krummes Stäbchen, starrte mit fischigen Glubschaugen verständnislos in die Welt, während sein siamesischer Zwilling, mit dem es ständig im Streit lag, durch sein Monokel auf es herunterblickte.

Ein tiefes, durchdringendes Vibrieren, als der Wagen nach rechts zieht, und die durchgezogene Linie zum Standstreifen überfährt. Ich fange ihn ab und bremse mit einem Ruck. Still. Durchatmen. Kind Gottes in der Hutschachtel. Es ist nicht mehr zu schaffen! Das Mädchen räumt seine Tasche ein, hebt jetzt den Kopf. »Fahr schneller, Konny, immer schneller.« Und wendet sich wieder seinen Habseligkeiten zu. Ich starte den Motor und fädle mich wieder ein. Die Karte Blaugrünweiß. Ostseeküste. Als wollte er meinen Entschluss bekräftigen: ein weiterer Laster mit polnischem Kennzeichen vor mir.

28 Ein Schokoladenkäfer und ein rasch gezeichneter Comicstrip waren unsere Geschenke. Wir saßen auf Polsterstühlen um einen Glastisch, acht Kinder, fünf Mütter und ich, und aßen Fair-Trade-Schoggikuchen aus Vollkornmehl, selbst geschnitzte Möhrenstangen und tranken Früchtetee, auf dem Spielplatz dann tauschte man Mutterschaftslegenden aus: Verlauf der Schwangerschaften, vorgeburtliche Untersuchungen, Qualität der Entbindungsstationen, Geburtshäuser, Kreißsäle. CTG, Wasserbecken, Damm- und Kaiserschnitte, geplant und ungeplant, Vorteile der Hausgeburt, Nutzlosigkeit der Väter, der ganze heimliche Wettstreit darüber, wer die dramatischsten Geschichten erzählen konnte. Wann Lea, Timo, Lukas, Lara und Dario gelächelt, den Kopf gehoben, sich aufgesetzt, den ersten Schritt gemacht hatten. Ich stand dabei und schwieg. Ich wurde nichts gefragt, ich hatte nichts zu sagen, wollte meinerseits durch unsere Geschichte den Abstand nicht noch mehr vergrößern, ertrug dieses unmerkliche Zurückweichen und anschließende Schweigen nicht, wenn ich von Lio erzählte. So behindert. So mutterallein. Die Mütter redeten und tranken Latte macchiato aus hohen Gläsern, ich streifte mit Lio in der Trage herum. Sie winkten mir, ich wäre lieber heimgegangen. Ein Kind blies Seifenblasen in die Luft. Sie stiegen in den Sommerhimmel, trugen uns in der Blase der Nichtzugehörigkeit davon.

Still war es jetzt, sehr gedämpft kam Drehorgelmusik von weit unter uns, wir schwebten im schillernden Rund und konnten in der Ferne die Berge sehen. Ein Kreischen ließ die Blase platzen. Ein Kind war von der Bank gefallen, man begutachtete die Beule, kramte Pflaster, Desinfektionsspray, Notfalltropfen aus zimmergroßen Umhängetaschen, Tränen wurden abgewischt, die anderen Kinder heulten aus Anteilnahme mit.

Lio sah den Seifenblasen nach. Ich flog dahin, ein Astronaut mit dem Kind als Sauerstofftank auf meinem Rücken. Die Blase um uns changierte in allen Regenbogentönen, und schwerelos wie ein Schiff im All flogen wir über Flusenwolken, die faserig wie Zuckerwatte das Ende des Föhns ankündigten.

Man ging zum Abendessen, zu Tomatenhirse und Gemüselasagne. Ich winkte einen Gruß.

Endlich allein, warf ich Lio in die Luft, setzte mich dann, wie so oft, auf die Schaukel, legte sie auf meinen Bauch, wiegte sie mit eintönigem Brummen, lullte sie in den Schlaf. Die grün durchlichterte Blätterdecke im leisen Schwindel des Auf und Ab. Dunkles Gekrakel der Äste und Zweige vor dem Winterhimmel meiner Erinnerung und Lio, eine Handvoll Mensch auf meinem Bauch, tabakbraunes Laub, der schwarz gefleckte Waldboden, auf dem sich ein bleicher Frauenkörper streckte, Moos und Ameisen, das grüne Wellentuch hob und senkte sich, halb geschlossene Lider, eine ruckartige Drehbewegung und in der Rinne meines Rückgrats jetzt die Schwere des Frauenkörpers und darin, ein Schatten nur, das ungeborene Gewicht des werdenden Kindes. Mein Blick stieg ins vielfach abschattierte Grün der Platanenkronen, es schwappte in weichen Wellenbewegungen vor und zurück, endlos wiegende Schwingungen, während der hellblaue Rauchfaden meiner Zigarette sich in lichten Schlangenbewegungen darin verlor.

Lohengrin Therme. Wieder klebt einer an der hinteren Stoßstange des Volvo. Ein Lieferwagen. Der Fahrer trägt einen Cowboyhut, unter dem die Haarsträhnen wie Schlingpflanzen heraushängen. Er schüttelt den Kopf in rhythmischen Bewegungen. Ich zwinge mich, Tempo zurückzunehmen, mich nicht schieben zu lassen. Das Mädchen packt ein und aus.

»Lio, du kannst das jetzt sein lassen. Deine Sachen brauchst du erst wieder, wenn wir aussteigen. Ich will, dass du damit aufhörst jetzt.«

»Und ich will, dass du freundlich mit mir redest, sonst tut mir mein Herz weh.«

Seufzend drehe ich die Hookywookymusik lauter. Der Cowboy hinter mir nickt im Takt von Lou Reed, als hörte er ihn. *And each lover I meet up your roof / I wouldn't want to throw him off, mmmm / into the chemical sky, down into the streets to die / Under the wheels of a car on Canal Street.* Josefine war in Dessau, und Dessau lag auf der Strecke an die Ostsee. So hatte ich entschieden, zuerst bei ihr haltzumachen, und Max nach ihrer Telefonnummer gefragt, dann jedoch entschieden, einfach hinzufahren, und wenn sie mich nicht sehen wollte, wieder zu gehen. Irgendeine Pension würde schon zu finden sein. Sie hatte ihren Wunsch wahr gemacht und recherchierte für eine Publikation zur Nutzungsgeschichte der Meisterhäuser. Ihre Konsequenz und ihre Beharrlichkeit machten mich klamm. Die undatierten Skizzen, Karikaturen und Comicstrips über Lios und mein Leben auf dem Narrenschiff der Blödigkeit dümpelten in der Plankommode, in zahlreichen Mappen und losen Stapeln dahin, der Gesichtslose verschimmelte in einer Mappe hinter dem Bücherregal. Die Farben waren eingetrocknet, die Pinsel zerrupft, die Bleistifte stumpf, das Deckweiß hatte Lio schon vor Jahren aufgebraucht. Eine reißende Sehnsucht nach meiner Zeichenarbeit erfasste mich und gleichzeitig nach einem Frauenkörper. Nach Josefines Körper. Da stand sie, mit dem Whiskyglas in der Hand. Mit geweiteten Augen und lächelndem Mund vor dem Säugling, der Lio war. Ihr Rücken, halb bedeckt vom Laken. Die dunkle Furche der Wirbelsäule, die sich zwischen den Pobacken verlor. Ihre geschlossenen Augen, ihr halb geöffneter Mund, als wir im Morgendämmer miteinander schliefen. Ihre festen Finger auf meinem Sack.

Hupen hinter mir, die Tachonadel zeigt auf unter hundert, und ich fahre noch immer auf der linken Spur, der Hookywookycowboy dichtauf, drängt mich nach rechts ab. Autobahnkreuz Bayreuth. Großwindanlagen auf den Hügeln im Stillstand. Kilometer 509. Halbzeit. Die Tankanzeige blinkt Reserve. Ich habe Lust auf eine Zigarette. Lust auf eine Frau.

Eingezwängt in den Kolonnenverkehr, schaffe ich es nicht rechtzeitig, die Spur zu wechseln, und fahre an der Tankstelle vorbei. Laster vor und hinter mir, SUVs in schneller Folge. Ich kann nur dasitzen, den Fuß auf dem Gaspedal, und mich durch den Raum schießen lassen. Von den paar wenigen Pferdestärken des Volvo, von dem plötzlichen Entschluss, quer durch die Republik zu reisen, um das Mädchen wegzubringen. Fünfzig zu fünfzig stehen die Chancen. Fünfzig zu fünfzig, dass das Kind mich weitere achtzehn Jahre auf der Insel der Blödigkeiten gefangen halten wird, dass ich weitere achtzehn Jahre im Zeitlupentempo durch den Schlauch der Abhängigkeiten und Selbstaufgabe gepresst werde. Mit Lio und dem Seepferd im Schlepptau.

Über die Jahre waren wir aneinander festgewachsen, besser gesagt, ich war an Lio festgewachsen, während Lio sich von mir gelöst hatte, Freundinnen und Freunde gefunden hatte, Kumpels und irgendwo auch einen Geliebten. Mir war entgangen, dass sie eine Frau war, mir war entgangen, dass sie mit einem Mann geschlafen hatte und geschwängert worden war. Von wem? Von Paul etwa, der inzwischen an der Fachhochschule Game Design studierte und uns ab und zu besuchte, auch manchmal bei ihr blieb, wenn ich ins Rossi musste? Eines Nachts hatte ich die beiden auf dem Sofa schlafend gefunden, aneinandergekuschelt, und mir nichts dabei gedacht. Sie mussten eingeschlafen sein, während der Kinderfilm lief, den Lio abends guckte. Raffael, der Stalljunge, ein Downie aus der Therapiereitgruppe? Aber wann und wo? Die Behinderten standen immer unter Aufsicht. Ein Junge aus der Klasse oder, schlimmer noch, ein Lehrer, der Praktikant im Hort? Ein Betreuer im Ferienlager? Ich stellte fest, dass ich mein Kind nicht kannte, ja, dass ich es noch für ein Kind hielt, als es lang schon eine Frau war. Mit allem Drum und Dran. Das Thema hatte ich weggeblendet und mich um nichts gekümmert. Keine Aufklärung, keine Vorsorge, kein Verhütungsmittel.

Mein Kind ist groß und hat ein Liebesleben. Ich selbst hatte keins, sondern mich zwangsverpflichtet und weitergemacht Tag für Tag. Nacht für Nacht. Ein paar Aufträge, kleine Sachen, enge Vorgaben, wenig Freiheit für Ideen, noch weniger Honorar. Grafiken, Tabellen, hier ein Tramplakat, da ein Leporello. Flyer und Merkblätter für Banken, Behörden, Versicherungen, Finanzdienstleister – was es eben so gibt. Dann und wann etwas für die Zeitung, von Max vermittelt. Für die Drogenberatungsstelle, bei der Regula arbeitete. Almosen, Krümel aus den prall gefüllten Werbebudgets, in die hohle Hand gewischt, damit der arme Zeichner nicht verhungern muss. So kam genug zusammen, dass ich nicht mehr aufs Sozialamt musste. Immerhin.

Ich muss sie anrufen, muss ihre Stimme hören. Jetzt.

Im letzten Augenblick biege ich auf eine Raststätte ab, fahre viel zu schnell, bremse quietschend ab, Lio fliegt in den Gurt und wird unsanft geweckt. Sofort beginnt sie zu maulen, und ich fahre den Wagen in eine Parkbucht, schmeiße die Tür hinter mir zu und stapfe rauchend auf und ab, das Telefon am Ohr.

Das Mädchen sitzt währenddessen still auf seinem Sitz und wartet mit der ihm eigenen unerschütterlichen Geduld, was nun passiert. Ich helfe ihr auszusteigen und begleite sie ins Untergeschoss des Restaurants, wo ein Rudel Frauen vor dem Drehkreuz zur Toilette steht und wartet. Und schaut. Verstohlen betrachten sie mich. Verwundert zuerst. Dann mitleidig. Wir kennen das. Lio trappelt von einem Fuß auf den anderen.

»Die Leute stressen mich.«

»Mich auch. Komm.« Ich nehme sie an der Hand, gehe an der Schlange vorbei nach vorne, werfe ein Geldstück ins Drehkreuz und schiebe Lio hinein. Sie bleibt stehen und sieht mich an. »Komm mit.«

Und als ich den Kopf schüttle. »Konny, komm.«

»Lio, das ist hier nur für Frauen. Versuch es mal allein. Du schaffst es ohne mich.« Ich sehe ihrer gedrungenen Gestalt nach, den runden Schultern, wie sie um die Ecke geht, schiebe die Hände in die Hosentaschen, warte. Die Frauen sehen mich an. Ich pfeife leise, fast geräuschlos. Lio kommt zurück.

»Alles klar?« Sie lässt den Kopf hängen, und da sehe ich es.

»Warte hier. Nicht weggehen, ja?«

Ich renne zum Auto, hole frische Unterwäsche, kaufe Feuchttücher, renne zurück, Lio steht immer noch da, die Frauen, die nicht weniger werden, denn die Zurückgekommenen bleiben stehen, um mitzukriegen was passiert, sie glotzen. Ich springe über die Absperrung, nehme Lio an der Hand und schiebe sie in die Behindertentoilette. Sie hält mich fest, leise rede ich auf sie ein, spreche Wort für Wort und Satz für Satz einen Kokon um uns herum, in dem sie sich sicher fühlt. Und ich mich auch. Ich verriegle die Tür hinter uns und erkläre ihr Handgriff für Handgriff. Da erinnert sie sich wieder daran. Ich spreche mit gedämpfter Stimme und im breitesten Schweizerdeutsch, dessen ich fähig bin, damit die Frauen uns nicht verstehen. Die dreckige Unterhose spülen wir das Klo hinunter, dann füllen wir die nasse Hand mit flüssiger Seife, bis sie überquillt, und schäumen jeder Faust eine weiße Perücke auf den Kopf. Vier alte Weiber, die sich ankeifen, bis Lio wieder lacht. Schnell rennen wir die Treppen hinauf, ins Auto und rasen, nachdem ich getankt habe, zurück auf die Autobahn. Ich werde Josefine sehen. Es ist früher Nachmittag und leiser Schneegriesel fällt.

In den ereignislosen Jahren, seit ich den Kontakt zu Josefine abgebrochen hatte, stapelten sich die Skizzen aus unserem Alltag wie die ungelebten Gefühle, die unerfüllten Ambitionen. Eher überlebte ich, als dass ich lebte. Alice hatte sich in einen aus dem Welschland verliebt und zog weg. Eine orthodoxe jüdische Familie zog in die Wohnung im Erdgeschoss ein, die Kinder waren still und schüchtern, am Freitag hörte ich sie nach Sonnenuntergang voller Inbrunst die Sabbatlieder singen, und jedes Jahr im Oktober bauten sie im Hinterhof eine Art Gartenhaus für das Laubhüttenfest auf, in das sie Nachbarn und Freunde einluden. Manchmal noch wählte ich Josefines Nummer in München, legte jedoch den Hörer wieder auf, bevor die Verbindung hergestellt war. Als ich es Jahre später einmal durchklingeln ließ, kam die mechanische Ansage »diese Nummer ist ungültig, wollen Sie bitte im Telefonbuch nachsehen«.

Der Comic hatte seine zwingende Notwendigkeit gezeichnet zu werden verloren, und nichts hatte ihn ersetzt. Das Zeichnen war ein beliebiger Teil meines Lebens geworden, Quantité négligeable, etwas, das ich tun oder lassen konnte, wie den Gang zum Friseur, den ich mir schon lange sparte; die überschulterlangen Haare wickelte ich auf dem Kopf zu einem Knoten, in den ich Spaghetti oder Essstäbchen steckte. Ansicht des Muttermanns. So lebten wir dahin. Max lebte jetzt in Bern, wo er die Stelle des Inlandredakteurs einer großen Tageszeitung bekommen hatte, er hatte sich von Regula getrennt, die mich von Zeit zu Zeit anrief. Sorge schwang in ihrer Stimme und ein knochenschwächendes Mitleid, wenn sie sich nach Lio erkundigte. Meine Reaktion war immer dieselbe. Ich betonte Lios Fortschritte, wie leicht ich es mit ihr hatte – was stimmte, schenkte sie mir doch jeden Tag ihr freundliches und so vertrauensvolles Wesen. Dann wartete ich und biss die Zähne zusammen, bis Regula mit Sehnsucht in der Stimme sagte, wir könnten ja mal etwas miteinander … Schnell schützte ich Arbeit und Verpflichtungen vor, sodass auch sie schließlich nicht mehr anrief, was mir recht war. Mein Leben lief wie eine kleine unzulänglich geölte Maschine. Ein stotternder Motor, der beständig an Leistungskraft verlor, ohne dass ich mir dessen bewusst wurde. Das Nötigste erledigen, den elenden Haushalt besorgen, die Anträge auf Unterstützung für die Krankenkasse, Invalidenversicherung, reduzierte Hortkosten, die Steuern, die Mail-Korrespondenz mit Therapeutinnen, Lehrerinnen, Ärzten. Termine vereinbaren, um die Augen, die Füße, den Rücken, Wachstum und Entwicklung ganz allgemein überprüfen zu lassen, psychologischen Rat wegen der Verhaltensauffälligkeiten und der Bettnässerei einzuholen, Spezialschuhe, Spezialkleidung besorgen. Lio wollte Hüfthosen und bauchfreie T-Shirts, in die ihre Robbenfigur nicht hineinpasste, stattdessen kauften wir Trikothosen, Schlabbershirts, Sackkleider, einfach an- und auszuziehen.

Lange, weite Oberteile, unter denen ihre Bauchrundung verschwand. So kam es, dass ich nicht bemerkte, wie sie anschwoll. So kam es, dass ich, als ich es bemerkte, nicht mehr weiterkonnte. Auch nicht mehr weiterwusste. So kam es, dass ich an einem leuchtend blauen Novembermorgen beschloss, mein Kind wegzubringen.

29 Die Königin fährt Schlitten. Über den Winterhimmel hetzt sie ihre Hunde, peitscht sie durch die Kälte, lacht, dass der Spiegel springt und klirrend bricht. Grelles Gelächter. Sie lacht und lacht, und tausend Splitter rieseln auf die Erde.

Lio steckt die Gabel in die Bratwurst, drückt sie in die Sauce, sägt mit dem Messer in ihrer Mitte, durchtrennt die Pelle, durchtrennt die körnige Füllung und schneidet in der Sauce weiter. Fest hält die dickliche Faust die Gabel umschlossen. Jetzt rutscht das eine Wurststück weg, die Faust haut auf den Teller, die Gabel kippt in den Kartoffelbrei, das Mädchen leckt die Außenkante seiner Faust ab, legt dabei den Kopf schief und tunkt den Pferdeschwanz ins Essen.

Ich stelle mein Weinglas ab und sehe aus dem Fenster des menschenleeren Gasthofs in diesem ausgestorbenen Dorf an der früheren Grenzlinie der beiden deutschen Staaten. Ein Grenzwall durchzieht die Landschaft, aufgefaltet wie ein Stoffwulst, eilig zusammengestichelt mit Panzersperren und Wachtürmen, Schießanlagen hineingeheftet in den Lumpenhaufen des Kalten Krieges; jetzt ein kilometerlanges Freilichtmuseum, da, wo Bayern endet und Thüringen beginnt.

Eine einzelne Frau geht mit gesenktem Kopf auf und ab, tippt mit dem Daumen auf ihrem Telefon herum … Sie trägt einen gelben Mantel. Ich trinke einen Schluck und versuche, nicht nach Lio zu sehen, die mit der Serviette auf dem Tischtuch herumwischt. Mein Handy klingelt, es sind aber nicht die Zed-Editions, denen ich die Überarbeitung des Gesichtslosen zur Veröffentlichung geschickt habe, sondern die Bildredaktion der Postille. Sie warten auf eine Karikatur zum Rettungsschirm für pleitebedrohte Eurostaaten. *Kommt jetzt Ruhe in den Karton? Wird es eine Ansteckung geben?* Da mir nichts eingefallen ist, ich folglich nichts gezeichnet und auch nichts zu berichten habe, drücke ich den Anruf weg und schalte das Telefon aus. Draußen wischt die Frau mit den Fingerspitzen über ihr Smartphone und steckt es dann in die Manteltasche. Lio folgt meinem Blick und sagt: »Josefine.« Fraglos akzeptiert sie, dass ein Mensch, den sie nur von lebensgroßen Skizzen auf Packpapier kennt, so unvermittelt und leibhaftig erscheinen kann. Sie sieht einfach aus dem Fenster, sagt ihren Namen und winkt heftig. Ich sage, sie solle weiteressen. Und Lio kämpft mit der Bratwurst, deren andere Hälfte jetzt über den Tellerrand hüpft, bis eine kleine Plastikvase mit zwei Plastiknelken sie aufhält. Lio sieht dem Wurststück nach, schüttelt nachsichtig den Kopf und legt es zurück auf den Teller. Ob stumpfe Messer, zähe Wursthaut, spritzende Saucen, ob nasses Bett, kalte Füße, verklebte Haare, keiner nimmt die Tatsachen des Lebens so bereitwillig hin wie meine Tochter. Duldsam wie ein Schaf akzeptiert sie den Reibungswiderstand alltäglichen Ungeschicks, der jede Tätigkeit zum feinmotorischen Exerzitium macht. Ob in Form winziger Knöpfe, die aus den immer zu großen Knopflöchern rutschen, ob als schwer gängige Reißverschlüssefeiserschlüsse, als verfusselte Klettverschlüsse, als auslaufende Filz- und abbrechende Holzstifte, zersplitternde CD-Scheiben oder sich in ihre Bestandteile auflösende Elektrogeräte, Lio akzeptiert alles, sogar, dass das Ungemach in Gestalt von Nadeln, Schläuchen, kalten Rohren in sie eindringt und unter Schmerzen in ihr herumfuhrwerkt. Duldsam wie ein Schaf wird sie auch das Verschwinden ihres Vaters hinnehmen wie einen Regengraupeltag im Frühsommer. Ich versuche, den Kopf zu heben, den Druck des Rückenpanzers zu lockern, den ich trage, seit wir auf der Reise sind, seit wir in einer langen, grau asphaltierten Diagonale von Grenze zu Grenze, von Zürich nach Stettin und weiter an die Ostseeküste, Autobahn um Autobahn um Autobahn, den Raum durchfahren, die Zeit durchqueren. Das Mädchen und ich. Schnell leere ich mein Gas, ziehe den Kopf zwischen die Schultern, warte ab. Lio schaufelt Kartoffelbrei. Sie löffelt, schluckt. Ein langer Weg.

Die Reste der Mahlzeit schiebt sie mit dem Messer auf die Gabel, kratzt den Teller aus, bis er leer ist. Nichts hat sie gekonnt, nicht einmal saugen oder strampeln, und ihr Schreien ist das leise Maunzen einer Katze gewesen. Steif und still hat sie dagelegen und den blaugrauen Blick in den Himmel geheftet, aus dem die Flocken fielen. Dichter Schneegriesel, feinstes Pulver und die allerkleinsten, dem Menschenauge unsichtbaren Spiegelsplitter. Sie war der Schneekönigin vom Schlitten gefallen und mitten hinein in den weißen Korbwagen an meinem Küchenfenster.

Mit vielen Zungenstrichen schleckt sie den Löffel sauber, legt ihn beiseite, faltet die Hände im Schoß und wartet, bis der Wirt den Teller abräumt. Eiscreme, Schlagrahm, Apfelstrudel, Vanillesauce und Gummibären will sie zum Nachtisch.

»Gummibären gibts nicht«, brummt der Wirt, und Lio nimmt auch das still hin. Sie rechnet nicht mit der Änderbarkeit der Tatsachen, sie rechnet nicht mit der Beeinflussbarkeit der Welt.

Eines Tages ist der gläserne Wurm der Magensonde zum letzten Mal aus ihr herausgezogen worden, und der Löffel kam. Lio hatte noch keinen Namen für ihn, doch sie wusste, dass er kühl war und hart, dass er seinen Inhalt nicht leicht hergab, dass er voll war, dann wieder leer, und dass er irgendwann von mir weggeräumt wurde. Was auf ihm lag, war warm und weich und wurde, wenn es auf den Arm fiel, kühl und klebrig. Lio saß verloren in ihren Empfindungen, ich saß, den Löffel voller Brei an ihren Lippen, und wartete. Wartete, bis ich das Innere ihres Mundes sah, rot und leuchtend und schleimig vom Brei. Da hinein steckte ich den Löffel und wartete. Wartete, dass sie die Zunge bewegte, raus und rein, den Brei bewegte, vor und zurück, und über die Hürde der Lippen wieder nach draußen auf Kinn und Hals. In einer breiten Bahn rutschte dem Kind der verspeichelte Brei als weiße Kaskade über das Gesicht auf Latz und Bauch. Nach gut einer Dreiviertelstunde stellte ich den halb geleerten Kinderteller beiseite, ging auf den Balkon, um zu rauchen und um das Leben zu sehen, das in seiner mittäglichen Hektik durch die Straße eilte. Pink Cloud war nicht zu sehen. Über ihren Laufsteg gingen drei Männer in rosa Hemden und dunklen Anzügen, kaum älter als ich, setzten die braunen Lederschuhe einen vor den anderen, ins Gespräch vertieft. Junge Frauen trugen Knistertüten mit dem Thaiessen vom Take-away in den nahe gelegenen Friedhof. Sommerkleider, spitzes Lachen, High Heels an den Füßen. Ein ganz normaler Werktag im August. Lio hing mit rundem Rücken im Hochstuhl und wartete, bis ich mich gefasst hatte und weiter löffelte. Und wieder stieß und schob und zog sie, bewegte den Brei mit der Zunge vor und zurück. Zwischendrin steckte sie die Finger in den Mund, um die wunden Zahnleisten zu bekauen. Hell tropfte der Speichel über ihre Hände und versickerte in den Ärmeln ihres Kittelchens. Wir übten, übten wochenlang, und ganz allmählich, unmerklich, begannen die Verhältnisse sich zu kehren: Der größere Teil des Breis verschwand in Lios Bauch, der kleinere nur verteilte sich auf Latz, Stuhl, Kleidern und in den Haaren von Vater und Kind. Ich ächzte. Lio lachte. Nur noch ein Jahr sollte es dauern, bis sie den ganzen Brei schluckte, doch damit nicht genug. Sie griff nach dem Löffel und aß selbst. Und Lio aß mit Kraft. Sie hielt den Löffel mit der Faust, stach ihn in den Brei, dass es kleckerte, tropfte und schmierte, doch sie schaffte es, dass sich ein Häufchen davon in der Mulde des Löffels ansammelte, führte diesen Richtung Mund, und, um an den Brei zu gelangen, kippte sie den Löffel, kippte ihn, bevor er im Mund angelangt war, der Brei fiel auf den Latz, rutschte unter den Bügel des Hochstuhls auf die Sitzfläche, über den Fußtritt auf den Boden. Lio zappelte mit den Füßen und leckte den leeren Löffel aus. Noch einmal stach sie in den Brei, fuchtelte, löffelte, kippte und schleckte. Schwere Tropfen fielen auf Tellerrand und Schnabeltasse. Auf Tisch, Latz, Rock und Stuhl. Auf die Rutschsocken, die nackten Beine, den Küchenboden. Ich stand derweil am Fenster und ließ das Leben auf mich regnen wie ein Schaf einen Graupelschauer. Aus den Augenwinkeln beobachtete ich Lio, sah dann wieder in das fremde Leben auf der Straße, das geschäftige Schmatzen und Keuchen des Kindes im Rücken. Als es den Teller halb leer gegessen hatte, hob ich es aus dem Tripptrappstuhl und trug es in die Badewanne, wo ich es bis auf die Windel entkleidete und wieder an den Tisch setzte. Schnaufend nahm es die Löffelübungen wieder auf. Von da an aß Lio nackt. Sie matschte und kleckerte, schaufelte und kippte. Geduldig arbeitete sie sich dreimal täglich durch den Breiberg, nie wurde sie ungehalten, weder mit mir noch mit sich selbst, nie gab sie auf. Sie löffelte und tropfte und schleckte und schmatzte. Und lernte es nicht.

Dass der Brei spritzte und herumflog, dass sie bis in die Haarspitzen bekleckert war, störte sie nicht, sie war zufrieden und lachte. Schallend, meckernd, kichernd und keuchend lachte Lio und steckte mich an, sodass ich den Fehler machte, mit dem Kopf zu wackeln, die Augen zu rollen, den Mund zu falten und das Gesicht zu knautschen wie einen alten Lederhandschuh. Lio gickerte, bis sie sich verschluckte, dunkel anlief und in einem Hustenanfall den Brei wieder erbrach.

Nach jedem Essversuch hob ich das Kind aus dem Stuhl und wusch den kleinen Körper mit Seifenschaum. Lio liebte das Wasser, und ich liebte mein Kind – jedenfalls wusch ich lieber das Kind als die Kleider. Danach putzte ich Stuhl, Tisch, Fußboden und spülte das Geschirr, ich ließ Lio essen lernen, badete sie, wischte auf und sank, nachdem ich sie ins Bett gebracht hatte, mit müden Knochen und leerem Kopf auf den Schreibtischstuhl, wo ich über meinen Zeichnungen einschlief.

Eiscreme, Schlagrahm, Apfelstrudel, Vanillesauce. Lio löffelt heute fast ohne zu kleckern. Sie handhabt Gabel und Messer und braucht seit ihrem fünfzehnten Geburtstag keinen Latz mehr. Der Wirt hinter dem Tresen zapft das dritte Bier, ich kann nicht erkennen, für wen, wir beide sind die einzigen Gäste in dem Landgasthof mit viel zu vielen verstaubten Zimmerpflanzen auf den Fenstersimsen. Zwischen ihnen und den vergilbten Gardinen hindurch sehe ich die Frau mit braunem Haar und gelbem Mantel in knöchelhohen Stiefeln auf und ab gehen, dann stehen bleiben und zu uns herübersehen, als wüsste sie, dass ich sie beobachte. Ich trinke meinen Wein aus und stelle mir das Leben ohne Lio vor. Wie es sein würde ohne sie. Wie ich künftig heimkommen, fortgehen, verreisen und unterwegs sein würde, ohne einen Gedanken daran, ob ich es rechtzeitig nach Hause schaffen würde oder ob das Mädchen wieder einmal, weil der Zug Verspätung hatte, weil ich im Stau stand, weil ein Meeting länger gedauert hatte als geplant oder ich Überstunden hatte machen müssen, auf den Treppenstufen vor der Wohnungstür saß, der runde Körper ein einziger Vorwurf. Oder ob ich sie womöglich nicht vorfinden würde, herumtelefonieren müsste, die Polizei alarmieren würde, bis eine wohlmeinende Nachbarin sie mit vielsagendem Blick nach Hause brachte, sie habe sie im Treppenhaus gefunden, und weiß der Himmel, was dem Kind hier hätte zustoßen können. Weiß der Himmel, denke ich, was ihm in der fremden Wohnung zugestoßen war. Fanatisch wachte ich über Lios Umgang, verkündete meine Wachsamkeit in Schulen und Horten, in Ferienlagern und Entlastungsheimen, verfolgte obsessiv die Zeitungsmeldungen, wähnte mich sicher durch all die Kontrollen und Überwachungsmechanismen, die ich in unserem Leben installiert hatte, dennoch ist es passiert. Hier sitzen wir zu dritt, Lio, das Seepferdchen und ich. Meine Tochter hat ein Liebesleben, und ich kann nur hoffen, dass sie Spaß daran hatte, dass sie es gewollt hat. Herauszubringen war nichts aus ihr, es ist auch nicht mehr wichtig. Nur noch das: wie ich frei und ungebundenen Schritts durch die Straßen schlendern würde, da einkehren, dort stehen bleiben, flanieren ohne Ziel und Zeit. Wie ich halsbrecherisch mit dem Rennrad über Bürgersteige, Tramgeleise und rote Ampeln schießen würde, Passanten erschrecken und Tauben aufscheuchen, als wäre ich noch ein junger Mann. Schnell sein. Das vor allem. Flink. Rennen, rasen und mich dem Strom der Passanten überlassen, mich von ihm wegschwemmen lassen in den erstbesten Bus, eine beliebige Kneipe, einen bereitstehenden Zug. Wie ich schnell und unbeachtet durch die Menge gehen würde und keiner mich bemerken würde, keiner würde schauen, keiner würde sich aufgehalten fühlen. Behindert.

Der Wirt fixiert uns, wendet seine Augen nicht von Lio, lässt den Zapfhahn los, stellt das Glas ab und meint mit einem Nicken in Lios Richtung: »So sind die Frauen heute. Erst wollen sie kein Kind, dann erzwingen sie es, wenn es zu spät ist, und dann so was.«

Lio sieht von ihrem Apfelstrudel auf und lächelt. Ich hebe mein Glas zum Zeichen, dass er mir noch eines bringen soll.

»Obwohl«, fährt er fort, »die ist ja ganz nett, nicht ohne Charme, wenn man so will.«

»Wenn man wie will?«, frage ich.

»Ich mein ja bloß.« Er zapft weiter. »So was wäre doch heutzutage nicht mehr nötig. Das kann man doch im Blut feststellen. Ein Stich und man weiß es, bevor man sich so was aufhalst.«

Ich muss rauchen, krame nach meinen Zigaretten.

»Das müssts doch nicht mehr geben heute. So was«, sagt er noch und stellt das Glas vor mir ab.

Eiswirbel, Schneestrudel, weißes Flimmern. Die Hunde vor sich herpeitschen, sie hängen sich ins Geschirr, fliegen mit flackernden Zungen. Die Peitsche huscht über die Fellrücken, die hellblauen Augen rasen, und als sie lacht, die Königin, springen Spiegelscherben, schießen durch das Weiß, das Grau, und hacken sich in Augen, Zungen, Herzen. Mein Glas hat einen Sprung, und im Augenweiß des Wirts mäandern rote Linien. Ich starre auf das Weinglas, das zerspringt, die Scherben fliegen, und gelbes Nass versickert in den groben Kunstfasern des Tischtuchs.

»Komm, lass uns gehen«, sage ich, doch Lio winkt dem Wirt, und als sich dieser tief zu ihr hinabbeugt, packt sie seine Nase, rüttelt sie, bis ihm die Augen tropfen, und sagt zu dem schwankenden Schädel: »Mach dir keine Sorgen, du bist nicht blöd, bei uns ist keiner blöd, das kann doch jedem mal passieren.«

Der Mann stöhnt leise, ich löse Lios Finger und ziehe das Portemonnaie aus der Hose.

»Wir gehen, zahlen bitte.«

Doch sie bestellt ein Piramisu.

»Gibts nicht.«

»Dann Eis mit Schlagrahm.«

Der Wirt reibt sich die Nase. Er bringt die Scherben weg und legt ein frisches Tischtuch auf.

Ich stecke mir eine Zigarette in den Mund und gehe vor die Tür. Durchs Fenster beobachte ich meine Tochter, verwünsche und bewundre sie, wie sie zufrieden dahockt mit dem runden Rücken und wartet, bis der Wirt sie bedient. Mein Herz so leicht, schlägt ruhig, und wieder sehe ich mich ohne sie, und Zuversicht steigt auf wie Nebel aus den Wäldern. Ich schlendre über den Parkplatz und sehe auf. Wachtürme, Schießstände, Beobachtungskanzeln, Panzersperren. Vor dem kleinen Museum, in dem die Geschichte von *Little Berlin* dokumentiert ist, sitzt der Kartenabreißer auf einem Plastikstuhl und genießt die letzten Sonnenstrahlen.

Auf dem Rückweg zünde ich noch eine Zigarette an, und da steht sie, an mein Auto gelehnt, und als wären wir verabredet – wir sind verabredet –, hebt sie den Kopf und sieht zu mir herüber. Das Lächeln öffnet ihren Mund, und hinter den kleinen Zähnen sind die Innenseiten der Wangen zu sehen. Feuchtes Fleisch, dunkelrosa. Flutartig fällt ihr das Haar über die Schultern. Sie ist grau geworden. Unter den Augen liegen dunkle Schatten, blass das ungeschminkte Gesicht. Sie ist sehr schön. Mit einer einzigen fließenden Bewegung löst sie sich und geht mir entgegen, die Hände in den Taschen. Und als ich zu ihr komme, schlingt sie die Arme um meinen Hals und hängt sich ein wenig an mich an. Ich werfe die Kippe weg und ziehe sie an den Hüften näher zu mir. Über die ganze Länge unserer Körper berühren wir uns. Ich kenne sie und weiß auf einmal, wie sehr ich sie immer noch vermisst habe. Was jahrelang ruhte, bricht auf, packt und überwältigt mich. Ich sehe in die Landschaft, sehe den Stacheldraht, den grauen Novemberhimmel dahinter.

»Sie hat dich gesehen.« Ich murmle in ihr offenes Haar und spüre, wie sie nickt. Ob sie mit hineinkommen solle, doch ich lehne ab, keine gute Idee, Lio würde sich manches erhoffen, das zu erfüllen ich nicht imstande sei. Den wahren Grund unserer Reise und mein eigentliches Vorhaben verschweige ich.

»Dann sehen wir uns später?« In ihren geweiteten Augen glimmt Hoffnung.

»Frühestens morgen. Ich muss noch was erledigen. Hast du die Adresse?«

Josefine wühlt zuerst in der rechten, dann in der linken Manteltasche, sucht in den Taschen der Jeans, kramt in ihrer Handtasche. Ich zünde mir noch eine Zigarette an. Hinter dem Fenster des Wirtshauses sehe ich zwischen den Zimmerpflanzen Lios Gesicht, sie schiebt die Gardine zur Seite und legt die Hand ans Fenster.

»Hier ist sie.« Josefine hält mir einen zerknitterten Zettel hin. Ohne ihn gelesen zu haben, nehme ich ihn an mich und zerdrücke ihn in meiner Faust.

»Bis morgen also?«

Ich senke den Kopf und sehe zu Boden, wo ich die Kippe austrete. Das kann sie als ein Nicken der Zustimmung verstehen oder nicht.

»Verstehe.« Sie sieht mich an, küsst flüchtig die Luft über meiner Wange und geht schnell über den Parkplatz davon. Ich schaue zum Gasthof hinüber. Lio hinter dem Fenster löffelt ihr Eis. Ungerührt und mit großer Konzentration führt das Mädchen den Löffel in den hochstieligen Eisbecher, schiebt die schmierige Kugel an den Rand, kippelt mit dem Löffel, bis das schneeballgroße Eis in die Mulde rutscht, führt ihn an den Mund und saugt die zerfließende Masse ein. Sie schlürft und schmatzt und leckt sich die Lippen ab.

Zum Löffel ist die Gabel gekommen, spitzzinkiges Küchenwesen, kapriziöses Silberfräulein. Lio hat stechen gelernt. Sie stach die Brocken, stocherte nach rutschigen Nudeln, saucenglibschigen Kartoffeln, widerspenstigen Salatblättern, buttrigen Möhren, quecksilbrigen Erbsen. Das Essen fuhr auf dem Teller herum, hüpfte über den Rand und huschte über den Tisch, als suchte es Unterschlupf. Lio steckte die Zinken in Weiches und Festes, in Rundliches und Rutschiges. Sie spießte ein Stück auf, öffnete den Mund und stocherte ihre Beute in sich hinein. Sie stach auch mit dem Löffel, rutschte ab und rammte ihr Glas. Es taumelte und kippte. Rasch verbreitete sich der Sirup auf der Tischplatte, lief unter den Teller, eilte der Tischkante zu und stürzte sich verhalten plätschernd hinab.

Ein farbiger Zuckerwasserfall, klebriges Orangenpassionsfruchtgetröpfel, grüne Menthe à l'eau. Lio beobachtete regungslos, den Löffel in der erhobenen Hand, das eilig fliehende Getränk.

»Das kann jedem passieren«, sagte sie und wischte mit der Serviette in der farbigen Flüssigkeit herum. Lio stand ergeben da, während ich unter dem Tisch herumkroch und die Zuckerlachen aufwischte. Danach aßen wir still und in Gedanken unsere erkalteten Teller leer.

Schnell trinke ich noch ein Glas Weißwein, und jetzt stellt sich das wattige Gefühl hinter den Augen ein. Lio flirtet. Der Wirt schäkert mit ihr, fragt, ob sie noch was will, sie lacht und plinkert mit den Augen, bestellt den nächsten Apfelstrudel, lacht wie eine Geiß. Ich kann es nicht fassen, bestelle den Apfelstrudel ab und rufe:

»Zahlen!«

Lio schleckt den Löffel ab.

»Achkonnypapa«, jammert sie, »ich will noch bleiben, will nicht weg.«

»Iss auf, wir gehen.« Es fällt mir schwer, Geduld zu bewahren, doch Lio löffelt gehorsam die weißliche Eiscremesuppe. Nichts bereden, nichts erklären, einfach weg. Rot glühende, ungezügelte Wut. Wie kann sie nur. Es ist schon richtig so. Es geht nicht mehr. Nicht mehr so weiter. Ich werfe das Geld auf den Tisch, packe Lio am Arm.

»Sieh mich an. Sieh mir in die Augen.« Unwillig schaut sie auf.

»Ich fahre jetzt. Mit dem roten Auto. Ans Meer. Sehen, wie der Schnee fällt, wie es schneit.«

Da nickt sie, legt den Löffel weg, steht auf.

Als wir zum Wagen gehen, schaue ich mich verstohlen um.

»Wo ist sie? Wo ist Josefine?«, fragt Lio prompt. Ich tu so, als hätte ich nichts gehört, weiß aber auch, dass sie nicht lockerlassen wird, sie fragt bereits zum dritten Mal.

»Hm«, mache ich und schließe den Wagen auf.

»Ich will Josefine sehen.« Lio lässt nicht nach.

»Sie musste weg. Muss was erledigen«, lüge ich vor mich hin, und dass wir sie bald wiedersehen würden.

Dämmerlicht eines frühen Novemberabends. Flocken taumeln. Lio streckt ihnen, um sie aufzufangen, die Hände entgegen. Flächige Schneeflockennester, die auf Lios Handteller und der weit vorgestreckten Zunge zerfließen. Geräuschlos wendet die Schneekönigin den Schlitten, rast dem Nordpol zu, verschwindet vor uns in der Nacht. Unsere Wege trennen sich.

Eine rote Kette aus Glutpunkten der Fahrzeuge vor uns, das weiße Lichterperlenband der entgegenkommenden Autos. Die weiche Nacht nistet in den dürren Wipfeln der Birken längs der Autobahn. Hinter mir singt das Mädchen eine erfundene Melodie, wortlose Tonfolgen, ein Singsang ohne Anfang, ohne Ende. Kleine anstrengungslose Variationen des immer gleichen unstrukturierten Lieds lullen mich ein. Ohne jeden Anflug von Angst kann ich es mir vorstellen. Leben ohne Lio. Die Zeit ohne das Mädchen. Mich ohne das Kind. Endlich wieder.

Vor mir leuchtet die Instrumententafel grün und rot, mein Cockpit, umgeben von einer dünnen Haut aus Glas und Blech, ein Kokon, in dem ich mir jeder Einzelheit bewusst bin. Tachometer, Thermometer, Benzinanzeige, Drehzahlmesser – ich fliege über die Eiswüste der Zukunft und nehme die Instrumente wahr: jeden Schalter, jede Rundung, jede Kante. Ich studiere die Schweißnähte an den Röhren, gefrorene Stahlwellen, durch die unsichtbar zentnerschwere Belastungen vibrieren, ein Tupfen Leuchtfarbe auf dem Höhenmesser, die Batterie der Brennstoffventile. Dinge, über die ich noch nie nachgedacht habe, sind nun deutlich sichtbar und wichtig. Ich rase durch den Raum, aber in meiner Kabine umgeben mich Gedanken, frei von Zeit. Die roten Lichter ziehen sich in eine Senke hinab, steigen wieder auf und reißen plötzlich ab vor dem schwarzen Nichts. Das ist der Punkt, an dem ich den Boden verlassen werde. Ein Wummern in den Ohren, ein dumpfes Klopfen auf dem Trommelfell. Eisige Luft fließt ins Innere der Kabine. Lio hat das Fenster geöffnet, lehnt die Schläfe ans Glas, der Fahrwind kühlt ihr Schädeldach, zerrt ihr Haar hinaus in die einfallende Nacht. Eine lange sandfarbene Strähne Zuversicht.

30

Fünfzig zu fünfzig. Die Wahrscheinlichkeit, dass das Seepferd, das in Lio mit kleinen trabenden, schwanzschlagenden Bewegungen auf und ab hüpft, mich ein zweites Mal mit der Blöde schlagen wird. Es wurde zu spät entdeckt, war bereits zu weit entwickelt, als ich gewahr wurde, dass Lios seit Monaten keine Blutungen mehr gehabt hatte. Daher die Trägheit, daher die Bauchschmerzen, daher die rundliche Form, die sie angenommen hatte. Lio konnte mir keine Auskunft über den Kindsvater geben. Von einem Schulfreund, dem Praktikanten eines Ferienlagers, dem Fahrer des Schulbusses, ja sogar Paul, der seit über einem Jahr nicht mehr da gewesen war, gelangten wir zu Roger Federer und endeten bei Prinz Kaspian aus den *Chroniken von Narnia*. So kamen wir nicht weiter. Eine einfache Gleichung: Lio mal Seepferd ergibt Lio im Quadrat Klammer auf minus Konrad Klammer zu. Nüchternheit und ein rascher Entschluss waren vonnöten. Kein Wunsch meinerseits nach einer Erklärung, nach Wissen über die zärtlichen oder gewaltsamen Vorgänge, während ich nicht hingesehen hatte, während ich nicht bei ihr gewesen war. Sie war eine Frau und hatte ein Liebesleben.

Hier nun, in der Nacht und in die Lichterkette eingereiht, fliegen wir über die hügelige Straße, die sich in die Senken legte, um sich rampengleich in die Nacht zu erheben, mein

Höhenmesser spielt verrückt, und ich kann das Rad für die Trimmung nicht finden. Ich bremse ab, gebe wieder Gas, die grünen Lichter blinken, und wir heben uns sachte über die erste Senke hinweg, landen wieder auf der Autobahn, fliegen über die nächste Hebung und dann wieder, noch einmal, bis wir schweben und die Piste unter uns sich schnell in der absoluten Dunkelheit verliert.

Auf einem Rastplatz ein oder zwei Stunden schlafen, dann weiter, der Küste, dem Meeresrand zu.

19:39. Kilometer 693. Ich lande auf einem Lkw-Parkplatz, die Laster stehen aufgereiht nebeneinander wie Zinken auf einem düsteren Kamm und halten die Wartezeiten ein. Vor dem Toilettenhäuschen parkte ich unter einer Laterne und schicke Lio raus, sie will, dass ich mitkomme, ich will, dass sie allein geht. Sie hüpft von einem Fuß auf den anderen. »Bitte, Konny, ach bittebitteee.« Ich stehe in Strümpfen und Hemd in der Novembernacht, ja gut, ich geh die Schuhe holen, doch als ich sie angezogen, den Wagen abgeschlossen habe und zurückgegangen bin, ist Lio weg. Na also, denke ich, es geht doch, hab ichs doch gewusst, und beglückwünsche mich zu ein paar Minuten Pause, pisse in den Grünstreifen und zünde mir eine Zigarette an. Zwischen den Lastern stehen dunkle Schatten, da und dort ist in der Fahrerkabine ein Licht zu sehen, ich hole meine Daunenjacke und halte Ausschau nach Lio, die nicht kommt. Ungeduldig hämmere ich an der Frauenseite mit der Faust gegen die Metalltür, rufe Lios Namen, gehe schließlich hinein und finde alles leer. Noch denke ich mir nichts, gehe auf die Männerseite, wo Rempeln und Stöhnen aus der abschließbaren Kabine dringt, ich hämmere auch gegen diese, rufe

Lios Namen und glaube, ein unterdrücktes Wimmern zu hören; als sich nichts bewegt, trete ich gegen die Metallwände, hangle mich schließlich am Rand der Kabine hoch und sehe durch das Metallgitter auf zwei Typen hinunter. Zurück ins Frauenklo. Nichts. Wieder zum Auto. Keine Lio. Sie ist spurlos verschwunden. Im Laufschritt zur Gaststätte, sicher hat sie sich schon ein fettes Schnitzel bestellt. Doch wieder nichts. Kaum Gäste, ich frage die Angestellten, deute mit der Hand auf Brusthöhe Lios Größe an, erwähne den rundlichen Bauch, die himbeerfarbene Mütze, die schwarzen Brauen, die wie Pinselstriche in ihr Gesicht gemalt sind, die schulterlangen Haare, alle schütteln den Kopf. Ich gehe, im Laufschritt jetzt, zwischen den Sattelschleppern lange Wege, rufe Lios Namen, fluche vor Angst, sage ihr, sie soll jetzt aufhören mit dem Scheiß, schaue unter die hochbeinigen Achsen, suche stumm, dann wieder rufend, und kehre dazwischen immer wieder zu meinem Auto zurück, das dunkel dasteht, ein blutroter Kasten mit schwarzem Glas und ohne einen Hinweis auf das Mädchen. Ich will mein Handy holen, um in der Gaststätte ein Foto von ihr zu zeigen, finde es nicht, taste meine Taschen ab, suche in der Mittelkonsole, im Handschuhfach, in den Seitenfächern der Türen, unter den Sitzen, nichts. Auch das noch. Zurück ins Männerklo, ist es mir beim Klettern rausgefallen? Nichts. Habe ich es in der Gaststätte liegen lassen oder im Frauenklo verloren? Ich suche alles ab, besinne mich und erinnere mich, dass ich ein Bild vom letzten Winter im Portemonnaie habe. Es zeigt Lio im Schnee auf dem Rodel, es ist verkrumpelt und zerknickt. Doch kann man sie erkennen. Ich renne in die Gaststätte, zeige das Bild herum, ein Mädchen, rundliche

Figur, so groß, hellgrüner Anorak und Blue Jeans? Wie sie mich anschauen. Klar. Sieht ja jeder, dass das, was unser Leben ausmacht, die Blöde ist. Ein Teenie, sieht wesentlich jünger aus, als sie ist, mit einer rosaroten Umhängetasche? Mit schwarzen Stiefeln, ja? Mit kleinen Süßwasserperlen im Ohr. Spricht nicht viel. Spricht nicht sehr deutlich. Da ahne ich es bereits. Lio ist kaum eine halbe Stunde verschwunden, und ich denke bereits an Freiheit. Es ist, als ob sich etwas in mir umbiegt, nicht schnell, nicht laut, sondern geräuschlos und in Zeitlupe. Dem folgt ein weißes Nichts. Aber angenehm. Jetzt ist es passiert. Jetzt bist du sie los. Keine Panik mehr. Ich trinke einen Kaffee, suche auch hier die Toiletten ab, doch mehr aus Pflichtbewusstsein und der Vollständigkeit halber. Sitze vor einem doppelten Espresso, rühre Zucker hinein und bin auf einmal sehr, sehr müde. Schwer wie ein Steinblock hocke ich auf der Bank, lege den Kopf auf die Arme und schlafe, als hätte ich Jahre nicht geschlafen. Bewusstlos.

Jemand rüttelt mich am Arm, Lio. Ich sehe auf, doch es ist ein Mann vom Sicherheitspersonal, der mich darauf aufmerksam macht, dass schlafen hier nicht gestattet ist. Ich sehe ihn durch einen Schleiervorhang aus Glaswürmern, lalle vor Müdigkeit, frage nach Lio, er legt mir die Hand auf die Schulter und hilft mir vor die Tür. Der Asphalt ist nass. Es hat zu regnen begonnen. Ich krame nach meinem Handy und erinnerte mich, dass ich es verloren habe. Vielleicht schon bei der Rast am Vormittag. Aber nein, in Mödlareuth hatte ich es noch. Auf dem Weg zurück hoffe ich, Lio im Wagen zu finden, vielleicht schlafend. Doch nichts.

Nach einem langen Augenblick der Starre, in dem ich auf etwas zu warten glaube, tatsächlich jedoch nur der Leere nachspüre, der Gedanken- und Ideenlosigkeit, die sich in mir ausgebreitet hat, starte ich den Motor und fahre im Schritttempo über den Parkplatz, an der endlosen Kolonne schlafender Laster entlang. Immer wieder sehe ich mich um, halte vor einem öffentlichen Fernsprecher, doch als ich den Hebel umlegen will, um die Polizei zu rufen, zögere ich und lasse den Arm wieder sinken. Reglos nehme ich die Erleichterung zur Kenntnis, die wie Nebel aus dem Sumpf meiner geheimen Wünsche steigt und mir den Kopf mit einer dumpfen Glückseligkeit, gefolgt von wilder Freude, füllt.

Ich springe in den Wagen, starte den Motor und drücke das Gaspedal durch. Scheibenwischer, Blinker, schnell hochschalten, aus dem Parkplatz rasen, sich wieder in die Lichterkette einreihen, mit Vollgas weiter. Fort, immer fort. Und von den tausend durchgeknallten Affen meines unerfüllten Lebens gejagt, Hookywooky in der Endlosschleife, rase ich mit geöffneten Fenstern, eisigen Sprühregen im Gesicht, über die A 9 Richtung Dessau. Josefine – ja, das wars, *easy come, easy go*. Lio, als hätte sie Bescheid gewusst, erfüllt meine geheimste Sehnsucht. Ich bin bereit, sie wegzugeben. Ob hier oder in einem polnischen Weiler. Egal. Das Mädchen ist weg, und ich bin frei. Einfach so.

Fanfarenstoß. Da ist sie, nimm sie dir. Die lang vermisste Freiheit.

Schmierige Schlieren verzerren die Lichter vor meinen Augen, ich hätte die Scheibe putzen sollen, denke ich. Freiheit, denke ich. Helle, tropfenförmige Flecken huschen über mein Blickfeld, wie Funken glitzern die Scheinwerfer der entgegenkommenden Wagen darin. Ohne nachzudenken, ohne zu bremsen oder auch nur mein Tempo zu verlangsamen, rase ich bis Dessau, erinnere mich nur vage an die Adresse, frage mich bei Passanten durch, und als ich bei Josefine ankomme, ist sie nicht da. Wie ein betäubter Esel stehe ich vor ihrer Tür und klopfe und klingle, kann es nicht fassen, dass sie nicht da ist, mich nicht erwartet, wo doch jetzt, genau jetzt, alles neu beginnt. Mit mir. Mit uns.

Eins zu eins die Chance der Beschädigung. Vorausgesetzt, der Vater des Kindes war es nicht. Ein statistischer Wert und noch immer keine Möglichkeit der Diagnostik. Sollte ich ihr aufgrund einer fünfzigprozentigen Wahrscheinlichkeit eine Totgeburt zumuten? Nicht, dass ich ihr Mutterliebe nicht zutraute. Lio liebt wie kaum ein Mensch den anderen, bedingungslos aufgrund seiner schieren Anwesenheit, aufgrund seines Hierseins, weil er der ist, der er ist, und nicht, weil er dieses oder jenes tut, unternimmt, leistet und erreicht. Liebe war nicht das Problem. Lesen war das Problem. Rechnungen bezahlen, Formulare ausfüllen, regelmäßig Windeln wechseln und die Erfüllung behördlicher Auflagen. Das Baby war nicht das Problem, sondern die Verantwortung, die es mit sich brachte, und der Verzehr an Vaterenergie. Großvaterenergie in diesem Fall. Ich war das Problem. Der Kraftverschleiß und eine bösartige Entschiedenheit, mich vom Schicksal kein zweites Mal in Fesseln legen zu lassen. Alles würde von vorn beginnen, der Rest meines Lebens dahingehen im Dienst an diesen beiden. Ich war noch nicht alt. Zweiundvierzig erst. Für Paule wurde es Zeit, erwachsen zu werden. Deshalb war ich losgefahren. Um das schwangere Kind zu seiner Mutter zu bringen. Ich wollte es ihr vor die Tür stellen mit einer Tasche und ohne Brief. Und abreisen. Frei sein. Endlich. Blauweißgrün, die Postkarte, ich drehe sie zwischen den Fingern, versuche in den Druckbuchstaben Paules Schrift zu erkennen, überlege, woher sie die Bilder hat und warum sie sich zum ersten Mal in siebzehn Jahren die Mühe macht, auf Lio einzugehen, ihre Interessen, ihre Fähigkeiten, ihre Möglichkeiten zu verstehen – auch hat sie dieses Mal vergessen, den Hinweis auf den Ort abzureißen, der auf der Karte abgebildet ist. Rekowo. Auf der Vorderseite ist neben der bunten Sklep-Tankstelle ein moosbewachsenes Bauernhaus zu sehen, einstöckig, mit eingestürztem First und aufgerissenem Dach, in das sich das riesenhafte Reptil der Zeit hineinverbissen hat.

Glücklicher Zufall, dass Paule mir in dem Augenblick, als ich von Lios Schwangerschaft erfuhr, einen Hinweis auf ihren Aufenthaltsort gab. Sofort beschloss ich, Lio zu ihr zu bringen, um auf dem Rückweg zu Josefine zu fahren.

Plätscherbrunnen, Gipsrepliken der Venus von Milo, Kunstfaserdecken mit Folkloremuster auf den Tischen. Schwarzgrundig, bunt gestreift. Athos. Hier sitze ich nun. In einer griechischen Taverne, wie es sie überall in Deutschland und, wie ich vermute, überall auf der Welt gibt, ausgenommen in Griechenland. Athos heißt auch der Wein, ich bestelle Bier, Oktopus-Salat, gebackene Paprikaschoten, bringe aber nichts hinunter und frage schließlich, ob ich mal telefonieren kann, und stelle fest, dass ich Josefines Nummern nur gespeichert, doch nirgendwo notiert habe. Wie die Müdigkeit befällt mich übersprungshaft ein animalischer Hunger, und ich esse die kalten Schoten auf, trinke mit einem Schluck das Bierglas halb leer. Dann eine Implosion, ein Verpuffen gestauter Energie, ein Nachlassen der Spannung, Auflösung all dessen, was mich siebzehn Jahre zusammengehalten, auch gestützt hat. Jetzt bist du frei. Ich habe den Rucksack, den das Schicksal in Gestalt meiner Tochter mir aufgebunden hat, abgesetzt. Sollen andere sich kümmern. Sollen andere jetzt ran. Waren ja schon, denke ich böse und bestelle eine Karaffe Athoswein. Den Rucksack habe nicht ich abgeworfen, Lio selbst hat ihn mir, ohne es zu wissen, von den Schultern genommen, und da stehe ich nun, nackt und frei wie das Frühlicht. Sentimental und pathetisch wie der alte Esel, der ich schon so lange bin. Leer, zusammenhanglos, haltlos ohne Lio, eine zerstückelte Existenz, umgeben von dorischen Säulen unter einem Fischernetz, in dem die Krebse wie tote Spinnen hängen. Verhärteter Außenpanzer aus Kalk und Chitin, das löst sich nicht im Bier, das schwimmt auf der Oberfläche des Bewusstseins, direkt unter der Schädeldecke, zieht sich in weißen Fäden durch die gelbe Hirnflüssigkeit, tausende Bläschen, das löst sich nicht im Ouzo, zu dem ich überging, nachdem das erste Glas mit der Rechnung gekommen war. Winzige Glitzerpartikel flirren in der trägen, farblosen Flüssigkeit. Nicht Verhärtung, sondern die schale Leere des Versagens steckt mir nach jedem Glas noch immer im Hals und lässt sich nicht hinunterwürgen. Sie erbrechen, Lio hat es mich gelehrt. Ich gehe hinaus und kotze ins Gebüsch. Das Haus gegenüber, ein schwarzer Kasten und Josefines Wohnung, dunkel wie zuvor. Ich gehe zurück und beobachte das Haus durch die müden Pflanzen auf dem Fensterbrett hindurch. Als er schließen will, verwickle ich den Wirt in ein Gespräch und frage ganz nebenbei nach der Frau von gegenüber, gelber Mantel, braunes Haar, er zögert und murmelt Unverständliches. Ich bitte ihn, nachzudenken, da meint er, sie habe den Wohnungsschlüssel bei ihm hinterlegt für den Fall, dass wir kämen, doch sei er sich nicht sicher, ob – ich habe ja kein junges Mädchen bei mir – ob ich der auch sei. Ich murmle, sie schlafe im Auto, greife nach dem Schlüssel und verlasse das Lokal.

Josefines Wohnung ist unordentlich und seltsam leer. Einzelne Schuhe liegen herum, dreckiges Geschirr stapelt sich in der Spüle, aus halb geöffneten Schubladen lugen die Enden von Schals und die Zipfel ihrer Unterwäsche. Zeitungen, Papiere, Magazine, Bücher und Kataloge stapeln sich auf dem Tisch in der Küche und ungeöffnete Briefe auf einem Sideboard im Flur. Im Bad liegen Handtücher auf dem Boden, und der Duschvorhang hockt unentschlossen auf dem Rand der Wanne. Eine offene Parfumflasche, die Bürste im Waschbecken, und unter der Dachschräge im einzigen Zimmer steht ein Bett mit zerwühlten Decken. Das dringt ungewichtet in meinen besoffenen Kopf, bevor der Duft aus Josefines Kissen mir die Gedanken überflutet, doch ein letztes Bild nicht blockiert: Lio, wie sie auf Säulenbeinen, steif vom langen Sitzen, den Plattenweg zu den Toilettenhäuschen hinuntergeht, ein pummeliges Mädchen allein auf einer Autobahnraststätte irgendwo in Deutschland.

Bitterfeld. Durch die Nacht rasen. Viel zu schnell. Nur du und die zehn Meter Straße vor dir. *I Met the Woman with the Thousand Faces*. Ich fahre mit offenem Fenster. Eisige Kälte, laute Musik. Die alten Boxen scheppern bei gewissen Frequenzen. Lou Reed. Ich singe, schreie jetzt. *You better. Let go all your emotions.* Gitarrenriffs. Schwer, sehr einfacher Beat. Lichter rasen auf mich zu, fliegen von mir weg. Explodieren auf der Windschutzscheibe und hinter den Pupillen. Stirnschutzscheibe. Sternschutzscheibe.

Türen klappen. Auf und zu. Ohne mein Zutun, ohne meinen Einfluss. Sie klappen auf und zu im Wechsel. Türen klappen gleichzeitig, Kälte zieht herein, Türen schließen sich, verschlucken Menschen. Ich stehe da. Hebe den Arm. Türen klappen auf, und ich trete ein und stehe im Hellen, es ist früher Morgen, ich bin zurückgekehrt und stehe im Leuchten und Glitzern. Eine schrankwandgroße Espressomaschine, Chromstahlgefäße für Zucker- und Süßstofftüten, für Löffel und Papierservietten, dahinter leuchten Schüsseln gelb und rot und grün mit Gemüse und Salaten, Kännchen mit Saucen, Schälchen mit gerösteten Brotwürfeln und Softgetränke in Flaschen, Wollmützen in Ständern daneben und Regale mit Namenstassen, jodelnde Murmeltierschlüsselanhänger und Straßenkarten, heiße Würstchen, gebratene Eier und lappige Schnitzel in welliger Panade, Kartoffeln unter einer Schicht aus etwas Cremigem, blasse Brötchen und Tortenstücke pink und hellbraun, violett und weißlich, gelb und schwarzbraun, vollbusige Langmähnige auf Taschenbuchcovern biegen sich in muskelbepackten Männerarmen und schwarz-weiß karierte Titelblätter der Rätselhefte, Hunderte Sorten

Schmatzriegel, Gummischnuller, Sonnenbrillen im Drehständer und blauweißgrüngelbrosaorangerotbunt die Kaugummipackungen, Pralinen in metallischen Papieren und verzweifelte Nelkensträuße in Cellophan, Autoputztücher, Arbeitshandschuhe und Putzmittel für Kunststoff, Glas, Gummi und Leder, für Polster, Scheiben, Felgen. Konny, wo ist das Klo? Barbiepuppen, Kinderzeitschriften mit Plastikspielzeug, in Plastik verpackt, Haarspangen und Modeschmuck. Lios dicke Finger auf den harten und kalten, den weichen und knisternden Oberflächen. Glanz und Glitzer, Lockungen und Zauber – Warenkorb an Warenkorb, Auslage für Auslage. Sie ist nicht in der Toilette, nicht an einem der Tische drinnen, nicht auf einer der Betonbänke draußen. In keinem der Autos, in keinem der Laster, ich schaue hinter jeden Busch, selbst in das versiffte Plastikhaus auf dem Kinderspielplatz. Ich zeige allen ihr Bild, ich frage und frage und hole schließlich einen Coffee to go, drei Packungen Zigaretten und einen Lappen für die Windschutzscheibe. Ganz zum Schluss überwinde ich mich und sehe auf dem Weg zurück zum Auto auch in die Mülleimer und Container. Während ich im Auto herumwische, verbrühe ich mir die zitternden Finger am Kaffee, der über den Rand des dünnen Kartonbechers schwappt. Dann starte ich den Motor und fahre los.

Ein trüber Morgen, bedeckter Himmel, Ich fahre ins Grau hinein Richtung Norden. Das Lenkrad vibriert, ich halte die Rechte mit gespreizten Fingern von mir, registriere das kaum merkliche Zittern, öffne und schließe die Faust, schüttle die Hand und fasse das Lenkrad fester. Viele Schattierungen von Grau. Asphalt, Straßenmarkierungen, der Himmel vor mir. Erneuerung der Fahrbahn bis November 2011. Wir bauen für Sie. Berliner Ring, Autobahndreieck Potsdam. Baustelle, gelbe Markierungen, sechsspurig auf engen Trassen. Baustellenende. Wir danken für Ihr Verständnis. Abfahrt Ferch. Ich verlasse die Autobahn, kehre um, da ich die Abzweigung nach Norden verpasst habe. Linker Hand blockieren polnische Laster die Abbiegespur, ich bin gezwungen, rechts zu überholen. Dreieck Werder abbiegen auf die A10. Während mein Auge den Bildhintergrund fixiert, huschen im Vordergrund, dem Blick unhaltbar, wie Gitterstäbe die hohen, schlanken Stämme junger Birken vorbei. Autobahndreieck Havelland, der Himmel reißt auf, nur wenig, ein heller Schein fällt über das Land, ich höre noch, wie Lio singt. Sacrow-Paretzer Kanal. Ein Lastschiff, schwarz mit weißem Rand, schiebt sich der Autobahnbrücke entgegen, blattlose Sträucher rechter Hand, alte knorrige Weiden. Parkplatz. Ein lauwarmer Bohnenkaffee am Currywurststand, bin froh, dass Lio nicht dabei ist, denn die Toilette ist nicht zu gebrauchen. Männer in orangefarbenen Hosen an einem Stehtisch vor der Wurstbude starren mich an aus geröteten Augen.

»Was luegsch mich so behinderet a?«, murmle ich zwischen den Zähnen und starre zurück. Das habe ich von Lio gelernt. Autobahndreieck Berlin-Spandau, Autobahndreieck Havelland. John Surman. *Stranger Than Fiction*. Wie Perlen auf einer Schnur die kugeligen Kronen kleiner Obstbäume einer Allee, die parallel zur Autobahn verläuft. Lio spricht mit mir. Auf der nächsten Raststätte zeige ich wieder mein Bild herum, frage nach, laufe von einem zum andern, und während ich gehe, versuche ich mir klarzuwerden über mich. Ein Mann tritt hinter dem Tankstellengebäude von einem Bein aufs andere. Ein Klapptisch mit zwei Untertassen, auf denen Münzen liegen, ein Blumengesteck und auf dem Campingstuhl die Klofrau, drei Türen hinter sich. Männer-, Frauen-, Behindertentoilette. Wir gehören zum dritten Geschlecht. Stundenlange Umfahrung Berlins von West nach Nord. Auf den Drähten der Strommasten sitzen die Vögel als kleine Punkte. Leerer und leerer die Autobahn jetzt zwischen Berlin und Stettin. Schiffshebewerk Niederfinow. Auf der Gegenspur, mit überhöhter Geschwindigkeit, drei Mannschaftswagen der Bereitschaftspolizei. Hochbeinige Kiefern vor einer weiten Heidelandschaft, Flaumgras zwischen den Stämmen, Sonnenflecken am Boden. Grundhafter Ausbau. Wir bauen für Sie. Helles Novemberlicht im Rücken schiebt mich voran, dem Meeresrand zu. Hundert Kilometer bis Stettin. Höchstgeschwindigkeit. Wildwechsel möglich. Der Verkehr verliert sich. Uckermark. MV tut gut. Rot-weiß beflügelt. Querrillen jetzt, und ich muss das Tempo auf 60 senken, warum fahre ich und wohin? Minutenlang kommt mir keiner entgegen. Bauern auf den Feldern bei der Rübenernte. Riesige Weidenbäume. Endlose entvölkerte Landschaft. Hauslos, menschenleer. Lkw jetzt wieder und dann der Grenzübergang Pomellen. Ein Uniformierter winkt mich mit einem Zeigefinger durch. Ans Meer fahren, sehen, wie der Schnee fällt. Mehr fällt mir nicht ein. Nur noch, dass ich nicht zurück, dass ich nicht umkehren kann.

Windschiefe Strommasten, Bauruinen, brachliegende Obstgärten, verwilderte Wiesen. Szczecin. Plattenbauten,

McDonald's, Kreiselverkehr. *Centrum.* Zweispuriger Stadtverkehr. Carrefour, Fiat, Media Markt, *Geiz ist geil.* BP-Tankstelle und die Sternenkranzflagge der EU gelb auf blau. Herbstallee, rote Stadtbusse. Eichbäume. Über die Oderbrücke, durch Hafenanlagen. Es beginnt zu regnen. Hafenkräne, sechsspurige Ausfahrt aus der Stadt. Das Stettiner Haff umrunden, Gdanska-Straße, Farby y Lakiery, es schüttet. Pfützen in den Schlaglöchern, der Wagen tanzt. Unter den Vorderrädern der Laster schäumt das Regenwasser wie Schlagrahm. Nordwärts jetzt auf der A3, am Horizont klart der Himmel auf, ein helles Licht, das lockt und leuchtet. Ich überquere Bahngeleise, komme in Kiefernwälder, birkendurchsetzt. Ich nehme das auf, alles registrieren meine Augen, als wäre es das Letzte, was ich sehe. Jede Einzelheit brennt sich in die Netzhaut, stechende Müdigkeit hinter den Augäpfeln. Im hellen Himmel breiten sich grellblaue Flecken aus, ich nehme die Karte vom Beifahrersitz.

Die Aussicht, Paule gegenüberzutreten, bringt mich vom Weg ab und ans Meer. Sehen, wie der Schnee fällt, mein Kind. Der Himmel, eine dunkelgraue Suppe, die Wolken stieben unmittelbar über die Dächer der wenigen Häuser hinweg, scheinen die weit geöffnete Landschaft zu streifen, mein Auto ist das einzige auf dieser Straße, kein Mensch zu sehen, kein Licht weit und breit. Wisełka, das letzte Dorf, bevor die schmale Landstraße sich ans Meer schwingt. Dunkle Stille auch hier, nur im Vorbei, als huschender Schatten, der Körper einer schlanken, hochgewachsenen Frau, hager fast, in einem langen bunten Rock, das dünne graue Haar zu Zöpfen geflochten, die ihr bis an den Bund reichen. Sie hält den Kopf gesenkt, als stemmte sie sich dem Wind entgegen, und als sie zu mir herübersieht, den Mund öffnet und etwas zu rufen scheint, erkenne ich sie. Wenige Meter weiter, zwei Jungen auf einem alten Herrenrad. Während der kleinere, auf dem Sattel sitzend, den Lenker hält und mit rot gefrorenen Händen steuert, hängt der andere unter der Stange und tritt in die Pedale. Blonde, kurz geschorene Köpfe. Im Rückspiegel sehe ich sie vor dem Haus, das Paule bewohnt, abspringen, als hätten sie das schon sehr oft getan, und durch das Gatter im Vorgarten verschwinden. Was hat es mit der Karte aus Rekowo auf sich? Wenn Paule sie geschickt hat, warum nicht aus Wisełka? Ja klar, sie wollte nicht zu finden sein. Noch immer nicht. Warum Rekowo? Ein Dorf, das keiner kennt, keinen interessiert? Sie hätte aus Stettin, aus Rostock, aus Ueckermünde oder Swinemünde schreiben können, so wie sie alle sechzehn Ansichtskarten vorher aus den großen Küstenstädten Europas geschickt hatte, wo sie auf der Durchreise war, wo sie keiner kannte, sich keiner an sie erinnern konnte, wo sie nicht zu finden war. Warum die Bilder und die Druckbuchstaben? Egal.

Obgleich es sehr kalt ist, will ich sofort das Meer sehen. Die Minusgrade schrecken mich nicht und nicht der stehende Wind, der die Wolken vor sich hertreibt. Den Wagen stelle ich in einer Straßenbucht ab, gehe durch einen Föhrenwald und lasse die Hand über das zitternde Flaumgras gleiten, quere die Dünen, komme durch die Neigung der meerzugewandten Seite ins Rennen und laufe über eine weite sandige Fläche, dann über Kies und Muschelscherben bis an den Meeresrand. Keuchend blicke ich auf das schwarze Wasser, höre die Wellen tosen und sehe in den hellen Himmel, in dem die Schneeflocken wirbeln. Der Wind peitscht sie auf mich herab, sie taumeln aufs Wasser hinaus, werden wieder in die Höhe gerissen und ergeben sich sinkend, lassen sich aufs Wasser drücken, wo sie erlöschen. Ich habe ihn mit Lio sehen wollen: den Schnee, den wir als Matsch in den Rinnsteinen kannten, als weiße Hauben auf den Autos und Balkonpflanzen, als knirschende Matte unter den Schlittenkufen, als zart fallenden Schleier aus den zu schwer beladenen Ästen der Tannen, als weiße Fläche, deren gleißendes Weiß in die Pupillen schnitt, umso schärfer, je tiefer unser Mut sank. Weiße Fläche, nur die Tritte eines Rehs vor uns. Silbergeriesel schleiert aus den schwarzen Bäumen, Wattebäuschen gleich, ballen sich Schneenester in den Achseln der Zweige und beschweren die Gräser. Ein Mann, ein Mädchen im ersten Schnee, abseits aller Wege, umstellt von Zeichen, die wir nicht zu deuten wissen. Leere Zweige schreiben sie in den hellen Himmel, Kugeln und Bälle, Hauben und Polster, krakelige Symbole, Fußnoten zu einer rätselhaften Geschichte, die am Ende keinen Zusammenhang hat, keinen Sinn ergibt, ja möglicherweise ohne jeden Inhalt ist.

Hier aber ist der Schnee weder Rätsel noch Ärgernis. Er fällt einfach. Taumelt, tanzt unaufhörlich vom Himmel, wird in langen Schleiern über das Meer geblasen, als triebe die Schneekönigin ihren prunkvollen Schlitten aus Eis und Kristall über die grau wogende, sich zärtlich entgegenbäumende Gischt, weht wie ein Vorhang am offenen Fenster.

Die Flocken sinken, werden ins Wasser gepeitscht und ausgelöscht. Schnee, der aus lichtgrauen Wolken tanzt und, sowie er fällt, bereits geschmolzen ist, aufgelöst in den Meereswellen. Schnee, der nur für diesen Augenblick existiert, nur für mich, der ich da stehe und ihm zusehe. Der keinen Zweck hat, keine Bestimmung als die, mir, der ich so lange zu ihm gereist bin, Freude zu machen, und dem Mädchen, das ihn mit der langen Zunge fangen könnte, das ich verloren habe unterwegs. Und ich weiß, wie das feuchte Maschengewebe ihrer himbeerfarbenen Strickmütze riecht und wie es an der Nase kitzelt.

Ich beginne meinen langen Weg am Meeressaum entlang. Schnell stapfe ich über den feuchten, harten Sand ohne mich umzuwenden, entschlossen, allein weiterzugehen. Ich lasse das Kind zurück, ich überlasse es seiner Kraft und seinem unbeugsamem Willen, dem letzten vermuteten Rest Barmherzigkeit einer mitfühlenden Menschenseele, die sich seiner annehmen würde. Ich überlasse das Kind seiner Zuversicht und seiner Kurzsichtigkeit und dem letzten Rest Hoffnung, der mir geblieben ist. Und gehe.

Langsam setze ich Fuß vor Fuß, und jeder Schritt wird mir schwerer als der vorhergegangene. Dennoch. Trotzig gehen. Die Stirn gesenkt, mit dem Ärmel über Mund und Nase wischen, eine glänzende Rotzspur. Ich lausche. Nichts. Nur der Wind rauscht in meinen Ohren und die Brandung donnert schwer hinter mir. Ich sehe sie da stehen hinter mir, die lange Zunge im Wind, ein Lachen im Gesicht, beseelt von ihrem grundstürzenden, kreatürlichen Vertrauen, dass ich zurückkommen und sie holen werde, wo immer sie jetzt ist. Ich heule in den Ostseewind, der sich zum Sturm verdichtet jetzt. Ohrenbetäubend. Die flaschengrünen Wellen werfen Gischtkronen auf. Waagrecht treiben mir die Schneeflocken entgegen, stechen in die Wangen und die dünne Augenhaut. Erste Ausläufer der Steilküste in der Ferne, die sich an ihrer höchsten Stelle auf fast hundert Meter erhebt. Da hinauf will ich. Ich werde einen Weg finden und oben an der Kante stehen, zwischen den licht stehenden Kiefern, auf hart gepresstem Sandboden, von dem sich die gefräßige See jedes Jahr ihre paar Meter abbeißt und verschluckt. Ich will in den Wind und in die Meeresleere schreiten. Bis dahin kann ich denken. Dahinter ist Schwarz.

Ich laufe, stapfe entschlossen die menschenleere Küste entlang, diesen schmal und schmäler werdenden Streifen Land, den das Wasser und das Kliff mir lassen. Schweiß rinnt mir über den Rücken, ich keuche, bleibe atemlos stehen. Im hellgrauen Himmel leuchten gelbliche Flecken auf und verschwinden wieder. Rauschend bewegt sich etwas in der Ferne und kommt auf mich zu. Ich kneife die Lider zusammen. Ein Schwarm wilder Flugwesen stürmt die Küste entlang, steuert nur wenige Meter über der Wasseroberfläche auf mich zu. Ein schnell fliegendes, weißes Federngetümmel, Schnabelgewühl stürzt heran. Eine Horde Schwäne mit lang gereckten Hälsen flappt schreiend vorbei, zerstreut sich auf dem offenen Meer, sammelt sich und kommt zurück, stößt mir aus weit geöffneten Schnäbeln sein heiseres Kreischen entgegen, sodass ich mich umdrehe und unwillkürlich die Arme hebe. Da sehe ich das Mädchen hinter mir. Es schiebt seinen Bauch vor sich her, pflügt sich durch den Wind und die tosende Brandung, den Kopf mit der himbeerroten Mütze gesenkt, von Vögeln umschwirrt. Ich wende mich um und gehe weiter. Als ich wieder zurücksehe, geht sie in unverändertem Abstand hinter mir her. Geht einfach Schritt für Schritt, steht still, wenn ich stehe, sieht den Schwänen nach, die den Winterhimmel mit den biegsamen Hälsen zerschneiden, ihn peitschen mit dem zeternden Geschrei. Es kann nicht Lio sein. Und doch. Ich warte, doch sie sieht nicht auf. Das Meer hat unter meinen Stiefeln ein helles Spitzenband ausgerollt, als wollte es mich daran entlang zurückführen zu meinem Kind. Ich beschleunige den Schritt, will die Steilküste erreichen, bevor das steigende Wasser den schmalen Sandstreifen, auf dem ich gehe, überflutet. Immer wieder unterspült das Wasser meinen Tritt und treibt mich Richtung Land. Die Schwäne sind verschwunden, der Schneefall wird dichter. Wütende Böen zerren an mir, als ich die Steilküste erreiche und eilig an ihr entlanglaufe. Näher und näher werde ich von den herandrängenden Wassern an die Steilwand getrieben, ein düsteres Hindernis aus Sand und Schlick. Als das Wasser mir nur noch einen fußbreiten Pfad lässt und mich zwingt in albernen Verrenkungen hochzuspringen, um den heraneilenden Wellen auszuweichen, die gierig nach mir greifen und die Schuhe bis über die Knöchel hinauf durchnässen, wird mir klar, dass es weder vorn, wo die Küste sich über viele Hundert Meter hinweg steil aufbäumt, noch hinter mir, wo das Wasser den schmalen Pfad bereits verschlossen hat, einen Ausweg gibt und dass ich zwischen der Wand und dem herannahenden Wasser gefangen bin. Lio streckt die Zunge aus dem Hals und isst Schneeflocken. Den runden Bauch streckt sie weit von sich, und da fällt mir auf, dass ich nie gesehen habe, wie sie ihn umfasste, ihn streichelte und rieb, wie schwangere Frauen das tun. Und ich begreife, dass dieser Bauch und das Wesen darin ein Teil von Lio sind, den sie sich nicht durch behutsame Kontaktaufnahme aneignen muss, sondern dass er zu ihr gehört mit einer Selbstverständlichkeit, die keiner Erklärung bedarf, nichts Besonderes ist. Und deshalb besonders. Ich drücke mein Gesicht in die nasse Mütze, froh darüber, dass Lio nicht allein bleiben würde, sondern dass das Seepferd mit ihr leben und sterben würde. Die Zunge tentakelt in der Winterluft, als suchte sie die Zukunft, als tastete sie die Leere der Welt ab.

Beruhigt wende ich mich ab und beginne den Aufstieg. Aus der Steilküste quillt ein Schlickschleimrinnsal, eine stinkende Kloake, die quatschend meinen Fuß umschließt. Ächzend reiße ich mich los, suche nach Griffen für die Hände, finde Strandgras und winzige Kiefernschößlinge, beginne zu klettern und gewinne schnell an Höhe. In meinen Ohren dröhnt es Konnypapakonnypapa, und ich sehe nach unten. Das Mädchen ist verschwunden, da ist nur tosende Brandung, die sich krachend gegen die Küste wirft und ihren Teil für heute wegfrisst. Ich klettere, sehe nicht zurück, fühle mit jedem Tritt, mit jedem Griff die Last leichter werden, als rutschten Steine aus dem Tragsack, den ich viel zu lang schon schulterte, als lösten sich die Bänder, die mich eingeschnürt haben, eineinhalb Jahrzehnte lang. Leichtigkeit auf den Schultern, Leichtigkeit ums Herz.

Und heller Himmel über mir. Es soll verschwinden in der trüben, salzigen Flut, mit der es an einem braunen Frühlingsnachmittag ins grelle Licht eines Kreißsaals gespuckt worden ist, im dunkelgrünen Goldfischteich gedümpelt ist, in den scharfkantigen Kristallschluchten einer Amethystendruse versehrt worden ist, mich im Lichterdreieck des herannahenden Zugs weggerissen hat – das Soldatentum des unverlangten Vaterdaseins. Es ersäuft in den grün schäumenden Wellen, während ich desertiere in diesen hellen Winterhimmel hinein. Kein Zweifel. Keine Reue.

Ich klettere schräg gegen die Steile an, behutsam, stetig, als mir taumelig wird. Tief atmen, warten, dass der Schwindel nachlässt, doch wird er stärker, und hinzu kommt ein Sog, der mich nach unten dreht. Ich klammere mich an die Wand und warte. Hänge erstarrt an einem brüchigen Steilhang aus Sand, auf halber Höhe zwischen der gefräßigen Brandung und der Kante, an der das Land abbricht. Zwischen Tod und Freiheit. Panik packt mich. Reglos verharre ich, in die Wand gekrallt. Schneeflocken treiben vorbei, ich höre sie leise lachen. Die Brandung leckt und frisst. Die Wellen tosen, und in ihnen höre ich einen einzelnen langen Ruf. Ich sehe nach oben, und mir scheint, als verschwände in diesem Augenblick ein purpurroter Fleck hinter der Kante, da, wo der sichere Waldboden wartet. Ich löse die kältesteifen Finger und greife nach einem Kiefernschößling über mir, ziehe den Fuß nach, greife mit der anderen Hand in eine Mulde, kralle mich fest, löse den andern Fuß, ramme ihn in den festgebackenen Sand, bis ich ein wenig Stand bekomme. Ich klettere jetzt ohne zu denken, kralle mich an jedes bisschen Vegetation, das dieses Kliff zusammenzuhalten scheint, stochere im Leeren, finde wieder Tritt, klimme langsam und rieche den Schnee, den feuchten Sand. Bis ich die Kante packen, mich an ihr hochziehen und darüberwuchten kann. Zitternd liege ich im weichen Gras und sehe in die Kiefernkronen über mir, sie schwanken leise, als sprächen sie zu mir. Über die Schläfen rinnt mir das Wasser ins Haar. Ich wälze mich von der Kante weg und bleibe bäuchlings liegen, die Nase im weichen Bett aus Kiefernnadeln, Sand und Gras.

Es ist bereits dunkel, als ich die nassen Füße spüre und die Kälte, die mir über die Schenkel in die Hüften kriecht. Ich sehe nach unten. Da ist keiner. Ich bin allein, bin es immer gewesen. Langsam erhebe ich mich, klopfe den Dreck ab und gehe schnell durch den lichter werdenden Wald von der Küste weg, immer geradeaus, höre bereits nach wenigen Metern das Meeresrauschen nicht mehr, sehe keinen Unterschied mehr zwischen dem Wald, der vor, und dem, der hinter mir liegt. Wald erstreckt sich weglos, schwarz und ohne Ende vor mir. Rasch eile ich vorwärts, spüre die Kälte nicht mehr, denn ich habe ein Ziel, erreiche die Straße und folge ihr in östlicher Richtung. Stundenlang gehe ich durch den Wald, während Autos auf mich zurasen, aufblenden, beschleunigen, manche hupen. Schneller gehe ich, und es ist mir alles gleich. Dass eine Generation voranzugehen hat, der die nächste folgt, bis die erste langsamer wird, abtritt und die Jungen vorangehen, dass die Alten schließlich zurückbleiben, während ihre Kinder die Führung übernehmen, den Weg ebnen, den Wind abhalten. Menschheitsgesetz, dem wir entkommen sind, das für mich nicht gilt, dass ich vorangehen würde und mich mein Kind nicht überholen würde, und dessen Kind nicht und so fort. Dass vor mir nichts ist als der Tod und hinter mir die Blödigkeit der Welt. Dass sich nichts ändern würde, dass ich nichts in der Hand habe, gar nichts als ein bröckelndes Stück Sand.

Große Stille in mir und um mich her, als ich das Dorf erreiche. Keiner ist mehr unterwegs. Mein Wagen steht noch in der Straßenbucht, ich schließe ihn auf und starte. Sorgfältig meide ich das Haus, in dem die blonden Jungen wohnen. Schnurgerade führt die Straße zurück. Vor mir in der Ferne leuchtet eine Ampel. Erst grün, dann rot. Dann wieder grün.

TWIST

DRITTLETZTE SEITE

PANEL 1. Autobahnraststätte. Nacht. Lio kommt von der Toilette, blickt sich suchend um, steht unschlüssig da. Ein junger Mann kommt von der Tankstelle, geht an dem Mädchen vorbei, sieht sie seltsam an.

PANEL 2. Auf dem Rückweg spricht der Mann Lio an.
JUNGER MANN: DU ALLEIN?
LIO: ??

PANEL 3. KLEINES PANEL. Der junge Mann zögert, sieht auf seine Uhr; er sollte weiterfahren, muss seinen Zeitplan einhalten.
Lio zittert. Sie friert.

PANEL 4. Ein Laster mit polnischem Kennzeichen verlässt den Rastplatz und biegt auf die Autobahn ein.

PANEL 5. Der Mann und Lio im Führerhaus des Lkw. Lio zieht aus der Tasche ihrer Jacke ein Mobiltelefon, es ist ein älteres Tastenmodell. Sie streckt es ihm hin.
LIO: JOSI.
Der junge Mann versteht, reagiert nicht, fährt weiter.

PANEL 6. KLEINES PANEL. Nahaufnahme Lio. Sie sieht gestresst und ängstlich aus.
LIO: JO-SE-FIN-E!?

VORLETZTE SEITE

PANEL 1. Der junge Mann nimmt das Handy und tippt mit dem Daumen auf den Tasten herum, während er weiterfährt. Nahaufnahme Display des Telefons mit Josefines Namen und Nummer.

PANEL 2. Der junge Mann hält das Telefon ans Ohr.
FX: TUUT ... TUUUT
JOSEFINES STIMME (aus dem Telefon): HALLO?

PANEL 3.
LKW-FAHRER:
MÄDCHEN GEFUNDEN, IST DEINES?
JOSEFINES STIMME: NEIN.
Der Fahrer legt auf. Lio sieht scheinbar teilnahmslos aus dem Fenster.

PANEL 4. Autobahnschild BERLIN 178
BILDÜBERSCHRIFT: Später ...
Im Lkw. Lio schläft, der junge Mann sieht sie von der Seite an.

PANEL 5. KLEINES PANEL. Nahaufnahme von Lios Jackentasche, in der das Handy klingelt und vibriert.

PANEL 6. Der junge Mann hält das Handy ans Ohr.
JOSEFINES STIMME (aus dem Telefon):
ICH KENNE DAS MÄDCHEN. IST SIE BEI IHNEN? HEISST SIE LIO?
DER JUNGE MANN: MÄDCHEN BEI MIR.
NICHT WISSEN, WIE HEISST. WILL NICHT SPRECHEN.

LETZTE SEITE

PANEL 1. Im Restaurant einer anderen Autobahnraststätte. Lio und der junge Mann warten. Die Tür geht auf, Josefine im gelben Trenchcoat kommt durch die Tür.

PANEL 2. Lio schaut sie fragend und ein wenig unsicher an.

PANEL 3. Rekowo. Das baufällige Haus. Matratzenlager. Nacht. Lio und Josefine schlafen. Im Hintergrund, Blick durch das Fenster: ein Auto nähert sich dem Haus. Das Licht der Scheinwerfer erhellt den Raum, beleuchtet die schlafenden Frauen.

PANEL 4. BILDÜBERSCHRIFT: Am nächsten Morgen … Das Bauernhaus von außen. Tiere laufen herum. Es ist sehr hell, ein sonniger Herbsttag, in der Einfahrt steht Konrads Volvo.

Konrad schläft im Auto. Er ist unrasiert und sieht abgerissen aus. Josefine in Arbeitskleidung, einen Eimer in der Hand, kommt aus der Tür des Bauernhauses. Sie lächelt. Lio steht auf der Fahrerseite des Volvo, beschirmt den Blick mit beiden Händen, um besser hineinschauen zu können.

PANEL 5. In der Küche des Bauernhauses. Konrad hält einen Becher mit heißem Kaffee, Lio sitzt auf seinem Schoß. Josefine steht am Herd und werkelt was.
JOSEFINE: BLEIBST DU?
KONRAD: NOCH NICHT. ICH MUSS NOCH WAS ERLEDIGEN. DANN KOMMEN WIR WIEDER.

PANEL 6. Lio lächelt.

SCHLUSSPANEL.

BILDÜBERSCHRIFT: Wieder in Zürich …

Konrad wischt alle Papiere auf seinem Zeichentisch zusammen, knüllt sie, wirft sie in den Basketballkorb an der gegenüberliegenden Wand. Treffer. Er sieht aus dem Fenster, sieht den Morgen dämmern, sieht alle Lampen gleichzeitig erlöschen und eine der Huren aus dem Bordell an der Ecke, die noch immer oder bereits wieder den Laufsteg unter den Platanen abschreitet. Sie trägt eine rosa Felljacke und hat gegen den Nieselregen einen silberfarbenen Regenschirm aufgespannt. Trüb wie ein Zinndeckel glänzt er in der Morgendämmerung. Langsam und betont beiläufig stakt die Frau in schwarzen Lackstiefeln über den Gehweg, während die ersten Schwerlaster an ihr vorüberspritzen. Ungerührt von ihrem Hupen, dreht sie sich am Ende ihres Reviers mit einem kaum merklichen Hüftschwung um die halbe Achse und kommt sehr langsam zurück und geht Konrad, der noch immer am Fenster steht, entgegen. Seit er mit Lio allein ist, seit über siebzehn Jahren, schaut er der Frau zu, Nachtarbeiterin wie er und nicht mehr jung; er wartet, bis sie nach kurzer Wartezeit von einem Freier angesprochen wird und mit ihm geht. Kaum sind die beiden verschwunden, setzt Konrad sich wieder an den Arbeitstisch, legt Bleistift und Papier zurecht und zeichnet seine und Lios lange Geschichte.

Die Autorin dankt der Schweizer Kulturstiftung Pro Helvetia
sowie Literaturkommission und Präsidialdepartement der Stadt Zürich
für die großzügige Unterstützung ihrer Arbeit.

FSC
www.fsc.org
MIX
Papier aus verantwortungsvollen Quellen
FSC® C014889

Verlagsgsruppe Random House FSC® N001967
Das für dieses Buch verwendete FSC®-zertifizierte Papier *EOS*
liefert Salzer, St. Pölten.

1. Auflage

Typografie und Satz: DVA / Brigitte Müller
Gesetzt aus der Dante
Druck und Bindung: Friedrich Pustet KG, Regensburg
Printed in Germany
ISBN 978-3-421-04495-2

www.dva.de